W. Ahlwardt

**Divans of the Six Ancient Arabic Poets**

W. Ahlwardt

**Divans of the Six Ancient Arabic Poets**

ISBN/EAN: 9783337777098

Printed in Europe, USA, Canada, Australia, Japan

Cover: Foto ©Andreas Hilbeck / pixelio.de

More available books at **www.hansebooks.com**

# The Divans

of the six ancient Arabic poets

# Ennābiga, 'Antara, Tharafa, Zuhair, 'Alqáma and Imruulqais;

chiefly according to the MSS.

of Paris, Gotha, and Leyden;

and

the Collection of their Fragments

with

a List of the various Readings of the Text.

Edited by


**W. Ahlwardt,**

Prof. of Oriental Languages at the University
of Greifswald.



London:

Trübner & Co., 8 and 60, Paternoster Row.

1870.

# Preface.

Works of poetry occupy a prominent place, both with respect to their number and value, in the extensive literature of the Arabians: and, among them, it is just the oldest compositions whose importance is most indisputable, and which excite the liveliest interest. They are the earliest documents of the Arabic language, and from time immemorial have been considered the chief authority for the correct understanding of its vocabulary; they are testimonies of an historical antiquity around which Legend has woven its mysterious veils; they exhibit to us the social relations of olden times with the most vivid freshness, and fetter us by the simplicity and truth of feeling and observation, no less than by the manly and self-conscious — even if unamiable — character which manifests itself in them, and which expresses itself in the sinewy strength of the diction. Moreover, they are the first fruits which the soil of Arabian literature has produced, or, at any rate, has preserved for posterity; and their study is the more attractive because they from the first appear in a degree of perfection which, according to the judgment of most native scholars and critics, has never been attained by the compositions of subsequent times.

Time has spared no small portion of those works in which the indefatigable industry of Arabian philologists, from the middle of the second century of the Higra onwards, has collected the poetical compositions of the earliest period. Most of them confine themselves to collecting the poems of individuals, as those of Laqīṭ, of Elkhansâ; others bring together those which are ascribed to a special tribe, as those of the Benu Hodseil — and the greater part of these are unfortunately unknown to us as yet: lastly, others comprise the poems of several persons, as the Elmofaddhalîjjât, or arrange single poems or fragments of poems in certain groups, as the Elhamâsa of Abû Temmâm.

The collection which contains the Dîvâns of the six pre-islamic poets, Imrulqais, Ennâbiga, 'Alqama, Zuhair, Tharafa, and 'Antara, is a work of the first kind, but on a grander scale. These very poets have, ever since they appeared, been considered the most eminent poets of the Arabians; they overshadowed a multitude of earlier poets of repute, and they exercised a regulative and permanent influence on the literature of the succeeding centuries. Even though they found a certain form, so to speak, a certain fashion of composition already in vogue, yet they enriched it by elevation and splendour of diction, by variety and novelty of thoughts and images, and in part by the art of transition from one subject of description to another, and thus as it were re-constituted it a model of style. Their language, moving on a genuinely national soil, is considered absolutely pure and free from foreign admixture, and the signification of the words is to be learnt from their verses. The compass of their compositions may be called large, in comparison with that of their contemporaries, and this, in addition to their other merits, has contributed no little to their high appreciation. While the collected poems of the elder Elmoraqqish, for instance, contain 147, and those of the younger 71 verses, these contain on an average more than 400 verses a-piece. Moreover, their life was not so much implicated with petty local incidents as that of many of the earlier poets, but with memorable events and eminent historical personages, and therefore lent a higher interest to their poetry. So many an ancient poet has fallen into oblivion, or has never passed beyond a narrow circle, but their glory shines through the centuries in unfading colours; no learned criticism has ventured to detract from their authority, no later poet has been bold enough to place himself on their level.

Ever since these poems were collected, before the middle of the second century of the Hig̱ra, they have continually been the subject of zealous study or learned discussion in all lands whither Arabic language and learning extended, and have found numerous editors. The assertion that the study of them really only throve in the West, chiefly only in Spain, is wholly erroneous. It is based on certain MSS. of these poets which are written in Magrebine character (Codd. Paris. Suppl. 1424. 1425. Cod. Goth. 547. Cod. Escur. 299), whereas others (Cod. Lugd. Dozy 530. Cod. Oxon. Uri I. 1223) are written in Neskhi, and it overlooks the facts that several commentaries on them have been written in the East, and that single verses out of all these poems are cited in countless works of the East. This is itself a proof how much these poets were read. It may be asserted with perfect truth that there are not many poets, even of the most famous ones of subsequent times, who are so frequently cited as they, whereas citations of the verses of other ancient poets — from the Elmofaddhalîjjât, for instance — are surprisingly rare.

The collection of ancient poems of which we speak, was formed by the learned philologian Ela'lam [يوسف بن سليمان بن عيسى الشنتمرى ابو الحجّاج الاعلم] (b. 410. d. 476), about the middle of the fifth century, who at the same time furnished it with a complete commentary. As he says in his Preface and in divers passages of his work, he has admitted into his collection those poems which Elaçma'i [عبد الملك بن قريب بن عبد الملك بن على بن اصمع بن مطهر البصرى ابو سعيد] (d. 210 or 215), declared genuine, according to his recension, and has, in the case of each poet, appended to them certain poems which other philologians likewise thought genuine. That Elaçma'i knew these poems also, may be shown from remarks on single verses in Ela'lam's commentary, and by other arguments:

he has nevertheless omitted them as doubtful or spurious, and, as I believe, with perfect justice. But is is quite possible that he not only explained the other poems in his lectures, but also furnished them with a perpetual commentary. It favours this supposition, that Ela'lam in his work repeatedly appeals to him with the words, „Elaçma'i does not admit this verse", or „he explains this word so or so", and the like. Moreover, we may gather it from the fact that a work is ascribed to him, the title of which appears to have been كتاب قصائد الستّة (and not كتاب القصائد الستّ). It may, however, be objected to this view, that Ela'lam appeals, for the poems of Imruulqais which Elaçma'i has accepted as genuine, to Abu hatim [سهل بن محمد بن عثمان بن القاسم السجستاني] who died 250 (248. 254. 255). As he, as a pupil of Elaçma'i, fixed the poems of Imruulqais according to his master's text and commentary, the same thing may probably have occurred with the dîwâns of the five other poets also, whether he himself or some other pupil wrote down Elaçma'i's recensions.

There were special editions of single poets of this series. Thus that of Zuhair by Ta'lab [احمد بن يحيى بن سيّار الشيباني البغدادي ابو العباس ثعلب], born in 200, died in 291, who is often mentioned in the Elmogni of Essojuthi; and by Ibn elanbari [ابو بكر محمد بن القاسم], who died in 328, a commentary to Ennabiga and Zuhair. Essukkari [الحسن بن الحسين بن عبيد الله بن عبد الرحمن العتكي السكّري ابو سعيد], born 212, died 275 (290) edited several of them, namely Imruulqais, Ennabiga, Zuhair[1]), but not, as far as we know, all the six. It does not appear that Ela'lam made special use of these predecessors, at any rate I do not think I have discovered any reference to them in his commentary; although he may, in a certain respect, be indebted to Essukkari, as we shall see further on.

---

1) Cod. Paris. Suppl. 683. article الحسن بن الحسين.

With regard to the poems of questionable genuineness, Ela'lam appears to have admitted them according to different recensions. In the case of Ennâbiga he mentions Etthusı [على بن عبد الله بن سنان التيمى الطوسى], who died about 250. Further, for Zuhair, Tharafa and Imruulqais, he names Abu 'amr, and for Zuhair and Imruulqais he cites Elmofaddhal: by the first he means ابو عمرو اسحق بن مرار الشيبانى الكوفى الاحمر, who died in 206 (206. 213), and by the second ابو طالب المفضل بن سلمة بن عاصم الضبى الكوفى who died about 250. He also names for Tharafa يعقوب بن اسحق ابو يوسف ابن السكيت, who died in 244.

He admitted the doubtful poems of 'Alqama just as „Abu 'alı Isma'il ben elqâsim delivered them from his teachers, who received them from Etthusı and Ibn ela'rabı and others"[*]). He did not derive them immediately as a pupil from this Isma'il (that is, Elqalı), of whom we shall speak further on, but he took them from a work of his. Now this was not his justly celebrated work كتاب الامالى, in which nothing occurs about these poems of 'Alqama; but it must have been البارع فى اللغة, mentioned in Cod. Paris. Suppl. 1935, 1. fol. 1ª, to which Hagi Khalfe II 1000 seems to assign the title of البارع فى غريب الحديث.

It was in the year 1856 that I first became acquainted with this collection and with the Paris MSS of it (Suppl. 1424. 1425), having previously known nothing of these poets — except the pieces that had been printed — but 'Alqama's second poem according to a Petersburg MS., through Kosegarten's intervention. The study of these ancient poets then occupied me for a long period, and, if I could have found a publisher, I would have edited the text of them (with the exception of Imruulqais) with a translation and a brief commentary, in 1858 or 1859. I was not so fortunate, however, and I deferred my plan, in the hope of finding an oppor-

*) Cod. Paris. Suppl. 1425, 55ª.

tunity of executing it later on. Although I then, in the lapse of years, was engrossed in labours of a wholly different kind, and specially in the study of manuscripts which led me to very alien provinces of Arabic literature, yet, partly from a fondness for poetry, and specially for its earlier period, I have never lost sight of that collection of the six poets in my other studies, and have generally made a note of the passages that I have found cited of them.

This number encreased more and more; after some time it afforded an almost statistical interest. But the number of verses which were ascribed to those poets, and which were not to be found in that collection, also encreased; in time it even became considerable.

This surprised me. Were all those verses occurring in scattered citations spurious? Were they intentionally, or only mistakenly, ascribed to wrong authors? But the same verses repeatedly recurred under the same names, even in different writers, and it was impossible to ascribe this to deliberate imposture. The verses then belonged to poems which the author of our collection rejected as spurious, which he perhaps did not know at all, but which probably found a place in another recension.

This was clearly evinced in Imrulqais, the most celebrated poet of the six. The Leyden MS. of this divân, of which we shall speak further on, contains a very different text as to the number and order of the poems and verses, according to the recension of Essukkari. It is based, as it seems, on the text handed down by Abu 'obeida [أبو عبيدة معمر بن المثنى البصرى] (d. 209), who probably received it from his teacher Abu 'amr ben al'ala, who died in 154 (159). That Ela'lam was not unacquainted with this edition, but that he had in a certain sense made use of it, I infer from the fact that the order of the last poems which he has declared spurious (40. 31. 14. 45. 36) is the same in both, save that Essukkari has interspersed some small poems between them.

Essukkarî's recension of Ennabiga and Zuhair must have been of the same kind: he is not likely to have been too strict in admitting poems in their case either. I believe that, in the case of Zuhair, the same might be shown of Ta'lab's edition; but I cannot now enter into particulars. Further, there is a tradition that there was a collection of the oldest poems which contained eulogistic qaçîdas on Enno'mân ben Elmundsir, the prince of Elhîra, and his adherents, and which passed over, either entire or mutilated, into the family of Merwân[3]; but I consider this a legendary report about that early period. There may, however, be some truth about it, namely, that, about the middle or end of the second century of the Higra, poems bearing reference to that princely house were put together. Among them were poems of 'Abîd ben elabraç, Tharafa, and others; and, in that case, we must certainly assume, that poems of Ennâbiga were there too. If this collection existed in Elaçmaî's time, he most probably made use of it; but it is by no means impossible that it may have fallen into the hands of some one else, who has turned it to use. Moreover, it is evident that the citations of these poets by Ibn qutaiba, by the author of the Kitâb elagânî, and by Elgauharî, and others, are not restricted to the poems which Ela'lam has admitted, and that, among later writers, especially Jaqût and Essojûthî have used a different recension. The latter seems to have principally found the منتهى الطلب an abundant resource; a work whose loss I feel to be very great.

What I have collected from a multitude of writers, is fragments of this discrepant text; numerous, but seldom large enough to prevent our regretting the want of the verses of which these form part. Some of them are undeniably forged; in the case of others there may have been a confusion of poets having the same name. Thus in Elgauharî (s. v. حجل) two verses are cited from Zuhair.

---

3) Elmofaddal, Berol. [Cod. Wetzst. I. 66], fol. 4b. Elmuzhir I, 121. II, 237. (Bûlâq edition).

which generally means our poet; but elsewhere (for instance, in the Kitab elagani, in Ibn qutaiba's Thabaqat) they are ascribed to زهير بن جناب, for which reason I have not admitted them. On the other hand, Ennâbiga Appendix 57 in Cod. Paris. Suppl. 1935, 3 is expressly ascribed to our Ennâbiga, but in Cod. Berol. Peterm. 128, 1 to Ennâbiga elğa'di. The same occurs in Append. 54. 2 and in other passages. Sometimes there is a mistake; Ennâbiga Append. 15 belongs beyond doubt to Elhothaia. In most cases, however, there is no doubt that the verses are actually ascribed to our poets.

At a time like the present, when an interest in the poetry of Arabian antiquity seems to receive a fresh impulse, my aim has been to contribute my aid also to supply this study an in part new material, by editing the text of all the poems and fragments of the six old poets, as far as I was able to obtain them; and I am glad that the ready cooperation of my Publisher has put it at length in my power to execute this scheme.

In this edition I have chiefly relied on some Mss. of the text, of which I will soon render an exact account, but I have not abstained from adopting readings which appeared to me more appropriate, from other sources. I think myself justified in claiming this privilege as a right. As I would not hesitate, when a verse has faults in the metre or lacks its proper feet, to correct it as far I am able to do so from the context, so likewise I do not scruple to reject a reading that is not reconcilable with my appreciation of the sense, and to select another — or even to invent one. I am not insensible to the hazard of the attempt; but I consider the text of all ancient poets too inadequately authenticated to preclude all doubt of its correctness: on the contrary, it is undeniable that we often have a multiplicity of readings, all of which may be traced back to ancient native authorities. I readily concede that the feeling of the language which the native Arabian philologians possessed, is in a great measure wanting in us; but the authorities have different feelings in a given case, and Elaçma'i approves what Elmofaddhal rejects. Moreover, in linguistic matters, the feeling is less decisive than the knowledge of the signification and use of words, and, with all respect for the learning of those men, it must at any rate be admitted, that they had no immunity from narrow and onesided views. In many points we are able to judge more correctly, and to fathom the signification of words more profoundly, than they. The faculty which is especially concerned in these matters, however, is one which was wholly, or almost wholly, denied to them, but without which learning is nothing but a deaf nut, a knife without a blade — critical acumen. This deficiency of critical judgment prevents their correctly appreciating the composition of an entire poem, and discerning its deficiencies or its impossibilities. It often betrays itself in them, however, in individual instances, and, in my eyes at any rate, their choice of readings bears frequent witness to it; and on this ground, as I judge, we have a right to reject readings, even when they have been expressly sanctioned by them.

Do I hereby say that I estimate the knowledge of European scholars in the province of Arabic philology as highly — or, forsooth, more highly — than that of the native philologists? By no means! So far am I from this that I readily admit that we neither now nor ever can equal them in quantity of knowledge. I do not rate our knowledge high, but our power, our method of investigation, our critical treatment of a given subject.

I have, however, made but sparing use of the right of textual emendation of which I speak. I should have done so in quite a different style, if my present object had been to edit these poems in the form, in which they perhaps once appeared, which is at any rate more appropriate to them than that in which we find them. I had no such intention now. For, although I am not insensible to the seducing charm of the critical function of expunging and transposing passages, of detecting and supplying gaps, of dissecting pieces and conjoining others, yet I am not blind to the unlucky results of those operations; the text that I would adjust to my own taste, is perhaps acceptable in my own eyes, but could claim no general assent, and, above all things, could not pretend to supplant the text that, in one form or other, has actually existed.

For the reason assigned, I have not made the experiment of incorporating the collected fragments into the text, in places where they seemed suitable; it would have been hazardous, even if their genuineness had been proved or provable.

For the same reason also, I at once relinquished the idea of disregarding the existing collection of these poems and of constructing the text wholly from the citations which I had brought together. It is undoubtedly true that, in many cases, and especially in the longest and most famous poems, the citations which I have gathered extend to all the verses, and I certainly might believe that I could build up a poem out of them in the correct sequence of verses. But it more frequently happens that single verses are not cited, or at any rate have not fallen in my way, or perhaps I have forgotten to take note of them. Now it is very possible that there should be no citation whatever of a number of the most genuine verses, either because no name of a place or of a person, or no extraordinary word or remarkable turn of expression or thought occurs in them, or for other reasons still; but I was as little able to consider them spurious on that account, because they are nowhere mentioned or have never fallen in my way, as I would be to accept the cited verses as genuine, merely because they are cited.

On the contrary, my present aim was to edit the existing and accredited text, and to furnish it with such apparatus as would enable an attentive reader to form an opinion of the condition of the text. In this end, I was not solicitous to collate a more or less considerable number of MSS. of single poems, and perhaps to collect a few more various readings; it would have been possible for me to have done this in the case of certain MSS., but not in that of others; and the result would in any case have proved insignificant. Nor could it be my object perpetually to discuss the variations in the text of the poems which have been already printed. I took it for granted that those texts were accessible to the reader, and that he would use them. I contented myself with producing the text with its various readings according to the MSS. which were at my disposal, and with thereby furnishing an auxiliary to its future settlement.

Without reference, then, to my judgement as to the genuineness of the poems or of single verses, I have first given the entire text of the five poets Ennâbiga, 'Antara, Tharafa, Zuhair and 'Alqama on the whole just as the Paris and Gotha MSS. exhibit it; but then I could not prevail on myself to produce the poems of Imruulqais according to the same MSS., because their text of them has already been excellently edited by M. G. de Slane, and the recension of the Leyden MS. with its important variations was at my disposal. Without that MS. I should perhaps, as I first purposed, have omitted the divan of Imruulqais; although there are advantages in having all the six united in one volume, seeing that they all as it were belong to one class, and on the whole bear one stamp. In this reason, and because the text of the Leyden MS., contrasted with that of the Paris MSS. as exhibited by M. G. de Slane, distinctly shows the state of the case as to the parity, not to say genuineness of the text of these ancient poets, I thought it useful, nay, desirable to publish Imruulqais here in this form. This is also the reason why he here follows the other poets, whereas he elsewhere precedes them. The other five assume this order in the Paris and Gotha MSS.: Ennabiga, 'Alqama, Zuhair, Tharafa, Antara. That I have somewhat changed their order, which had anyhow been disturbed by placing Imruulqais last, depended less on internal than external reasons; but the circumstance that 'Alqama has many resemblances and allusions to Imruulqais determined me to place him close beside him; and this arrangement may also find some excuse in the fact that the Escurial MS., of which we will speak hereafter, presents another order, which is almost the same as mine.

As for the order of the poems, as presented in the MSS., I considered that I had a right to depart from it and have changed it on principles of appropriateness. In the Gotha and Paris MSS. — and the same may be said of the Leyden one — those which are generally acknowledged to be genuine, and they are by far the larger portion, are placed first; then follow others which are regarded as less genuine. Now the first are not arranged chronologically; but the principle of arrangement appears to be that the bestknown and the longest are placed first, the less celebrated and shorter ones come next, and the fragments follow. Perhaps too we are to regard this arrangement as shewing the order in which the single poems were gradually collected; although this does not reveal itself, at least to me. Now as no intrinsic ground has determined the order of the poems in the MSS., I thought it best, for the sake of easy reference, to arrange them alphabetically according to the rhyme-letters; nevertheless, to secure a better insight and the easier finding of citations made from those MSS., I have appended to this preface a comparative table of the order of sequence.

In the Paris and Gotha MSS., and in the Leyden one also, the greater portion of the poems has short (seldom long) superscriptions indicating the occasion in consequence of which a poem was uttered. These superscriptions, most of which belong to Elaçma'i, refer to historical incidents, which are rarely indicated in detail, but generally very briefly, in the poems; in the Paris and Gotha MSS. no less than in the Leyden one, they are on the whole based on the same tradition, which certainly may be in part correct, in part adapted to the existing poems whose origin and reference was not known. However this may be, the superscriptions have a certain value, and I have therefore retained them, but have placed them after the poems and fragments, in order to preserve to the poems their independent interpretation. I was unwilling that the reader should be prejudiced by the superscription in his judgment of the position of a poem; I wished that the poem itself should lead him to form an opinion of its purport and reference.

As for the order of the verses, I have preserved it as I found it in the MSS., and, in the first five poets, as it is in the Paris and Gotha MSS., in Imruulqais, as it is in the Leyden one. Especially in the longer poems, the latter differs considerably from the other three; whether it is to be preferred may be questioned, but at least proves that it is possible. The number of the verses is generally greater in the Leyden MS.

In a few passages the verses are incomplete; this cannot be original, but depends on lacunae there occurring in the older MSS. from which our copies, old as they are, were transcribed. There is an evident proof of this in Imruulqais 48, 7, where a word is wanting in the first hemistich after كِبَابِهِ; I have supplied خَيمى according to the context, but subsequently found the entire verse cited by Elǧauharı s. v. بلق, and in Cod. Berol. Wetzst. I, 149, I, fol. 66a, so that بلقى should be supplied, which as to sense coincides with my conjecture. This is doubtless a proof that one may err in the choice of a word to be supplied, but that one may discern what its sense should be; and for this reason I have preferred to supply the few gaps of this sort that occur. They are, besides the one just adduced, 'Alqama 3, 1. Imruulqais 15, 2. 52. 54.

I have disposed the collected fragments likewise alphabetically according to the rhyme-letters and the metres, respectively after te main text of the poets. The Appendix p. 86—102 will indicate the sources from which the fragments are derived. I think I should state, to avoid mistakes, that economy of space alone prevented my arranging the separate fragments under special numbers. I have placed under the same number those verses whose rhyme and metre were the same; not thereby asserting that the verses all belong to one and the same poem, although in individual cases that is quite possible. I have assigned No. 58 to the Appendix of Ennabiga, because it is ascribed to him, notwithstanding it is in prose as to form, although bordering on poetry, and interesting in itself. There is however, as little doubt as to the spuriousness of this piece, as there is about the poems No. 18 and 19 in the Appendix to Imruulqais.

I have completely vocalised all fragments, as I also have the main text, following the example of the Paris (Suppl. 1425) and the Gotha MSS. and that of the less vocalised Leyden one. I am sorry that, after the impression of the fragments was finished, I met with some passages which I had overlooked in my Collectanea or which I have since chanced on in MSS.; I will append them, however, in a Supplement.

I thought it advisable to indicate the m e t r e of every poem and fragment, even in order to enable the reader to judge at a glance of the frequency or rareness of the measures employed by the early poets. With regard to the v a r i o u s r e a d i n g s and the c i t a t i o n s of places in which the verses are quoted, their number is very great, and I fear I have adduced too many to please everyone, although I had it in my power to cite still more and to gather still more variants. On the average, I have never or only rarely cited those discrepant readings of a MS. which are merely due to the copyist's neglect; there is a very plentiful crop of these in the Cod. Paris. Suppl. 1424 and in the Berlin MS. of the Ğamhara, and a brief list of such mistakes may not be unsuitable here.

Ennâbiga 7, 20 نشاته in the place of لتاته. 15, 16 تحجرى = تحجرى. 19, 20 القانتات = القانتات.

Antara 4, 3 خالق = حالق. 5, 2 تحرق = تحوق. 7, 6 صابح = صابح. 7, 9 المسالم = المسالح. 7, 12 لحب = تحت. 7, 17 جيبوا

= جيبوا. 9, 5 قبل = قيل. 10, 5 حفيرها = جفيرها. 11, 2 تلتقى = نلتقى. 11, 3 قنعصت = قبصت. 11, 8 يملن = ثمان. 11, 11 صرع = صرع. 11, 13 رجفت = زحفت. 19, 19 فاق = فاقى. 20, 16 كنتجلى = فتحلى. 20, 28 سابع = سابغ. 21, 10 بمرغمر = بمرعمر. 21, 13 نمت = زمت. 21, 59 زبد = ربد. 21, 81 ولرت خوالى = وزرت جوالى. 23, 4 كالشمام = كالسمام. 24, 4 جينا = حينا. 26, 8 مرقشات = مرشقات.

Tharafa 1. 9 يجرب = يحرب. 3, 2 اولادها = اولاجها. 4, 11 بهوجا من قال = بعوجاء مرقال. 4, 25 عندك = عندل. 4, 34 تسامعنى = كسامعتى. 4, 54 اللاحى = اللانمى. 4, 61 الحياة = المات. 5, 28 ذالف = دالف. 8, 13 الغلات = العلات. 9, 6 مرعف = مزعف. 9, 10 والقذتها = وانقذتها. 10, 5 لغير = تعير. 10, 13 انى = انى. 12, 12 كابتا = فابتا. 13, 23 خبلا = خبلا.

Zuhair 3, 8 تربد = تزيد. 3, 10 تروى = تلوى. 4, 3 حطوى = حنوى. 6, 2 ابنله = افناه. 11, 10 شل = شن. 14, 16 تهر = تهر.

Alqama 1, 35 ملبب = ملهب. 1, 41 المذاك = المداك. 1, 42 ارجلنا = ارحلنا. 2, 14 بتت = بكت. 13, 5 ملموم = ملموم. 13, 28 برمان = بزمار. 13, 46 اوان = اوار.

Imruulqais 3, 4 بطباخة = بطياخة. 17, 14 يا = فا. 34, 16 دريّة = وريّة. 52, 44 الخزارة = الجزارة.

Other readings, also manifestly incorrect, seemed to deserve some notice from another point of view; in some places only have I remarked that they are erroneus. The greater part, however, have a full title to be mentioned. In most cases I have, even for the first five poets, followed the readings of Cod. Par. 1425, for Imruulqais those of the Leyden MS., but in many places, as already observed, I have felt obliged to prefer the readings of the Gotha or other MSS.

With regard to the citations of passages in which a verse is quoted, I have purposely done it, so far as the extent of my reading permitted, as often as any linguistic or real interest seemed concerned; I have taken particular pains to adduce all the passages in which Elǧauhari quotes these poets. I have forborne to mention several passages in MSS. which are only briefly indicated in my Collectanea, because I no longer had the text at hand: thus Ennabiga is quoted in Cod. Berol. Sprenger. 1188, 53ᵃ; 90ᵃ: Cod. Wetzst. II, 253, 83. Zuhair in Cod. Spr. 1188, 81ᵃ; 90ᵃ: Cod. Wetzst. II, 253, 84. ʾAntara in Cod. Spr. 1188, 54ᵇ. Tharafa in Cod. Wetzst. II, 253, 95ᵇ. In many other MSS. in which one would have looked for quotations of these poets or one of their verses, I have not found any; but this would not warrant our concluding that they were not known to the authors of these late works.

As for **errors of the press**, I am unfortunately not able to deny their existence; but even though a portion of them is owing to injury of the letters during the printing, or to the bad shape of letters hardly allowing a vowel under them (e. g. ح), yet the larger share are my fault, and, in spite of great care, I have not corrected several misprints whose existence is very annoying to me. Some of these are not indeed really misprints, but are due to a conception of the text which I now repudiate, and are in part conjectures. Thus I had vainly puzzled over Ennabiga 5. 22 according to the MSS. text; I therefore changed it into ولا سليمان and made this verse refer to v. 27, regarding v. 26 as immediately connected with v. 25ᵇ. But I now entirely give this up. My corrections of the misprints are inserted among the various readings, and I hope I have omitted nothing essentiel.

Lastly, as for **the title of the collection**, it is, in the Paris MS. Suppl. 1424 ديوان الشعراء الستّة, and in Ḥaǧi Khalifa I. 797 اشعار الستّة: no special title is given in Casiri, Catal. I. 299; nor is there in Uri, Catal. Bibl. Bodl. I. 1223 (where a later hand has instead assigned the erroneous title شرح المعلقات).

This MS., namely, contains a collection of the six ancient

poets, with the commentary of the abovenamed Ela'lam, and is therefore the same as Cod. Par. Suppl. 1424. but incomplete. According to my notes of it, it contains, first, Imruulqais, his Mo'allaqa, and some poems, the first of which is the poem numbered 52 in my edition; then some poems of Ennabiga; only one long and one short poem of 'Alqama; the Mo'allaqa of Zuhair; three poems of Tharafa; only the Mo'allaqa of 'Antara. The copy is of the year 736 of the H.; the character large, thick, richly vocalised. On the whole it has only 78 leaves, and is therefore only a partial copy, not an extract, of the genuine work of Ela'lam. — Whether the MS. mentioned in Casiri (I. 299) is likewise this work, is, on account of the want of description, there very questionable. The order in which the poets are there represented to occur, seems unfavorable to the idea, for the order is 'Alqama, Imruulqais, Ennabiga, 'Antara, Tharafa, Zuhair. If this is really so, it cannot be the work of Ela'lam. Another point unfavorable to it is, that it is not stated that the poems are accompanied by a commentary; if there were one, it would probably be mentioned, as it usually is in other cases.

Under these circumstances I took leave to assign a special title to the collection, and the rather as the work has maintained an independent type in the form given to it. And as the single poems — the complete ones, at any rate — may be considered as the pearls of a necklace, the title I have adopted, العقد الثمين, appeared to suit the whole; although this is a kind of title, doubtless, not occurring in the oldest period, but much in vogue since the 5th century of the Higra.

The MSS. employed to edit the text, are

1\. 2. the two Paris MSS. Suppl. 1424 and 1425, the latter of which, the excellent 1425, has been made the basis of this edition of the first five poets. This contains the text of the six poets, with short glosses superscribed, and, in many poems, concise indications of their occasion, and was copied in the year 571 (= January 1176 A. D.). Cod. 1424 contains the text of the same, and the perpetual commentary of the above mentioned Jûsof esshantamari Ela'lam (died 476). This copy dates from about the 11th century of the Higra. Mac Guckin de Slane gives a copious description of both these MSS. in his Diwan d' Amro'lkaïs, p. XI—XIV. — In spite of the numerous errours which occur in the text and commentary of the MS. 1424, it is yet generally possible to discover what was meant from the explanation given of a word, and I have therefore indicated the really discrepant readings.

3. The Gotha MS. 547 contains the text of the six with interlineary notes. The date of the copy is 1131 = 1719 A. D. Compare Kosegarten, Amrui Moallaka p. IV. It is very careful and reliable and frequently agrees with Cod. Par. Suppl. 1425 in the notes. I think that the Gotha MS. gives the occasions of the poems more frequently and in part with greater fulness.

These three MSS. are in Magrebine character; Cod. Par. 1425 wellwritten; Cod. Goth. not so well and rather small, especially the glosses; Cod. Par. 1424 large and distinct, but rather hurried.

4. Cod. Berol. Diez 4to 135. The first portion fol. 1—17 contains the fifth poem of Ennâbiga with the commentary of an anonymous author, who is nobody but Ibn ennahhâs [احمد بن محمد بن اسماعيل بن يونس المرادى المصرى ابو جعفر ابن النحّاس], who died in 338. This is concise and begins with the words: قوله يا دار ميّة تداء مضاف وميّة معرفة فلذلك لمر يصرفها قال الاصمعىّ العلياء مكان مرتفع من الارض الخ

The copy dates from about the end of the last century, rather large, incorrect.

5. Cod. Berol. Wetzst. I, 56. In this excellent MS. of the year 1052 = 1674 A. D., the first portion fol. 1—68 contains, in addition to the seven Moallaqat, the poem of Ela'sha [ودّع هريرة]

and the fifth of Ennabiga, both of which are here reckoned among the Moa'llaqat, fol. 68[b]. All nine are furnished with the concise and in part abridged commentary of Ibn ennahhas, and besides, on the broad margin, also with extracts from that of Ezzauzani [الحسين ابن احمد الزوزنى ابو عبد الله] who died 486, and of others. The poems of this collection which I have used are those of Imrualqais fol. 1[b] — 13. Tharafa 14 — 24[b], Zuhair 24[b] — 30, Antara 40—47[a], Ennabiga 66[a] — 68.

6. The copy of the second poem of 'Alqama from a Petersburg MS., which I cannot exactly indicate. After a brief notice of the poet's descent, and of the occasion of the poem, the poem itself is given, with a short commentary to almost every verse. The commentary to v. 1 begins thus: نحا بك طمح بك ومدّ بك قال الاصمعى طحا بك اتسع بك وذهب بك كلّ مذهب وقال العصر والدهر والحين واحد والزمن ايضا. That of the last verse is جنابة بعد وغربة وشاس اخو علقمة. After which the sequel of the poem is concisely given according to Abu 'obeida on the authority of Abu 'amr ben el'ala.

7. Cod. Berol. Sprenger 1215. The first portion of it contains in fol. 1—77[a] the جمهرة اشعار العرب of Abu zeid mohammed ben 'ali elkhaththab elqorashi. This collection of poems contains, in seven classes, one long poem of each of the seven poets who are most eminent in each class. The poems of the first class are called السموط, of the second الجمهرات, of the third المنتقيات, of the fourth المذهبات, of the fifth المراثى, of the sixth المشوبات, of the seventh الملحمات. They embrace the period from about the middle of the century before Mohammed's rise down to the second century of the Higra. Nevertheless, Elmofaddhal designates the 49 poems as „the eyes i. e. the most shining, of the poems of the primitive Arabs" [عيون اشعار العرب فى الجاهلية]. And, in fact, they bear the same stamp as those of the early time.

To the first class belong Imruulqais fol. $15^a$, Zuhair $17^a$, Ennabiga $18^b$, Ela'sha $20^a$, Labid $22^b$, 'Amr ben kultsum $25^a$, Tharafa $27^b$. 'Antara is reckoned to the second class fol. $31^b$. Of these I have paid attention to the poems (Mo'allaqat) of Imruulqais, Zuhair, Tharafa and 'Antara.

The same collection is found in the Bodleyan (Uri I. 1298. 3). The order of the poets of the first class varies a little. It is: Imruulqais, Tharafa, Labid, Zuhair, Ennabiga, Ela'sha, 'Amr. The date of the copy is about the year 950 of the Higra. The text of the Berlin MS., which was written in 1271 (= 1854 A. D.), has in many places lacunae in the verses, and seems to have been transcribed from a dilapidated copy. It is not good, and only to be used with discretion.

The Berlin MS. furnishes the basis for the poem given in the Appendix of Ennabiga No. 26; I have not exhibited the blunders of the copyist as variants of the text.

8. Cod. Berol. Wetzst. I. 68. This contains the Elmofaddhalijjat with the full commentary of Elmarzuqi [احمد بن محمد بن الحسن المرزوقى ابو على] (died 421). The end of the MS. is lost; it breaks off at the beginning of the $108^{th}$ poem of الممزق العبدى and it is questionable how much of it has been lost. The commentary is full of instruction in philological and real matters, but certainly labours under great diffuseness of expression. The use of this MS. is somewhat difficult, in as much as the on the whole ugly and hurried writing frequently lacks the diacritical points, and always omits the vowels, except in the verses of the text, although even they have not all their vowels and diacritical points. The copy dates from about the eighth century. Of this I have used the text and commentary of the two poems of 'Alqama (2 and 13), fol. 541—557.

9. Cod. Vindobon. Mixt. 127 (Cat. Flügel I. 449). The complete collection of the Elmofaddhalijjat and Elaçma'ijjat, with a con-

cise commentary. Copy dates about 1820 A. D. I have used it in

a) Poem 2 and 13 of 'Alqama, fol. 133—139.

b) Imruulqais, poem 51, v. 6. 7. 9. 10, fol. 169[b].

c) ditto, poem 7, v. 1—3, fol. 170[a].

d) Tharafa, poem 10, v. 4. 5. 8. 9, fol. 173[b].

10. Cod. Lugd. Warn. 901 (Cat. Dozy. No. 530). This contains the poems of Imruulqais in the recension of the abovementioned Essukkarî. Date of copy 545 (= 1150 A. D.). This excellent fully vocalised MS. only lacks the diacritical points in some places and has very few mistakes. Many poems have superscriptions. — On this MS. my edition of Imruulqais is based. That Dozy states the number of the poems at 67 and that 68 should appear in this edition, arises from the fact that he reckons No. 53 and Shihab's answer to it, No. 54, as one number.

The MSS. which I have used for the Variants and the Fragments, besides those just enumerated, are:

1. Cod. Berol. Peterm. 666, Commentary of Essojuthî who died in 911, on the verses cited as grammatical illustrations in Ibn hishâm's syntactical work entitled مغني اللبيب, composed in the year 756 (= 1355 A. D.). This excellent work is a mine for the knowledge of the ancient poets, of whom it not only cites and explains numerous verses, but gives biographical notices of the authors. This MS. is somewhat misbound at the beginning; the leaves follow thus: 1—3. 7. 6. 4. 8, and two leaves are missing after fol. 84. I have copied these from the Oxford MS. (Cat. Uri I. 1139) and when necessary have denoted by fol. 84[A].

The copy, of the year 995 (= 1587 A. D.) is without vowels, not rarely without diacritical points, and can only be used with caution.

2. Cod. Paris. Suppl. 1935, 1. The title of this work is كتاب النوادر وفى الامالى and the author is Elqali [اسمعيل بن القاسم بن عبدون بن هارون بن عيسى القالى ابو على], born 288, died 356. This work, which was delivered and dictated in Cordova, contains a great multitude of ancient poems and extracts, proverbs and extraordinary expressions, with lexicographical explanations. It is an eminent work for Arabic lexicography. This good copy is of the date 1049 (= 1639 A. D.).

3. Cod. Paris. Suppl. 1935, 3. Contains the Poetics of Abu 'ali elmodhaffar [المظفر بن السعيد ابى القاسم الفضل بن ابى جعفر يحيى بن عبد الله بن جعفر العلوى الحسينى ابو على] (about the year 640) the title of which is نصرة الاغريض فى نصرة القريض. It is divided into 5 parts (Cf. Flügel, Catal. I. 224). This good copy is of the date 1039 (= 1629 A. D.). In my transcript of the work I have not indicated the pages of the MS.; the pages noted in my citations from it refer to those of my transcript.

4. Codd. Berol. Sprenger. 1175. 1176. The great Kitab elagâni of 'Alî ben elhosein eliçbahânî. Date of copy 1142 (= 1729 A. D.). The text to be used with caution, especially in the verses.

5. Cod. Ber. Spreng. 1180. A supplement to the Kitâb elagâni; contains a not long article on 'Alqama. The conclusion of the work is, moreover, contained in it and forms about a tenth of the whole. An incorrect copy of the date 1266 (= 1850 A. D.).

6. Cod. Goth. 532. Alphabetical extract from the Kitâb elagânî, by Ibn elmokarram [محمد بن المكرم بن على بن احمد الانصارى الرويفعى المصرى جمال الدين], born 630, died 711. The copy is not very correct.

7. Cod. Berol. Wetzst. II, 134. A rhetorical work entitled كتاب البديع فى البديع, in 85 chapters, distinguished for conciseness of treatment and abundance of quotations from the best poets,

often, indeed, without the names of the authors. The author is Abu 'lmodhaffar usâma [اسامة بن مرشد بن على بن منقذ مجد الدين مويّد الدولة ابو المظفر], born in 488, died in 584 (= 1095-1188 A. D.). The names are given somewhat discrepantly in Cod. Sprenger 252, 72b. Date of copy about 700.

8. Cod. Berol. Sprenger 1006. A Commentary on Ibn doreid's [d. 321 = 933 A. D.] panegyric on Ibn mikâl and his son, entitled المقصورة or also المُحَزِّيَة, which was composed by Ibn khalawaih [الحسين بن خالويه ابو عبد الله] (died 370). An excellent work, remarkable for its citations of passages from poets, its synonymes and lexicological observations. Two leaves are wanting after fol. 5, and about five at the end. Date of the copy about 550. I have indicated, in my transcript, at the passages and verses concerned, the variations of the complete and excellent MS. Cod. Berol. Wetzst. I, 54, which was copied in 594 (= 1198 A. D.). My references, therefore, apply either to this or the preceding MS.

9. Cod. Berol. Wetzst. II. 274. Commentary on the verses quoted in the grammatical work كتاب الايضاح في النحو of Abu 'ali elhasan ben ahmed elfârisî (died in 377). See the notice of it in the Zeitschrift d. D. M. Gesellschaft XXIII, 647.

10. Cod. Vindob. N. F. 391 (Cat. Flügel II. 1159). This professes to be the work of Ibn qoteiba, entitled طبقات الشعراء. The copy is not faultless; the date is 1254 (= 1838). I, however, believe that it is only an extract from that work. Compare Nöldeke's notice of it in his „Beiträge zur Kenntniss der Poesie der alten Araber“ p. 1 sqq.

11. Cod. Paris. Suppl. 1388. A work of Mohammed ben mohammed Ibn nobâta (d. in 768), entitled مطلع الفوائد ومجمع الفرائد which treats of the delicacies of verbal expression and the explanation of difficult words and phrases, in three chapters, and adduces examples of them.

12. Cod. Paris. Suppl. 1935, 2. A remarkable anthology in verse and prose, entitled السفينة الكبرى, whose author is called الصالحي and probably lived in the 10th century of the Higra. Although I am at present unable to settle his real name, I think it possible that he may be عبد الكريم بن ابي اللطف بن علي الصالحي زين الدين, who died in 940. Date of the copy 1038. The same work is in Cod. Vindob. Mixt. 182 (Cat. Flügel I. 420).
13. Cod. Berol. Spr. 1154. The excellent work of Ettaʿâlibi, entitled ثمار القلوب والمضاف والمنسوب, mainly of lexicological interest. Date of copy about 1750 A. D.
14. Cod. Berol. Peterm. 196. Contains a collection of the poems that occur in the romance ʿAntar, with the superscriptions belonging to them. The whole is entitled عنتر نامه and also القلادة الانسية الجامعة لفرائد القصائد العبسية. The collection contains about 11000 verses. The Moʿallaqât occur fol. 182 sqq. The poems which are found in the divan, apart from the Moʿallaqa and some others, do not appear in it, and belong all to a much later time. Date of copy 1212 (= 1798 A. D.).
15. Cod. Lugd. Warn. 549 (Cat. Dozy 521). Commentary to the Divân of the Hodseilites, by Essukkari. In this last volume of the commentary there are scanty glosses and only rare citations of verses.
16. Cod. Berol. Spreng. 947. The Arabic Lexicon الصحاح of Elǵauhari. The MS. is not particularly good and I have preferred to cite the verses quoted in this distinguished work from the Bulâq edition of it, which is unfortunately without vowels.
17. Cod. Berol. Peterm. 183, 5 (fol. 120b—167b). Commentary on the Himjarite Qaṣîde of Nashwân [نشوان بن سعيد الحميري]. It is very diffuse and not so intent on explanation of linguistic difficulties, as on adducing historical notices and a number of professedly old poems, all of which, however, are of late origin. It trims up old popular legends as historical facts, and sets them

in verses, for moral exhortation. From the same source as that of this commentary, has also sprung the work in Cod. Peterm. 626, entitled وصايا الملوك, the first half of which is devoted to the Himjarites and agrees verbatim with many poems of this commentary, although one or the other may occasionally give more verses, and the order of the poems is not always the same. — I altogether question whether the Himjarite Qaçîde is really by the learned Lexicographer Nashwân, and is not rather fathered on him solely because he was a Himjarite. In his large dictionary, in which he cites many verses by others and by himself also, I have not found a single verse of this Qaçîde. The text of the Himjarite Qaçîde and of the ancient Arabic poems also, which v. Kremer published from the Vienna MS. N. F. 112 (Cat. Flügel I. 482), Leipzig 1865. 1867, is very incorrect, and therefore the conclusions drawn from them in the „Südarabische Sage" (Leipz. 1866) are more than hazardous. — This faulty copy dates from 1081 (= 1670 A. D.).

18. Cod. Berol Peterm. 184, 4 (fol. 13b —120b). Contains the Holwân Qaçîde, the title of which is القصيدة الحلوانيّة الفخار القحطانيّة على العدنانيّة وافتخار فضل اليمانيّة على النزاريّة, the author of which is محمد بن سعيد الكاتب ابو عبد الله. The purpose of the long poem is the exaltation of the descendants of Qahthân (that is, of the Jemenite tribes as contrasted with the Ismaelite ones), by indicating the historical — or even legendary — accounts that seem favorable to it. It is composed in stanzas of six verses [مسدّسة] in Thawîl. The commentary to it by عادى بن نزيد is extraordinarily rich in philological and historical notices and verses. The copy, not remarkable for correctness, dates from 1061 (= 1670 A. D.).

19. Cod. Berol. Peterm. 184, 6 (fol 167b—188a). Contains القصيدة النزاريّة with a commentary. The Qaçîde addressed to the Chalif Elmançûr is full of allusions to ancient Arabic history, and is

said to have been composed by ابو القاسم الفزاری. The diffuse and mainly real commentary cites many verses. The copy, rather incorrect, is of the year 1081 (= 1670 A. D.).

20. Cod. Berol. Spreng. 1123, 1. Contains the text of the Qaçide of Imruulqais, which is printed in the Appendix 18. The copy is in Ta'liq and is quite modern (about 1840).

21. Cod. Berol. Spr. 1123. 4. The same Qaçide with perpetual commentary by ابو تراب بن عبد الحق بن عبد اللطيف الزبيدى القلاری. This text is shorter, and very different on the whole. I know nothing of the author of the commentary; only he must belong to modern times. The work has no title, but begins: الحمد لله الذى جعل الشعر ديوان العرب . . . . اما بعد فيقول العبد الضعيف الخ

Appendix 19 gives this recension. Quite modern Neskhi, date about 1840.

I see no need to say anymore about the other MSS. which I have used, as they afforded little assistance and are only rarely cited by me. I have not treated of the much used Cod. Paris. Suppl. 1316, 2. containing the Elmuzhir [المزهر] of Essojuti, because I am now able to refer to the edition of this thoroughly instructive work which has been printed at Bulaq.

My readers will, I trust, believe that the printed pieces of the poetry of the six ancient poets have not been unknown to me. If I have not recorded the variations of their text, with nearly exclusive exception of Arnold's edition of the Mo'allaqat and de Sacy's edition of Ennabiga's fifth poem, it has arisen, as I have explained above, partly because I considered it superfluous, and partly because I wished to confine myself to the MSS. accessible to me; and for the same reason I abstain from the enumeration both of the numerous editions of the Mo'allaqat of four of these poets, as also of the previously published single poems of the six poets. Socin's edition of 'Alqama's poems, Leipzig 1867, did not seem to offer any aid to me; and I was not willing to admit his spurious 14th poem. The divân of Ennâbiga which M. H. Derenbourg has published in the Journal Asiatique for 1868, II. p. 203 sqq., has only just appeared when the poems of Ennabiga and 'Antara in my edition were printed off; but I have been able to make use of two verses cited in his introduction, for my Appendix.

Having thus given an adequate account of the aids of which I have availed myself in the publication of this work, I have yet one point to speak of, a point of unquestionable importance, and one for the discussion of which this collection offers an excellent opportunity — I mean the genuineness of the poems it contains. But the space at my disposal forbids my entering on it even briefly. I will discuss the question in a small work which will soon appear and here I can only state some results of my researches, which also embrace the Elmofaddhalijjât and other ancient poems.

The integrity of the ancient poems, both as to their compass and the order of their verses is a priori suspicious. Many lack the beginning, many lack the end, many lack both, many appear to have two and more beginnings. The order of their verses is, when we possess different recensions of them, utterly discrepant. Frequently they are assigned to different authors: the more celebrated name displaced the less famous: even in the first half of the second century of the Higra, poems just written in the ancient style, were ascribed to old names of renown.

As to our collection in particular, few appear to me to be genuine and preserved entire: several have lacunae, lack beginning or end, or are altogether supposititious. I doubt whether we possess anything of Tharafa or 'Antara except their Mo'allaqat. Most of Zuhair's poems are comparatively genuine; much of Ennabiga is spurious, and even his fifth poem is at least open to doubt. Anyhow it is a remarkable fact that the elder Elmofaddhal declares the poem No. 26 in the Appendix in conjunction with No. 11 of the text, to be Ennabiga's most splendid poem, and places it in one class with the Mo'allaqa of Imruulqais; especially if we take into consideration that both poems have striking resemblances. The beginning of Append. 26, with the perpetual recurrence of the woman's name, is surely unusual and strange; although this deviation from the usual introduction may, I think, be explained. A great portion of the poems of Imruulqais which Essukkari has given, is only fragments, the genuineness of which has little in his favour and is liable to many objections. Even among the larger poems, all of which are admitted in Elaçma'i's recension, the genuine ones, precisely because they were always in the mouths of men, have suffered much mutilation and variation; but, in my opinion, most of his poems are fragmentary and spurious; and this poet especially has had many a poem of another ascribed to him. Irrespective of poem 52 and others, the 4th poem especially demands close scrutiny and comparison with the first poem of 'Alqama. If the former be somewhat wider in compass, yet the course of both is the same, the points of coincidence so numerous and the identity of verses so frequent, that there can be no doubt that they are one and the same poem, the author of which is certainly 'Alqama.

It is very desirable, not to say necessary, that competent scholars should submit the poems singly to an independent examination. The poems would then have to be judged on their own merits, without regard to the position assigned to them by literary opinion, which, as a rule, is entirely uncritical The result of this critical investigation, whether it were positive or negative, would be a gain to the history of Arabian poetry. But, even irrespective of the question of their genuineness, the poems of this collection belong in any case to the oldest, longest, most important, but also most difficult, which the entire Arabic literature has to show. They deserve the most attentive study; and while I warmly bespeak it for them, I beg the reader to apply to the editor the verse with which the 224th page of the Arabic text concludes.

In conclusion, I avail myself of this occasion to return my best thanks to Dr. J. Nicholson, of Penrith, for his friendly service in translating this Preface into English, in a style which I trust cannot fail to commend itself to my readers.

Greifswald, Juli 4th, 1870.

W. Ahlwardt.

# Table of Contents.

# List

## of different Readings and Corrections.

**The Abbreviations I have employed are explained hereafter in a separate Table. Abbreviations in Italics indicate that a Ms. contains one or several Variants besides the Reading of the Text.**

## Ennābiga.

**I, 1.** t 4. ki I. 620. II. 251. s وكل m 75. r 10. Q 233. — كليني G. يا أميمة ba 120. 286. **2.** c 302. m 75. — تقاعس حتى and الذي تهدى النجوم الذي ki I. 620. **2b.** c 42. 424. — الذي يتلو h 494. **3.** f 96. ki I. 620. c 422. r 104. **4.** ki I. 620. fl 198. **5.** j II. 183. — حُضن G. *Pa.* — كَنى ki I. 620. **6.** ki I. 620. — قبر (twice) G. *Pa.* — بجلف *Pa.* — آلي j II. 183. **7.** ليلتمس بآلجمع j II. 183. — أرض المحارب j II. 183. ki I. 620. **8.** قد غدت G. — من قبائل و اشب . **9.** دنيا G. *Pa.* **10.** w 381, 16.

kh 830. 11. kh 830. 12. ى مسوك آلأرانب n 78. 13. kh 830. 14. c 397. kh 830. 15. c 307. 510. ki I. 620. r 78. 16. ki I. 386. 620. 17. m 75. 19. k 32. 196. h 474. hv I. 102. ki I. 620. w 415. 589. m 75. Q 149. B I. 92. 202. 585. 634. II. 396. r 43. kh 427. 830. 20. من تخبرن j II. 326. m 75. 150. الى الآن قد — nd 186. — تخبرن w 589, 10. p II. 611. — تخبرن — j II. 326. — قد جربتن — w 589. nd 186. j II. 326. — التجارب w 589. 21. تخذ السلوقى f 163. — حبب s بالصباح يوقدن h 77. Q 211. p II. 611. j III. 125. 399. 22. وطعن كبراع G. 23. من الناس ki I. 620. m 75. 24. ذات تجللتهم جلل s (in the text). q 66. Pa. m 75. — ذات تخللتهم m 75. 25. t 21. s سبب and حاجز ki II. 252. hv I. 376. — تخبون G. — يوم الشبايب W 80. 120. — 25ª. no 15. 26. W 120. 27. W 120. — يعوذون أجسامنا G (in the text). 28. s لزب m 75. r 64. Cod. Petermann. 196, fol. 161ᵇ. 29. f 82. — لاحقا بقوم ki I. 620.

II, 2. s ثبت حسنا a صفن 3. s صفن 6. يتمضحن Pa. 12. k 253. 13. لم تباك Pa. — ألفذ G.

III, 1. m 49. 2. s قشب m 49. 3. t 19. ki I. 618. 621. gb 6. m 19. 49. 4. ki I. 621. — على وشنية gb 6. — تبلغك —

m 49. 5. gb 6. m 49. — مستراد ومَحْلَبُ ki I. 623. 6. m 49. مِنْ اموالهم — .gb 6. اذاما مَحْتَهُم — .ki I. 623 اذاما لَغِيتَهُمْ — ki I. 623. 7. m 49. — ترحمر فى مَدّجهمر نكَة gb 6. — Read أَلنَبْرا . 8. m 49. 9. s سور . r 74. — ملك خَوْلَهَا m 49. 10. فَالْكَ n 71. m 49 (text). 11. ki I. 621. h 190. c 284. gb 6. 7. p I. 28. m 19. 49. mu II. 241. 12. m 49.

IV, 1. s طنن . — مَجْنَبَة الجهل Q 255. 4. Diwan of Hassan ben tabit, Cod. Par., fol. 3. — تَبَاقِي Mehren Rhetorik. Read اذاما شَبَتْ 5. فلن يَكُنِ Pb.

V, 1. ki I. 622. 359. j III. 167. m 17. — يا دَارُ Pu. — فى آلعلياء S. Read فَالسَّنَدِ . — وكَانَ عليها Pb. — 1ᵃ. c. 187. 2. ki I. 622. c 96. أُصَيْلاَلاً f 25. s اصل y (reading) S. m 17. — أصيلا كَيْ تجاوبني m 17. — أُصيلا كَيْ أُسَايِلها y (text). N (text). طَويلا كَيْ أُسَايِلها N (reading). y (reading). — طَوِيلا كَيْ تُجَاوِبَنِي m 17. — أَعْيَتْ جوابا f 25. 3. s جلد ki I. 622. c 96. r 37. — الاّ أَوارِيَّ N (reading). الاّ أُوارِيَّ y (text). — الاّ الأَوارِيَّ y (reading). — الاّ الاوارِيَّ Pu. — الاّ أَوارِيَّ S. N (text). — الاّ أَوَاخِيَّ y (reading). — لايا ما ابَيِّنها y. — لاَ إِنْ مَا ابيّنها m 17. — وَالنُّوَى S. Pu. 4. ki I. 622. c 97. — رَدَّتْ S. y (text). G. Pu. N. 5. f 157. s سايف

and نصف ki I. 622. ha 307. — ٱلضَّعْفَيْنِ Pu. 5^b. k 6. 6. أَضْعَفْتَ and لبد. ki I. 622. D II. 408. y. S. p I. 439. N. kb 735. — 6^b. p II. 26. 7. فعد منا مَضَى S. 7^a. M I. 559. 8. n 75. ki 233. — ضَرِيبُ القعو — بِجَنْبِ الجليل S. y. N. — على مُسْتَوْجِبٍ N. y. — وَجْدٍ S. 10. ki I. 622. n 60. — القُرْدِ and القُرْدِ N. — ٱلقِرْدِ G. y (text). S. N. 10^a. mn I. 123. 11. ki I. 622. e 415. — سَرَتْ عليه y (text). S. N (text). — سَارِيَةٌ y. S. — الشَّمْلُ y. 12. ki I. 622. — طُرِّحَ G. Pu. N. y. 13. ki I. 622. e 249. — تَمِيسَتْ y. S. — تَرِيَاتٍ Pu. 14. ki I 622. e 249. — ضمران s فَهَابَ ورع (only the first hemistich). y. S. N (text). ضَمْرَانُ y. Pu. — تَنْعُنَ y. S. Pu. N. — ضمر s طَعْنَ ٱلمُسَارِقِ (misprinted instead of المَعَارِكِ). — ضَرْبُ المعارك y. — المُجَحْجَمِ G. — النَّجْدِ — النَّجِيدِ G. N. y (reading). 15. ki I. 622. — قَلِقْنَدَهَا y. — شَكْدُ المبيطر s بعلم and مصد and درى. y. S. 16. f 20. 17. k 219. 20. gb 6. — وفى البُعْدِ m 17. y. — 20^b. وَالْبُعْدِ الأدْنِينَ s فى بعد N. 21. m 17. 78. — وَمَا ارى y. — حشا s وَمَا احاشى gb 6. y. S. 21^b. w 358, 3. 22. Read الاَّ سُلَيْمَانَ. ki I. 618. h 435. gb 6. g 66. j I. 829. m 17. 19. Q 29. — قَاْرُدُدْهَا عن — y (text). Q 29. m 17. 19. N (text). — فقال ٱلمَلِيكُ له

gb 6. — فازجرها عن y. m 19. — فازجرها على N. — Read عن العَنَد.
23. ki I. 618. b 311. m 17. gb 6. Q 29. — وخيّب الجن j I. 629. —
قد أمرتهم j I. 829. 24. m 17. — فمن أطاع فتعقبه y. S. —
فمن أطاع فعاقبه N. — تجانبته D I. 9. 25. t 21. q 17. s حمد.
D I. 9. m 17. — فمن عصاك S. 26. Maçoudi, Prairies d'or, III. 203.
m 17. 27. تعطى على حسد S. *Pa.* *N.* y. — خلوٌ y. 28. m 17.
— الواهب *Pa.* — المائة الأبكار k 6. y (text). S. *N* (text). — المائة
الجرجور N (reading). — كالواهب المائة الجرجور y. — يرجع في y.
— في الأوبار نبي اللبد *N.* y. 29. والأثم S. *Pa.* 30. والشاحبات
قبول الريعل S. *N* (text). — والساحات y (text). — فنقها y. S. N. —
أتلقها N and y (reading). — فتقها y (reading). 31. والخيل y. S.
— تنزع غربا s غرب. — تمزع عزما N (reading). — تمزع رقوا N
(reading). y. — تنزع قبا N (reading). y. — تمزع مزعا y (text). S.
N (text). — تمزع y. — يتنجو من S. 31b. h 786. 32. s حكم
and حصم. D I. 302. II. 290. 475. m 17. — واحكم y. S. N. —
حملم براح ha 586. y. S. N. p I. 163. 401. — واردى الشد S.
33. ki I. 622. 34. ki I. 622. D I. 302. m 44. gb 2. — عدا
الغمام y. *Pa.* *G.* m 17. — ونصفه y. *Pa.* *G.* m 17. 34a. s 135. —
Read نقدى. 35. m 44. ki I. 622. — تحسبوه G. — كما زعمت

y. m 17. N. — يتقفى ولم يزد D I. 302. 36. s حسب ki I. 622. 623. m 17. — حَسْبَةً G. 37. فلا وَرَبِّ الذي Q 8. — الذي قد الذى نبيفتْ — y. S. Q 8. N (it gives wrongly حرته). زرتَه جَنجَجَا لا وَٱلّذِي .38 m 17. — جَسِدِ مِن y. 37ᵇ. s جسد h 127. 38. بِكَعْبَتِهِ يَمْسَحُهَا — Pb. العائذات الطَّيْرِ — m 17. آمِنَ ٱلْغِزْلَانِ تَمْسَحُهَا f 112. y. N. S. ha 591. — بين ٱلْغَيْلِ f 112. m 17. y. S. N (text). — وَٱلسَّنَدِ m 17. — وَٱلسَّنَدِ f 112. y (text). — فَالسَّنَدِ ha 591. — 38ᵃ. z 41. 39. مَا إِنْ تَدِيتُ بِشَيْءٍ أَنْتَ تَكْرَهُهُ s ندا c 150. — مَا إِنْ أَتَيْتُ بِشَيْءٍ أَنْتَ تَكْرَهُهُ — gb 8. إِذَا أَتَيْتُ بِشَيْءٍ أَنْتَ تَكْرَهُهُ m 17. y. S. N. W 114. — مَا إِنْ بَدِئْتُ بِشَيْءٍ أَنْتَ تَكْرَهُهُ m 17. — مِمَّا أَتَيْتُ بِهِ — ki I. 623. إِنْ كُنْتُ قُلْتُ ٱلَّذِي أَبْلَغْتَ مُعْتَمِدًا Pb. 39ᵇ. h 5. 40. ضَرْبًا عَلَى Pb (but the Gloss exhibits قَرْعًا). 41. gb 8. — نُبِّئْتُ أَنَّ t 20. ki I. 623. g 118. Q 130. W 114. p II. 506. m 17. 52. N. 42. gb 8. m 17. — فِدَاهُ s فدى y. G. P. N (reading). — بِدَاءٍ N (text). y. 43. وَلَوْ تَاقَفَك gb 8. y (text). S. N (text). 44. عَوَارِبُهُ جَاشِئْ إِذَا — s عبر — إِذَا جَاشَتْ عَوَارِبُهُ y. S. N. — ترمى آوَاتِيهُ s عبر. y. S. N. 45. وَادٍ مُزْبِدٍ y (text). S. N (text). — مزبد لَجِبِ y. — فيه خَطَلٌ y (text). S. N (text). 46. q 7. بِٱلْخَيْسَفُوجَةِ — G (text). تَبَيَّنَ الابن — S. بَطِلٌ — خزر. and تجد s

بِأَطْيَبَ منه — y (text). و يوما بِأَطْيَبَ مِنْهَا 47. N. و مِنْ جَهْدِ وَمِنْ رَعْدِ N (text). — و حيب فاصلة y. N. — ولا تجول y. 48. ki I. 623. — تسمع بقابله y (text). S. — فلا تسمع بقابله N (text). — به خسبا G. — فما فرصت S. N (text). — فما عرضت y (text). 49. تا انّ حا s عذر and تا and حا. gb S. y (text). S. s 143. N (text). — حا إنها عذرة y. N. — لم تكن إن gb S. S. s 143. — قد صاحبها فان تاه في البلد s عذر and تا and حا, y (text). S. N (text). s 143. G. gb S (but here the Reading is بالبلد). — قد جار في البلد N. — وقد حلم في البلد y.

VI, 4. غبدت G. 5. سربنا G. — بذات الموارد Pb. (gloss). 11. غرائر G. 15. وتبيتني G.

VII, 1. t 19. ki I. 618. II. 559. gb 8. n 116. u 56. m 100. — مزود Pa. 2. ad 102. — أزف الترحل ad 4. h 480. ki I. 618. s 148. m 100. G. — أبد الترحل G. — لم تزل برحالها h 480. 3. زعم الغراب Pb. — البوارح أن زعم t 19. s حتم ki I. 618. n 116. u 56. m 100. — العوادل أن زعم gb 9. — غد Pa. — الغراب تنعاب وبذاك الأسود s حتم ki I. 618. n 116. gb 9. Pb. m 101. — الغراب الاسود Pb. gb 9. m 100. 4. ki I. 618. m 100. 6. ki I. 618. m 100. — تقصد Pa. — تقصد G. 10. توقد نعب G. Pa. 11. s حير.

— غلوايه G. 12. لتنيف طيه Pa. — نعمز خميص عكن h 680. — تنفاجه وآلآتب s قعد. 13. مخطوطة G. Pa. — بضة Pa. — المتجرد G. Pa. 14. كله G. 16. وقرمد G. 17. s لمصف ki I. 610. W 167. Diwan of Garir (Cod. Lugd.) fol. 8. — Safinat eççalihı elkubra (Cod. Paris.). 18. r 86. — عنم على أغصانه لمز Pb. عنم على أغصانه لم يعقد. h 288. ki I. 619. — عنم s يعقد 19. ورنت إلى بمقلتي مكحولة ki I. 619. — نظر العليل W 129. — نظر المريض n 60. 20. برد اسف P. 21. o 490. 23. ثقلت Pa. — In the Cod. Goth. the 2ᵈ hemistich of this verse is 24ᵇ. 24. The 2ᵈ hemistich of this verse is in the Cod. Goth. 23ᵇ. 26. عبد الآله ضرورة t 21. — ضرورة G. Pb. 27. لرنا تبهجتها t 21. 29. ki I. 619. Read رجل. 30. gb 8. Safinat elkubra (Cod. Par.). 31. gb 8. ki II. 559. 31ᵇ. s قرمد g 116. 32. gb 8. ki II. 569. — الحزور نبى آنتهاه G.

VIII, 1. j II. 119. 2. أحاديث Pa. 3. لنا ملكا Pa. 6. Read قامزا. 7. h 6. 9. ki I. 622. 11. ان كنت محرما ki I. 622. — ان جنت P. — محرما P. — Read آتيك. 12. j II. 188. — وصد المعاقرا ki I. 622 (false). 13. سأربط كلى j II. 188. — سامنع كلى h 290. — متحلان Pa. 14. s تجال G. Pa.

15. نزلُ الوعولِ الفُصْمِ *Pa.*   16. الّا تُنْتَل G.   18. ألاَ أبلغا النُّعمن

حيث kl I. 622.   21. وتَحْمَ Pa. — وتجرِ عدنه يَسْتعفُ ad 260.

IX. 1. Read خُرِيَهما.   2. فنابلكم ويغوروا G

X. 1. ad 119. — وٱلشَّفَاقة Pa.   2. أتني Pa.   4. k 260. —

ٱحتملنا ان s يرر and نجير.   5. جَيْشَا اليكم قوائمُ G. Ph. *Pa.*

7. s كدد and حليم B I. 36. p II. 865.   8. Read آلنوكِ. — غير

مُقلِى *Pa.*   9. k 212. 316. d 116. I 16.   11. Wüstenfeld, Reg. zu d. gen. Tab. p. 176.   12. عرعلر بهَا وليدخمرْ بحمعو s عرر.

15. متون ضَوارِ *G. Pa.*   16. s عرب.   18. s حرر ha 361. Q 238.

19. مُعَصْلا *Pa.*   20. q 41. 165.   22. زيد بْنُ بَدْرِ s عرر j I. 360.

III. 663. IV. 313.   22[b]. s كنب.   23. j II. 550. 17. — وعلى

وعلى — j III. 741. — وعلى عُوَارةَ من سخين — دقن s آلدمَيْنَة من سكين

ان   27. j I. 360. II. 550, 22. 823. III. 741. آلدُّنَيْنَة من بني سيار

مانع آلقرنيّة s حعمر j I. 360. III. 663. — وخفار j III. 663.   28. قَلْعَبْن G.

XI. 1. m 128. — اِنّي نهيجت gb 20 — من بعد اصعار j I. 335.

لرقبة — gb 20. — مُقْتَبِضٍ gb 20.   2. m 128. — كَفِّ أَشْفَارِ —

العصارى G. *Ph.* — بُعَدْنوا العصارى j I 335. — ليغذيه العصارى q 146.

3. لاعرف ربرب حَوْلَ مُدَمْعَفَا gb 20 (incorrectly: read لا أعرفن رَبْرَبًا),

مُرْتَدِفَات على أعقاب أَكْوَارِ — gb 20. j II. 613. كأنّهن نِعاجٌ حَوْل دوّار —

m 128. — نوار P. 4. m 128. gb 20. 5. مرتفقات على أجنب

اكوار gb 20. 6. نرر تمعها عيون تمع gb 20. — دمعا على

الخشين G. — رحلة يأمن gb 20. 7. فلن عصيت j II. 252. — غير

حرة بجتبى من الخلب منقلب gb 20. — العلاف متى j II. 252.

8. او أصنع G. — من قبله البيت يتوضع gb 20. — مثلمة خرشه فى

n 120. — الأجارى بها تجرى لا القفر بعيدة gb 20. 9. تدافع النقل

j II. 252. — عنها النقل تدافع j I. 362. — تركبها بيوم gb 20. —

تركبها حين j II. 252. 10. الرديفات على جذب ومن جوش j II. 155.

— جذب ومن j II. 221. — حذر ومن gb 20. 11. ق فضلة أرى

بيوتهم جلى gb 20. — واقرار باسلاق عليه (?) gb 20. 12. حتى

استنفاوا gb 30. 13. الصوت لا يخفض gb 20. 14. رقبته لجيان ه عمر.

XII, 1. تجلبه المرء وحين j II. 83. — ابن كنت أو تكيست فلو

j II. 83. 2. أصدرها ما j II. 83. — من جش معقلا تختاره بخبر الى

j II. 83. 4. Read غررتهم. 5. من آل لى قار G.

XIII, 1. j I. 683. — رأيته لما للنعمان j III. 320. — صادر بثغرة

j III. 320. 2. j IV. 82. — لم وان شديد j III. 320. 3. عذرة Pa.

4. منعوا وقمر G. 5. الماء الطالبات من G. 6. قراحية j IV. 44.

— كأنها بليف j IV. 44. — قلوص عفا j IV. 44. — عنه طار Pa. —

تَوَاجِمْ Pb. j IV. 44. 8. عنها بَلِيّ P. G. 10. قتلوا غُمَرْ j IV. 82. — بِٱلعِنْجِمِ j IV. 82.

XIV, 2. يوم التَّمَارَةِ Ph. 6. Read وَقَارَفَتْ . s تمصص and نمر and مفسر g 83. 7. تَمْشِي ٱلدَّجَاجُ خَوَالِيَهَا وَرَاكِبُهَا نشوان h 443. — فِي جَوِّهِ h 443. Pb. G. — البَاغُوتِ h 443. G. Ph (text, but the gloss presents الباغوث). 8. تَلْقَى f 38. — الأَوَزِّينَ G. الأَوَزِّينَ P. — قرَنْفُلٍ وبنٍ f 38. — مَنْشُورٌ f 38. P. 9. لولا الأَمَامُ G (text).

XV, 1. عن مَذْهَبِ الحقّ j IV. 104. 2. ترعوا لِوَدِّي G. 3. j IV. 104. — قَلَوْ G. Pb. — وَأَبْنَاءُ ملكه G. — فَتَعْذِرُنِي، G. 4. لا يَرَى j IV. 104. 5. لَيَهْنَنَا s عبد. — قد رَفِيقُهُمْ j III. 609. — المَحْلا j III. 609. 6. ذوى الغِنَى p II. 336. — من الفَخْرِ p II. 336. 10. Read العَقْلُ. — عن التُّخَمِ G. Pb. 11. يجعل اللهُ G. Pn. — يُحِدْثُ غرابها t 21. — الله فُرْصَةً — وَيَقْتُلُ G. 12. p II. 337. 13. p II. 337. — مَثْنَى المعاقل p II. 337. 14. يُخْطِي، p II. 337. 15. t 21. p 337. 16. تَعَلَّقُ Pn. — تَعَالِي p II. 337. — على مَا مَعَاذَ الله أُعْذِنِيكَ التي — Pn. يَمِينُ الله 17. p II. 337. لَنَا او تَنْجِزِي يَمِينُكَ — رأيتك غُدَارًا t 21. — رأيتك مَشْوُومًا t 21. — G. p II. 337. — فاجِرًا G. 18. t 21. — لي أبي p II. 337.

XVI. 2. كلّ دارع Pa. 3. قعودا لدى Pb. 5. بآلٍ للقعاقع G. 7. قتم ملكه G. — عَبْد بنِ سعد G. 8. تفتيهم Pa.

XVII. 1. m 166. — خشمُ عفا ,حسمر s عفا خشمٌ l 31. فجنب اريكة — j I. 228. — فالقوارع s حسمر ki I. 623. — عفا ذو حسى j I. 228. G. فشطّا أريك j I. 228. 1a. h 194. 2. ki I. 623. 3. ki I. 623. W 117. 4. ما إن ابينه ki I. 623. 5. عليه قصيمٌ s نمق and قصمر s 104. r 51. — نمقته الاصابع r 51. 6. s بنا. 7. تقلقلت متى m 166. 8. k 105. m 166 183. — على حين عاينت d 128. s 51. Pa. — والشيب — وازع G. Pb. 9. لمثله وأليج ولوج الشغاف q 56. s شعف. — الشغاف G. 10. s ركس j III. 466. 482. m 166. 11. Q 233. ha 286. D I. 324. m 166. Cod. Wetzst. I. 56, fol. 107a. 12. Cod. Peterm. 105, fol. 63. — تنبذ D I. 324. ra 76. — من نوم العشاء Q 233. — ضحلى النساء r 20. — في نوم تقشى سليمها — D I. 324. — بنساء Q 233. — في يفعيقها D I. 324. 12b. لقالع ra 72, 11. 13. s طلق. — تبادرها الراقون من قرّ D I. 324. - شيها Pa. — ضور s 13b. تعلّله حينا وحينا — تخدر s. تطلّقه يوما ونيما D I. 324. 14. m 166. 183. — وأخبرت خيرَ الناس انك ha 290. 15. m 166. 183. — مقالة G. Pa. 16. h 62. 194. m 166. r 76. 17. h 194. — وجوة Pa. — من خادع G. 18. في حدعة G (text, but corrected).

— مقذ G. Pa. 19. كاذبا النصح a فلل . — الخف يأتك ولم

h 490. — صوسابغ a فلل . 21. s امر . — تترك فلم r 32. —

r 32. — يأتمن j I. 346. 917. — امة G. Pa. 22. j IV. 350. ربيبة

— لعنات Pa. G. نعاب Pa. — الآلا j I. 917. j I. 346. 25. تحملتني

t 20. s عبر ha 337. ra 71. r 26. 34. Cod. Wetzst. I. 56, 106a. فتعب

D I. 19. — خملت على قتبه وتركته p II. 360. 26. Cod. Peterm.

106, fol. 64. — كنت فان G. Pa. — ذا الصعن G. Pa. — عنى مكذبا

ki I. 617. G. Pa. — عن البراءة ki I. 617. 28. t 19. s نلى f 26.

ki I. 621. e 434. gb 6. W 149. n 09. m 19. 56. 166. hr I. 311.

Sharh diwan Ibn elfarid (Marseille) 134. 497. — Read وان خلت . —

ki I. 617. — عنك وازع t 19. 29. t 4. ki I. 617. 621. ان المنتوى

e 434. — منيفة gb 6. وجبال 30. كالما عبدا وتترك s خلع . — وعر

— زور s 33. r 31. 78. 32. j II. 955. 31. Pb. خلع s خالع

المسك كارع — j II. 955. بزوراء في أكنافها — G. Pa. غير معتمد

j II. 955.

XVIII. 1. km 315. — نفرج G. — ملكها Pb. 2. km 315.

3. تقر G. 4. تنعل Pa.

XIX. 1. j II. 606. — الحمن Pa. 2. فاموا ابدنا G. Pb. —

j II. 606. 3. صوارا Pa. 4. تعاورت Pa. 5. اتيت بعد أمواه

G. Pa. — جعْفب G. Pa. 6. مزيّنات G. 7. مُبطّنات Pa. —
فوق الكِعاب G. Pb. — بُرودَ G. Pa. 8. بآل اهل Pa. 11. تثنية G.
14. فلا عمرو G. Pa. – آلخنجيني G. P. 15. جلّ ملك Pa. 16. ‹ 20.
20. بِالمُخَيَّسَة.

XX, 1. أشاقك من سُعْداك مغنى المنازل — j I. 587. رَبع المنازل
j II. 390. — يبرقة نعمى j I. 587. — قرّض الاجاول j I. 587. —
الآجايل Pa. 4. رجعن s تبغي بتجلي. 5. يعارض ربّنا G. Pb.
10. نصح s يتقبلوا رسولي. — نصح s لديهم رسائلي. 13. فالكواتل
j IV. 315. 14. ذي أذاة Pb. 17. Read تزيد. — آلمطارة G.
19. تبلغ Pa. Pb. 20. شوارب G. 25. mu II. 251. n 232. — تخيرت
كُلّ فضاء — G. كلّ قضاه — W 150. يومَ النزوع من كل نثرة ونسج
Pa. 25b. s لحل and حصى. g 86. 26. s كدس and كرر. —
كرة وأشعرن g 129. Pa. — قوس إضاء g 129. G (text). 27. ينقض
البغد قمة Pa. — غير خامل Pa. 29. آلبريئة G. 30. كان
عِداته j II. 248.

XXI, 6. شددت الكور حيث شددته j III. 589. 11. وربّ بي
P. — [illegible]. 12. لقد غالني G. Pb. 13. فلا يُغني G. —
مصرع مُلكهم Pa. — عنقت منهم Pa. 14. ربعية G. 16. يحث
الغداة عاصبا f 148. 20. حسان المهى G (text, but corrected).

21. أوائل ملك Pb. — أقبلتنها s اسـ. 23. بعد الخير Pb. — أملك حياتى kh 726. 24. كان بينى لو لقيتك سالما وبين الغنى الا kh 720 (false). — وآب مصلوه — فما فى خباتى kh 726. 25. q 67. — فلا زال قبر بين تبنى w 391, 13. ولا قبر بين بصرى Pa. 26. صلل s. عليه من الوسمى j I. 824. l 35. — عليه من الوسمى صنج w 391. 13. جرد j I. 824. l 35. 28. سأقبلى له من — Pb. وحوفا منورا j I. 824. 29. خبيث منه وحوران حرث s. j II. 159. 183. 29ᵃ. s جول.

XXII, 1. j II. 584 2. يجلينا j II. 584. G. 3. عند نقليه G. Pb. j II. 584.

XXIII, 1. الحدما وامسى جلفيا j III. 276 (incorrectly). — آلشرع G. Pb. — فلاجراع j III. 276 (incorrectly). 3. أثيرها G. Pb. 5. يتنظرك G (incorrectly). 7. والدعما Pa. والتقعا Pa. 8. ki II. 427. e 254. — بنى نبهان G. Pa. 9. ki II. 427. e 254. — ذى أرك l 70. — ترجى مع الضنج j I. 211. 9ᵇ. s صرم. 10. اتين فلما منهبا mu I. 274. 12. s ثنى ki II. 427. e 254. c 360. ra 68. — وأمحوص Pa. — الأدما Pa. 15. يشترى أدما G. 16. لا تخشنك أن G. 17. ثمر واجدته Pa. 19. s ستن. — استن بين تحيد P. G. 20. او ذو وشوم P. G. 22. كالهبرقى G. Pa. 22ᵇ. s قبرى.

XXIV. 1. a عَش. — حشا s أجمع محاشك. 2. ولحفض

بالنسب G. Pa. 4. بطون صِبْيَةً G. Pb. — كُلُّها Pa.

XXV. 1. يَبْعَد الله G. 2. الاما الافق Pa. — من الأخال G.

كالانم — G. 4. واجْسَامُ G. — والاثِمِ G. Pa.

XXVI. 1. t 13. h 779. — يا بوس G. 2. فلا نبغى Pb.

5. t 13. 6. f 133. — يُخْلط G. 6b. s صرمه. 8. Read

تعلم أن ق 12. فجعن G. 11. بعد اقتلم Pa. 10. يتقى.

G. — Read يتوقى.

XXVII. 1. أتاركة G. Pa. — بالتحية والسلام. a رقش. Pb. G

(text, but the Reading is والكلام with the note صح). u 52. 2. كان

آلذلال G. Pa. — كان الوداع G. Pa 3. فلو كانوا.... منوا Pa.

4. بتنشر سحنت G. Pb. — وأهفة Pa. 5. ترابب G. 8. الى ذتم

G. يمتلق — النهار مع القسام h 454. 13. ق فاحتى G. —

16. السبي G. Pa. 17. لما أعلى الحوابة j II. 726. 18. j II. 728.

— غاتشات G. Pb. 19. يغدن G. 20. بالسلم Pa. 21. Read

مثل — آلنهم G. 22. وانباء المنية G. — حلولا من جذام Pb.

— Read حرام أو. 24. s اتمر and حمون. — بطن الاثمر G.

j I. 114. — بطن الاثمر P. 25. من الشلم G (text). P. [من السلم

G reading. Pb.] 26. لد يقربهم G. Pb. 27. فيض النعام Pb.

31. فتغنبح عاقلا بجبال • حسمر . j II. 268. 32. ليطلبوه الطالبين G. Pb.
33. تذوخت G. — تخل G. — تخلل Pa.

XXVIII, 1. ki I. 622. gb 8. r 93. 2. على أقيم لا فتى gb 8.
لا ألومكه في تخولي — ki I. 622. على تخولي — ha 265. لا ألومك في
ki I. 622. 3. h 718. ki I. 622. gb 8. ad 303. — وألبلد الحرام
g 118. 4. h 273. ki I. 622. يمسك gb 8. — تأخذ بعده h 718.
z 101. ad 303. [ad 303 تأخذ and تأخذ]. — بذهاب عيش G. Pa.
z 101. ad 303. — أجب الظهر G. P. ad 303. z 101. — أجب
الظهر G.

XXIX, 1. q 133. — فرقت منازلا ki I. 121. — بالخيف المبق
ki I. 121. 5. مضعة Pa. 6. عيينن Pa. 9. أيربوع . 10. s وحش
and شنس . k 219. hl 282. s 48. — تبين رجليه D I. 190. 11. فرق Pa.
12. تترف Pa. 16. وردوا البياه u 58. 17. مواطن صالحات u 58.
التيقهم G. Pa. — التيتهم Pb. u 58. 19. وقد زحفوا G. —
رفن s وخمر دلفوا بهجم في خميس . 20. q 87. — بكل مدجج q 16.
— مجرب G. Pa. — يسمو الى اوجال q 16. Pa. s رفن . 23b. c 468.

XXX, 1. المضلل G. Pa. 2. مفقود عليه j II. 327. — بنقتله
أجللن بذي j II. 327. 4. فما تزر G. 5. التبيان G. Pa. —
عن قوم مجان mu II. 246. 6. الرت p II. 788. — فزعت عنه p II. 788.

— كما نقر p II. 788. — عن آنجلفان p II. 788. *Pa.* 7. تمحط and
تمحط *G.* — عبس s تحظ بك.

XXXI, 1. وإن بقدر Pb. 3. s صرد.

# Antara.

II, 3: كأنها والخيل Pa. 11. الهجير فوارسا *G.* 14. الوغى
قتلاها Pa. 18. وإذا غدا في Pa. 21. عبلة أخبرت G.

III, 1. وغادرن h 206 (text). 2. فمن يك في قتله يمترى h 206
(text). — وأمكنته قد تجب *Pa.* 3. يلحين ورد h 206 (text). —
تتابع لا يبتغى غيره h 206 (text). — وقع برذى *G* (text). 4. وقع برذى
(and يتابع Reading) h 206 (text).

IV, 1. السرايا يوم منب وضارة a I. 479. 2. عمرو مراتب a I. 479.
3. او دنا لشفاتها تهورتمر a I. 479.

V, 1. فيكون جلدك G. *Pa.* 3. s كذب and عتق. —
العتيق *G. P.* — بارد *G. P.* — ماء شن باردا *G. P.* 5. w 10, 1.
— ويكون *Pa.* — عند ذلك G. 5[b]. s نعم.

VI, 2. s قلب and ملح. 3. بالرواح G.

VII, 1. غد غداة *Pa.* 2. ذو قلبي *Pa.* 3. تعزيت من بكرى تطلعتها — *Pa.* او تلاق — *Pa.* 8. تراجف *G.* فمع لأن منها — *G.* *Pa* (text). 17. Read وجبّوا عباديد. 18. لها متصب *Pa.* 21. فلقته شيوفنا *G. Pb. Pa.* — Read ترثيل متون. — ترثيل *Pa.*

VIII, 1. نجا فارس *G. Pb.* 4. فان كان عبد *Pb.* 5. تسمى قتيلاً *G. P.* (text).

IX, 1. بالجوار *Pa.* 2. غداة القبيلح *Pa.* 4. تتابيكم *G.* 5. تجتديكم *G.*

X, 1. شديد العيم معتدل شديد *Pa.* h 209 (text). 2. تركت بي h 209 (text). — دوارا لهم *Pb.* — دوار لهم h 209 (text). — تعود جماعتهم تنضي اذا h 209 (text). 3. بحلجبيه hv I. 371. — قابعا تأخر hv I. 371. — ويه حدد *G* (text). 4. h 209 (text). 5. يجرى وما h 209 (text). — تذرى وما w 14, 1. 6. مدلجة s دلج.

XI, 1. q 55. s ذرى and عمر. k 59. ha 527. — تنفض أعنيي *G.* — فها أندا *G.* 2. z 27. — تلقى *G.* kh 661. 4. كمعي فهو s خطر and كمع and عقف. 5. Read عن الشرع. — عن الشرع *G. Pa.* 8. في لقح *G.* 9. Read الآخر. 10. لتنال *G. Pa.* 11. ومنحوب *G. Pa.* — صرع *Pa.* 13. قد دلفت *G* (text).

XII, 1. and 2. e 278. — تتبعها G. 3. and 4. e 279. 5. وخصلت and خصيلا and خصل G. e 279. 6. e 279. 7. تشتموا G.

XIII, 1. s بين D II. 200. — الغذاف الابقع G. 2. خرق الجناح e بين P. G. p I. 696. — Read لتخنى. — لتخنى G. 3. بفرخ Pa. — عشد G. Pa. — وينتج G. Pa. 8. s عبر and عرف.

XIV, 1. ورقد G. Pa. — ورشل Pa [text; but the reading ورقد is pointed out with صح]. 2. فان لاقيتني Pb. 3. حبيلة G. 4. البجلي k 196.

XV, 1. Read تشتفي. 2. عنياه Pa. 3. تخصف G. P. 4. ملحيف G. 6. في كل يوم G. Pb. s قرف — . لم والنجرح s قرف. 8. كسير السمهري Pa. 9. j I. 252. 10. كتائب ترجى فوق n 75.

XVI, 1. سمية ki I. 473. — العين مذروف ki I. 473. — لو كان لنا Pa. 2. ساجي العين ki I. 473. 3. ki I. 473. 4. العبد عندكم بالماء يقدمها والمال مالكم ki I. 473. 5. لحقت ki I. 473. 6. الشمر ki I. 473. — تركضها G. Pa.

XVII, 3. عمرو بن Pa. — عليها الحلق Pa.

XVIII, 1. عميرة Pb. — جمعها Pa. 2. الملك G. 4. j IV. 367. — ولقد علمت الا .... بلوى المرتقب p II. 279.

XIX, 5. قنص G. 6. ونحلل G. Pa. 9. t 39. ki I. 473.

h 673. — وأنا لمرؤ k 300. 10. ki I. 473. — يلقوا Pa. G. 11. غايلا شيرنا Pa (text). — مثلها ki I. 473. 12. d 48. ki I. 473. حتى أصيب به Cod. Wetzst. I. 56, 108ᵃ. 12ᵃ. s حلل. 13. t 39. ki I. 473. — أجحمت P. — معمر مخول Pa. 14. t 39. ki I. 473. — بضربة G. 15. ki I. 473. k 350. 16. لقد غدوت Pa. 17. t 39. p I. 7. — عن عرض P. ki I. 473. 18. ki I. 473. — بهذا المنهل t 39. — بذاك المنهل p I. 7. 19. t 39. s كنا. ki I. 473. h 480. ha 237. 20. q 96. t 39. ki I. 473. 21. ki I. 473. — كانما سقيت شوابقها Q 217. 22. عند الكريهة Pb.

XX, 7. عبيل وأرجعى Pb. 9. Read المتحول. 11. Read زهفا. 13. أبلغ Pa. 15. وفارسا Pb. 16. Read الرقاب فتنغلى. 17. السيوف بها رؤوس Pa. 21. مشعلة G. Pa. — بمقلص G. 22. متلعب عبثا G (text). Pb. 25. مخرج زوجه Pa. — من وجهه Pb.

XXI, 1. q 117. s رنم m 98. — مترنم G. Pa. — مترنم t 38. 2. A and o wanting. 3. خبثت G. — ترغو الى سقع الرواكد y. — A and o wanting. 4. m 98. u. 4ᵇ. w 99, 8. 5. r 33. — المتبسم y. G. Pa. A and o wanting. 6. المتلوم y (text, but the gloss gives only المتلوم). o. — Read قذن. — قذن y. 7. Read فالضلى. — فالمتثلم G. Pa. 8. ki I. 469. 9. حلت

فاصبحت الزائرين بأرض s زأر y (text). gb. A. o. — طلابها s زأر y (text).
مخرم s زأر y. k 261. 10. زعما y. — تعمر أبيك زعما y. w 339 alt.
hv II. 316. gb. A. o. 11. m 98. mu I. 137. 12. كيف الفرار
G (text). — واعلها بالجواء عبلة وتحل j II. 135. — بالقيلم واعلنا y.
ki I. 469. A. o. — بالقيلم وأقلها s غلم. Pa. j III. 631. — واعلنا
بالديلم j II. 135. 13. ki I. 469. — الرجيل ازمعت y. — شدت
ركابكم Pa (text, corrected in زمت with the note صح). ركابكم gb.
14. تسف gb. A. o. — الخمخم Pb. 15. h 19. — خلية واربعون y.
16. واسحم غروب بذى تستبيك اذ s غرب y. gb. w 486, 11. r 42. A. o.
— النوم نوم بعد المدامة غلب ناعم G. 17. m 111. — بمقلة
شادن Pa. — A and o wanting. 18. s قسمر m 111. 19. m 111.
— بمعلم o. 20. G. Pb. A. o. wanting. 21. k 4. m 98. 111.
— عليه جادت y. gb. w 42, 7. — ثرا بكر كل q 162. y (reading).
— حرة بكر كل s حرر y (text). A. o. — حرة بكر بكل gb. —
قرارة كل q 162. s ثرر and حرر y. w 42, 7. gb. A. o. 22. m 98.
23. كفعل فردا بنازح فليس بها الذباب وخلا t 38. y. gb. n 73. r 69.
A. o. 24. ذراعه يحك فرحا t 38. y (text). gb. Q 178. r 69. A. o.
— يحك فرجا y (reading). — المكب قدح Q 178. y. n 73. r 69.
gb. A. o. 25. فراشها ظهر y. — متلدم أجرد سراة y. 26. s ركل.

— ٱلْمُخْزَمِ gb. A. o. 27. بِمُنْجَزِمِ gb. 28. السرى مَوَّارَةً y (text). — تَهِصُ q 84 (text). s وثمر y. gb. ḥa 486. A. o. — تَطِشُ الاكام — بِوَخْدِ q 84. — خفّ بذات y. A. o. — خفّ بِخَفِع gb. — الاكام خفّ ha 486. — خفّ مِلْتَثِمِ y. 30. تَأْوِى لَهُ حزق y (text). — تَأْوِى لَهُ قُلُصُ التغام — y (reading). حزق s تَأْوِى الى قُلُصِ النعام k 366 (reading). gb. A. o. — تَبْرِى لَهُ خُوْلُ النعام كانّها حزق k 366. 31. جِذْنِبٌ على نَعْشِ — y. gb. A. حزج s خَرِجٌ عَلَى نَعْشِ لَهُنّ o. 32. صَعْلُ y (text). Pa. gb. A. o. — بِيَضَة gb. 33. s نحرص and دلمر kl I. 469. l 59. j II. 557. 712. m 98. 33[b]. w 652, 16. 34. الوحشىّ مِنْ قَرَجٍ — y. gb. A. o. وحش and اوم s وكانّما تَنْأَى جَرِّ — y. gb. A. o. وحش and اوم s ٱلْعَشِيِّ مُوَوَّمِ 35. c 215. — المُتَغَنِّمِ 36. y. غصى تقاقا — A. o. ٱلْتَقافا باليدين — A. o. جَنِيبِ G. — A and o wanting. 37. c 510. — ردع s على جَنْبِ الرداع — and عصم y (text). Ha 118. j II. 779. A. o. — على جَنْبِ ٱلْيَرَاعِ y (reading). 38. حَشَّ ٱلْوَقُودُ y (reading). g. gb. A. o. — خَشَ — ٱلْوَقُودُ y (text). — تُنْقِمِ o. 39. غصوب جَسْرَة زيافة مثل الفنيق — ٱلْمُكْدَمِ s زيف y. gb. u 63. A. o. 40. s قنع and غدف. — الفارس المُسْتَلْئِمِ ha 153. 40[a]. gb. 41. سَهْلٌ مخالقتى y (text). gb. o. [gb has only the second hemistich]. 42. وَإِذَا y. A. o.

43. s شوف d 194. hn 71. 44. s سرر. d 194. — ثات Pu. — وَاِذَا ٱنْتَشَيْتُ فَاِنَّنِي o. 45. r 38. d 194. W 172. — فِى ٱلشَّمَالِ hv I. 162. 46. t 38. d 194. W 172. hv I. 162. w 762, 24. — وَتَخْلِيلِ غَانِيَةٍ gb. 47. s حلل. — فَمَا أُقْصِرُ Pu. — فلا اقصر A. o. — مكا. 47b. s تمكو فرايصه gb. — وَلَرُبَّ قِرْنٍ قَدْ تَرَكْتُ hi 479. — بِعَاجِلِ o. — لَهُ بِعَاجِلِ ضَرْبَةٍ y. A. o. — سَبَقَتْ يَدَاىَ y. gb. A. o. — 48. سالت 49. طعنة y (reading). gb. — وَرَشَاش gb. A. o. y (reading). تَعَاوَرَهُ gb. Pu. A. 50. s رحل and كلم. — ٱلْخَيْلُ y. G. gb. A. o. شهد ٱلْوَقِيعَةَ G. y. 51. طورا يَجْرُدُ y. gb. A. o. 52. hv I. 122. — c 56. 441. gb. k 16. A. — Read وَأَعِفُّ. — وَأَعُفُّ o. 53. m 98. صدق الكعوب y. gb. G. A. o. 54. جادت لَهُ كَفِّى o. — مِنْجِي القنة G. — 55. A and o wanting. 56. فشككت بالرمح y. m 98. A. o. — شكك s وَشَكَكْتُ بالرمح ٱلْأَصَمِّ y. no 15. r 84. Amrilcaisi Moall. ed. Hengstenberg p. 11. — الطويل اهابه y. m 98. 57. فَتَرَكْتُهُ y. A. o. بَقْضَمْنَ حُسْنَ y. — بيقضمن قلة راسه m 98. — بين قلة w 28. — بِنَانِهِ والمعصم A. o. 57a. w 28. 58. وَمُشَكِ G. Pu. y. gb. A. o. — مُعْلِم Pu. y. 59. W 128. — رَبِذٍ يداه o. 60. m 98. k 54. no 18. W 81. r 22. — بَطَلٍ y. gb. Pu. A. o. — تُحْذَى نِعَالَ j III. 70. A. o. — يُحْذَى نِعَالَ gb. 61. m 98. — قد نزلت y. gb. A. o. —

بغيمٍ تبسّمِ A. o. 62. m 98. — الحديد مُجلّمِ o. 63. مذ النهار y. gb. A. o. — خضب ٱلبنان m 98. — بٱلعظلمِ y. 64. m 98. 152. — يا شاة من قنص m 152. 65. وقلتُ لها gb. — فتجسّسى y. gb. P. G. A. o. * 67. وكأنّما y. gb. A. o. — جِدايةٌ o. — من الرَّبْعِي y (text). gb. 68. s خبث. — المنعمِ Pb. — بنفسِ المنعَمِ y. 69. تقلّصُ y. — Read وضحِ. — ٱلفمِ G. Pa. ٱلفمِ G. $69^{b}$. h 242. 70. فى غمرة الموت y. — فى حومة ٱلحربِ A. o. — ٱلذى.... غمراتِهِ gb. — يشتكى y. 71. m 112. — عنها ولكنّى y. ha 326. n 84. gb. A. o. 72. m 98. 73. m 98. 112. 170. — عنترُ Pa. 74. s ارميهم بثغرةِ وجهِهِ y (text). h 58 (only the first hemistich). 75. hv I. 137. — وازورّ y. — فشكا gb. 76. اشتكى ولكان لو علم ٱلكلامَ مكلّمى y. gb. A. o. 77. تقاحم الخبار gb. — ما بين gb. — وآخرَ شيظمِ — شظمِ s. $77^{a}$. w 570, 12. 78. وأذهبَ سقمها o. — قول الفوارس y. gb. — عنترُ Pa. — أقدمِ y. gb. A. o. m 98. 79. ذلل ركابى y. gb. A. o. — مشايعى قلبى y (text). — بأمرٍ مبرمِ y. gb. A. o. 80. ما لم أعلمِ G. $80^{a}$. w 348, 24. — A and o wanting. 81. 82. A and o wanting. 83. ki I. 613. — اموت ولم تكنْ t 39. y. A. o. p II. 278. — ولم يكنْ gb. — ولم يقمْ y (reading). 84. t 39. p II. 278. — أشتمهما y. — اذا لقيتهما دمى y. $84^{a}$. w 134, 16.

85. أن يفعلا p II. 278. — إن تشتما مرتجى فلن أبالكما k 96. —

نصر وكل السباع جزر l 39. y. gb. A. o. p II. 278 (but here جزر). —

نصر وكل السباع جزر k 96.

XXII, 2. توقد النجم Pa. G. 4. علمتهم G. — سود Pa.

5. Read منتجم. — j I. 305. 6. خم المحلى j I. 305. — وبذت لنا

G. — نوى أضم j I. 305. 7. فتطغى j I. 305. 8. بالطخم Pa.

XXIII, 3. وحشن G. Pa. 4. j I. 229. 5. j I. 229. —

شواجنا Pa. — جنح Pa. 6. نفسك فاصدقتها j I. 229. Pb.

7. q. 54. — نفضت الخيل br I. 476. 8. وقد قبلع G. — الحزابز

G. Pa. — الحزابز Pb. 11. تقشع G. — مصر بفارحة G.

XXIV, 1. j I. 290. — فلله a I. 427. — لله عينا p II. 278. —

ملك رأى فتل j II. 779. — إن جرى p II. 278. 2. p II. 278. —

قلبتهما لم يخلقا j I. 290. II. 779. — فليتهما لم يشربا قط شربة

الدهر بعدها a I. 427. — لم يجمعا لرهان a I. 427. — 3. a I. 427.

4. لقد جلبا جلبا لمصرع مالك وكان كريما ماجدا لهجان a I. 427.

— مراة الحى G. 5. وكنا ندعى الهيجاء نحمى نساءنا a I. 427

[the reading of the text وكن is false]. — كان عند الكرب G. Pb.

a I. 427.

XXV, 1. يضربه فيحمل G. Pb. 3. Read أمسك . 6. وقرن Pa. 8. وتمنعهن G. 9. k 125.

XXVI, 1. w 491, II. j III. 887. — الله آلرسوم Pb. 3. تنلوف حلفت لهم 4. j III. 887. عنها مبسلات — Pa. مشعلات — G. عنها حلفنا لكم بالخيل تدمى نحورها نذبحق لكم حتى تهزوا — k 175. تبهروا — Pa. تهروا — k 175. تقارفهم حتى — j III. 887. العواليا k 175. 4b. s هرر . 5. k 175. 9. أخطر الموت G. Pa. 11. k 261.

XXVII, 1. كتف الهدق في ki I. 474.

# Tharafa.

I, 1. i 25. 2. تعتب i 25. 3. i 25. 4. آلمبين Pa. 5. Read وعراف من. 7. الكريم المرتجى i 25. — وآلكلب Pa. 9. أطرافكم Pa.

II, 1. Read قومي. 2. h 508. ha 584. r 22. — كم من خليل Q 147. 3. ha 584. Q 147. — أروع r 22.

III, 4. مكد G. Pa. 6. نبلاء G. — الذنب Pa. 7. برعون الضحى G.

IV, 1. s 24. j I. 579. II. 850. r 44. — وقفت بها أبكي وأبكي
ظللت بها — G (text). Pb. m 163. y (but it gives وَأبْكي). — إلى الغد
y (text). 1ª. s تهمد j I. 942. 2. j II. 850. أبكي وأبكي الى الغد
m 163. mu I. 91. — بها عَلَى قَحْي y. — لا تَهْلَكْ gb. A. o.
3. s حد and نصف. c 356. 444. j II. 539. 3ᵇ. فالتّواصف j III. 694.
4. عَدَوْلِيَّة G. Pn. — ابن يَتَّل y. 5. s حبب. c 449. n 70.
5ª. s فلل. 6. r 54. 6ᵇ. s سمط. 7. r 24. 54. 9. لشاتّه
gb. A. — ايا s قلمْ تكدمر. 9ª. لا تُشاتّة w. 743, 25 (incorrectly).
10. وَوَجْه gb. Pn. y. A. o. — حلت قِنَاعَهَا G. — أَلْقَتْ رداءها Q 219.
n 70. o. — نَقِيّ اللون gb. A. o. 11ᵇ. s عوج. 12. s أرن.
— نَصَاتُها على لاحب Pb. o. 13. r 66. 13ᵇ. s مور.
14. s صرر. — بالشُّولِ ترتعي r 25. gb. Pn. — بالشُّولِ y.
15. s عيب. ba 230. 16. s حفف. r 75. — في العسيب
gb. 17. على خَشَب gb. G. A. o. 18. بلبا منيف مُمَرَّد gb. بِمِبْرَد
G. y. A. o. 19. s خلف. 20. r 57. — كان كنيستى G.
21. c 245. — مِرْفَقَانِ y. o. — بسلمى دالج — كانما تمرّ s فتل.
gb. y. A. o. hi 483. 22. k 58. j IV. 187. — لِتَكْتَنِفَن o. 25. نِفاق
G. Pn. gb. A. o. — نُمْرٌ gb. A. 26. s علب. 27. r 44.
28. ضَفَدَتْ G. gb. A. o. — كسكّان نُوتيّ y. — بِدَجْلة G. 28ᵇ. g 23.

30. r 45. 31. r 23. c 150. 274. — غوّار منحوران y.
31b. s فرقد. 32. قدْهُ w 754, 15. A. o. — لمر يُخَرِّد w 754. A.
— تُخرِّد o. — لمر تُخَنِّد r 22. 42. 33. لِهَنْجس خفِيّ y (text).
gb. A. o. 34. s سمع. 35. في صفيح y (text).
36. s وسط. r 57. — وان شِئْتَ y. — نجاء الخَفَيْدَدِ y.
37. وان شِئْتَ y. — من القدّ gb. A. o. 39. r 37. 40. مرْضِد o.
41. m 163. k 66. 42. r 51. 53. 70. 43. s لجيل. — وَذَالَتْ G. Pa.
44. بِحَلَّلِ التلاع y. m 163. j III. 780. n 9. A. — بِحَلَّلِ آلتِلاَلِ gb. —
بِحَلَّالِ التلاع m 163. — ولكن مخافَةَ y. Pb. n 9. j III. 780. m 163. A. o.
— يسترفد آلضَّيْفُ j III. 780. — أرْفِدِ y. G. A. o. 45. فإنْ y. —
تُلْفِنِي gb. A. o. 46. عنها غانِيًا y. A. o. — عنها غابِيًا gb. —
عنّا غابِيًا r 66. 47. وانْ تَلْتَقِ o. — تلاقني o. — ذروةِ gb. A. o.
— لذروة المَنَجَّدِ Pb. — لذروة البيتِ الكريمِ q 160. Pa (text). gb. A.
48. ترُوح إِلَيْنَا y gb. A. o. — ونُجْسَد Pa. G. gb. A. o. — ونُجْسَد
G. y. 49. رَقيقةٌ r 85. o. — نَجِسّ Pb. 50. مَطْرُوقَةٌ y (text).
gb. A. 53. Q 108. ha 577. m 163. — لا يَعْرِفُونَنِي G. — ولا أَقْلُ
ad 36. 54. ad 299. m 163. — الا ايّها ذا آللَّائِمِي A. o. —
— الا يا أيّها آللّاجي أَنْ أَحْضُرَ y (text). — الا أيّ هَذا آللَّائِمي y. —
أَحْضُرَ B II. 106. Pa. y (text). 55. m 163. — فدَعْنِي ابادرها y. gb. A. o.

56. من عيشة الفتى y. G (text). gb. m 163. — من لذة الفتى A. o. 57. m 163. — سبق العلالات y. — تزيد y. 58. s حنب and صيف. m 163. — تبهتة gb. A. o. — المتورد y. 59. m 163. — الطراف الممدد Pb. تحت الجبيه y. G. r 38. A. o. — بهيكلة y. — تحت 60. r 17. 61. c 340 (only the first hemistich). — gb. A. o. wanting. 62. c 540 (only the second hemistich). — متنا غدا y. r 50. A. o. 62b. c 237. - ضخى gb. 63. t 25. s تحمر W 134. r 47. 64. Read صفيح. 65. s فحش d 25. k 201. h 51. hv I. 303. m 163. — يعتام الكريم t 28. y. — يعتام النفوس gb. 66. ارى الدهر t 25. y (text). — ارى العمر y (reading). — ارى العيش gb. A. o. 67. t 25. s ضول and ثغى. w 680, 14. n 70. ha 308. — في اليد G. gb. y. 69. واعتد Pa. 70. وايتنى y. o. — ملحد Pa. y. 71. على غير ذنب y (text). 72. وجدك انه G. o. — يكن امرا gb. A. 72b. s نكث. 73. جلل s متى ادع. — في الجلى s جلل G. y. gb. A. o. — وان يأتك y. gb. A. o. 73a. s جلل. 74. يشرب A. — حياض يكلس y (text). gb. o. 75. وكشحت Pb. — بالشكاة y. — ومعتردى y (text). — ومعتردى G. Pa. y (reading). 76. مولاى ابن اضرم مسقم gb. y (but مسهرا). 77. او انا معتد y. 78. m 163. — على الخمر y (text). 79. تذرى

وَخُلطِى y. gb. A. o. — أَتَّبِي y. 80. قيس بن عاصم o. 81. فَالْفِيخ y (with the correction فَلْضَبُخ). — وَزَارِى بِنون G. gb. A. o 82. s خشش aut ضرب. m 163. — انا الرجل الجَعْد gb. — يعرفونه y. — خَشاشٌ y. Pa. gb. A. — خَشَاشًا and خِشاشًا and خُشَاشًا G. 83. r 40. 106. — فَالَيْت G. y. 84. r 106. 85. r 106. — خُسَامٌ Pa. y. — قُمْتَ y. 86. وَجَدتُّنِي y. 87. c 202. — تَوَادِيهَا y (text). — تَوَادِيهَا y (reading). — يَرَادِيهَا gb. A. o. y (reading). 88. المُبْدِ c 202. — كالوبيل أَنْشِد s وبل كالوبيل [has only the second hemistich]. y. 89. s ايت. — بِمَرِيد y (text). — اتيت c 202. 89*. ho 103, 10. 90. بِقَارِبِ y. gb. A. o. — بمَوْرِد شعيد عَلَيْنَا y (text). c 202. A. o. 91. c 202. — فَقالوا y. — وَقِتَال o. — فَرُوقًا y (text). gb. — والاّ تَرُدُّوا y. gb. 92. c 202. — وَيَسْقى y. — وَتَسقى A. o. 93. m 163. — مِنْ G. 94. r 29. بِطىء إِنِّى — بطىء من الدَّاعِى s لهد. 95. ولا يُغْنِى غِنَاثِى y. — عنى 97. o. يالْجَمَاع — y. gb. o. لهد s ذَلول بالجماع — الدَّاعِى y. gb. — الأَعَادِى y. gb. — واقدامى وَحدثِى y. — عَلَيْهِمْ واقدامى y. gb. A. o. 98. وَمَا ليلى G. 99. وَيَوْمَ y. G. o. — على رَوْعَاتِهِ y. 100. تَعْتَرِكُ gb. A. o. — فيه الفَوَارِسُ s وحَى. 101. m 163. — A. o. wanting. 102. Cod. Peterm. 270, fol. 61b. — D II. 374. m 59. 163. — تَرُودُ

y [wrongly instead of تَزِدْ]. 103. وياتيك بالأنباء m 163. — بقتقا y. G. Pa. gb. A. o. — يونر موعد gb.

V. 1. s حرز. k 86. o 48. 2. s وحير. 2b. h 812. 3. القلب P. — ينضب G. 4. أزرق العين s بصر. — أزرق العين l 163. — لمر نشز G. 5. s خدر. 13. من بني وقر j II. 182. 15. p I. 536. h 189. 16. j III. 674. — المذكر G. 16a. h 481,17 [cf. hv II. 206]. 17. مغتشر G. 18. كأقح G. 19. c 387. ra 70. Cod. Berol. Peterm. 106, 64. — الأشر Pa. 23. s عكك. 24. أنها Pa. — رقد G. 25. الخضر q 80. 27. s لصن. — 27b. وعن. 32. لابني اليوم G. 34. s الل. 35. تلفنا G. 36. فوج Pa. 37. s ابر hv I. 179. 38. طيبوا G. Pb. 39. مختصر Pa. G. 40. s سقى. — وعلى الخيل s شقر. — s ملا [here only the second hemistich]. 41. z 100. — لحج G. P. 44. s لحف. — يلحفون Pa. 45. Read السودد. 46. s جفل and ادب. ho 111, 3. ha 108. 172. r 104. — الحفلى G. — نقر s الادب منا. 48. Read تقترى. — صبر s تعترى مجلسنا وتسبب. — الصنبر j III. 419. 50. s خزن. — نخزن G. Pa. 53. على الآلى Pb. 57. تلاوى الغى G. 60. من عنجج s صبب. — وقع Pb. 64. الهبنت Pb. 66. مستوحد في غارة تلف s دلف and رمل [see the first hemistich of

v. 56]. — تُلْفَ G. Pb. — أقرانهم فى Pa. 68. h 304. 69. خالتى Pa. — ما أقلّت قدماى انهم h 304. — نعم Pa. — الشّتوة أبداء 6. 70. a بدأ p II. 938. — آلآمر آلنبر فى h 304. 73. كالمغتلى رأسه G. Pa. 74. p I. 723.

VI, 1. كَتْبُم Pa. 2. مبيتًا Pb. 3. ترفض G. 6. بلغ لديك G. 7. Read خال آلطّير.

VII, 1. t 25. a رغت. — فليتَ لنا h 683. — تَخور ra 52. 2. h 683. 4. كبير G. Pa. 6. t 25. — يومًا Pa (twice). — البابسات G. Pa. — اليابسات D II. 318. 7. فيوم سوء D II. 318. — بآلخرب العقور D II. 318. 8. D II. 318.

VIII, 1. أزم G. 3. رزقهم Pa. 4. تتبع Pa [text, but corrected on the marge]. — غضرة G. 5. نلقى G. — تردد Pa. — Read حيرة. 12. وآلمجد نميه Pa. — وآلخمد Pa. 13. وآلمخذول Pa. 15. تقى Pa. 16. نبين G. Pb.

IX, 3. الى آلقعه Pa. 7. Read شتّى. — صوار Pa. 8. Read فرّج — فرج G.

X, 2. تعلة ساعة c 467. 4. وسؤالها v 173. 5. تعبّر لى طرقى البلاد v 173. 8. v 173. — منقب بيبة سوء فالك G. — مثقب

تَكُفُّ الَّتِي الرّيح j IV. 415. — فِي ٱلْهَوَالِكِ j IV. 415. 9. بكيتهٔ سُوه j IV. 415. — على الرَّمْحِ v 173. — على صَدَحيّ G.

XI, 1. m 74. — وَفِي ٱلسُّفْحِ من Pb. 2. تُرْمَى Pa. 3. m 74. 4. مَسْكَنَا Pa. — تِبَلّ عدملا Pa. 5. رِبَاعَهَا Pb. — عَدْنَهُ G. 6. يَتْقَضِ Pa. m 74. 7. m 74. — قُلْتُ G. Pa. — تَمُرُّ شُوُون G. 9. m 74. 10. m 74. 11. m 74. 12. m 74. 13. m 74. 14. m 74.

XII, 1. Read ٱلشَّرِيبِ — بِجِرَّانَ الشَّرِيبِ j II. 885. 2. وَتَحْوِلُ j II. 886. III. 50. 9. وَعَفْرًا وَعَوْقًا h text 632. 10. s رزغ. — وَأَنْتَ h text 632. 11. s رزغ. — تَخَامِبَ h text 632. 12. تصرح قَأَنِ G. 13. h text 632. 14. h text 632. ha 467. — قَأَنِ لسان Pa.

XIII, 1. j II. 8. 2. j II. 8. — قيعان جاشٍ G. P. 3. ديار لِسَلْمَى Pa. — واد جَبْلٍ j II. 8. 18. أرض Pa. — تحوة G (text, but corrected in تَحْوَقَا). 19. ارض بِتَلِيَّة Pb. j III. 872. — أَرْضُ تَتْلِيَّةُ Pa. — مَسِيرَةُ Pa. — لا تُوَاكِلَهُ j III. 872. 23. Follows in Pb the v. 21.

XIV, 1. a I. 395. — بِجِزَارِ يوم gb 166. — عِنْدَ تحلاق d 22. 2. من أشْفَارِقَا gb 166. — أَقْوَاجُ النعم, a I. 395. 7. طَرَادُوا G.

9. حلمة ٱلعزّ G. Pa (text; but on the marge ٱلمَنْجِد with the note صح).
15. k 38 (the second hemistich). 16. وقُبح Pa. 17. ثُمّ تَفْرِى
من ٱللُّمْمَرِ k 38 (only the first hemistich). 20. نُهْدِ G. Pb.
21. نقحمْ ٱلخيل gb 166. — حين لا يُقحِمْ gb 166. 22. تعْكِفُ G.

XV, 1. k 146. mu II. 243. 2. k 148. mu II. 243. — Read
ولا قحمًا.

XVI, 1. فيا عجبا gb 11. — من غيّ عمرو gb 11. — رام كُلَيبي
G. — ظلمي عَمْرو جُنْد gb 11. 2. s عصمر ra 52. — ولا عَيْبٌ فيه
t 24. gb 11. 3. وأنّ نِساء الحيّ t 24. 4. بٱلمَشِيِ G (text. but
corrected). — Read مُورَّمًا. 5. تجنّبا G. Pa. 6. Read نَفْحًا.

XVII, 1. s سرف. j III. 77. — شرف and ضَرَق and ضَرَف G. Pa.
3. وتَقْصُدُ P. G. — وتَرُدُّ عنكِ t 25. 6. t 25. 8. إنّي Pa. G.
9. مُنقّعٌ G. Pa. 10. بٱلأزْمِ G. 11. فسلى دِيارَكِ Q 202.
n 47. m 127.

XVIII, 1. يَشفعُ Pa.

XIX, 1. w 693, 20. 2. q 147. — ٱلرَّبِّ G. 3. في رونق
رحمه G. Pb. Pa. 4. فَمَرْتَكِمَهُ Pa. 5. دِيمَةُ G. 6. حابسى ربْعٍ
k 325. 6^b. h 554. 8. Follows in G the v. 9. 9. حَجْرُ G. —
Read نُطَيِفُ. 10. نَفاعٌ Pb. 11. مَقالَكُمْ G. Pb. 13. جَنْبُ

كَذِب G. 14. زَلَمْ Pa. 15. غدِقٌ G. Pa. 16. فصلنا
ذاكِمْ G. 17. تُعِذ لَكُمْ G. 19. Read زُقْه. 22. والشيت
قَلْبُهُ قَيِنَهُ s ثبت and عبت. 23. s عدا , c 34.

# Soheir.

I, 1. j II. 135. IV. 196. m 29. — خلا من آل ha 551. — فَمَنْزِل
خَلاء أَهْلُهَا مِنْهَا ha 551. — بِٱلْقَوَادِمِ ki I. 615. 2. ki I. 615.
4. وَيُرِشُ G. Pa. — وَيُرِشُ Pa. — Read أَرَى. 6. مَا نَعب
عفاء s. G. 7. ki I. 615. — مَشْمُولَة Pa. 8. ki I. 615. 9. ki I. 615.
10. تَنَازَعَتِ t 22. — وَدَرّ G. — وَدَرّ ٱلْبُحُورِ P. — وشاكهت فيهما
t 22. G. Pb. 11. t 22. 12. t 22. 13. أَصْرَمَتْه Jl Pb.
14. s خلا and ارز and قطف. — بَأزِرَة G. 15. s حوا and آآ,
k 188. 15b. D II. 125. 16. s تنمر and آآ, 17. امر أقبّ
j III. 430. — عفا Pb. 18. الدحلان مِنْهَا j III. 430. ٱلْبَطْنِ جانب
19. ٱلرُّغَى Pb. 20. فاوردها ميّاه j III. 430. 21. c 67. — خُرِقٌ
G. Pa. 23. مُخَافَتَهُ G. Pb. 25. بين خرم مُفْرِطَات نَعَمُهُ j III. 430.
— لا تَكْدِرَها j III. 430. 26. c 28. k 219. — أَجْتَمَعَا l3l D I. 199.

31. على شرب كرام ki I. 615. 32. لهم ظلم ki I. 615. 33. h 87. — يجرون الخيول k 27. 34. تومق G. P. — تهرق G. 35. s قوم and حصن. h 5. r 40. m 29. 83. 167. — اخال Pa. 36. فان — تخبئك h 5. فان تكن النساء — . عدا s كان النساء G. Pa. 37. بزاء G. P. — بزاء G. Pa. 40. r 23. s جلا m 29. — نقار — نقار W 48. — يمين او شهود G (text, but corrected in او وفاق او with جمع). — جلاء G. 41. m 29. 43. s كلا. — جوار G. Pa. 45. s جبأ. 47. ضمنا ماله فقدا جميعا علينا o 426. 49. عليم Pb. 50. s قسم and يمين. 51. متأى آل G. Pa. — باقية الثناء Pb. 52. s عدا. 53. Taalibi, Vertraute Gefährte 158. — المتنادى G. P. 55. k 10. — فهى أضلت s النص. 56. غضضت Pa. — بنيها G. — فبشمت عنها P. 60. اونا خطة لا ضيم فيها m 29. — يسرى Pa. 61. فان يكن السواء m 29. — فان تدعوا G. 63. c 55. — لداركم عزرا h 780 (incorrectly).

II, 1. ki I. 614. — مثلها Pa. 2. يجنوب تجد ki I. 614. 3. الدرع كان إلا ki I. 614.

III, 1. m 132. — غشيت G. — فتهمد G. 5. s حقد. — جمالية Pa. — تجد Pa. 6. فتجهد G. Pa. 9. وتنجح Pa. 14. s جذر — الى جذر G. Pa. 18. بضع s دما عند نحر.

19. s نفس. 20. عصد s من رازقي. 23. تنقذمها G. 25. q 63. — وتذبيبها G (incorrectly). 25b. s حمر. 26. كما قلرت Pb. 28. m 132. 33. وبمذره and وبمذره Pa. — شديد and شديد Pa. 34. وثقل and وثقلا Pa. — وخمل and وخمال Pa. — المطرد G. 36. t 22. ki I. 612. 37. غير مخلد t 22 (text). — غير مبلد t 22 (reading). — غير مزند ki I. 612. 38. كفعل جواد يشبق الخيل عفوه فيسرع وإن يجهد ويجهدن يبعد ki I. 612. 39. m 132. 40. m 132. 42. m 132. — ولو كان حمدا ki I. 612b. r 58. — فلو ان حمد الناس ولو ان حمدا ki I. 612. — يخلد الناس أخلدوا p I. 386. — ولكن حمد المرء t 22. 43. m 132. — يخلد لمر يمت ولكن فيه باقيات وراثة فريد p I. 386.

IV, 1. ki I. 614. e 173. — بغنة العجم m 153. B I. 401. — مذ حجج ومذ منن s. t 22. ki I. 328. B I. 401. حجج ومن دهر m 153. — 1b. h 176. 2. m 153. ki I. 328. — لعب الرياح ki I. 614. — سوافى الترب ki I. 614. 3. ki I. 328. e 173. — شفوى Pb. j III 475. m 153. 4. e 173. m 153. — خير الكهول ki I. 614. 615. 328. 5. m 153. — والأصم Pa. 6. m 153. 7. s نزل k 268. ki I. 615. m 153. t 22. — نعى النزال t 22. — اسمر s. ولانت أشجع من أسامة إذ دعيت — اللحم G. 8. m 153. 9. المولى الضعيف m 153. 10. s رهف

m 153. 11. m 153. — ما وَفَى ٱلْأَكَارِمْ G. Pb. 12. m 153. — ضَاقَ الخليفة G. Pa. 13. مُتَضَرِّفٌ Pa. — بِالْمُنْدِ m 153. — مُقْتَرِفٌ Pa. 14. m 153. — جَلَدٌ Pa. 15. t 22. s خلف h 821. ha 373. m 153. — وَلَانَتْ G. — وَأَرَاكَ تفرى ما ki I. 615. 15ᵇ. x 162. 16. m 153. 17. وَرْدٌ G. Pa — غُرَاصِ G. Pa. — غَرِيضُ السَّاعِدَيْنِ m 153. — خَبِيبٌ G. Pa. 18 على أَجْمٍ m 153. 19. q 24. — وَلَا يلقاك ki I. 615. — m 153 (only the first hemistich). 20. بِمَا أَسْلَفْتَ فِى ki I. 615. — مِنْ يَكُمْ ki I. 615. — m 153 (only the second hemistich). 21. t 22. ki I. 614. 615. m 153.

V, 1. لا تَزُرْ بِى G. 4. امْرَ عَمْرٍو Pa (text, corrected in امر with كعب صح).

VI, 3. عكرمة s بالغيب تُكْكُرْ G. Pa. 4. تَسْعَرُ Pa. 7. تقول جَمِيعًا G. — لا تَنْفِرُوا c 486. 8. s عذر c 486. — او سَتَعْذَرُ G.

VII, 1. لَقَدْ بَلَغَتْ مِنِّى ٱلْحَفِيظَةُ m 144. 3. تَخْشَى بَوَادِرُهُ m 144. 4. وَمَا كَثُرُوا Pb. 6. مِنِّى قَوَافٍ m 144.

VIII, 1. ki I. 615. 2. لَتَرْكَنُّنُوهُ s عسبه — عسب. — أَيُّ معار ki I. 615. — عسب s فَحَلَّ معار. 3. أَقَدْ كانه ki I. 615. 4ᵇ. إِلَيْهِمَا وَهُوَ تَقَلُّبٌ قطار ki I. 615. Pb. G. [but G reads in the first hemistich: تَغْدُو and in the second إِلَيْهِ]. — Whereupon G and Pb after the verse كَطِفْلٍ ظَلَّ يَهْدِيجُ مِنْ بَعِيدِ with the second hemistich of v. 4 (تعيل الخ). 6. الجِوَارِ Pb.

IX, 1. ki I. 614. n 49. — وَعَلِقَ القلب G. 2. s غلق k 11. 3. منها وَاحِيًا ki I. 614. Pb. G (text, corrected in واحنا with صح). 4. قلمت تُبْتِى ki I. 614. 5. خَرَقًا ki I. 614. 6. j IV. 376. — من خَمْرٍ عَانَةٍ .6b من طِيبِ الراح لِمَّه بعد ان w 129, 7 (incorrect). نمّا s عون . 7. شَبَمًا j IV. 376. — رَنَقًا j IV. 376. 9. تَشَقَّى G. 10. s جنن B I. 39. 12. لها أَذَاةٌ n 143 — غدون لَهَا n 143. 14. hi 692. 15. تَرَى Pb. 16. وَأَنْفَرَقَا G. Pb. s شرب. 18. s ابق . — القَابِذ Pb. — Read أَلخَيْذ . — محكومة حكمات s حكم . 19. عُقَقَا G. 21. s سوى . — قدما خشبًا G. Pb. — نَمَا بَدَأ الملوك ki I. 615. 22. ki I. 615. 23. ki I. 615. 26. نَمَا يعطى Pa. 27. t 22. ki I. 612. 614. 615. — جعل الضَّائِبُونَ الخِيمِ k 89. 28. k 113. W 38. — مَنْ يَلْقَ يوما ... يُلْقَ t 22. ki I. 614. 615. W 213. — السماحة فيه t 22. 29. قرى وذى نَسَبٍ G. k 221. — قرى وَلَا رحم h 695. hv I. 303. II. 692. 30. اذاما اللَّيْثُ عن كَلْبٍ s عتر ki I. 614. ha 127. g 26. W 25. 213. j III. 615. 31. ki I. 614. W 135. 213. h 221. — اذا نُعْفَوا t 23. 33. أنف السماء G. Pb.

X. 1. ki I. 616. u 49. 2. s قيس and لبيك. — j II. 810. 4. اسنمة كُتُب في شاعَةً وَعَرَّسُوا j I. 966. IV. 99. 5. k 324. — يغشى 6. 5ᵇ. 1 78. j II. 810. بركك s وكانوا انّ مُوعِدُكُمْ. G. Pa. — حَرٌّ يغشى الحُذاةَ بهم حَرٌّ — j II. 810. عرك s خرٌّ الكثيب. القطوع 8. j II. 810. آنْعرِكْ — عرك s. j II. 810. مَوْجٌ اللجّة — G. على الأَجْوازِ s هور and جرز and ورك. w 803, 14. — على الأَكْوارِ 8ᵇ. w 803, 14. 9. Read آلشَّرَكْ. 10. وقد أَكُونُ امام ki I. 615 (only the first hemistich). 11. ki I. 615 (the second hemistich). 14. كحصاة آلرَّمْلِ f 77. — آلقَعْقاء G. 15. قوى لها ki I. 615 („reading of Elaçma'i"). — لمر تنقصب G. Pb. ki I. 615. بَيْنَ الاباطح — برك s. 21. G. وَيَتْرُكُ 16. ki I. 615. له شَرَكُ — D I. 146. 22. حبك s بلحول آلتَّخَيُّرِ. 23. q 21. 47. 116. s غطل and سيماً and فرز. 23ᵇ. s حشك h 534. 25. جُوَّازٍ Pa. 26. فلم يقولوا G. — كان قومَكَ Pa. 27. Amrilcaisi Moall. ed. Hengstenb. p. ٣٥. 28. فَارْتَدّ ki I. 615. 29. ki I. 615. — اذا تَهِكُوا G. 30. ki I. 615. 31. فاقْعَنْدَ لِذَرِعَكَ s ها. 31ᵇ. h 42. — واَقصدُ s سلك. 32. d 42. j III. 858. — في بني اسد q 162. k 168. ki I. 615. G. Pb. j II. 682. — في دَمِّ عمرو j II 682.

33. s قبط and قدع. ki I. 615. j II. 682. — قدّع G. — القبطية Pa. j III. 858. 33b. القباطية w 314, 6 (incorrectly).

XI, 1. آل سلمى ki I. 614. j II. 243. 2. ki I. 614. — تلين على فرط j II. 243 (incorrect). — أباتهن j II. 243 (incorrect). — واحذريه جديلا j II. 243. 3. ki I. 614. — Read الغداة. 4. أطباق ki I. 614. 5. بوجب بالقرم ki I. 614. 7. قواشر Pa. — أطباق Pa. — Read وضمرها. — وضمرها قابلات G. 8. لم تلق في G. Pa. 13. قد للوازعين G. Pb. (incorrect). 14. جاواه G. 16. تركضن ميلا G.

XII, 1. ki I. 616. 2. ki I. 616. h 94.

XIII, 1. ki I. 615. 2. وفي العهد مأمول ki I. 615. 3. والقوم Pa. 4. فرسان Pa. 8. فلهم امر Pb.

XIV, 1. ki I. 613. 614. j I. 854. 931. m 67. — التعانيف والتجبل j I. 920. 1a. W 210. 1b. I 30. — فالتجل I 27. 2. ki I. 614. صبر — على ضبر امر w 498, 12 (incorrect). — صبر من ليلى — أمر ما G. 3. ki I. 614. — وأخمت Pb. 4. ki I. 614. - حبكه G. 5. ki I. 614. 6. خلقت بانصاب الاقيعر جاهدا وما j I. 340. — خففت Pb. — المقادير ki I. 614. j I. 340. 7. ki I. 614. 9. j II. 620. 634. — فان تأمل فان hi 66. — فان تقو G. — المرزاة hi 68.

6. وَجَزِعَ آلْعِصَا — Pu. 10. تَخَجَّمًا b 66. لا يَقُو منهم — 11. q 157. ki 66. 13. Q 96. j III. 607. 18. q 170. — وَأَسْيَاف 19. p II. 94. تراخَم على ما خَيَّلَتْهُمْ آرَارُهَا وان أَقْلَكَ آلثُلَى ضربوا على 21. G. P. j I. 903. تَهَاسُون 20. j I. 903. صدق G. وَآمِرٍ 24. j II. 241. حرس مِنْ ضَرَائِبِهَا — j II. 241. وَجَبَهَا — بلا s جَزَى الله 29. G. وَكَانَ امرأين 28. G. وَلَسْتَ 25. عرش s تداركتما عَبْسًا وَقَدْ — ki I. 613. قتل s 30. بلا s وَأَبْلَافَا إِنْ زلّت — p I. 267. 587. عرش s إِذْ زلّت — hv I. 201. p I. 267. 587 يَظُلُّ ذَوُو الحاجات — m 67. زَأَيْتُ 33. m 67. 32. hv I. 961. فعلن and نبت s قتلينا تَهُمْ حتّى — B II. 3. عِنْدَ بيوتهم — c 425. B II. 3. قعنى and نبت s اذا أَلْبَتْ — m 67. B II. 3. c 425. 34. يَسْتَحْوِلُوا المال يَحْوِلُوا m 67. 34a. s خبل. 35. c 203. — وَجُوفُهَا m 67. 36. ki I. 615. — خَفّ من G. k 18. W 107. m 67. kh 856. 38. فيهم قَائِمٌ G. — رَشَدْتَ Pu. 40. ki I. 612. m 30. 67. — قَمَا بك G. Pb — وما كَانَ من W 107. 41. ki I. 614. m 67. kh 856. — وَتَغَرَّضَ G. W 107. — أَلا فِي مَعَادِنِهَا t 23. 41b. ho 74, 24.

XV, 1. r 31. m 200. n 52. 4. Read خَلِيقَتِي. 5. j IV. 153. — عافت منازله j II. 779 (incorrect). — ورسس s الرّس مِنْهَا.

6. قَرْقَدٌ G. — قَفَّ j IV. 153. — فَلْكُنَافُ منمح ... بِلُكْنَافِ Pb.
8. آلَنْجَاهُ عواطله Pb. 10. k 86 (only the second hemistich).
13. نبغى آلْوَحْشُ G. Pb. 15. كَلْقَوَاهُ السراء غمر s (error). —
تَنْشَطُ السراء غمر s and لمس and سرا. 17. ترى رأى ما تَرَى
h 432. — Read أَخْتِلَهُ. 18. فبتنا وُقُوفًا s رول. 20. w 229, 1.
21. حملنا وَلِيدَنَا G. 23. تَضِيعَهُ m 200. 30. نَوَافِلَهُ m 200. W 98.
31. عليه بُكْرَةً فوجدته m 200. 32. m 200. 33. Read فو.
34. لا تُهْلِكُ الخمر m 200. W 98. 212. w 762, 25. — لا تَلْعَبُ الخمر
m 200 (gloss). — ولكنه قد يَتْلَفُ G. 35 t 22. W 212. ha 60.
r 42. m 58. 200. Cod. Wetzst. I. 10, 17[b]. — مُتَنَهِّلًا fl 194.
35[a]. w 139, 18. 35[b]. w 312, 22. 42. W 212. — لِانْدَادِ صيمر
a I. 463. 43. h 286. — Read تَابَدَ. 44. إِذَا حَلَّ أَحْيَاءِ آلْأَحَالِيفِ
ما بَيْنَ — حوله بذى تَجْنُبِ غَذَانَةٌ a I. 463. 45. c 220. hv I. 535. —
رملة Pb.

XVI, 1. s حمن j II. 370. — الذُّرْلِجِ G. m 82. — فَالْمُتَثَلِّمِ G.
1[b]. ki I. 613. 2. s رقمر k 50. — مَرَاجِيعُ j II. 801. gb. A.
3. s طلا and خلف D I. 436. — تَخَثَّمِ y. gb. A. 4. c 257.
5. كَتَجْثُمِ n. 6. لا آنْقَمْ gb. A. n. — أَنْعَمْ y. 7. j II. 48.
m 82. 8. s شكه. — علون بِأَنْطَاكِيَّةٍ فَوْقَ عِقْمَةٍ وراد آلْحَوَاشِي

غنغم لون تونها j I. 382. g 19. 9 ملهى للطيف y. gb. A. o. —
المتوشم y. 9ᵃ. c 210. 9ᵇ. c 145. 10. j II. 779. —
فهن دوادى s رسس p I. 636. r 31. 41. gb. — آلقمر في gb. 10ᵃ. k 60.
11. من بالقنان وتكمر s حرم and قتن j IV. 181. y. gb. A. o.
11ᵇ. s حرم. 12. ونقلمر y. gb. A. 12ᵇ. c 388. 13. s فني
W 84. j III. 917. r 51. — كان خففت y. — الصفي gb. 14. f 50ᵇ.
— جمامه رزقا o. — المتخيم y. 15. ki I. 613. u 59. 15ᵇ. s بزل.
16. Q 8. — وأقسمت gb. 17ᵇ. j III. 50. 18. ki I. 613. ha 536.
p I. 693. ra 42. — منشمر G. — منغمر y. 18ᵇ. s نشمر.
19. بعدها السلم gb. — نسلم القول من hi 483. gb. A. o.
21. فعينها متعب y. gb. A. o. — يتعثمر y. 22. ki I. 613. —
يغتدي فاصبح y. o. — مزنم القال من s افل y. gb. A. o. 22ᵇ. s افل.
24. s تجمر ki I. 613. — ولم يفرقوا ما gb. 25. m 82. — ألا
أبلغا الأحلاف gb. A. o. — ألا أبلغ الأحلاف y (text). 26. m 82. —
في صدوركم gb. A. o. — فيغفي r 47. — الله يعلم G. 27. t 22.
m 82. — فيلخم gb. — فينقمر G. y. 28. m 82. r 36. 29. s صرا
m 82. — وتقنر y. — نعيمة o. — نعيمة y. — وتقنر اذا آزيتموها gb.
30. m 82. — تحمل ثمر G. — تنتج ثمر gb. A. o. 30ᵃ. s كال.
31. s شمر Q 40. W 115. ha 174. mu II. 252. m 82. — ثمر ترضع

W 115. — تُنْغُطِلِ c 120. — قَنْغَشِمِ y. — قَنْغَشِلِ W 115.
31ᵇ. mu II. 251. 32. m 82. — ما لَمْ تَعْلَ gb. 33. m 82. —
كنس e ابداها ولم يتقدّم — 34. m 82. يُوَاتِيهِمْ y. gb. A
y. gb. A. o. r 47. 35. m 82. — مُلْجِمِ P. 36. m 82. —
نَيُوتًا كثيرةً — D II. 308. ولم يَنْقُمْ — y. gb. A. o. ولم يَفْزِعْ
D II. 308. y. gb. A. o. — حيث أَنَّى D II. 308. 36ᵇ. Q 104.
37. m 82. B I. 29. — لَبَدْ y. — لم تَعْلَمِ hn 104 (incorrect).
37ᵇ. a مكن. 38. m 82. — جَرَى y. — متى يَتْلُمْ o. 39. رعوا
y. gb. غمارا تفرّى بالسلاح — y. gb. A. o. حِمَامُهُمْ حتى اذا تَمَّ اوردوا
A. o. u 69. 40. مُتَوَخَّمِ G. y. gb. A. 40ᵇ. a وخم.
42. و ولا شاركتُ في الموت y. A. o. — ولا شاركتُ في الحرب y (text).
— و ولا شاركتُ في القوم y (reading). — ولا وَهَبِ مِنْهُمَا A. o. —
المُخْرِمِ gb. G. — المُخْرِمِ G. A. o. 43. يَعْقِلُونَهُ y. gb. A. o.
[gb. A. o. y have only the first hemistich]. 44. بِمُخْرِمِ gb.
[perhaps incorrect in the place of بِمَخْرِمِ] y. gb. A. o have only
the second hemistich. 45. النَّاسَ أَمْرَهُمْ y. — اذا طُرِقْتُ احدهم
a حلل y. gb. A. o. 46. كِرَامُ gb. A. o. P. — ذو التقي يدركه
y. لَعَيْشِهِمْ يسلم — y. ولا التجارِمُ الجانى — y. gb. A. o. تَبْلُهُ
47. m 82. 48. kh 467. Q 132. m 82. 49. m 82. — واعلم

ما في اليوم m 83. W 210. y. gb. A. 50. m 82. 50a. gb. 51. p I. 423. m 82. 52. p I. 423. m 82. mu II. 241. 52b. gb. 53. c 120. r 48. m 82. — تهدم o. 54. m 82. — الثنايا ينلنه y. gb. A. o. — وإن غرق اسباب gb. A. o. 55. اطراف الرماح m 82. — مثيع العوالى y (text). 56. ومن يهد قلبه gb. A. o. — معلمين القلب m 82. 57. m 82. r 50. — يجنب gb. A. o. 58. Tsealibi Vertr. Gef. 216. m 53. 82. 151. — ومهما يكن gb. — وإن خالها y. ki I. 615. gb. A. o. 59. m 82. r 78. — ومن لا يزل y. P. G. — يستترجل الناس y (text). A. — ولا يعفها يوما A. o. — ولا يعفها y. — من الذل ينتمر y. A. o. — gb wanting.

XVII, 1. ki I. 614. c 96. w 108, 10. r 24. 85. m 171. j III. 63. Omar ibn alf. 462. — خش الذنيار W 135. — لمر تعفها W 135. — تعفر وغيرها W 170. 2. لا الذار Po. — بعد الانيس m 171. 3. s ارمر, I 122. j III. 63. 611. 4. بل قد اراها جميعا j III. 63. IV. 364. — منها مرا j III. 63. IV. 364. — النثر منها G. — فرادى الحمر j III. 63. IV. 364. — فالهدم P. G. j III. 63. IV. 364. — [Marzûqî offers النهدم]. 5. ولا وادى الغمار ولا لكان ولا j IV. 364. — ولا رمن j IV. 364. 6. سالت بهمر كركرى بركه j III. 611. — على ايسارهم j III. 611. 7. فبذ الفريات j III. 611. IV. 267. —

فَالْمُتَكَانُ Pa. — فَالْعُشْكَلُنْ G. — فَالْكَرِمُ P. G. j III. 611. IV. 267. — [see Marāçid II. 483. not. 1]. 8. ki I. 614. — وعبرة ما اقمر j III. 127. — وَجِيرَةٌ ما عمر s سلل . 9. ki I. 614. j III. 127. 10. j II. 712. 12. s علل and حرم. W 60. 211. m 171. 13. t 23. W 60. r 37. — فَيَنْتَلِمْ s ثلم. — فَيَطْلِمُ m 171. z 195. 13ᵇ. فَيَطْتَلِمُ z 195. 14. q 51. 156. s حرم k 78. ad 302. Omar ibn elf. 296. — يوم مُشْغَبَةٍ s خلل B I. 430. m 171 — لا حَرِمُ G. Pa. z 150. B I. 430. 550. II. 34. m 171. 15. s زهم and زحف k 379. — أَلْفَائِدَ Pa. 18. تَبَلَّغِ G. — يَتْبَعُهَا G. 20. يَنْكُبُهَا G. 21. وَٱحْتَرِمُوا Pb. 22. فى اعناقها ٱلْحَكَمُ Pb. 24. هذَتْهِمُ G. — دَاوُودُ G. 25. m 171. 29. تَحَمٌّ Pa. — تحم تَسِيلُ G. 32. وان كَرُمُوا G. 33. s صهم. 35. s رحم. 36. مُورِثٌ G.

XVIII, 1. وخلا له عُوفٌ ki I. 614. — حِقَبٌ Pb. 4. j I. 666. III. 617. mu II. 102. — فَالْقَصِيمُ G (text). Pb. 5. تُنَالِفِي ki I. 614. — كما يَتَطَالَعُ ki I. 614. 9. الخَلْفُ G. 11. كبيرة هِنَّةٌ Pb. 15. تَحُوفِ Pa. 16. q 80.

XIX, 1. ki I. 615. 2. خَنْجَرٍ G. 3. دَوْمَةَ Pa. — فَالْعَجُونُ Pa. 4. فَأَرْدِيَةٌ G. 5. بِالْآصَالِ Pb. 7. تَشِنُّ G. — تَشَنُّ Pb (text). 8. وَٱلْلُجَجُ G. Pa. 13. فى دِيَارِهِ ki I. 615.

XX, 1. m 61. — فتّضمر حقّ لو يرى r 63. 2. m 61. —
بلاديا G. 3. m 61. 4. اراى إذا أصبحت أصبحت ذا قوى تضمر
m 61. أقوى اليها .5 m 61. — تضمر m 61. — إذا أمسيت أمسينى غاديا
— سايق Pa. — سابقا m 61. 6. خلفت m 61. 7. r 63. —
ولا سابقى — r 47. — من مضى ولا سابق and ولا سابق m 61. 6. —
m 61. 8. m 61. 9. تقيقا عزيمتى m 61 (text). 10. m 61.
11. m 61. 12. m 61. 13. ما يرى m 61. — جبارا معا m 61.
14. m 61. 15. m 61. — النعمان تربا الم بجا لو — من الدهر
Maçoudi III. 207. 16. Read فغير عنه. - Maçoudi III. 207. —
منه Pb. — فغير عند رشد m 61. — كان غاديا m 61. 17. صديقا
مواسيا — صديقا معتليا او Maçoudi III. 207. — m 61. صافيا وموافيا
G. P. 18. والحسان الجوانيا m 61. 19. والبيض الغوانيا m 61.
20. m 61. — قربت 63 Pb. 21. m 61. — تشركوا G. Pb.
22. يصيرون من زواحة — m 61. من خلا ابن خيانى Maç. III. 207. 23. يصيرون
حتى خبسوا عند بابه m 61. Maç. III. 207 [except that here the reading
is حتى خيموا in the place of حتى حبسوا]. — فقال الروانيا m 61. —
المذاكيا والعتاق المطايا يحان Maç. III. 207. 24. لهم خيرا G. Pb.
Maç. III. 207. m 61. — خيا وداع الثلاثيا Maç. III. 207. 25. m 61.

# Alqama.

I. 1. فى كُلِّ مذهب r 28. G (text, with the reading فى غَيْرِ and the note صح). 1a. mu II. 244. 2. ki I. 466. 3. ki I. 466. — مُتَرَبِّبِ G. P. 4. ki I. 466. 5. رَاعِي الحبّ G. — رَأْسَ الحبّ ki I. 466. r 45. — رَمْضَ الحبّ P. — غَيْمَ المكلّب Pa. 7. r 45. — أَطْعَمَتْ G. — فقد وَقَبَتْ أَسْبَابُها n 33. 8. بِيَثْرِبِ Pa. — بِيَثْرِبِ G. Pb. I 162. 8b. مَوَاعِيدُ عرقوب I 162 (cf. ra 60). 9. تَشَكَّ وان يكشف G. Pb. 10. تُسْتَغَرُّ G. 12. مِن الزَّمانِ ملاوة G. مَلَاوَةً and مِلَاوَةً Pa. 13. مَآوب G. P. 14. خَرَفٌ Pa. — بِخَلْبِ G. Pb. 15. غَيْمُ اهل Pa. 16. بِمُحْجِرِها Pb. G. and as it seems وَمُحْجِرِها G. 17. عثاكيل عذق P. 19. فى وَكَرَاتِها Pb. 20. مُعْرَب G. P. 25. مُلعب G. 27. كلّ مرقب G. 28. بِمُخَلْبِ Pa. 31. مُسْتَقْبِلا خَيْرَ G. 34. فتتبع آثار Pb. — وَلِلْقَلْبِ تَهْوِي ثانيًا مِنْ عِنانِهِ يَمُرُّ كَمَرِّ الرّائحِ المُتَحَلّبِ r 29. m 22. ki I. 466 [but that the reading is فَأَدْرَكَهُنَّ ثانيا الخ]. Pb [with the reading فَأَدْرَكْنَهُ and كَمَرِّ الخليج which is impossible and must be corrected in كَمَرِّ الرائح]. 35. مُسْتَرْغَب G. 36. خَفَاهُنَّ مِن أَنْفَاقِهِنَّ كأنّما

مركب ذو تحاب وذتى خلفض s خفى. - تخللة G. Pb. 38. بيمذرية
كالها G. 39. وغاذى G. Pb. Pu. — وتبس شبوب G. — بين
شبوب Pb. 40. فضل ثوب Pa. 41. المخاك G. 43. بين درع
G (text, corrected in مذل with the note صح). 44. ينفض G.

II, 1. s ضحا kl II. 261. u 52. a I. 402 (incorrect). 1ᵃ. mu II. 244.
2. تكلفني G. P. — يكلفنى سلمى o 234. — شط أهلها a I. 402.
3. ما يستطاع v. — يستطاع خديثها G. — يستطاع طلابها b.
4. وترجى v. G. P. b. 5. تخبلنى hi 368. — روايا الغيث — b. —
جبين تصوب v. hi 368. — جبين يصوب b. 6. c 416. k 180. —
وعارض v. Pe. — 4a فرج b. — جنح Pe. G. 7. وما القلب امر
— ما نكرة b. — ربعية v. Pe. P. — ربعيا P. — تخط بها v. —
قرمذاه v. Pe. P. G. — قرمذاه b. 8. t 29. a I. 402. — خبير بلدواء
c 87. – عليم بلدواء b. 9. o 205. – في ودحن t 29. b. v. c 87.
a I. 402. — من نوليهن Pe. 10. a ترا c 205. — بردن t 29. —
نعين ثراء b. — مراه المال a I. 402. — حيث غوهدنه — b. — حيث
وجدنه c 87. b. 11. بالردائب b. 12. وحاركتها — b. — وحاليها
b (reading). — وحليها Pe. — وذووب b. – فذويب Pe. 14. تعقف b.
15. km 315. — الخرث الخراب b. – بكلكليها — b. — نذوب b. 16. وقد •
قرينتي b. 17. بمشتبهات b. 19. نوى أجوار b. 21. a صبيب

and اجن. — كَأَنَّهُ ماء جِمَامًا f 65. 22. تُرَادَى b. Pe. a ندا. — وَكُنْتَ آمْرَأً الصمت اليك رَبَابَتِي 23. b. قان تَعِفْ — v. وَإِنْ تعف b. بنو عَوْفِ بْنِ كَعْبِ — v. وَأَنْتَ — P. فَـاَدَتْ 24. ربب. s. b. عقيلا خَرُوبِ 27. b. وانت لِبيضِ — b. وانت لِهَلبِ — b. تَقَدَّمَهُ 26. h 127. 28. فَتَقْتُلْتُهُمْ — v. حتى أَقتَذَوَكَ — b. انقوك يَخِيمِهِمْ Pe. 29. وخالد a I. 402 (incorrect). — وَعِنْدِ a I. 402 (incorrect). — وَقَاسٌ Pe. a I. 402. — وقاس مُتَحَنِّت — b. وقاس قَاتِلَتْ — v. — يَشِيبُ ما صَتَعَتْ a I. 402 (incorrect). 30. s يبس and خشش. — تَخَشْخَشُ Pe. — تَخَشْخَشُ a I. 402. — ابدان السَّلَاحِ h 82. فَاَنْتَ 31. بها b. v. Pe. — عِنْدَ اللقاء b. v. — خَعِيبُ اللقاء Pe. Pb. b. 32. جَمَعَتْ G. Pe. — جُلٌّ G. — وَعَيبُ Pe. 33. q 47. Q 131. s دحص. — سفب الغَمَّاء mu II. 182. — فَدَاحِصٌ q 113. b. P (text). Pe (text). G. v. k d. mu II. 182. 34. f 66. h 182. hi 305. 35. يَنْتِجُ قلم b. Pe. a I. 402. — شُعْبَةٌ a I. 402. — نَمَرٌ فِي آلعِنَانِ — نَجِيبُ h 298. 36. a I. 402. — وَالاَّ تُجَالِدْ كَأَنَّ يَمِينَهُ بِما Pe. — بمينه كَأَنَّ أَخُو حَرْبٍ وَالاَّ Pe (reading). — بما تَلَّ من حنّ Pb. — Read آلثَّبَاتِ. 37. km 315. a شلس and خبط k 111. Q 202. a I. 402. 38. قَبِيلَهُ الا G. P. — الا أُسِيرُهُ h. v. 39. s جنب. — عن جَنَابَةِ a I. 402.

III, 1. ذاتفحت عنه P. G. — كان في الغداه جحفل P. G. 2. مقرنين P. 3. Read الظُبَاتِ. 5. بأبى G.

V, 1. h 533 (text). 2. h 534 (text).

VII, 4. Read الشمّاء.

IX, 1. وشامت لي G. 4. يوما بغاديّة P. — في مركب G (text). 7. الذبري G. 9. تعرفها G. — وكبرة G.

X, 1. حذ تجنبها a I. 410. 5. أصبنا a I. 410. — شفا الرواسيين الملاقطا a I. 410.

XI, 1. يفنان دينهم G.

XII, 1. Read رجل أخلوه. — ألا رجلٌ and ألا رجلِ s حلا.

XIII, 1. sp 15. 1ᵃ. mu II. 244. 2. s امس. sp 15. 4. ردّ القيان s زبد. 5. الطير تخشله s عقل ha 75. b. v. 6. s شمر. sp 16. — تضنع s طيب and ترج. 7. بالنشط sp 16. 8. بخط به G. 9. q 140. — قد فريت G. — زمنا حتى b. v. — حتى استقل لها b. 9ᵇ. s كنز. 10. غسلة G. — خطبي Pa. — بيشقرها بالخد b. 11. الغم Pa. b. v. — فهو شاملها b. — Read الجرف. 12. قد مالت b. hi 37. — قد ضارت v. — خذورها G. hi 37. — جذورها Pb. 13. الا السفاة Pa. 14. بمزء المرتب بهكنة b. 15. تلحقني باخرى الحي b. v. — حلكمة b. 15ᵇ. s جلد.

17. قوائمه زعر b. v. — أخفى له G. 18. ينفقه v. 20. علته
الزج G. Pb. — عليه الذجن v. 21. a نفقت. — فويق الشد Pa.
22. كلته يقفره بالآنجي طوفيني قطاف b. — للنغص G. P. 23. ياوى
الى جرى b (reading). — لى حشكل b (text). — لا جشكل v. —
زعر حواصلها v. b. — اذا برکن b. v. 24. الارض يتنابى v.
25. حتى تلاق a صرص. — وقرن آب تمن b. 26. q 147. —
ونقنقة b. 27. مهذيم Pa. 28. تهفه b (false). 29. عزوا
وان كرموا b. — مزحوم b. 30. والبخل باق b. v. 31. نقذته b.
32. الاقوام يحس به b. v. 33. بو غرض b. — لا يستزاد b.
34. ومطعم v. 36. وكل جضى b. v. 37. sp 16. 38. كاس
عزيز b. — لبعض أحيانها b. — صائلة حوم b. 42. sp 10. n 232.
— النكتان مغذيم W 150. 43. للضيج P. — مقلد Pa. — مقلد v.
44. وقد مضيت v. — وقد غدوت الى الخانوت يصحبني ابرز الخ b.
46. شاملة Pb. 47. لها نصب b. 48. ارسلتها عنت b. 49. غل
لها b. a غلل. 50. زجلت G. — علا عليا G. — على العلياء v.
51. a عشر. — عظيم الذأى ميثوم b. 52. من شعاميم v.
53. اصحاب أقواما v. — فيه تشخيم b. 54. كلفة b. 55. وكل
ما ينسر b.

# Imruulqais.

I, 1. Read نكاع. — نِطَاعْ L.

II, 1. سقى وَالبِدَاتِ L.

III, 1. s حسب D I. 190. j I. 141. — أَيا عَنْدُ — ابو s أيا ... ,رسع. — بُومَةٌ Pb. 2. s رسع. ad 61. — مُرْسَعَةٌ P. 3. s في رِجْلِهِ رسع. — في كَفِّهِ P. G. 4. وَلَسْنَ P. G. — بِخَزْرَانَةٍ L. G. — أَخْرَبَا L. 5. s امر. 6. له شَيْأَةٌ L. — وَلِمَتْهُ L. — يَشْجُهَا G. 7. مثل طنب s آلفحيمِ. G. P. — مثل الفحيمِ G. — تَغَشَّى G. s طنب. — تَغَشَّى P.

IV, 1. t 28. m 21. — جُنْدَبِ G. L. — نُقِضَ G. P. — أُنقِضَ ki I. 466. — نُبَانَاتِ الفُؤَادِ G. P. ki I. 465. 2. m 21. ki I. 465. — تَنْظُرَانِي P. [G without vowels]. — يَنْفَعْنِي P. 3. s 524. mu II. 250. — المرء تَرْتَبْلِي كُلَّمَا P. G. ki I. 465. W 138. 159. o 365. 548. w 43, 18. m 21. — لَهَا ضِيا r 45. 3ᵇ. w 192, 11. 4. طفلة أَتْرَابِ G. P. — لا نَمِيمَةٌ G. 5. l 95. — بين سَرَالِكَ نَقْبًا G. P. m 21. j IV. 234. — سَرَالِكَ نَعْثًا j II. 259. 6. s جرم ki I. 465. j I. 382. — كَعَثَيْهِ بِثَرْبِ L. 7. بِمَقَاعَةِ L. كَمِرِّ الغَلِيظِ G. P.

8. وكيف ترأعى G. مُغتوِب — G. P. ki I. 465. وتصطبح مُغتوِب —
10. h 155. m 21. P. G. بيننا من مَوْتِنا 9. P. G. وجَمْلة الْمُتَفَيِّب
G. P. ki I. 465. متى يبتخل عليك ويعتلل 11. G. P. بالْمُجَرِّب —
وان يكشف غرامك m 21. 183. G. P. ki I. 465. يَضُوك — m 21. 183.
— .تجد s 13. 12. ki I. 465. G. P. ki I. 465. m 21. 183.
فريقان منهم سالك بطن ki I. 465. r 74. — فريقان منهم جازع بطن
وآخر منهم قاطع — .كبب s فآخر منهم سالك — P. G. j II. 258.
جزع s 13b. j II. 259. كبكب خذ — G. P. j II. 259. IV. 234.
عليك كماجر — G. P. وانك — 14. k 44. ki I. 465. mu II. 244.
بمخنبة 16. G. موثوب — 15. ki I. 465. 14b. h 682. L. (text).
الصال and G نبتتها L has بينتها [but L 70. P. G. قد آزر الضال نبتها مجر جيوش
G. P. بِلأَنْماه خُرجُوج كان 20. Pn. جيوش الغالبين — ki 377. [نبتتها
— G. P. ki I. 465. في كل مذنب — .غرد s 21. ki I. 465.
اقب رباع من — .لغد s 22. G. P. ki I. 465. تفرد ميلاح الندامى
L. من كل مشرب — L. يمج لعاع — P. G. خميم عناية يمج لعاع
على الآس جيلتي كأن مرأته على الضم — r 45. 25. h 408. 24.
L. زملعة — L. يبارى الجنوب 26. P. G. والتعداء سرحة
27. q 148. ki I. 465. 29. q 148. 30. له كفل P. G. —
P. G. مثل الغبيط المذأب — P. G. الى حارك مثل — r 20. خركة الندى

31. r 20. 34. f 74. — وَمُتَمَاتِهِ L. 36. من آلوضبة الخلفاء q 147.
38. ki l. 465. — فلمّا جرى r 31. — بالثَّوبِ G (text, corrected in
(بِالثَّوبِ). 39. وأنتَ اذا استدبرته P. G. 40. m 21. — الى ان
يأتينا j l. 160. — نَخْطِبُ j l. 160. — نَخْطِبُ w 729, 16. 41. Read
الأرِيّ. — s خصد and عرر . c 280. — به ضالّتُهُ حتّى s عقب . P. —
غيم — P. G. — عزّة من ضائفٍ hv l. 325. — به تنايفُ مِن جِنّة غير
معقب P. G. 42. خرجنا نُريغ آلوحش بين j l. 160. 925. ll. 769.
44. فبينا شياة ki l. 465. — يرتَمين G (text, corrected in يرتعين).
45. فكان تنالينا وعقد عذاره وقل P. G. — قبذّني الجام s شآ.
45b. s صحب . 46. حملنا وليدنا G. 47. على فوق ki l. 460.
48. لم نجهد ولم نبل — P. G. فادرك لم نجهد ولم ينن شأوه بمرّ
شذّه ki l. 465. 49. لاحيا القلع في مستنقع P. G. — في مستنقع القاع
G (reading). 50. عشى مجلب Pa. Pb. G. 51. ورقّ كشربوب
تعادى عداء 53. P. G. جعد ثراه منصب — P. G. العشيّ بوابل
من — P. G. m 21. — بين قور ونقاحة وبين شبوب كالقسيمة فرعب
كمار وخاضب L. 54. وظلّ P. G. — عناصر L. — يذادعسها P. G.
55. ينخبرية G. L. — ضالّة نلف L. 56. فقلنا ألا قد كان صيد
— L. فقالوا — L. G. وقلت لفتيان — c 251. نقابص فخبوا عليما
فضل قوب P. G. 57. الحمى مشرعب c 251. 58. أوتاده P. G.

59. حارىَ خديد G. 60. s غيب. — مقيل شغلهُ لمْ يغيّبِ c 251.

61. W 41. 84. r 52. m 21. 74. — حول قَبَبِنَا t 17. n 59. 62. q 4.

123. s ضهب and مشش Q 92. ha 519 (text). mo II. 188. 65. كتيس

آلزّبْلِ P. G. — يَنْفُضُ P. G. L. 68. قَيُّومٌ L. 69. s بيد. —

فيوما على سِرْبِ تقيّ جلوده P. G.

V, 1. r 30. — لأمرِ غيب s سحر P. G. gb 2. — لِخَمْرِ غيب

j IV. 294. — لِبحْرٍ بالنعلم gb 2 2. s سحر j IV. 294. — وأخرى

W 124. 3. j IV. 294. — سَيَكْفِينِي G. kh 169. 4. j IV. 294. من

kh 169. — يَسْلُبُ ذي G (text). 5. سوف يجرمني L. — سوف يسلبُهَا

G (reading). — سوف يَجْلُبُهُ G (text). — سوف يُدْرِكُهَا j IV. 294.

— فَيَلْحَقُنِي P. G. 6. فكَمْ انحى j IV. 294 (erroneously). — بكلّ

خَرْبَ L. 7. مُتَكِلَ القحم P. G. r 46. j IV. 294. 8. ضَارَتْ P. G.

— هَمّي وَبِدِ P. G. — وبما آلتصابي j IV. 294. 9. t 18. ha 288.

p I. 537. j IV. 295. — وَقَدْ P. G. — وَقَدْ تقبتْ في k 314. c 545.

11. j IV. 295. — يَنْقُفُ and يَفْقَدْ G. 12. ظُفُرٍ P. G. j IV. 295.

13. j IV. 295. m 115. — خُجْرٍ L.

VI, 1. ما في آليوم t 16. — مُضْحِى ki I. 512.

VII, 1. ki I. 512. a I. 379. — عند مِنْ أَنْلَى d 26. v 170.

2. t 18. ki I. 512. v 170. d 26. a I. 379. 3. s علب and وطب

and جرص. ki I. 512. W 81. v 170. p II. 201. Cod. Pet. 198, 174ª.
— ولو أدركته a I. 379. — ولو أدركته d 98.

VIII, 2. Maçoudi V. p. 113. — عليه ولم تتغضب من كثب ان
على ألشفه t 18.

IX, 2. وألرأس L. 3. الرأس لمقد L (text).

X, 1. j I. 584. — غشيت P. G. — عرفت ديار j I. 706. — تجليت — L. فعانقته G. — فعانقته P. — ألغبرات G (text). 2. تقول L. فوق رأسي 3. P. G. عاقل فألحجب — G. فتنفي — L. فتفي تفتنفي عشية no 100. — ما تنقضي P. G. no 109. 4. وألذكرات G. P. L. — وألذكرات G and P (reading). 5. ابامها مقابسة P. G. 6. ورذي كالقي P. G. — Read وألغراب. — ولمرقي P. 7. ألاربع الأشراب P. G. 9. بهما G. — جعدة حبشية P. G. 10. ألفترات P. G. 11. يلث G. 12. ضغرات Pa. Pb. G. 13. نساقتها على P. G. n 99. 14. رديئة P. — تعلق على G.

XII, 1. Read جلدنا. 3. s رقش.

XIII, 2. ولكني هلكت j I. 271. — من بلاد بعمر j I. 271. 3. j I. 271. 4. ان تعودا j I. 271. 5. شك فيصدو او j I. 271. 6. ولو صادفتهن j I. 271. — 31 وخافة j I. 271.

XIV, 1. نيلك G. — بالأثمد G. L. B I. 7. n 150. — بالأثمد

G (reading). — بِٱلْأَمْدِ P. j l. 119. 2. B l. 7. m 150. 3. وَخَبَرْتَهُ P. G. B l. 7. m 150. 4. عن نَبَا غيره L. 7. تَدْخُلُوا P. — لا تُخَمِّ G. L. 8. Read نَقْتُلُكُمْ. 9. وَٱلْحَسَبْ وَٱلْمَجْدِ P. G. 10. والحطب ٱلْمُقَلَّدِ P. G. 11. a رود. — ٱلْمُحَشَّدِ P. — وَٱلْمَزْيَدِ G. 15. c 155. — وَمَسْرُودَةً Ib. — ٱلشَّكِّ P. G. — مَوْضُونَةً P.

XV, 2. كَلَيْهِمَا حَتَّى L [with the remark مبيض فى الاصل].

XVI, 1. يَغْشُو ad 276. — ضَرِيبُ L [but in the superscription of these verses ضُرَيْبٌ]. — بن مَثَلٍ P. G. — بن مـل ad 276. — ليلة ٱلْجَوْعِ P. G. 2. بِٱلنَّحْرِ G (text). Ib.

XVII, 2. الا لَيْمَا ٱلدُّنْيَا — P. G. الا انما ٱلدَّهْرُ لَيَالٍ وَأَعْصُرٌ وليس G (text). — قَوِيمٍ على شىء P. G. 3. لَيَالٍ يكدات P. G. — مُحَجَّمٍ P. G. — على أَثَرٍ P. G 4. وَقَلَّ انى P. G. 5. طَعْمٍ and طُعْمٍ G. — تَجِيءُ P. G. — يَجِيءُ بِهَا L. — تَجِيءُ به ٱلْبَحْرُ ha 321. 6. g 155. — فَمَا تَجْتَانِ من لِعَاجٍ تبالة لَدَى جُوْذُرَيْنِ P. G. l 161. 7. منهما نَسِيمُ ٱلنَّبَا جَاءَتْ بِرِيحٍ مِنَ ٱلْقَطْرِ P. G. 8. يَسْبِيهُ L. — وَتَجِبُ بِمَاءِ — L. فلما ٱسْتَقَلُّوا 9. P. G. على أَمْرٍ — L. من ٱلحَضْرِ الأ ٱلْمُخِيلَةِ P. G. 10. الى بَدَنٍ أُخْرَى P. G. 12. وَأَقْوَالُهَا L. — لعمرى لَسَعْدٌ حَيْثُ حَلَّتْ P. G. 13. وَلَيْتَنِي L. 14. s حم. — سعد P. G. — إلينا منذ Pa. 15. يُفَاكِهُنَا P. G. — نِيَارُهُ احب

ويغدو لجمعنا — ki I. 513. ويَنعم بالنا ويَغدو علينا بالجفان P. G.

16. ki I. 513. u 58. 17. ki I. 513. u 58. 18. ثنانا s عند الحفاظ.

19. فرى أمس فيهم P. G.

XVIII, 1. t 18. s عضل and حرى m 5. — دينة P. — نبق L.
1a. w 170. 21. 2. تخرج الود P. G. — تظهر الود s ودد and تجد
and شكر. — تشتكر اذاما s ودد and تجد and شكر. P. G. m 5.
3. q 161. m 5. — برتند ماهرا زافعا خفيا s برثى. 4. r 52. —
في ربقه G. Pa. — الخمر P. G. m 5. 5. m 5. 6. m 5.
7. ثني حتى P. G. m 5. — عرض خيمر P. — تخلق P. — تجفان L.
8. m 5.

XIX, 1. B II. 371. u 55. m 130. — تلا وإيهك G. 1b. t 14.
2. u 55. m 130. — وأشياعه P. 2b. t 14. 3. c 220. u 56. —
والنجو قم m 130. — واليوم قر P. G. — واليوم جمر Pa. 4. r 31.
— وما إن عليك بأن تنتظر P. G. 5. c 166. 487. r 17. 6. c 122.
6a. أشاقك بين s شطر. 6b. h 340. 7. m 130. 8. m 130.
9. كفض الجمان G. — كفيض الجمان Pa. — زقزاقه G. Pa.
11. s بون r 22. — مزقزقة m 130. — ودنة رخصة s بره P. G. m 130.
— رادة رخصة s خرهب. 11b. w 8, 12. 12. c 331. m 130.
13. t 18. s قطر c 305. W 161. d 19. w 120, 5. r 27. 13b. s نشر.

14. t 18. o 366. n 129, 5 — انا غَرَدَ الغنابر W 161. d 19.
15. s تمر m 130. 15^b. h 76. 16. s صدا. — تَقَبَّلتْ زَخفًا
قتوب عن الرُّكبتين m 130. ad 60. Pb. m 178. — قَتوبٌ m 178. ad 60.
Pb. m 130. — قتوب لُبِضَت ad 60. 17. m 130. 18. s هنو
and هنا. — قَتَا G. 19. وَكَلَ P. G. — يمرِّناه L. 20. نَكَرْ Pb.
22. m L 101. — فبِلتَ Pb. 23. s خلل and جرر. — كما خَلَّ G.
24. s غبل and نعر. h 213. 25. s خيف no 24. r 89. m 130. 184.
26 m 130. — تُجِرُ L. G. 27. m 130. — Read حماتيهما.
28. m 130. 29. s فرج m 130. 30. s خنا c 289. m 130.
31. s لون. — كحوى ٱلْلُّبان q 148. G. Pb. — اضرم فيه q 148.
P. G. — ٱلْفُوق السعر q 148. — ٱلتوليف السعر m 130. 32. m 130.
— غُدَرٌ G (erroneously, read هذر). 33. s حلف. — لها غرة
m 130. — خَلَقَهُ الصانع G. P. 34. s روح. — مُنْخَرٌ and مِنْخِرٌ
and مُنْخُرٌ G. — كرجار ٱلسِّباع q 147. P. G. m 130. 35. q 148.
s نشى. — يغين m 130. 36. f 81. s اخر h 274. br I. 485. n 146.
— فَشَقَقتُ m 130. — وَشَقَقتُ s بدر and حدر. G. Pb. 37. s دحى
o 556. 38. قُلتُ L. 39. s سرعف. — لها جَنَبٌ خلفها q 151.
40. تَنزِلُ P. 41. ٱلعَلَقِ P. 42. كَرقِيبِ ٱلضباء s خطا P. G.
— خُطّاه قواد G. — مَطِيّ G.

XX. 1. j I. 660. III. 645. — قوا ـ بطن قوّ فعرعرا . عرر ـ . P. G. j IV. 205. r 21. 34. 67. 1ª. II 134. 1ᵇ. ـ قوا and عرر j III. 575. 2. كِنانيّة Pb. — وُدُّها G. — مجاورة غسّانَ P. G. 3. بِعَيْنَيَّ P. G. j I. 331. 908. — عَلى جانب P. G. j I. 908. — نَدَى جانب j I. 908. — من جَنْب تيمرا P. G. 4. لمّا تكمّشوا حَدَايِقَ دوم . في الآل P. G. 5. بنو آلرّيْذاء L. — حتى أقرّ G. — وأَخْرا P. — وأَوفرا G. 6. بنو آلرّيْذاء L. 7. آلمُكْرَعاتِ P. G. 8. خَيلانُ Pb. — عند قِتَلعِه Pa. G. Pb. — عند قَتَلعِه G (reading). — حتى تَرَدَّدَ فيه آلعَيْنُ P. G. — تَرَدَّدُ فيه العَيْنُ G and P (reading). — حتى تحيرّا P. G. j II. 179. 9. من قِنْوانِهَا وعَالَيْنَ قِرْوَعَةً أكيتِ جَبّارٍ سَوَامِقَ P. G. — سَوَامِقِ G (reading). 10. I 122. — كَاثْلٍ مِنَ آلأعْرَاضِ مِنْ دُونِ بِيشَةٍ P. G. 11. hv I. 329. — دعى شُقْفِ وَدُونَ آلغُمَيْرِ عامِدَاتٍ لغضورا P. G. 12. فى كُنٍّ Pa. — وَنِعْمَةٍ G. Pa. — الشّاجُومِ Pa. — مُضَمَّرَا L. — مقفرا وُدْرًا hv I. 329. 13. تُشَابُ بمقروك r 43. 14. r 28. 15. عَلِقَنِي G. Pa — فامحى خُبُّهَا L. 16. خُلَّةٌ L. 17. آلمُحْتَمَرا L. 18. تراشى آلشَّوَارَ L. 19. تَغَيَّرَ Pa. 21. نحن صِرْنَا Pa. — من مَذَافِع قيصرا P. G. 24. d 26. r 97. — فَرْمَلِ P. G. 25. ولا أُمَّر L. 26. اشيمر نَبْرِقَ المزن r 88. — تَشِيمُ نَبْرُوقَ المزن . القاصرات الطَّرْفِ P. G. — غَفْرَرا L. 27. ـ حول D I. 119. r 44. —

W 216. 28. s حجر. — قدح ذا P. G. r 23. 51. 30. كدتها L.
31. q 149. — تنابي طرّان P. G. — شدد s يتنجبر P. G.
32. c 216. 448. — اعسرا خلف L. 33. Read وأضبرا. 34. hv I. 381.
— المنزل آلآلاف P. G. — آلآلاب G (reading). 36. j III. 606. —
حين نشلّه P. G. c 448. — يتنقفن c 448. 37. c 49. —
والحوادث جمّة s بقر ki I. 510. ha 74. x 132. j I. 797. — يملكه ha 74.
38. على جمل منا على حمل خوص آلركاب وأوجرا P. G. — j II. 330.
— على حمل منا j I. 315. j II. 330. 39. j II. 358. — قلنا P. G.
— حوران في آلآل P. G. 40. ff 134 (incorrect). — تقطع G. —
عشية رحنا من j III. 353. 40^b. g 83. 41. mu I. 262. —
بشنيم يصبح آلعود منه يكرّنه أحمر P. G. — يلوى لا G. — تقذرا L. Ph.
— Read خمة. 43. Cod. Berol. Wetzst. I. 10, 15. d 28. 56.
g 69. 123. j II. 362. r 97. — والحقف انا ff 134. 44. Cod.
Wetzst. I. 10, 15. j II. 562. x 111. ff 134. — تبكى عيناك d 28. 56.
— تموت L. — فتعذرا G. 45. s اذن and حرف. — فاني زعيم
hi 195. — وانى زعيم P. G. — ترى منه الغرانق L. — Read أزورا.
46. العود آلتبطى P. G. — على لاحب لا يهتدى بمناره اذا P. G.
47. على جلعد ولق P. G. 48. s بُرد k 275. h 183. — من خبل L.
48^b. M II. 362. 49. زاعة اذا g 154. — زعته اذا G. P. —

مشى — .c 44 إِذَا مَا نَجَت بِالْعِنَانَيْنِ رَأْسَهُ — .G (reading) اذا زعته — آلهيذبَى .c 44. h 820. g 154 — مشى آلهيذبى .Pa. G. Ph — نَعْل بَكَ — قرقرا G. Ph. c 44. 49[b]. h 820. 51. j I. 674 — and نغل بَكّ G. — نَغْل بَكَّ P. — في قرى حمص P. G. 52. وما جُنِّبَت P. G. — يُدَكِّرِهَا أَوْكَانُهَا تَلُّ مَاسِحٍ مَنَازِلُهَا مِن — j I. 548. 869. — وَمُبْسِرًا L. 53. فَيَا رُبَّ يَوم j III. 520. — يُتَانَفَ P. G. — j I. 664 مِن بَطْنِ ضَرْضَرَا — j I. 811. يُنَادُوا ثَوَابَ آلَيْكُمْ مِن قَرْنِ ضَرْضَرَا 54. قُذَارَانِ P. j IV. 43. — قُذَارَانِ G. — في قُذَارِ خُلَلَتْهُ c 119. — وَاحْلِق — في قُذَارِ خَلَلَتْهُ j IV. 43 (reading). — بِقَلَّةِ عَنْتَرَا j IV. 43. — عَلَى قَرْنِ أَعْفَرَا P. G. L. c 119. j IV. 43 (reading). no 31. r 21. 58. s وسط. 59. j II. 968. — Read بِبُلْطَةٍ. — بِبُلْطَةٍ L. 60. مُنِيفٌ تَزِلُّ s قذف and نيف. — The reading of L. is: تَظَلُّ آلضِّبَابُ ; nevertheless now I think it must be read يَظَلُّ الضِّبَابُ.

XXII, 1. مجس s اصاح أُرِيكَ بَرْقًا هَبَّ — P. G. أَحَارِ تَرَى.
2 ارقت له تَشَامُ G (text). 3. m 5. 4. ان دَنَا لِقَفَا اضَاخٍ P. G. m 5. — أُضَاخٍ Ph.

XXIII, 1. ناقة آمْرِئِ الْقَيْسِ قد L (incorrect).

XXIV, 3. وما تَجَرَّبك L (erroneously).

XXV, 1. شعلبْ معا j III. 789. — قموبونّة j III. 789. 2. نجرع
مجيلاتِ j IV. 434. — لمر تقفر يه j IV. 434.

XXVI, 1. حلفت اِنّ t 17. — انكه أقلف t 17. 2. انا خلفت
به t 17.

XXVII, 1. عوف أبتنوا P. G. — ألدخللون L. G. Pb. 2. من
نصروا P. G. 3. خيز G. 4. غدس L. 5. عور شققة ولا
P. G. M I. 214.

XXVIII, 1. g 19. qh 20. j I. 391. — وتخفقة G. ki I. 514. a I. 381.
— كمر طعنة d 27. — وخفقة مخنفرة t 17. 2. ki I. 514. a I. 381.
— يا جفنة G. — متغمجرة t 17. — مخضترة d 27. g 19. qh 20.
3. وخطبة مخنثرة G. رب خطبة مخنفرة a I. 381. — نجبرة L.
4. تلقى غدا g 19. — خلخ بارض ki I. 514. a I. 381. — قد غودرت
G. — غادرتها qh 20. — متروكة d 27. — بأنفرة t 17. d 27. G. L.
g 19. j I. 391. qh 20.

XXIX, 1. km 160. e تعل Q 61. e 200. — بنى نعلة H 188 (in-
correct). — مثلي كتيه P. G. — مخرج زنذنه a 106. — من قترة P. G.
ki I. 513. kh 790. 2. مع بناتنا (and نخنف) ki I. 513. — غير بنات
G. — غير ذاتات L. 3. اذ التة ki I. 513. — فلتفنة L. — فتمتي
a منا. — فتتاني ki I. 513. — فتنغي P. G. في بضرة P. ki I. 513.

4. بإزاء s عظم ki I. 513. P. G. 5. كَتَلْتُلى P. ki I. 513.

6. s' نهض and مهما. — أنحَتْ قمر Pa — على جَعْجَعَةٍ ki I. 513.

7. s تغر ki I 513. p II. 624. no 19. — فهو مما يرمى r 44. — G. de

Slane reads also مَالَهُ — .لا ينثنى رَميَّتَهُ G. 9. قد أفارقه P. G.

10. وابن عمرٍ L. 11. s عنا. — خَفَا G. — وتحديث ما على G.

12. في غمرةٍ G.

XXX, 1. m 143. — ما في احاذر ان يزداد d 31. 2. أَلِبْ على

ألا تسأل الربعَ الجواب بقسقسا P. G. — الربعَ القديم بقسقسا كانى

r 82. 4. تذكرونى أنا ذاكِرٌ جاركم P. G. 5. الا من الذخر

G (text). — فانقضا L. k 164. 6. k 164. 8. كما ترمى P. G.

9. k 127. m 143. 10. بما خففت تبرح P. G. 11. نفس تموت

تموت جميعةً P. G. — تموت سويّةً ki I 513. h 368. a I. 381. — جميعة

Q 91. — تَسَاقَطُ Pa. Pb. G. 12. n 134. — وبدلت جرما داميا

m 143. — فيا لك من نعمى تحولن d 27. — فيا لك من قمرٍ تحاول ابؤسا

Cod. Pet. 632, fol. 156b. — وبدلت بالنعمه والنعيم ابؤسا Q 91.

13. d 27. 31. Cod. Pet. 632. 156b. — من نحو ارضه a I 381. —

مما تلبس أبؤسا a I. 381. — ليلبسنى مما يلبس ابؤسا ki I 513.

14. طول غمّي P.

XXXI. 1. لمر الضمير L. 3. بسرية او I. — يشرية and بشرية G.

— طاو بعرفان L. 5. يهيل P. G. — ويذرى G. — ترنبة G (text).

— ويثيرها P. 6. مثل الاسير L. 7. الى أرضات G. 8. فضحة

P. G. — عند الشروي Pa. 9. من الذمر والايحاء P. G. —

عضرس G. Pb. 10. على العشد P. G. — والاكام G. — جلوة P.

— مقبس P. G. 11. يوم انفس P. 12. s قدس. — المقدس L.

XXXII, 1. s حرس. 3. القرح L. 4. القرح L.

XXXIII, 2. Read الرؤساء.

XXXIV. 1. s بوص and توص. — أن تأتك P. G. — ال أتتك L.

— تقتص P. G. 2. وكم دونها من مهمه ومفازة ومن ارض P. G.

3. j III. 738. — يجتنب عنيزة P. G. — قلوص P. G. 5. s فيص.

— السدوس L. G. — كشوك الشيال P. — فهي عذب Pa. —

يغيض G. 6. فهل تسلين الهمر P. — فهل تسلين الهمر G. —

مداخلة عنك هملة P. G. — اخوص P. G. 7. هضي L. 8. نواكل L.

9. كالى وزنبق G (text). — ولمرق P. — اذا شب L. 12. يطارد

أتنا P. — فارق حملهن P. G. 13. معالى على L. G. Pb. 15. تجرى

تينهن P. G. 16. s جبر and نمص. — Read وربة. 17. بطيم

G. Pb. — عفا يتبع (G reading). 18. لم يسغ لها خلى P. G.

19. تغالين P. — تعالين G. Pb — تغالبن G (reading). — تعيض

G. P. 21. s بلثف and فلص. 21b. h 291. 23. وأصدرها

P. G. — تغلوا L. — تخيص P. G. 24. على أنبارهن P. G. — لدى مكرّهن P. G. 25. قلربّ انب G.

XXXV, 1. q 3. m 84. 4. j IV. 131. — ضارج j III. 661 (misprinted in the place of ضارج). 5. أصاب قطاتيين فسال نواهما P. G. j I. 228. 528. IV. 131. — للأريض P. G. j I. 528. IV. 131. 8. وأنحى P. G. — الماء عن كل P. G. 9. فأسقى به أختي P. G. — غير P. 10. اشرفت فوقها P. G. 11. الجون عندى P. G. 12. عنى غيارها P. G. 12[b]. نظرت اليه k 90. 13. j III. 412. — خد مزلّق s حص and سنى [only the second hemistich]. 14. غير جلب P. G. k 324. 15. m 84[A]. 16. الهجان بتنحى للقصيص P. G. 17. q 158. 18. جلودها P. 22. وسنّنا P. G. m 84[A], j III. 171 (only the first hemistich). 24. بغى بالناس s جرص. — عند جريص — . آلالقيان Read — . m 84[A]. P. G. في الناس ساعة s جرص.

XXXVI, 1. وأصبحت P. G. 2. ترفعوا P. G. — نشاحا G. Pb. 3. Read ركض. — ان تفرّعا P. 4. تيمم مجهولا P. G. 5. او الخود يقرين معلما P. G. 6. سوق الخود — G. الخود بلّها الندى G. 7. تعز P. G. 8. والنجوم طوالع P. G. — ان تقوما فتسمعا P. G. 9. المشى كثيب L. — تحاملت L. — قبة السرى L. — تدافع P.

10. ضباب الكرى *L.* 12. وَجَدْتِ L. — سواك L. — تجد لك L.

13. تُخَالُ عن المأثور P. G.

XXXVII, 2. وقد عَمّ j II.838. IV.354. 443. — الى الْفَتَّى j II.838. IV. 354. 443.

XXXIX, 1. يا ربيع فلا تتركني r 16. — يا رَبِيعُ *L.*

XL, 1. الا عمر G. — وَاَنْتَبِك G. r 46. — حديث الفتى r 46. — شَيِّبَت وتَحْنِي G. 2. مُنِيَتِ L. 3. Read من حوك.

4. غُرْتَنَا L. 8. يعكني *G. Ph.* — مُعْتَبِك *G. Ph.* 14. تُفْرِجُ P. — غَيَّرَ L. 15. ودبى s بذيل المرتد (only the second hemistich).

16. بوادي الرتْرَب L. 17. مشكى العمل G. — فغيرِ المنعكف P. G.

18. تخيلا قبل ذلك P. G. 20. سفن s لا رَقًا كُلَّ مَلُوي. 21. نقال P. G. 24. n 71. 25. سريعًا وجلاءها r 43. — مُتَقَلِّبِ P. G.

26. فيخبرك من P. — فيخبرك G. — من أُخرى الفتاة L. 27. وأنبَرن P. G. 28. وأدرككني P. G. 28ᵇ. قهب s. 29. ينتضح and ينتضح G. — يَنْضَح L. — فيَعْرَق L. 30. وكل P. G. 31. طُوَالُ L. — الا يحصنونه L. 32. كُلُّ ثوب P. G. 34. كُلُّ عدل *G.*

35. تصوب n 69.

XLI, 2ᵃ. s بلحظ I 20. 3. الفراخ j II. 161.

XLIII. 1. t 16. ki I. 512. 2. ki I. 512. 3. t 16. ki I. 512.

— بنو أسد قتلوا ربهم f 132. — شيء خلاء ki 587.    3ᵇ. s جلل.
m 78.    4. ki I. 512.    5. يحضرون اذاما أكن ki I. 512.

XLIV, 1. ki I. 512. m 79. — يا لهف نفسي اذ t 16.    2. t 16. ki I. 512. m 79.    3. m 79. — يا خير شيء حسبا ki I. 512.
4. علموا فواضلا ki I. 512. m 79.    5. t 16. ki I. 512. — والله P. G. m 79.    6. m 79.    7. ki I. 512. m 79. — تجعلنا L.    8. ki I. 512.
9. m 79. — مستثفرات — Pb. ki I. 512.    10. يستثفر Pa. Pb. (text). m 79. — تستثفر G. — يستثفرم Pb. (reading).

XLV. 1. M I. 509. ki I. 168. — ٱلحمول G. — اذ لا يوائف ki I. 167. — لا يشاكل e 380.    2. من كثب G. — وقلة G.
3. منيننا L.    تجلت L.    4. عالية حرمت حبالها P. G.    6. جرداء P. G. — مهلكة P.    7. ينحسون L (erroneously). — Read مرتقعا.
8. Q 157.    13. تنكد G. — للتقي فعلى P. G.    14. t 19. ki I. 167. m 53. — أَللّه P. G. — أنجع L. — ما كلمت L. Pa.
15. قصد السبيل Pa. — تعمد المعيج L.    18. في الرخب G.
19. فجدة G. — مخدة غدرة L.    20. ki I. 167. r 21. — بحبلك G. de *Slane*, Diwan p. 128. — Read وبريش. — لنبلك G. de *Slane*.
21. أجذك L. G. de *Slane*. — مقتك L. G. de *Slane*.    22. ki I. 167. — تعلبين L. [G. de *Slane* علمت].    كلابك L. G. de *Slane*.

XLVI, 7. قبابه وليات: — خَيْبِي is my conjecture. — قبابه بَلْقِي ، بلقف. 10. Read لأَرْخ. 12. j I. 336 (incorrect).

XLVII. 1. Q 106.

XLVIII, 1. t 16. 18. W 210. m 95. 1a. r 17. 1b. وَحَوْمَلِ k 142. 2. f 139. c 503. m 95. — فَالْمِقْرَاةِ y. o. — فَالْمِقْرَاتِ Ph. — رَسْمُهَا gb. — تَنْحَجّهٔ y. 3. W 182. ba 239. 559. m 163. mu I. 81. — لا تَهْلِكْ gb. A. o. 3b. h 812. 4. شِفَائِي y. gb. A. o. — عبرة إِنْ سَفَحْتُهَا G. Pb. c 548. — وَقِلْ G. Pb. 5. كَدِينِكَ من q 162. G. Pb. r 97. 5a. c 145. 6. W 148. gb. m 193. — اذا ٱلْتَفَتَتْ نَحْوِى تَضَوَّعَ رِيحُهَا نسيم Pb. r 52. G [text; but it reads تضوّع نَشْرُها]. 6b. Q 242. 8. ba 152. m 85. — يوم لك منهنّ صالح s سيما j II. 528. — يوم كَانَ مِنْهُنَّ صَالِحٍ y. A. o. — ولا سيّما يَوْمٍ s سيما z 32. gb. y. A. o. — Read بِدَارَةِ. 9. وَيَوْمَ Pb. — فيا عَجَبًا مِنْ رَحْلِها G. Pb. gb. y (text). r 81. m 114. — فيا عَجَبًا مِنْ كُورِهَا y (reading). A. o. 10. s دمقس g 68. m 114. — يَظَلُّ Pb. G. — تَظَلُّ G. — ٱلدِّمَقْسِ o. — فتلز العذارى r 81. 11. m 156. r 40. Pb. وَيَوْمَ. 12. t 18. k 158. m 156. 13. c 256. r 28. — ولا تُبْعِدِينَا Pb. G. — ولا تَحْرِمِينِي m 156. — ٱلْمُعَلَّلِ y. Pb. G. o. 14. t 17. c 18. h 273. ad 101.

m 84ᴬ. 156. — فَمِثْلَكِ y. Pb. G. — يَمْرَضُا Pb. G. — فَمِثْلَكِ بِكْرًا

مُغْيِل G. — غبِل x تماير مُغَيِل — y. قد ضرعت وَقيْبَا Pb. 14ᵃ. r 21.

r 145. 15. أَنْحَرَفَتْ لَه G. Pb. m 84ᴬ. — بشغ رَشِقْ عِنْدَنَا لمر

يحوّل G. Pb. m 84ᴬ. — لمر تُحَلْحِل o. — لمر يُحَلْحِل m 84ᴬ.

16. وَيْنُور Pb. 16ᵃ. w 780. 20. 17. ثَرْثَمَى o. — ثَرْثَمَا m 4.

— ازمعت قُثْلِي L. — ازمعت قَثْرَى y. 18. W 138. m 4. —

واِنَّكَ مَقْضِي G. 19. W 138. — وَإِنْ تَكَ y. gb. A. o. — وَإِنْ

عَنْ ثِيَابِكَ قد ساءَتكَ G. Pb. m 4. — كَنْتِ قد ساءَتكَ m 4. 19ᵇ. h 617.

20. t 18. s عشر. — أَلَّا لِتَقْدَحِى G. Pb (text). 20ᵇ. w 783, 13.

21. r 53. m 134. — مِن لُغُوِي gb. 22. احراسا عَلَيْها m 134. — ــ

على جَرَابِ — شرر سرر and شرر x على جِرَاسَا G. Pb. — احراسا وأَقْوَالَ مَعْشَم

Pb. G. [G has the reading جِرَاس, but erroneously: for the gloss is:

ج حِرْبِس s شرر سرر and نَبِرُونَ L. Pb. y. gb. A. o. [Elganhari

mentions that the reading of Elaçma'i is يَشْرُونَ: nevertheless he

prefers the reading يَسْرُونَ]. 23. t 17. ki II. 387. r 38. 44.

m 134. mu II. 259. 23ᵇ. w 774, 12. 24. r 54. m 134. —

لدى آنتَ gb. A. o. — مِن الستر r 47. — نصا s نَضْت

25. m 134. — عنك العُمَايَة y. G. Pb. 26. خَرَجْت بها G. Pb.

gb. r 18. 30. m 134. 187. A. o. — تَبْشَى r 30. A. o. — نَبْشَى Pb.

— مرط ليل أكرينا على G. Pb. gb. A. o. — مرحل G. L. A. o.
27. s جوز c 401. — بحتن جقب G. Pb. — لى جقاب gb. A. o. —
اذا قلت قلتى تاوليى تمايلت على G. Pb. 28. ha 367. — لى زكلم
y. G. Pb. [توليتى y. Pb.] r 44. 29. r 21. 31. 45. — بالتحتنحل
g 80. 29[b]. s جحل. 30. s رجم Q 148. r 23. 26. 42. —
عن شتيت y (text). 31. نحثة Pb. gb. 32. وفرع يغشى المتن
G. Pb. — كقنو G. gb. y. A. o. 33. s عقس. — غدائرها o. —
مستشزرات G. gb. y. A. o. — تصل المدارى G. Pb. c 101. — من
مثنى gb. 33[a]. mu I. 92. 33[b]. w 217, 15. 34. s جدل.
35. c 301. W 80. no 33. r 25. 41. 44. — ويضحى G. L. gb. y. —
قتيت y. — نؤوم y. gb. A. o. — نؤوم y. 35[b]. s عتى. w 202, 9.
36. k 49. j III. 574. r 22. 44. — كأنها s شثن and سرع and ظبى.
— انتحل Pb. 37. s مسا. — بالمشى gb. y (text). 38. s سبكر
r 22. — مثلها يخنو gb. — ومحول gb. 39. f 124. W 181. s قنا
and حلل. c 100. 337. ha 463. 492. — كبكر y. — كبكر مقاناة Pb.
— كبكر المقانات G. gb. — البياض L. y. — غذاها نمير y. Pb. —
غير G. — محلل y. — مجلل gb. 39[b]. w 202, 1. 40. r 27.
— عن صباه وليس صباى عن G. Pb. — عن فؤاد y. gb. A. o. — عن صباه y.
41. bi 737. 42. m 117. — كمرج البحر n 63. — مزج سدوده L.

n 63. 42b. m 159. 43. mu I. 174. — تعلى بجوره y. G. Pb. m 117. 44. m 117. — منك بلمثل A. o. 44a. r 27. — وَإِنْ كُنْتَ قَدْ أَزْمَعْتَ ذُلِكَ فَافْعَلِ y. 45. q 16. p II. 502. m 96. 117. — شَدَّ بيلجل G. — A and o have only the first hemistich. 46. b 795. m 117. A and o have only the second hemistich. 47. W 31. ha 394. o 434. m 93. — كُوكَرَاتِهَا y (text). 47b. s كيد w 204, 15. 597, 10. D II. 308. 48. t 17. c 103. r 88. m 93. — كَعُجُلْمُودِ G. 49. r 104. — يَزِلُّ ٱللِّبْدَ Pb gb. A. o. 49b. hv I. 400. 50. s حرم and نبل. — على ٱلعَقْب جيّاش G. Pb. y. r 95. — جَيّاشٌ o. — حميّة G. 51. مِسَحٌ gb. — على ٱلوَنَى Pb. — على اثرن غُجَاجَ — L. y (text). gb. h 49. — على اثرن ٱلغُبَارَ gb. — ٱلوَنَى G (corrected from غبارا). — بالكديد ٱلمُرْكَلِ L. h 49. 51b. s كدد. 52. s خفف r 96. — يَزِلُّ ٱلغُلَامُ ٱلخِفُّ L. y (text). — يَطِيرُ الغلام G. Pb. y. — وَيَلْوِي y. 53. s درر and خذرف. — يُقَلِّبُ كَفَّيه G. Pb. 54. t 17. q 148. W 59. 214. — له ايطلا y. — تَتْفُلِ y. A. 54a. w 338, 24. Q 160. 54b. Q 142. 55. وأَنْتَ اذا استدبرته G. Pb. — بِصَافٍ gb. w 203, 25 (only the second hemistich). 56. كَأَنَّ عَلَى ٱلكَتِفَيْنِ مِنْهُ إِذَا ٱنْتَحَى مداك Pb. G. A. [except that G and A give النعى]. — كَأَنَّ عَلَى ٱلمَتْنَيْنِ مِنْهُ إِذَا ٱنْتَحَى y. gb.

c 434 [but that it gives إِنَّا جَرى]. — مداك Pb. G. A. gb. c. — صرى s او صَرَايَةً — او صَرَايَةً G. Pb. — او صَلَايَةً A. gb. c. — g.

57. s عدا c 254. — مُرَجَّلِ rn 70. 58. s دور. — نُوَارٍ عذارى A. o. — نَوارٍ Pb. — في ٱلْمَلاء ٱلْمُذَيَّلِ Pb. k 91. 59. كَثَاجِيْج L. y. — مُخَوِّلِ f 126. 60. فَٱلْتَحَفَهُ صرر s y. — حَوَالِجِرْهَا • صرر. 61. q 142. s عدا. — غَذَاءِ L. — بِنَضِيحِ G. y. o. — يُنَضَّحِ A. — مَا بَيْنَ منصحٍ تُنَضَّحِ Pb. 62. c 251. m 176. — وَكُلٌّ G. Pb. — صفف. — مُنَصَّحٍ f 97. — مُنْصِحِ h 597. 63. فَرُحْنَا وَكَادَ y (text). الطِّرْفُ يَنْفُضُ رَأْسَهُ متى ما ورحنا G. Pb. y (reading). — وَرَاحَ ٱلطِّرْفُ — G. Pb. y (reading). 64. وَبَاتَ عليه G. Pb. — غير مُهْمَلِ r 19. 65. s وحش j IV. 138. — أَحَارِ ترى G. Pb. k 380. r 35. j II. 188. 65b. s حبا. 66. او مَصَابِيحَ Pb. g. — أَهَانَ السليطَ G. Pb. y. — في الذُّبَالِ Pb. 67. بين حامرٍ ضمن إِكَامِ بعد G. Pb. j I. 341. II. 188. — بَعْدَ ما G. y. A. o. — مُتَأَمَّلِ y. o. 68. s متر. — هَلَى قَطَنٍ G. Pb. y. j IV. 138. A. o. — أَيْمَنَ صوبه وَأَيْسَرُهُ j I. 626. — على ٱلنِّبَاجِ فَيَتْبَلِ y. 69. وَأَضْحَى G. Pb. — فوق كتيفة A. — عن كُلِّ فِيقَةٍ — g. كَبهل s الماء من كُلِّ فِيقَةٍ — gb. حول كُتَيْفَةَ G. Pb. g. — من كُلِّ تَلْعَةٍ — g. — ٱلْكَنَهْبَلِ G. y. 69a. j IV. 237. 69b. r 57. 70. القنانِ y. — فالزل يَتْرُكُهُ مع ٱللَّيْلِ وَأَلْقَى بِبُسْتَانٍ

في كلّ منزل — .y من كلّ مُنْزِل — .y منه ٱلْفقر — G. Pb. j I. 626. G (text). 71. أُجْنا ولا s اجمر .y. j I. 136. 71ᵇ. w 790, 22. 72. m 183. r 92. — كَبيرا وكانَ .y. n 147 [it says directly: والاصل فى الرواية الصحيحة ثبوت الواو وكذلك انشده العروضيّون واحتجّوا به فى أفانين وَدْقِهِ — G. Pb. y. hi 905. j I. 75. — كانَ أبَنًا فى افانين — كهيم G. Pb. y. hi 905. — مُزَمَّل .y. 73. s جِم j IV. 422. — والقى .74 .G فلكة — .y قليقة وكانَ — G. Pb. y. كانَ طَمِيّة المُجيمر كصَرْعِ — j III. 387 (only the first hemistich). — بِشَرْجٍ وَٱلمُرِيمِرِ بعاعد اليمانى j III. 774. y. — بٱلْعِيابِ ٱلمُثَقّلِ — بعع s .ٱلمُخَمَّلِ — y. A. j III. 774. صَنْجَنَ — العياب ٱلمُخَوَّلِ G. Pb. y. 75. الجواء عَشِيَّة d 32. — — روح s غُدَيَّة نَشاوَى تَساقَوْا بِالرِّياحِ ٱلمفلفل — y. j II. 135. كانَ سِباعًا — تبش s .76 — d 32. مُسَلْسَلِ — L. j II. 135. مُسَلْسَلِ G. Pb. y. — عرقِ غُدَيَّة G. Pb. y. — عَنْصَلِ G.

XLIX, L. ki I. 512.

L, 1. m 91. — فدعْ عنك ki I. 513. — ولكن حديثًا ما G. P. ki I. 513. p I. 479. — حديثَ الرّواحل P. G. ki I. 513. 2. m 91. 126. — كانَ عُقابًا حلقت بلبونها Q 163. — عقاب تَنُوفٍ j I. 881. IV. 197 (text). — عقاب تَنُوفَ j I. 881 (reading). — عقاب مَلاعٍ Q 163. 3. بِخَمّة خالد P. G. m 91. — واودى عِصَامُ P. G. m 91. 4. m 91.

— مَجْبَنتْ له مَشْى الحرقة ki I. 513. — كمشى الآتان ..I — حليمن

أرى أجَأَ لن يُسْلِمَ — 5. l 6. j I. 123. m 91. جزى ء فى مناهل .

العلم j I. 125 (only the first hemistich). — العنم رَبَّهَا j II. 191. IV. 85.

6. j II. 191. IV. 85. m 91. 7. جيرانها وَحَمَاتُهَا P. G. j II. 191.

IV. 85. m 91. — من رُمَاةِ سعد P. G. m 91. — وَنَابِلِ G. 8. m 91.

— أَوْلَادُ الوعول رِبَاعُهَا P. 9. مُكَلَّلَةٌ m 91.

LI, 1. فَالشُّهْبِ فالحُبتين P. G. 2. رَسْمُهَا P. G. ha 542. —

رسمها وَٱسْتَحْجَمَتْ عَنْ مُنْجَلِقِ ٱلسَّابِلِ P. G. ha 542. r 64. 3. Q 230.

— عُبيدِ L. G. 5. نَقْذِفُ P. G. 6. كُرِّ كَلَامِيْنَ s سلك . —

رَدَكَ لأمين Pb. لأمر s لَقَتَك لأمين and خلج . P. G. v 169. m II. 166.

— ٱلنَّابِلِ P. — نَابِلِ v 169. 7. k 258. — اذ هِيَ القساط v 169.

— كَاظِمَةٌ v 169. 8ᵇ. w 368, 20. 9. k 139. h 301. no 32.

v 169. 10. t 14. h 301. v 169. r 40. — فَٱشْرَبْ فاليوم s وغل

a 188 [it mentions that the reading of Sibawaih is أَشْرَبْ]. — فاليوم

أسقى L. G. P. k 139. — أسق فاليوم c 362. — Read غَيْرُ. —

أَمَّا L.

LII, 1. t 16. — الاغمر s عمر. m 73, 100. — الأعمر G. P.

m 73. — وحل يَعْمَنْ s عصر. G. P. w 627, 9. m 73. 100. 1ᵇ. r 16.

2. وحل يَعْمَنْ P. G. m 73. — ينعمن مَنْ كان الأخلَدَا no 38.

3. وحل يعمن P. G. m 73. 100. — كان أحدث عهده P. G. m 73. 100.
— كان آخر عهده *L* (text). 4. m 73. — بذي خال — G. P.
5. وتحسب *L*. — ليلي j I. 405. — او على ذات اوعال j I. 405.
6 وتحسب *L*. — تزال ترى G. — بميثه G. 8. m 73. — وان لا
تحسبن اللهر and تحسبن P. G. — وان لا يحسبن آلسم r 18. 9. c 37.
— وبها رب P. G. — قبا رب m 73. — تمثال G. 10. m 73. r 75.
11. وكف بأجزال P. 12. s صوا. — وقيت لنا *L* (text). —
بمختلف L. — وشمال P. G. 13. q 5. k 41. 13[b]. b 131.
14. j I. 176. — تسا ء لعوب تنلسانى. 15. لطيفة G. — غير مفاحشة
G. — غير متفال *L*. 16. hv II. 703. — غير معطال L. 17. c 16.
r 26. — كدعص النقا L. 19. c 343. j I. 176. m 73. 124. —
اترعات P. — اذرعات G. ad 21. — الاذرعات and اذرعات ad 21.
20. m 73. — تشب *G*. 21. m 73. r 91. 22. s يمس m 73.
— فقلت لها والله ابرح s 120. — ولو ضربوا d 97. 23. m 73. —
وأستمعت الحديث s فصر. 24. m 73. — وجرنا P. G. 25. s 153.
m 73. 101. — من ولي ولا G. — وما صال P. 26. t 17. n 66.
r 34. m 73. M II. 133. 27. واصبح زوجها m 73. — شي‌ء الظن P. G.
— كلف النأي L. 28. m 73. — كرر s بكر كريم البكر.
29. أيقتلني P. G. m 73. Cod. Wetzst. I. 28, 98. 155. — أتقتلني Q 39.

D II. 222. 29b. h 12. 30. m 73. — بذى رمح فيطعنني G. P. — بذى شيب وليس G. P. 31. أيقتلني وقد شغفت q 56. P. G (text). w 218, 4. — قد شعفت — . قطر s أتقتلني وقد شغفت — G. Pb. — كما شغف G. Pb. — كما شغف المهنوءة q 56. P. G (text). w 218, 4. 31b. h 711. 33. أقيال G. P. 34. ولجته دجن G. P. — صباغ — G. 36. سباط البنان والعرانين G. r 96. — يخفق بجماه G. 37. نواعم يتبعن G. P. — البنان P. — والقنا P. G. — لطاف G. — سيل الزدى G. P. — ضلا P. 38. q 52. hv II. 365. 38b. s خلل. 39. W 137. 42. s بنن c 6. w 532, S. n 211. — جوادا لغارة H 121. 43. W 121. w 532, S. n 211. 45. q 147. — s شنن and ابل. 45b. j III. 846. 46b. s قطا. 48. c 43. 49. s تزز. — يعجلزة P. G. L. 49b. h 238. 51. اذ يجاهدن عدوة s جهد. — على جهد P. G. — اذ تجهد عدوة G (reading). — اذ تجهد عدية — لجال الصوار واتقين بقرهب طويل القرا 52. L. خيل تجول — . جهد s P. G. k 206. 53. فعادى عداء بين ثور P. G. — وكان عداء — نفيف من العقبان طأطأت P. G. 54. لقوة G. P. — الوحش مني على شمالي — P. G. صيود من العقبان طأطأت — . شمل and دفف s شملال m 73. — شيمالي m 73 (reading). 55. m 73. — خزان البراقع — j I. 340. — خزان الشربة P. G. — وقد حجرت L (text). — وقد

منذ جعرت j I. 540. 56. t 17. B I. 32. u 57. D II. 146. m 73. 74. 122. 167. 173. 57. W 153. w 639, 13. n 220. r 53. m 58. 73. 74. 132. 182. 57b. x 12. 58. s اثل W 153. w 639, 13. n 220. m 58. 73. 74. 132. — ولكنني اسعى r 53. 59. p II. 530.

LIII, 1. أبلغ شهابا وأبلغ L. — قتل ثناك L. 2. منكم قتلى L. بين رحالنا مقترفات بجوع L. 3. بجرعى وسبيا كالسعالى

LIV, 1. نمر تسبينا حتى استفأناك من اهل وخل L. 2. ذاك قابلننا باكلى فينا قدما وحرث L. 3. وكم سودناه كنديد تستقبل قناء تغدو الوكرى اذا L. 4. كانما نطفت من L. 5. الحمال وقتب الخيل L.

LV, 3. من آل ليلى t 19. 15. g 115. — الرحال s قرا j IV. 212. 17. فتخناخمر الحى L.

LVI, 1. انار النوم p II. 916. — عنى نقعقعا j III. 442. 2. قللت تبين وبين j III. 442 — لنجلى بعد ما قد اتى به تبين وبين p II. 916. 3. أناخوا حمى p II. 916. j III. 442.

LVII, 1. وجذع يربوعا ki I. 512. G. — وجذع يربوعا P.° — وعقر دارما G. — وعقر دارما P. ki I. 512. 2. اماء يقتنين P. G. 3. ولا أتتوا P. 4. وما فعلوا P. G. — فما فعلوا ki I. 512. — فضل العزيز L. — وزعنه العويم ki I. 512.

LVIII. 1. ولم تلوما عمرا L.

LIX, 1. m 204. — الديار غشيتها j III. 47. — الديار عرفتها
j I. 312. 335. III. 51. — بمختلم j III. 51. — فعمايتين G. — نى
فعلشمر — L. فعاسم — Pa. فصعا الاطيط 2. j III. 47. اقدام
j I. 312. — فغاضر Pa. G. — فعاضر Pb. — تمشى النعام به j III. 339.
398. — تمشى الغمام به j I. 312. 3. دار لهند P. G. e 276.
m 204. j I. 312. 4. على طلل الحبار ma II. 238. — لأننا نبكى P. G.
e 276. m 204. — Read خذام. — خذام G. — حذام P. m 204.
ma II. 238. 4ᵇ. s حذم. 7. j III. 337. — أوما ترى P. G.
— اظعانهن بواكرا P. G. — شوكان P. G. — ضرام — G.
8. حورا تعلل بالعبير جلودها بيض الوجوه نواعم الأجسام P. G.
9. وظللت L. 10. أنف P. G. — معتف P. G. — شبلم P.
11. يخالط جسمه بسقام P. G. 12. وبجدة نشأتها P. G. m 204.
— رتكه P. G. 13. تخدى على العلات سام رأسها روعاء منسمها
P. G. m 204. 14. جارت لتصرعني G. Pb. — قتلي عليك m 204.
— خزام G. Pb. m 204. 15. m 204. 16. وكأنما P. G. —
كتيبة and كتيبة Pb. — إرمامه G. 19. البطل الكمى L.
21. قد علمت P. G. — لو علمت Q 129. 22. الذى عرفت P. G.

— حجر عن ونشدت P. G. — جحجر بن امر G. — حجر L.
23. أليت G. — أقيم ولا P. G. L.

LX, 1. ki I. 513. 2. ملك الشام ki I. 513. 4. ki I. 513. 4b. km 52. s تيم.

LXI, 1. t 16. j II. 601. l 57. — على نموں ki I. 512. a I. 378. fl 132. — على نموں j II. 722. 2. t 16. s دمن j II. 601. l 57. ki I. 512. fl 132. a I. 378. — نشون j II. 722. 3. t 16. s دمن ki I. 512. j II. 601. 722. — لأقلبه a I. 378.

LXII, 1. p II. 916. — شيبنا j II. 648. 2. ki I. 510. p II. 916. a I. 315. 376. fl 132. — ملوك j II. 648. 3. ki I. 510. p II. 916. a I. 315. 376. j II. 648. 3b. g 140. 4. ولم تغسل ki I. 510. fl 132. — جماجمهم بشذر j II. 648. r 54. — في الجماه ki I. 510. a I. 315. 376. fl 132. 5. ki I. 510. a I. 315. 376. j II. 648. fl 132.

LXIII, 1. كخط زبور P. G. j I. 526. — أو عسيب j I. 526. — في عسيب يمان G. Pb. 2. ديار لهند P. G. j I. 526. 3. يدعون الهوى P. G. 7. رخو اللبان P. G. L. 8. أقب خثيف الركض k 347 (only the second hemistich). — والذألان L. k 347. 9. مثاني G. 10. حو تلاعه P. G. 11. مكر مفر مقبل P. G. — العدوان Pa. G. Pb. 11b. j III. 778. 12. اجتنبته اذاما L. — في الرخامي افتر P. G.

14. حواصنها والمبرقات L. — الزواني P. G. L. 15. امن أجل أعرابية ki L 379. — جنوب الملا ki L 379. — جنوب الغضا e 686. 16. فتدمعها W 91. — سكب وسح P. G. — وتنهملان W 91. 17. لما تسلفا P. G.

LXIV, 5. وتحييه نصح L.

LXV, 1. r 30. m 80. — بعد ارمان r 17. 2. بعدي عليها P. G. m 80. — مصاحف عثمان m 80. 3. m 80. 4. q 88. m 80. — ثاب سح G. 5. t 17. m 80. Cod. Lugd. Doz. 368, f. 4. — بسائه Pa. — Read شئ. 6. t 17. s رحل and قرر m 80. — حرج s رحالة سابح. 7. m 80. — فككس انفل عنه P. G. t 17 (gives the reading منه). 8. غاب P. G. L. r 40 [but the gloss of Pb gives غاث]. — غاب وسكران m 80. 9. سهلة أنشب مذعان m 80. 10. r 26. m 80. — تعاون فيه L. 11. m 80. — على سابح يعطيك W 128. — غير كز W 128. L. 12. m 80. — تهلان P. 13. r 25. m 80. — مضلة P. 14. بدائع أعطاف P. G. m 80. 15. m 80. 16. d 125. — سرتبت بهم m 80. G (text). — تكل مطيهم m 80. P. G. — تكل غرتهم m 80. — تكل سراتهم m 80. 17. m 80.

LXVI. 1. ki L 512. — حمر آستنفذوا جاراتكم e 528. 2. مثل

— ki I. 512. ورعقد ابر بميثاق وأوفى بجيران — L. ki I. 512. عوين

صفوان الهزاهر يوم في o 526. 3. تقية طهار s سفر. — واوجههم

المنابر بعض s سفر and ضهر and غرر. — بيض المشاهد واوجههم

عمر أبلغوا — m 80. 4. m 80. واوجههم عند الشدائد — r 56.

ki I. 512. P. G. (ki Cod. Par. بلغوا). — أقلد المضيع ki I. 512 (ki

Cod. Par. أقلهم). — أقلد المصلل P. G. — بين الغزات ki I. 512

(ki Cod. Par. العراي). 5. m 80. — ابر بميثاق P. G.

LXVII, 2. مجاورة Ph. — وتمنعها L. s حتى. — ممنعها P. G.

LXVIII, 1. اذاما لم تكن L. — اذاما لم يكن d 110. p I. 347.

a I. 330. — اذاما لم تجد ابلا فمعزى ki I. 513 (ki Cod. Par. تجد).

— كان غزار تسوقها لنا غنم a 23. 220. m 74. — العصى 6.

2. اذا وجاد لها الربيع بواقصات فآرام وجاد لها الولى P. G. 3.

— ki I. 513. كان القوم صبحهم نعى — P. G. منشر حوالبها ارنت

نعى صبحهم الحى P. G. 4. h 793. — الذبلى G. 5. q 5. 152.

s سمن W 153. p I. 347. m 74. ki I. 513 (ki Cod. Par. انتلا بيننا).

— فتوسع أهلها القطا P. G.

# Appendix.

## Ennābiga.

I br II. 513.

II m 19.

III d 117.

IV s حلب.

V j I. 588.

VI ki I. 78. e 368.

VII m 49. 1. j I. 132. l 32.

VIII بدجلاتها j I. 429.

IX. 1. s فوط. 2. t 21. p I. 741. [ويه p. — يا جبذتها p. — حين تلقاها p.]

X ki I. 623. 1—4. t 20. 1. 2. gb 7. 3. s نجب. 1. ام ألمّ t. — ام أضمر ki. — ام يستمع ربُّ القبة t. ki. 2. يا أوهبَ النّاس لعنس صلبة t. ki. 3. ضرّابة t. ki. 4. ذات عيات ki. — جلبنة t.

XI, 1. ضرن د. 2. j II. 401.

XII j IV. 343. 2. فبيّنا. — يرخَى. 3. الدعم.

XIII, 1. t 20. 2. عن ما فات p L 3. 3—5. qb 162.
[3. بعد ابن جفنة qb. 4. قد بن حمير قبلها qb. 5. سالب
الارواحا qb.]

XIV Journ. Asiat. 1868. II. p. 218. 1ª. hv II. 147.

XV r 39. — This vers is often cited as belonging to Elhutaia
ki I. 86. Q 206. 208. ad 300. — صوء أرضه Q 206.

XVI p I. 545.

XVII, 1. ki I. 618. m 101. T 166. 2. k 39. 3. 4. G. 3. Pb.

XVIII, 1—3. j II. 249. [2. بالحرورية] 4. ki I. 619. e 309.

XIX, 1. gb 8. m 18. S. y. N. 2. S. y. N. — أبْرا S. —
من هذا آلأبْراء y (wrongly). — إلّا مقالة أقوام شقيت بهم y. N.

XX r 19.

XXI Cod. Berol. Wetzst. I. 34, 182. — Some Arabic Critics
judge that Khalaf alaḥmar is the author of those verses.

XXII j I. 74.

XXIII Maçoudi, Prairies, III. 204.

XXIV, 1. j II. 391. [بجالة j.] 2. n 39. 3—5. h 742 (text).

— n. البيت نغما، جونة — j. نحنة — 3. n 39. j IV. 49.

لَنْ آلخلاج كائم — j. تورثن — j. بغية فذر 4. j. آمال الجرور

j. ابتدرت كلب — j. يظل 5. j. بعد كائم 6. 7. j IV. 82.

XXV. 1. 2. s جعف. 2. s مرر. j I. 360. — لأعرفنك s مرر. —

تغلب — j. في خق تغلب — مرر s فارضا ترملحنا — j. فلأعرفنك

s جعف. s مرر. j. — الامرار وابق j. 3. h 67, 11.

XXVI gb 18. 29. s نبب.

XXVII Cod. Oxon. Arab. 1298.

XXVIII G (on the marge of the 15th poem.)

XXIX t 20. gb 8. [1. t ما يحمره. 3. gb ونتصرف.]

XXX j I. 570.

XXXI km 48. no 15.

XXXII r 90.

XXXIII hi 350.

XXXIV s حوب.

XXXV s متع.

XXXVI r 86.

XXXVII h 809, 9.

XXXVIII ha 299.

XXXIX e 301. sp 109.

XL mu II. 248.

XLI, 1. s شقق Q 218. ha 211. 2. t 20. s ربك, ki I. 619. e 309. [رِبْذَة الصائغ] s. — الصانع ki.] 3. 4. ki I. 619. e 309. [3. عن ضرّ الأعادى e. 4. لا يرزد ki.]

XLII G. Pb. [خياطيل Pb.]

XLIII, 1. s صلل Q 153. hv II. 40. 2 — 5. h 408 (text). j I. 101. [3. على أمر b. — أمشى ببلدة b.]

XLIV ha 256.

XLV r 29.

XLVI t 19. ki I. 620. e 309. Maçoudi III. 221. gb 6. — 1. 2. km 315. 2b. ra 78. 4. u 19. — 1. كبذر التمام gb. 2. الاصفر والعرث ki. e. Maç. 3. نقذ Maç. — ينتفع فى الروضات صفو — Maç. gb. — أكرم من t. — سنة ابائهم 4. t ماء الغمام ماء الغمام — t. المدام u.

XLVII s صوم mu I. 88. (This vers belongs to a poem of Khalaf elahmar, according to the opinion of Elasma'i.)

XLVIII ha 258. 1 — 3. ki I. 619. II. 62. e 309. Q 71.

e*

El'otbi Cod. Berol. Peterm. 130, fol. 10. 2. وعوّدتُهُ ki II. — آلكَبِرْ ha. — آلكِبْرُ ki I. 3. وجعلتهُ ki I. Q. Cod. Pet.

II., 1. j I. 393. 2. j III. 699.

L ki II. 559.

LI j I. 429. [1. آلمُمْرِ. 2. دار قتبات. — آلأخزمِ.]

LII mu I. 90.

LIII. 1. m 19. k 90. [This vers is also ascribed to Aus ben hagar.] ولستُ بِجَابِيْ أَبَدًا k 90. 2. gb S.

LIV, 1. j II. 327. 2. n 47. [ki I. 247 states that this vers belongs to a poem of Soheir ben ganab and gives two other verses of it.]

LV j III. 278. [قفار تَعفّتها]

LVI, 1. s شطن. 2. m 18. mu II. 220. Lataif alma'arif 18. G in the superscription of the 5th poem. 2b. ki I. 617. — نبغض فقدْ G. — نبغت لهُمْ مِنّا ki. 3. j III. 728. [بِعُسْلَةٍ j.] 4. s خلف. 5. 6. j IV. 394. 7. ki I. 621. gb 6. [احرقت (read أحرقت) gb.] 8. 9. t 19. ki I. 621. m 19. gb 6. 8. s عرا, ki I. 618. w 166, 9. 8. على وَجَلٍ m. 9. فالفيت الوديعة gb.

LVII n 57 [says directly that these verses are of this

Ennabiga.] Cod. Berol. Peterm. 128, 1. ascribes them to Ennâbiga elgà'di. 1. مِنْ رَفِيقِهِ Pet. — بسوء آلأعاديا Pet. 2. تكملت Pet. خيرانه Pet.

LVIII ki II. 252. e 151.

# Antara.

I j II. 1.

II ki I. 474. 2. 3. e 435. — 1. الاعجب ki. 2. بالمتعسف e. 3. محدث e.

III hv I. 143 not. 5.

IV h 465, 8.

V d 193.

VI r 32.

VII s صحيح.

VIII r 61.

IX q 122. [The author of q mentions that this poem is also vindicated to the poet Elmotaqqib المثقب, whose name is عائذ بن مُحصن العبدى]. 1. اذا لم يخف عليه q. 2. فكيف اتقوى لا

عند .7 q. تَرَاقًا بِتَفْرِيعِ .6 q. نوء المرمرين .4 q. نُهْمَةٌ للسوائِدِ q. شَيْءٌ

X ki I. 474. 1. d 70. h 707. — مُتَخَذِمًا لمهركم h. — مُتَجَدِّدٌ ki (false). 2. بِالْثِقَالِ ki.

XI d 73.

XII ki I. 473. e 434. 1—3. h 673. 2—4. t 38. 4. والشَّعَرَاتِ الواردات مشْعَرَةً ki. — والشمرات الواردات مشمرة t. — مشمرة e.

XIII r 24.

XIV F 182. 1. تركناه بمصر بين F. (false). — نجيعه به F. (false).

XV r 54. 1. ونجى r. — العصى r. 2. حبّ علوة r. — بذلك ان تسقى عصا r.

XVI, 1—4. ki I. 472. 5. f 50. no 13.

XVII t 39. 1. S III. ٣٨. T 178. w 49. — في المَوَاقِف w. — في الوَقَائِعِ T. —

XVIII ki I. 474.

XIX, 1—15. gb. 9. y. A. Annott. p. 47. T 183. 10. r 47. 11—13. y. A. Annott. p. 50. T 184. 14. 15. T 149. 16. s شهر.

17. G. (after v. 52). — 5. لو اسقيك gb. — تقا بك gb.
8. المتوسّم gb. 9. مُكرَم A. 10. الذل لَهُ gb. — Almost the same vers occurs in the Diwan, XIX,12. 12. ومُخلّمٌ A. — آل مُخلّم A.

XX D II. 292. Chalef elahmar p. 196.

XXI. 1—3. a I. 427. 4—9. j I. 290. 8. 9. j II. 779. — [Jaqut refers the verses 4—9 to Bedr ben malik ben zuhair or to the daughter of Mâlik ben bedr.] 6. الاصاد وتجمّعكم j.
9. او آلرسّ j.

## Tarafa.

I ha 108. D II. 146.

II r 80. 1. شهدت النخيز r. 3. على آلثفنات r.

III, 1. s خروع. 2. s رفع and وضع.

IV qb 162.

V. 1. j II. 850. y (on the margin; it reads قروضة). 2. 3. y. A. o. (vers. 13. 52). 4—9. gb. 4. T 187. 8—10. y.
10. s جمد. A. o. (vers 102). T 187. — 2. جَنابيّةٌ وجَنَنا y.
4. ذاك مخطلبِ T. 8. and 9. y attributes them to عدى بن زيد العبادى. 9. وأبصر قرينه فانّ القرين y. — مُقتَدِ y. 10. حويره s.

VI r 28.

VII x 33.

VIII, 1. m 107. 2. u 48.

IX, 1. s عصم. 2. 3. j I. 370.

X, 1. s درى. 2. G [after v. 51 of the 5th poem.]

XI D 276. p I. 433. 1. 2. 5. 3. 4. 6. Cod. Petersb. 632. fol. 157 (related to Koleib). 1 – 5. t 25. 1—4. 6. s كبر. 1. s عمر. 1—3. Maçoudi V. p. 130. 1. قنبرة p. Maç. Cod. Pet. 4. قد ذهب s قبر. D. Cod. Pet. 5. قد رفع الفخ u. — ورفع الفخ p. — فما تحذرى p. 6. لا بد من أخذك يوما D. Cod. Pet. — من صيدك يوما s قبر. p. — فاحذرى Cod. Pet.

XII, 1. 2. p I. 610. 3. s قنس. B II. 235. o 64. m 198. mu I. 88. [Essojuti says that the vers is spurious.] 3. اضرب عنك m. — الهموم إن طرقتك u. — ضربك بالسوط mu.

XIII, 1. s حنن. k 348. p I. 158. r 78. o 54. 2—7. j I. 238. 3. ga 10. — ليست بقيظ j. 4. والفرس تجرى j.

XIV, 1. Lataif elma'arif p. 90. m 164. mu II. 222. 2. s وصف and حذى h 449alt. p I. 287. 2b. ki II. 359. c 250. 2. من غبر h. — الخزامى e. — التقفا e. — الذى قفا ki.

XV ra 52. 1.

XVI n 90.

XVII s تبل and حنى.

XVIII s شرر.

XIX c 267 [بالعصب آلأمل is false.]

XX s حطرب.

XXI mn I. 87. [Hammad errawija says that Tarafa is the author of these verses; and Abu 'ubaida attributes them to A'sha of Hamdan (أعشى همذان).]

XXII gb 166.

XXIII G [after the 11th vers of the 17th poem, on the margin].

XXIV, 1 – 8. j I. 318.

XXV h 610, 16. [أضرمت false.]

## Zubair.

I m 30. 3. p I. 659.

II s نتحم.

III ki I. 614. 1. G. – ينعين ki. — عند كريهة G. — 4 عظمت رزيتهم G.

IV, 1—3. m 169. 4. s كفت.

V, 1. s وعد. 2—6. gb 5. 2. 6. m 30. 2. من أحد m.
— قعدوا او تجدهم قوم بلولهم gb. 5. مالوا برصوى gb.
6. أتخشدون gb. — من شرف gb. — عنهم ما لذ m.

VI m 164.

VII, 1. ki I. 615. [لسوابك] e 308 لشوابك. 2. s عباً.

VIII ki I. 465. 1. فنوم العين تغذيم.

IX, 1 — 3. j I. 419 3. عاسيات j. I 5. — ايم . . . أضر 1.
4. j III. 672.

X ki II. 380. n 89. 1. انّي لتعذيبي ki. 2. كبنيانة القارق n.
— القرق ki. 4. فداء لبلد or فداء ki. n. 5. تكل n. —
كأنّها n. 7. محق n. 8. لم يتقلق n.

XI j II. 808.

XII s ابض.

XIII ki II. 380. e 537. [Cf. Ennâbiga Append. Nr. ٣]. 1. تراك
الارض ki. — تريد e. — خسفا e. — خفا ki. — ونحن ان حبيبت e.
2. بمستقر العز ki. — فتزلت استقر الأرض منها e. — فيمنع ki. —
تزولا ki.

XIV ki I. 616. m 167.

XV, 1. j IV. 350. 2. q 80.

XVI n 17.

XVII m 200.

XVIII j II. 756.

XIX, 1. y. A. Annott. p. 20. 2. s ورك. T 188. y. A. Moall. 9. o. 3 – 7. y. A. Moall. 55. 61 – 64. 4. تَكَابِي y. 5. وَلَمْر y. 6. يَتَعَلَّم y.

XX w 413.

XXI mu I. 122.

XXII r 64.

XXIII W 182.

XXIV c 12.

XXV ki I. 610. [1. فقلت تَعَلَّمْ إنّما أَنْتَ حالم ki.]

XXVI ki I. 110. c 375. 2. حين بغتري c.

XXVII, 1. j II. 802. 810. IV. 153. 2. s اسن. 3. s ثمن. 1. سَلَمَاه لآل j IV. — قالرضي j IV. 2. المايح النويبي s. 3. وعزّت أثمن s.

XXVIII Etta'âlibi Vertr. Gef. p. 158.

XXIX. 1. G [on the margin of the 20th poem, after v. 1. —

This vers is also attributed to 'Abdallah ben rawaha.] 2. m 61 [after v. 6 of the 20th poem.]

## 'Alqama.

I b and v. [1. after v. 11. 2. after v. 23. 3. 4. after v. 36 of the 2d poem.] 2. ولست لإنسي v. — ولكن لملأك v. 3. الشرون v. وجيب v.

II j l. 535. [1. بترقش. 2. لعرعم.]

III sp 16. [يطفو ما اذا]

IV m 137. h 495. [These verses are attributed in the Hamasa (text) to a woman of the Benu elharit.]

V, 1. b and v [after v. 10 of poem XIII.] 2. v [after v. 23 of the same.]

## Imruulqais.

I, 1. ha (text) 320. 2—4. ki l. 88. e 549.

II, 1. 2. G and P. [v. 20. 21 of the 4th poem.] m 21. [Cf. Alqama Diw. l. 19. 20.] 2. مغرب G. 3. G and P. [v. 27 of the 4th poem.] (Cf. Alqama l. 18.) 4. i 28. a لهب and عذب.

ki I. 466. P and G [v. 39 of the 4th poem.] W 116. r 40. m 22. — فَلِلشَّاي النهوب ولِلشوبك P. G. r. — وقع أقوحَ مِنْقب ki. P. G. r. m. 5. P. G. [v. 48 of the 4th poem.]

III Cod. Peterm. 632, fol. 156b. 1. s عصب. ki I. 97. fl 134. 1. 2. ki I. 514. Cod. Wetzst. I. 10, fol. 15. n I. 381. d 27. j III. 678. m 147. 1. انّ ٱلمَزار قَرِيبُ ki I. 514. Wetzst. 2. انّا مُقِيمانِ هُهنا Cod. Peterm. — وَإِنَّ ٱلغَرِيبَ للغريب d.

IV, 1—6. m 101. [These verses are also attributed to 'Imrān ben ibrāhīm elançārī.] 6. n 54. 6b. s قصب. 7. n 20. 6. مصطم وَٱلمَتْن مَلْحُوبُ s. n.

V, 1—4. ki I. 466. 4. 5. d 30. 4. فَأَرْحَبِي d (text). 5. اردحمنا الى سكه d.

VI, 1. s امر and خمر. P and G [the first vers of the 19th poem.] p II. 933. m 130. 1b. c 63. — وَيَغْدُو Pa. c. m. 2. P and G [the 6th vers of poem XIX.] 3. s مشر and علط [علط s الداما صفر]

VII, 1. j I. 722. 2. s ضرب. 3. P. G. [v. 54 of p. XIX.]

VIII ki I. 514. d 27. j I. 391. qh 126. — رُبَّ خطبة ki. — كَمْ خطبة qh.

IX Q 91.

X ki I. 514. e 53.

XI gb 2.

XII, 1. P and G [begins the 36th poem.] 2. P and G [v. 14 of p. XXXVI.]

XIII ki I. 512. e 51. — [بارق بذلك ki. — وهلج بى e.]

XIV r 42.

XV ki I. 513. II. 622.

XVI e 86.

XVII gb 2.

XVIII Cod. Berol. Sprenger. 1123, 1. 2. غيم مُرْتَدٍ ومن كُسَرْخُبِ C. B. 15. بالديباج C. B. 27. r 70. — فى كلّ قاليَة r 61.

XIX Cod. Berol. Sprenger. 1123, 4.

XX W 161.

XXI n 23. w 494. Chalef elahmar p. 30. — افاد وَجَادَ w. — وساد فَقَادَ n. (وَقَادَ Chal.) — وَذَادَ وقاد وعاد w. — وعادَ وزادَ وزارَ Chal.

XXII r 36.

XXIII P and G [after v. 5 of the 44th poem.] m 79.

XXIV j II. 114.

XXV, 1—4. qh 149. 5. W 129.

XXVI, 1. 2. Amralc. Moall. ed. Hengstenberg Annott. p. 27. [after the 2d vers of the 48th poem.] These verses are to be found in Cod. Paris. 1417. 1. very incorrectly: خلا نسج الريح فيها and سجن الملا المذيل Cf. A. Annott. p. 1. He gives the emendation: حلا نُسْجُ الريحان فيها كانّما كستها الصبا نُسْجَ الملاء المذيّل. 3. P. G. y. A. o. [after v. 2 of poem. XLVIII.] r 26. 102. — بعر آلعَبِيرانِ y (text). r. — وقيعانها مَنْلُوءة حَبْ r. 4. t 17. s تقف. c 362. P and G and A and y and o [before v. 3 of p. XLVIII.] r 20. 27. — بيوم تحملوا G. o. — حين تَحَمَّلُوا y. 5. j II. 601. 6. r 54. 7—10. L notes that the verses are spurious and that v. 8—10 belong to Taabbata sharran, and y attributes v. 7—10 to the same poet. — A [v. 48—51.] Hengstb. [v. 46—49.] 8. r 17. 8a. j II. 157. III. 751. Q 42. 8. مُغيّل Hengstb. 9. طويل آلغنا ان كنت y. L. 10. أقاتَة Hengstb.

XXVII r 50. [فاتنا wants.]

XXVIII, 1. c 301. 2. w 95.

XXIX s سحل [Elğauhari mentions that this piece is called قصيدة مسمّطة.]

XXX Maçoudi IV, p. 240. 1. Maç. IV, 30. 1. تذخر لزينتها Maç. V.

XXXI mu I. 264. II. 41.

XXXII, 1. Maçoudi III. p. 449. 2. Maç. III. 449. j II. 855. 3. j IV. 240. 2. وبنى تكريقا Maç. 3. تخر على جوانبه j.

XXXIII ki II. 15. e 403.

XXXIV s عين and شعر. 4. mu II. 218.

XXXV t 18. ki I. 466. c 143. m 5. 2. s عرمص and صرح. 2ᵃ. l 102. 2. تذكرت العين l. — دون صارخ l.

XXXVI gb 2.

XXXVII ho. pag. 11 [poem II. v. 19.]

XXXVIII r 30.

XXXIX fl 132 [belongs to p. LXII, before the 1st vers.]

XL n 78. Cod. Wetzst. I, 80, fol. 117ᵃ.

XLI r 70.

XLII r 78.

# Table

## of Abbreviations used in the preceding List of different Readings and Corrections.

a Ibn-el-athiri Chronicon. Ed. C. J. Tornberg.
b The text of the Elmufaddhalijjat. Cod. Berol.
c The commentary of the Elmufaddhalijjat by Elmarzuqi. Cod. Ber.
d Ibn doraid, Elmaqçura commented by Ibn khâlawaih. Cod. Ber.
e Kitab elagani, Abridgment of the work. Cod. Goth.
f Elfârisi. Sharh abjât elidhah. Cod. Berol.
g Ǧawaliqi, Almu'arrab, ed. by Ed. Sachau. Leipz. 1867.
h Hamasae Carmina, ed. Freytag. Bonnae. 1828.
j Jacut's Geographisches Wörterbuch, ed. by F. Wüstenfeld. I—IV. 1.
k The Kâmil of Elmubarrad, ed. by W. Wright. Part. I—V.
l Az-zamaksarii Lexicon geographicum, ed. M. Salverda de Grave. Lugd. Bat. 1856.
m Essojûti, Sharh shawâhid elmugni. Cod. Berol.
n Nadhrat eligrid. Cod. Paris.
o The Mo'allaqat. Delhi, 1849.
p Arabum Proverbia [Elmaidânî], ed. Freytag. Bonn. 1838—43.
q Elqali, Kitab ennawâdir. Cod. Paris.
r Elqaçidat elhulwanijja, comment. by 'Âdi ben jazid. Cod. Berol.
s Elǧauhari. Eççahâh. Cod. Berol. and Edit. publ. at Bulaq.
t Ibn qutaiba, Ṭabaqât eshu'arâ. Cod. Vindob.
u W. Wright, Opuscula arabica. Leyden 1859.
v The text of the Elmufaddhalijjat. Cod. Vindob.
w Mutanabbii Carmina cum commentario Wâhidii, ed. F. Dieterici. Ber. 1861.
y Cod. Berol. Wetzst. 1st Collect. Nr. 56.
z Al-mufassal, auct. Zamahsario, ed. J. P. Broch. Christianiae 1859.
ad Alfijjah, auct. Ibn mâlik. Ed. Dieterici. Lips. 1851.
fl Abulfedae Historia anteislamica. Ed. Fleischer. Lips. 1831.
gb Muhammad ben abi elkhattab, ǧamharat ash'ar el'arab. Cod. Berol.

ha Séances de Hariri. Publ. par S. de Sacy. Par. 1822.
hi Abd elmâlik ibn hischâm, ed. by F. Wüstenfeld. Gött. 1858—1860.
ho The Hudsailian poems, ed. by Kosegarten. I. Lond. 1854.
hy Hamasa. Versio latina, ed. Freytag. I. II.
kh Ibn khallikan. Published by Wüstenfeld.
ki Kitâb elagânî. Cod. Berol. I. II.
km Ibn coteiba's Handbuch der Geschichte. Publ. by Wüstenfeld.
mu Essojûti, Kitâb elmuzhir fi 'ulûm ellugat wa anwâ'ihâ. Edit. publ. at Bulâq.
no Ibn nubata, Mațla' elfawâid. Cod. Paris.
qh Elqaçîdat elhimjarijja. Cod. Berol.
ra Rasmussen, Additamenta ad hist. Arabum. Havniae. 1821.
sp Appendix to the Great Kitâb elagânî. Cod. Berol. Spreng. 1180.
A Septem Mo'allakât, ed. F. A. Arnold. Lips. 1850.
B Beidhawii Comment. in Coranum. Ed. Fleischer.
D Eddemiri, Kitâb hajât elhaiwân elkubrâ. Edit. publ. at Bulâq.
F Elqaçîdat elfazârijja. Cod. Berol.
G The Collection of the six Arabic poets. Cod. Goth. 547.
H Sharh diwân beni hudail, by Essukkari. Cod. Ludgd.
K Safînat eççâlihî elkubrâ. Cod. Paris.
L Diwân of Imruulqais, coll. by Essukkari. Cod. Lugd. Dozy. 530.
M Al-Makkari, Analectes. Leyde 1855—1860.
N Ennabiga, the 5th poem. Cod. Berol. Diez 4° 137.
P The Collection of the six Arabic poets. Codd. Paris. Suppl. 1424 and 1425.
Pa Cod. Paris. Suppl. 1425 Text with interlineary notes.
Pb Cod. Paris. Suppl. 1424 Text with the comment. of Jusuf ela'lam esshantamari.
Pe The second poem of Alqama. Cod. Petropolit.
Q Etta'âlibî. Țimâr elqulûb. Cod. Berol.
S de Sacy, Chrestomathie Arabe. II^e édit. (Vol. II, Ennâbiga's poem).
T Antarname, Collection of the poems contented in the roman of Antara. Cod. Berol. Peterm.
W Usâma ben murshid, Kitâb elbadi' fi elbadi'. Cod. Berol.

View of the order of the poems in the MSS. of Paris, Gotha and Leyden in relation to this edition, with a statement of the number of their verses.

| | Ennabiga. | | | Antara. | | Tharafa. | | Zuhair. | | 'Alqama. | | |
|---|---|---|---|---|---|---|---|---|---|---|---|---|
| Ahlw. | Number of the verses | P. | G. | Number of the verses | P. | Number of the verses | P. | Number of the verses | P. | Number of the verses | P. | G. |
| 1 | 20 | 3 | 3 | 3 | 19 | 9 | 12 | 63 | 11 | 45 | 3 | 3 |
| 2 | 16 | 4 | 4 | 22 | 25 | 3 | 15 | 3 | 15 | 30 | 1 | 1 |
| 3 | 12 | 8 | 8 | 4 | 22 | 9 | 10 | 44 | 10 | 5 | 4 | 4 |
| 4 | 7 | 21 | 17 | 5 | 13 | 103 | 1 | 21 | 16 | 3 | 5 | 5 |
| 5 | 40 | 1 | 1 | 7 | 11 | 74 | 2 | 4 | 18 | 4 | | 13 |
| 6 | 18 | 27 | 27 | 5 | 20 | 7 | 14 | 9 | 14 | 4 | 6 | 6 |
| 7 | 33 | 14 | 14 | 21 | 24 | 8 | 9 | 7 | 7 | 4 | 7 | 7 |
| 8 | 21 | 7 | 7 | 5 | 18 | 16 | 17 | 7 | 6 | 4 | 8 | 9 |
| 9 | 6 | 11 | 11 | 5 | 14 | 11 | 18 | 38 | 4 | 9 | 9 | 10 |
| 10 | 28 | 5 | 5 | 6 | 15 | 13 | 5 | 33 | 5 | 7 | – | 12 |
| 11 | 14 | 9 | 9 | 13 | 4 | 14 | 6 | 17 | 20 | 8 | — | 11 |
| 12 | 5 | 10 | 10 | 7 | 26 | 15 | 4 | 2 | 16 | 6 | | 8 |
| 13 | 10 | 15 | 15 | 8 | 6 | 23 | 16 | 8 | 8 | 55 | 2 | 2 |
| 14 | 13 | 31 | 31 | 4 | 16 | 22 | 13 | 41 | 2 | | | |
| 15 | 18 | 30 | 30 | 10 | 8 | 2 | 10 | 47 | 3 | | | |
| 16 | 9 | 13 | 18 | 7 | 10 | 6 | 8 | 59 | 1 | | | |
| 17 | 33 | 2 | 2 | 3 | 17 | 11 | 7 | 37 | 9 | | | |
| 18 | 5 | 20 | 21 | 4 | 21 | 3 | 11 | 16 | 12 | | | |
| 19 | 20 | 29 | 29 | 22 | 6 | 23 | 3 | 16 | 13 | | | |
| 20 | 30 | 28 | 28 | 31 | 7 | | | 25 | 17 | | | |
| 21 | 30 | 24 | 24 | 85 | 1 | | | | | | | |
| 22 | 3 | 18 | 19 | 9 | 12 | | | | | | | |
| 23 | 23 | 8 | 6 | 12 | 5 | | | | | | | |
| 24 | 5 | 17 | 16 | 5 | 27 | | | | | | | |
| 25 | 4 | 16 | 16 | 13 | 23 | | | | | | | |
| 26 | 13 | 12 | 12 | 13 | 2 | | | | | | | |
| 27 | 30 | 20 | 26 | 6 | 9 | | | | | | | |
| 28 | 4 | 19 | 20 | | | | | | | | | |
| 29 | 23 | 25 | 25 | | | | | | | | | |
| 30 | 9 | 22 | 22 | | | | | | | | | |
| 31 | 5 | 23 | 23 | | | | | | | | | |

## Imruulqais.

| Ahlw. | Number of the verses | L. | G. | P. | de Slane | pag. |
|---|---|---|---|---|---|---|
| 1 | 2 | 54 | — | — | — | |
| 2 | 3 | 21 | — | — | — | |
| 3 | 10 | 17 | 18 | 18 | 17 | 38, 10 |
| 4 | 60 | 6 | 3 | 3 | 2 | 28 |
| 5 | 13 | 18 | 11 | 11 | 10 | 33, 1 |
| 6 | 1 | 23 | — | — | — | |
| 7 | 3 | 26 | 22 | 23 | 22 | 40, 3 |
| 8 | 2 | 65 | — | — | — | |
| 9 | 7 | 59 | — | — | — | |
| 10 | 15 | 38 | 6 | 6 | 5 | 29 |
| 11 | 8 | 46 | — | — | — | |
| 12 | 3 | 60 | — | — | — | |
| 13 | 7 | 56 | — | — | — | |
| 14 | 16 | 49 | 32 | 32 | 31 | 47 |
| 15 | 2 | 63 | — | — | — | |
| 16 | 2 | 30 | 24 | 25 | 24 | 40, 10 |
| 17 | 20 | 8 | 14 | 14 | 13 | 35 |
| 18 | 8 | 4 | 27 | 27 | 26 | 41, 2 |
| 19 | 42 | 3 | 29 | 29 | 28 | 42 |
| 20 | 60 | 5 | 4 | 4 | 3 | 25 |
| 21 | 3 | 60 | — | — | — | |
| 22 | 5 | 12 | 28 | 28 | 27 | 41, 13 |
| 23 | 2 | 44 | — | — | — | |
| 24 | 4 | 58 | — | — | — | |
| 25 | 2 | 55 | — | — | — | |
| 26 | 2 | 40 | — | — | — | |
| 27 | 5 | 14 | 20 | 20 | 19 | 30, 4 |
| 28 | 4 | 67 | S.c. 13 b | — | | |
| 29 | 12 | 7 | 17 | 17 | 16 | 37, 16 |
| 30 | 14 | 19 | 18 | 13 | 12 | 34 |
| 31 | 13 | 16 | 12 | 12 | 11 | 33, 14 |
| 32 | 4 | 20 | — | — | — | |
| 33 | 8 | 31 | — | — | — | |
| 34 | 25 | 48 | 31 | 31 | 30 | 46 |

## Imruulqais.

| Ahlw. | Number of the verses | L. | G. | P. | de Slane | pag. |
|---|---|---|---|---|---|---|
| 35 | 24 | 9 | 5 | 5 | 4 | 28 |
| 36 | 14 | 61 | 34 | 34 | 33 | 49 |
| [illegible] | 8 | 50 | — | — | — | |
| 38 | [illegible] | 63 | — | — | — | |
| 39 | 5 | [illegible] | — | — | — | |
| 40 | 37 | 42 | 30 | 30 | 29 | 44 |
| 41 | 5 | 34 | — | — | — | |
| 42 | 3 | 33 | — | — | — | |
| 43 | 5 | 24 | — | — | — | |
| 44 | 10 | 25 | 21 | 21 | 20 | 39, 9 |
| 45 | 22 | 52 | 33 | 33 | 32 | 48 |
| 46 | 15 | 45 | — | — | — | |
| 47 | 2 | 64 | — | — | — | |
| 48 | 70 | 1 | 1 | 1 | — | |
| 49 | 1 | 37 | — | — | — | |
| 50 | 9 | 32 | 10 | 10 | 9 | 32 |
| 51 | 10 | 15 | 16 | 16 | 15 | 37, 6 |
| 52 | 59 | 2 | 2 | 2 | 1 | 20 |
| 53 | 3 | 13 | — | — | — | |
| 54 | 5 | 43 | — | — | — | |
| 55 | 17 | 41 | — | — | — | |
| 56 | 3 | 28 | — | — | — | |
| 57 | 4 | 39 | 19 | 19 | 18 | 38, 17 |
| 58 | 3 | 37 | — | — | — | |
| 59 | 23 | 10 | 15 | 15 | 14 | 36 |
| 60 | 4 | 29 | 23 | 24 | 23 | 40, 6 |
| 61 | 3 | 22 | — | — | — | |
| 62 | 5 | 51 | — | — | — | |
| 63 | 17 | 13 | 8 | 8 | 7 | 30, 13 |
| 64 | 7 | 57 | — | — | — | |
| 65 | 17 | 11 | 9 | 9 | 8 | 31 |
| 66 | 5 | 53 | 7 | 7 | 6 | 30, 8 |
| 67 | 3 | 36 | 26 | 26 | 25 | 40, 12 |
| 68 | 5 | 35 | 25 | 22 | 21 | 39, 14 |

**Statement of the discrepancies between the MSS. of Paris (and Gotha) and this edition, as to the order of the verses in the poems of Imruulqais.**

III. (v. 8. 9. 10 wanting).
IV. 1—4. 8—11. 5. 6. 12. 13. 7. 14. 15. 20—22. 16 (Append. 2, 1. 2). 25—27. 32. 30 (App. 2, 3). 33—35. 38. 37. 41. 60. 44—46. 51 (App. 2. 4). 48—50. 53—56. 58 (App. 2, 5). 59. 61. 62. 64. 65. 67. 39.
V. 1. 2. 8. 3—7. 9—13.
XIV. 1—12. 15. 16. 13. 14.
XVII. 1—10. 12. 13. 18—20. 15. 14. 16. 17.
XIX. (App. 6, 1). 1—5 (App. 6, 2). 7—26. 35. 27—30. 32. 31. 33. 34. 36—40. 42. 41.
XX. 1—4. 7. 9. 5. 6. 8. 11—19. 38—42. 10. 28—32. 38. 33—35. 43—46. 48. 50. 49. 47. 51. 26. 27. 25. 20—24. 52—54. (App. 7, 3).
XXIX. P. v. 12 wanting. [G: 1—10. 12. 11].
XXX. 2—5. 1. 6—14.
XXXV. 1—5. 7—18. 20—24.
XXXVI. (App. 12, 1). 1—12 (App. 12, 2). 13. 14.
XLIV. 5 (App. 23. 1). 2. 3. 1. 6. 7. 9. 10.
XLVIII. See the following Table.
LII. 1—4. 6. 5. 7. 8. 13. 9—12. 14. 17. 15. 16. 19. 20. 26. 21. 22. 25. 23. 24. 27—34. 36—38. 43—50.
LIX. 1—4. 7—16. 18. 20. 22. 21. 23. 19. [G: 1—4. 7—20. 22. 21. 23].
LXVIII. 1—3. 5. [G: 1—3. 5. 4].

## Table of the order of the verses in the Mo'allaqat of 'Antara, Tharafa, Zuhair and Imrualqais, in the 5th poem of Ennabiga, and in the 2d and 13th poem of 'Alqama, according to some MSS. and editions.

I. 'Antara.

o and A: 1. 4. 6—16. 18. 19. 21—35. 37—54. 56—59. 61. 63. 62. 60. 64—76. 78. 77. 79. 83—85.

y: 2. 3. 1. 5. 4. 6—16. 18. 19. 21—35. 37. 38. (App. 19, 9). 36. 39—54. 56—59. 62. 61. 63. 60. 64—71. (App. 19, 11—13). 72—79. 83—85.

gh: 1. 2. 4. 5—8. (App. 19, 1). 9—11. 80. 81. (App. 19, 2). 12—15. (App. 19, 3—5). 16. 18. 19. (App. 19, 6—8). 21—25. 27—35. 37. 38. (App. 19, 9). 36. 39. 40a. 41b. 42—52. (App. 19, 10). 53. 54. 56—59. 61—63. 60. 64—71. (App. 19, 11—13). 72. 73. (App. 19, 14. 15). 82. 74—79. 83—85.

II. Tharafa.

o and A: 1—12. (App. 5, 2). 13—29. 32. 30. 31. 33—35. 38. 37. 36. 39—50. (App. 5, 3). 51—60. 62—83. 85. 84. 86—100. (App. 5, 10). 102. 103.

y: 1—11. (App. 5, 1). 12—29. 32. 30. 31. 33—50. (App. 5, 3). 51—60. 62—83. 85. 84. 86—100. (App. 5, 10). 102. 103. (App. 5, 8, 9).

gh: 1—29. 32. 30. 31. 33—35. 38. 37. 36. 39—60. 62—67. (App. 5, 4). 68—83. 85. 84. 86—92. 98. (App. 5, 5. 6). 93—97. (App. 5, 10). 99. 100. (App. 5, 7. 8). 102. 103. 101. (App. 5, 9)

III. Zuhair.

o and A: 1—8 (App. 19, 2). 10. 9. 13. 14. 11. 12. 16. 17. 15. 18—21. 23. 24. 22. 25—43. 45—47. 49. 48. 50. 52.

51. 56. 54 (App. 19, 3). 55. 53. 57. 59. 58 (App. 19. 4—7).

y: 1—7. 11. 8. 12 (App. 19, 2). 13. 10. 14. 9. 15—32. 45. 46. 39. 40. 33—38. 41—43. 55. 56. 54. 51 (App. 19, 3). 59. 57. 50. 52. 47. 48. 58. 49 (App. 19, 4—7).

gb: the same order of verses with that of a and A; only v. 50[b] and 52[a] and v. 59 are wanting.

IV. Imrulqais.

a and A: 1. 2 (App. 26, 3. 4). 3—29. 39. 30—38. 40—45 (App. 26, 7—10). 47—76.

y: 1. 2 (App. 26. 3. 4). 3—17. 19. 18. 20—46 (App. 26, 7—10). 47—50. 52—54. 51. 55—82.

P and G: 1. 2 (App. 26, 3. 4). 3—5. 7—17. 19. 18. 20—27. 6. 28. 29. 39. 30 34. 36. 37. 35. 38. 40—49. 51. 50. 52—54. 56. 64. 58—63. 57. 55. 65—67. 69. 71. 73. 72. 74. 76. 68. 70.

Ed. Hengstenberg: 1—29. 39. 30—38. 40—45 (App. 26, 3. 4). 47—76.

gb: 1—29. 39. 30—38. 40—46 (App. 26, 7—10). 47—76.

V. Ennâbiga, the 5th poem.

y and S: 1—26. 32. 34. 33. 35. 36. 27. 28. 30. 31. 29. 37—39. (App. 10, 1. 2). 42—47. 41. 48. 49.

N: 1—14. 17—26. 32. 34. 33, etc. according to y and S.

VI. 'Alqama, the 2[d] poem.

Pe: 1—23. 25—28. 31. 29. 30. 32—36. 38. 37. 39.

b: 1—11 (App. 1, 1). 15. 18. 20. 13. 14. 12. 21. 22. 16. 17. 19. 23 (App. 1, 2). 24—28. 31. 29. 30. 32—36 (App. 1, 3. 4). 39. 37. 38.

v: 1—11 (App. 1, 1). 15. 18. 12. 21. 13. 14. 17. 16. 19. 20. 22. 39. 23 (App. 1, 2). 24—28. 31. 29. 30. 32—36 (App. 1. 3. 4). 37. 38.

VII. 'Alqama. the [illegible] poem.

b: 1—9. 11—16. 10 (App. 5, 1). 17—21. 25. 24. 23. 22. 26—29. 32. 30. 31. 34. 33. 35—44. 54. 55. 53. 45—50. 52. 51.

v: 1—9. 11—15. 10 (App. 5, 1). 16—22. 24. 23 (App. 5, 2). 25—29. [illegible] 31. 34. 33. 35—44. 54. [illegible]. 45—50. 52. 51.

## View of the poems of the six poets, which are stated by Ela'lam to be spurious or doubtful, according to the judgement of Elaçma'î.

I. Ennâbiga.

Poem 6. 14. 15. 19. 20. 27. 29.

[P. 12 belongs to بحر بن حزّاز
and 31 to يزيد بن عمرو]

II. 'Antara.

Poem 2. 7. 12. 24. 25.

III. Tharafa.

Poem 3. 8. 9. 13. 14.

[P. 15 is ascribed to the poet's sister.]

IV. Zuhair.

Poem 3. 7. 11. 13. 20.

V. 'Alqama.

Poem 8—12.

VI. Imrunlqais. [The recension of Ela'lam contains only 34 poems.]

Poem 14. 19. 34. 36. 40. 45, (35).

NB. Essukkari whose collection contains 68 poems, points out the poems 8. 36. 62. 63 as spurious. Besides, the 54th poem belongs to شهاب بن حقّاد.

## Supplement to the Appendix of the Fragments.

### Ennabiga.

| الطويل | ٦٠ | Wetzst. I, 80, 47b. |
|---|---|---|

١ وَصَيبا لا يتغير القذى وفوقها تنقعف في راووقها حين تُقطب

٢ تمززتها والديك يدعو صباحه اذا ما بنو نعش دنوا فتصوّبوا

| الكامل | ٦٠ | j IV 898. |
|---|---|---|

١ فتحملوا رجلا كأن حمولهم دوم ببيشة أو نخيل وبار

| الطويل | ٦١ | Wetzst. I, 80, 81a. |
|---|---|---|

١ ولله عينا من رأى أهل قبة أضر لمن عادى وأكثر نافعا

٢ وأعظم أحلاما وأكثر سيدا وأفضل مشفوعا اليه وشافعا

| الطويل | ٦٢ | Ib. 100b. |
|---|---|---|

١ اذا ارتعشت خاف الجبان رعاثها ومن يتعلق حيث علق يفرق

| الرمل | ٦٣ | j IV 526. |
|---|---|---|

١ ليت قيسا كلها قد قطعت مخلاتا تحصيدها فتبل

### 'Antara.

| المتقارب | ٢٢ | Wetzst. I, 80, 79a. |
|---|---|---|

١ فصبح اليمال وليل الشباب وصبح المشيب وليل الصدود

| الوافر | ٢٣ | Ib. 54b. |
|---|---|---|

١ الا أبصرتني أعرضت عني كأن الشمس من قبلي تدور

الكامل ٣٤ j IV 628.

١ يا دارَ عبلةَ حَوْلَ بَكْنِ مُلاحِظٍ فالقُفَّتَيْنِ إلى عُنُونِ أُراظِ

٢ مِنْ حُبِّ عبلةَ إذْ رَأَتْهُ بِعَيْنِها أمسى يُلَدَّعُ قلبُهُ بشُواظِ

الوافر ٣٥ j IV 544.

١ وفي تُرْسِ المَصانِعِ قد تَرَكْنا لنا بِفِعالِنا خَبَرًا مُشاعا

٢ أقَمْنا بالذَّوابِلِ سوقَ حَرْبٍ وأَظْهَرْنا النُّفوسَ لها مَتاعا

٣ فَرُمْحي كانَ دَلّالَ المَنايا فَخاضَ جُموعَها وشَرى وباعا

٤ وسَيْفي كانَ في الهيجا حَكيمًا يُداوي الرَّأْسَ مِنْ أَلَمِ الصُّداعا

٥ ولَوْ أَرْسَلْتُ سَيْفي مَعْ جَبانٍ لَكانَ بِهَيْبَتي يَلْقى السِّباعا

الكامل ٣٦ Cod. Par. Suppl. 1479, fol. 130b.

١ ولقد ذَكَرْتُكِ والرِّماحُ نَواهِلٌ مِنّي وبِيضُ الهِنْدِ تَقْطُرُ مِنْ دَمي

٢ فَوَدِدْتُ تَقْبيلَ السُّيوفِ لِأَنَّها بَرَقَتْ كَبارِقِ ثَغْرِكِ المُتَبَسِّمِ

## Tharafa.

الطويل ٣٧ Cod. Wetzst. I. 137. fol. 115a.

١ فكيفَ يُرَجّي المَرْءُ دهرًا مُخَلَّدا وأَعْمالُهُ عَمّا قليلٍ تُحاسِبُهْ

٢ ألم تَرَ لُقْمانَ بنَ عادٍ تَتابَعَتْ عليهِ النُّسورُ ثُمَّ غابَتْ كَواكِبُهْ

٣ وللصَّعْبِ أَسْبابٌ تَجِلُّ خُطوبُها أقامَ زمانًا ثُمَّ بانَتْ مَطالِبُهْ

٤ إذا الصَّعْبُ ذو القَرْنَيْنِ أَرْخى لِواءَهُ إلى مالِكٍ ساماهُ قامَتْ نَوادِبُهْ

٥ بِسَيْرٍ بِوَجْهِ الحَتْفِ والعَيْشُ جَمْعُهُ وتَمْضي على وَجْهِ البِلادِ كَتائِبُهْ

الطويل ٢٧ Cod. Par. Suppl. 1479, fol. 62a.

١ تَعَارَفُ أَرْوَاحُ ٱلرِّجَالِ إِذَا ٱلْتَقَوْا فَمِنْهُمْ عَدُوٌّ يُتَّقَى وَبَعِيدُ

**Zuhair.**

الطويل ٣٠ Cod. Wetzst. I. 80, 124b.

١ بِأَرْضٍ خَلَاءٍ لَا يُسَدُّ وَصِيدُهَا عَلَيَّ وَمَعْرُوفِي بِهَا غَيْرُ مُنْكَرِ

الطويل ٣١ Ibid. 91a.

١ وَفِي ٱلْحِلْمِ إِدْهَانٌ وَفِي ٱلْعَفْوِ دُرْبَةٌ وَفِي ٱلصِّدْقِ مَنْجَاةٌ مِنَ ٱلشَّرِّ فَٱصْدُقِ

الطويل ٣٢ v. 1 Ibid. 102a. v. 2. 3 j IV 769.

١ إِذَا أَنْتَ لَمْ تُقْصِرْ عَنِ ٱلْجَهْلِ وَٱلْخَنَا أَصَبْتَ حَلِيمًا أَوْ أَصَابَكَ جَاهِلُ

٢ وَإِنِّي لَمُهْدٍ مِنْ ثَنَائِهِ وَمِدْحَةٍ إِلَى مَاجِدٍ تَبْقَى لَدَيْهِ ٱلْفَوَاضِلُ

٣ أُحَابِي بِهِ مَيْتًا بِنَخْلٍ وَأَبْتَغِي إِخَاءَكَ بِٱلْقِيلِ ٱلَّذِي أَنَا قَائِلُ

الطويل ٣٣ m 22b.

١ تَبَصَّرْ خَلِيلِي هَلْ تَرَى مِنْ ظَعَائِنٍ بِمُنْعَرَجِ ٱلْوَادِي فُوَيْقَ أَبَانِ

**Imraulqais.**

المتقارب ٣٤ Cod. Wetzst. I. 80, 118a.

١ تُنَكِّرُهُ ٱلْعَيْنُ مِنْ حَادِثٍ وَيَعْرِفُهُ شَغَفُ ٱلْأَنْفُسِ

# كتاب

# العقد الثمين

## في دواوين الشعراء الجاهليين

طبع

في مدينة غريفزولد المحروسة

بآلات المطبعة الكلية الملكية

١٨٦٩
سنة المسيحية

١١ يصاحبنهم حتى يغرن مغارهم    من الضاريات بالدماء الدوارب

١٢ تراهن خلف القوم خزرا عيونها    جلوس الشيوخ في ثياب المرانب

١٣ جوانح قد أيقن أن قبيله    إذا ما التقى الجمعان أول غالب

١٤ لهن عليهم عادة قد عرفنها    إذا عرض الخطي فوق الكواثب

١٥ على عارفات للطعان عوابس    بهن كلوم بين دام وجالب

١٦ إذا استنزلوا عنهن للطعن أرقلوا    إلى الموت إرقال الجمال المصاعب

١٧ فهم يتساقون المنية بينهم    بأيديهم بيض رقاق المضارب

١٨ يطير فضاضا بينها كل قونس    ويتبعها منهم فراش الحواجب

١٩ ولا عيب فيهم غير أن سيوفهم    بهن فلول من قراع الكتائب

٢٠ تورثن من أزمان يوم حليمة    إلى اليوم قد جربن كل التجارب

٢١ تقد السلوقي المضاعف نسجه    وتوقد بالصفاح نار الحباحب

٢٢ بضرب يزيل الهام عن سكناته    وطعن كإيزاغ المخاض الضوارب

٢٣ لهم شيمة لم يعطها الله غيرهم    من الجود والأحلام غير عوازب

٢٤ محلتهم ذات الإله ودينهم    قويم فما يرجون غير العواقب

٢٥ رقاق النعال طيب حجزاتهم    يحيون بالريحان يوم السباسب

٢٦ تحييهم بيض الولائد بينهم    وأكسية الإضريج فوق المشاجب

٢٧ يصونون أجسادا قديما نعيمها    بخالصة الأردان خضر المناكب

٢٨ ولا يحسبون الخير لا شر بعده    ولا يحسبون الشر ضربة لازب

٢٩ حبوت بها غسان إذ كنت لاحقا    بقومي وإذ أعيت علي مذاهبي

بسم الله الرحمن الرحيم

# ديوان

## شعر النابغة الذبيانى

وهو زياد بن معوية ويكنى ابا امامة ويقال ابا ثمامة

الطويل

١

١ كليني لهمّ يا أميمة ناصب     وليل أقاسيه بطىء الكواكب

٢ تطاول حتى قلت ليس بمنقض     وليس الذى يرعى النجوم بآيب

٣ وصدر أراح الليل عازب همّه     تضاعف فيه الحزن من كل جانب

٤ علىّ لعمرو نعمة بعد نعمة     لوالده ليست بذات عقارب

٥ حلفت يمينا غير ذى مثنوية     ولا علم الّا حسن ظنّ بصاحب

٦ لئن كان للقبرين قبر بجلّق     وقبر بصيداء الذى عند حارب

٧ وللحارث الجفنىّ سيد قومه     ليلتمسن بالجيش دار المحارب

٨ وثقت له بالنصر اذ قيل قد غزت     كتائب من غسّان غير أشائب

٩ بنو عمّه دنيا وعمرو بن عامر     أولئك قوم بأسهم غير كاذب

١٠ اذا ما غزوا بالجيش حلّق فوقهم     عصائب طير تهتدى بعصائب

٢ فبتُّ كأنّ العائداتِ فرشنني  هراسًا به يُعلى فراشي ويُقشَبُ
٣ حلفتُ فلم أترك لنفسك ريبةً  وليس وراء اللّه للمرء مذهبُ
٤ لئن كنتَ قد بُلِّغتَ عني خيانةً  لمُبلغك الواشي أغشُّ وأكذبُ
٥ ولكنّني كنتُ امرءًا لي جانبٌ  من الأرض فيه مُستَرادٌ ومذهبُ
٦ ملوكٌ وإخوانٌ إذا ما أتيتهم  أحكَّمُ في أموالهم وأُقرَّبُ
٧ كفعلك في قومٍ أراك اصطنعتهم  فلم ترهم في شكر ذلك أذنبوا
٨ فلا تتركنّي بالوعيد كأنّني  إلى الناس مطليٌّ به القارُ أجربُ
٩ ألم ترَ أنّ اللّه أعطاك سورةً  ترى كلَّ ملكٍ دونها يتذبذبُ
١٠ بأنّك شمسٌ والملوكُ كواكبٌ  إذا طلعت لم يبدُ منهنّ كوكبُ
١١ ولستَ بمستبقٍ أخًا لا تلمّهُ  على شعثٍ أيُّ الرجال المهذّبُ
١٢ فإن أكُ مظلومًا فعبدٌ ظلمتَهُ  وإن تكُ ذا عُتبى فمثلُك يُعتِبُ

## ٤

الوافر

١ فإن يكُ عامرٌ قد قال جهلًا  فإنّ مظنّةَ الجهلِ الشبابُ
٢ فكن كأبيك أو كأبي براءٍ  توافقْك الحكومةُ والصوابُ
٣ ولا تذهب بحلمك طامياتٌ  من الخُيَلاء ليس لهنّ بابُ
٤ فإنّك سوف تحلمُ أو تناهى  إذا ما شِبتَ أو شابَ الغرابُ
٥ فإن تكنِ الفوارسُ يومَ حِسْيٍ  أصابوا من لقائك ما أصابوا
٦ فما إن كان من نسبٍ بعيدٍ  ولكن أدركوك وهم غِضابُ
٧ فوارسُ من مَنُولَةَ غيرُ ميلٍ  ومرّةُ فوق جمعهمُ العُقابُ

## ۲

البسيط

۱ إني كأني لدى النعمان خبّره ... بعض الأود حديثا غير مكذوب

۲ بأن حصنا وحيا من بني أسد ... قاموا فقالوا حمانا غير مقروب

۳ ضلت حلومهم عنهم وغرّهم ... سن المعيدي في رعي وتعزيب

۴ قاد الجياد من الجولان قائلة ... من بين منعلة تزجى ومجنوب

۵ حتى استغاثت بأهل الملح ما طعمت ... في منزل طعم نوم غير تأويب

۶ ينضحن نضح المزاد الوفر أتأقها ... شدّ الرواة بماء غير مشروب

۷ قب الأياطل تردي في أعنتها ... كالخاضبات من الزعر الظنابيب

۸ شعث عليها مساعير لحربهم ... شم العرانين من مرد ومن شيب

۹ وما بحصن نعاس إذ تؤرقه ... أصوات حي على الأمرار محروب

۱۰ ظلت أقاطيع أنعام مؤبلة ... لدى صليب على الزوراء منصوب

۱۱ فإن وقيت بحمد الله شرتها ... فانجى فزار إلى الأطواد فاللوب

۱۲ ولا تلاقي كما لاقت بنو أسد ... فقد أصابتهم منها بشؤبوب

۱۳ لم يبق غير طريد غير منفلت ... وموثق في حبال القد مسلوب

۱۴ أو حرة كمهاة الرمل قد كبلت ... فوق المعاصم منها والعراقيب

۱۵ تدعو قعينا وقد عض الحديد بها ... عض الثقاف على صم الأنابيب

۱۶ مستشعرين قد ألفوا في ديارهم ... دعاء سوع ودعمي وأيوب

## ۳

الطويل

۱ أتاني أبيت اللعن أنك لمتني ... وتلك التي أهتم منها وأنصب

١٩ قالت له النفس إني لا أرى طمعا ... وإن مولاك لم يسلم ولم يصد
٢٠ فتلك تبلغني النعمان إن له ... فضلا على الناس في الأدنى وفي البعد
٢١ ولا أرى فاعلا في الناس يشبهه ... ولا أحاشي من الأقوام من أحد
٢٢ إلا سليمان إذ قال الإله له ... قم في البرية فاحددها عن الفند
٢٣ وخيس الجن إني قد أذنت لهم ... يبنون تدمر بالصفاح والعمد
٢٤ فمن أطاعك فانفعه بطاعته ... كما أطاعك وادلله على الرشد
٢٥ ومن عصاك فعاقبه معاقبة ... تنهى الظلوم ولا تقعد على ضمد
٢٦ إلا لمثلك أو من أنت سابقه ... سبق الجواد إذا استولى على الأمد
٢٧ أعطى لفارهة حلو توابعها ... من المواهب لا تعطى على نكد
٢٨ الواهب المائة المعكاء زينها ... سعدان توضح في أوبارها اللبد
٢٩ والأدم قد خيست فتلا مرافقها ... مشدودة برحال الحيرة الجدد
٣٠ والراكضات ذيول الريط فانقها ... برد الهواجر كالغزلان بالجرد
٣١ والخيل تمزع غربا في أعنتها ... كالطير تنجو من الشؤبوب ذي البرد
٣٢ احكم كحكم فتاة الحي إذ نظرت ... إلى حمام شراع وارد الثمد
٣٣ يحفه جانبا نيق وتتبعه ... مثل الزجاجة لم تكحل من الرمد
٣٤ قالت ألا ليتما هذا الحمام لنا ... إلى حمامتنا ونصفه فقد
٣٥ فحسبوه فألفوه كما حسبت ... تسعا وتسعين لم تنقص ولم تزد
٣٦ فكملت مائة فيها حمامتها ... وأسرعت حسبة في ذلك العدد
٣٧ فلا لعمر الذي مسحت كعبته ... وما هريق على الأنصاب من جسد

البسيط

١ يا دارَ مَيَّةَ بِالعَلياءِ فَالسَنَدِ ⁕ أَقوَت وَطالَ عَلَيها سالِفُ الأَبَدِ

٢ وَقَفتُ فيها أُصَيلالاً أُسائِلُها ⁕ عَيَّت جَواباً وَما بِالرَبعِ مِن أَحَدِ

٣ إِلّا الأَواري لَأياً ما أُبَيِّنُها ⁕ وَالنُؤيُ كَالحَوضِ بِالمَظلومَةِ الجَلَدِ

٤ رَدَّت عَلَيهِ أَقاصيهِ وَلَبَّدَهُ ⁕ ضَربُ الوَليدَةِ بِالمِسحاةِ في الثَأَدِ

٥ خَلَّت سَبيلَ أَتِيٍّ كانَ يَحبِسُهُ ⁕ وَرَفَّعَتهُ إِلى السَجفَينِ فَالنَضَدِ

٦ أَمسَت خَلاءً وَأَمسى أَهلُها اِحتَمَلوا ⁕ أَخنى عَلَيها الَّذي أَخنى عَلى لُبَدِ

٧ فَعَدِّ عَمّا تَرى إِذ لا اِرتِجاعَ لَهُ ⁕ وَاِنمِ القُتودَ عَلى عَيرانَةٍ أُجُدِ

٨ مَقذوفَةٍ بِدَخيسِ النَحضِ بازِلُها ⁕ لَهُ صَريفٌ صَريفَ القَعوِ بِالمَسَدِ

٩ كَأَنَّ رَحلي وَقَد زالَ النَهارُ بِنا ⁕ يَومَ الجَليلِ عَلى مُستَأنِسٍ وَحِدِ

١٠ مِن وَحشِ وَجرَةَ مَوشِيٍّ أَكارِعُهُ ⁕ طاوي المُصيرِ كَسَيفِ الصَيقَلِ الفَرَدِ

١١ سَرَت عَلَيهِ مِنَ الجَوزاءِ سارِيَةٌ ⁕ تُزجي الشَمالُ عَلَيهِ جامِدَ البَرَدِ

١٢ فَاِرتاعَ مِن صَوتِ كَلّابٍ فَباتَ لَهُ ⁕ طَوعَ الشَوامِتِ مِن خَوفٍ وَمِن صَرَدِ

١٣ فَبَثَّهُنَّ عَلَيهِ وَاِستَمَرَّ بِهِ ⁕ صُمعُ الكُعوبِ بَرِياتٌ مِنَ الحَرَدِ

١٤ وَكانَ ضُمرانُ مِنهُ حَيثُ يوزِعُهُ ⁕ طَعنَ المُعارِكِ عِندَ المُحجِرِ النَجُدِ

١٥ شَكَّ الفَريصَةَ بِالمِدرى فَأَنقَذَها ⁕ طَعنَ المُبَيطِرِ إِذ يَشفي مِنَ العَضَدِ

١٦ كَأَنَّهُ خارِجاً مِن جَنبِ صَفحَتِهِ ⁕ سَفّودُ شَربٍ نَسوهُ عِندَ مُفتَأَدِ

١٧ فَظَلَّ يَعجُمُ أَعلى الرَوقِ مُنقَبِضاً ⁕ في حالِكِ اللَونِ صَدقٍ غَيرِ ذي أَوَدِ

١٨ لَمّا رَأى واشِقٌ إقعاصَ صاحِبِهِ ⁕ وَلا سَبيلَ إِلى عَقلٍ وَلا قَوَدِ

٧ وشيمة لا وانٍ ولا واهن القوى   وجدٍّ إذا خاب المفيدون صاعد

٨ فآب بأبكارٍ وعونٍ عقائلٍ   أوانس يحميها امرؤ غير زاهد

٩ يخططن بالعيدان في كل مقعدٍ   ويخبأن رمان الثدي النواهد

١٠ ويضربن بالأيدي وراء براغزٍ   حسان الوجوه كالظباء العواقد

١١ غرائر لم يلقين بأساء قبلها   لدى ابن الجلاح ما يثقن بوافد

١٢ أصاب بني غيظ فأضحوا عبادهُ   وجللها نعمى على غير واحد

١٣ فلا بد من عوجاء تهوي براكبٍ   إلى ابن الجلاح سيرها الليل قاصد

١٤ تخب إلى النعمان حتى تناله   فدى لك من رب طريفي وتالدي

١٥ فسكنت نفسي بعدما طار روحها   وألبستني نعمى ولست بشاهد

١٦ وكنت امرأً لا أمدح الدهر سوقةً   فلست على خيرٍ أتاك بحاسد

١٧ سبقت الرجال الباهشين إلى العلى   كسبق الجواد اصطاد قبل الطوارد

١٨ علوت معدًّا نائلًا ونكايةً   فأنت لغيث الحمد أول رائد

## ٧

الكامل

١ أمن آل ميَّة رائحٌ أو مغتدِ   عجلان ذا زادٍ وغير مزوَّدِ

٢ أفد الترحل غير أن ركابنا   لما تزل برحالنا وكأن قدِ

٣ زعم الغداف بأن رحلتنا غدًا   وبذاك خبرنا الغداف الأسود

٤ لا مرحبًا بغدٍ ولا أهلًا به   إن كان تفريق الأحبة في غدِ

٥ حان الرحيل ولم تودِّع مهددا   والصبح والإمساء منها موعدي

٦ في إثر غانيةٍ رمتك بسهمها   فأصاب قلبك غير أن لم تقصد

٣٨ والمؤمنِ العائذاتِ الطيرَ تمسحها ... رُكبانُ مكةَ بين الغِيلِ والسَّعَدِ

٣٩ ما قلتُ من سيّءٍ مما أُتيتَ به ... إذاً فلا رفعت سوطي إليَّ يدي

٤٠ إلا مقالةَ أقوامٍ شقيتُ بها ... كانت مقالتُهم قرعاً على الكبدِ

٤١ أُنبئتُ أنّ أبا قابوسَ أوعدني ... ولا قرارَ على زأرٍ من الأسدِ

٤٢ مهلاً فداءٌ لك الأقوامُ كلُّهمُ ... وما أُثمِّرُ من مالٍ ومن ولدِ

٤٣ لا تقذفنّي بركنٍ لا كفاءَ له ... وإن تأثّفك الأعداءُ بالرِّفَدِ

٤٤ فما الفراتُ إذا هبّ الرياحُ له ... ترمي غواربُه العِبرينِ بالزَّبَدِ

٤٥ يمدُّه كلُّ وادٍ مترعٍ لجبٍ ... فيه ركامٌ من الينبوتِ والخَضَدِ

٤٦ يظلُّ من خوفه الملّاحُ معتصماً ... بالخيزرانةِ بعد الأينِ والنَّجَدِ

٤٧ يوماً بأجودَ منه سيبَ نافلةٍ ... ولا يحولُ عطاءُ اليومِ دون غدِ

٤٨ هذا الثناءُ فإن تسمعْ به حسناً ... فلم أُعرِّضْ أبيتَ اللعنَ بالصَّفَدِ

٤٩ ها إنّ تا عِذرةٌ إلا تكن نفعت ... فإنّ صاحبها مشاركُ النَّكَدِ

---

## ٦

### الطويل

١ أهاجك من سُعداك مغنى المعاهدِ ... بروضةِ نُعميٍّ فذاتِ الأساوِدِ

٢ تعاورها الأرواحُ ينسفْنَ تُربَها ... وكلُّ مُلِثٍّ ذي أهاضيبَ راعدِ

٣ بها كلُّ ذيّالٍ وخنساءَ ترعوي ... إلى كلِّ رجّافٍ من الرملِ فاردِ

٤ عهدتُ بها سُعدى وسُعدى غريرةٌ ... عَروبٌ تهادى في جوارٍ خرائدِ

٥ لعمري لنعمَ الحيُّ صبّح سربَنا ... وأبياتَنا يوماً بذاتِ المراودِ

٦ يقودُهمُ النعمانُ منه بمُحصَفٍ ... وكيدٍ يغُمُّ الخارجيَّ مُناجدِ

٢٦ لو أنّها عرضت لأشمط راهبٍ    عبد الإله صرورةٍ متعبّدِ

٢٧ لرنا لبهجتها وحسن حديثها    ولخاله رشداً وإن لم يرشدِ

٢٨ بتكلّمٍ لو تستطيع كلامه    لدنت له أروى الهضاب الصّخّدِ

٢٩ وبفاحمٍ رجلٍ أثيثٍ نبته    كالكرم مال على الدعام المسندِ

٣٠ وإذا لمست لمست أجثم جاثماً    متحيّزاً بمكانه ملء اليدِ

٣١ وإذا طعنت طعنت في مستهدفٍ    رابي المجسّة بالعبير مقرمدِ

٣٢ وإذا نزعت نزعت عن مستحصفٍ    نزع الحزوّر بالرشاء المحصدِ

٣٣ لا واردٌ منها يحور لمصدرٍ    عنها ولا صدرٌ يحور لموردِ

## ٨

الطويل

١ كتمتك ليلاً بالجمومين ساهراً    وهمّين همّاً مستكنّاً وظاهرا

٢ أحاديث نفسٍ تشتكي ما يريبها    وورد همومٍ لن يجدن مصادرا

٣ تكلّفني أن يتّقي الدهر قومها    وهل وجدت قبلي على الدهر قادرا

٤ ألم تر خير الناس أصبح نعشه    على فتيةٍ قد جاوز الحيّ سائرا

٥ ونحن لديه نسأل الله خلده    يردّ لنا ملكاً وللأرض عامرا

٦ ونحن نرجّي الخلد إن فاز قدحنا    ونرهب قدح الموت إن جاء قاهرا

٧ لك الخير إن وارت بك الأرض واحداً    وأصبح جدّ الناس يظلع عاثرا

٨ وردّت مطايا الراغبين وعرّيت    جيادك لا يحفي لها الدهر حافرا

٩ رأيتك ترعاني بعينٍ بصيرةٍ    وتبعث حرّاساً عليّ وناظرا

١٠ وذلك من قولٍ أتاك أقوله    ومن دسّ أعدائي إليك المآبرا

٧ غنيت بذلك إذ هم لك جيرة   منها بعطف رسالة وتودد

٨ ولقد أصابت قلبه من حبها   عن ظهر مرنان بسهم مصرد

٩ نظرت بمقلة شادن متربب   أحوى أحم المقلتين مقلد

١٠ والنظم في سلك يزين نحرها   ذهب توقد كالشهاب الموقد

١١ صفراء كالسيراء أكمل خلقها   كالغصن في غلوائه المتأود

١٢ والبطن ذو عكن لطيف طيه   والنحر تنفجه بثدي مقعد

١٣ محطوطة المتنين غير مفاضة   ريا الروادف بضة المتجرد

١٤ قامت تراءى بين سجفي كلة   كالشمس يوم طلوعها بالأسعد

١٥ أو درة صدفية غواصها   بهج متى يرها يهل ويسجد

١٦ أو دمية من مرمر مرفوعة   بنيت بآجر تشاد وقرمد

١٧ سقط النصيف ولم ترد إسقاطه   فتناولته واتقتنا باليد

١٨ بمخضب رخص كأن بنانه   عنم يكاد من اللطافة يعقد

١٩ نظرت إليك بحاجة لم تقضها   نظر السقيم إلى وجوه العود

٢٠ تجلو بقادمتي حمامة أيكة   بردا أسف لثاته بالإثمد

٢١ كالأقحوان غداة غب سمائه   جفت أعاليه وأسفله ندي

٢٢ زعم الهمام بأن فاها بارد   عذب مقبله شهي المورد

٢٣ زعم الهمام ولم أذقه أنه   عذب إذا ما ذقته قلت ازدد

٢٤ زعم الهمام ولم أذقه أنه   يشفى بريا ريقها العطش الصدي

٢٥ أخذ العذارى عقدها فنظمنه   من لؤلؤ متتابع متسرد

الكامل

٢٠

١ نُبِّئْتُ زُرْعَةَ والسَّفاهةُ كاسمها ... يُهْدِي إليَّ غرائبَ الأشعارِ

٢ فحلفتُ يا زُرْعَ بنَ عمرٍو أنّني ... ممّا يَشُقُّ على العدوِّ ضِرارِي

٣ أرأيتَ يومَ عُكاظَ حينَ لقيتَني ... تحتَ العَجاجِ فما شققتَ غُبارِي

٤ إنّا اقتسمنا خُطَّتَينا بيننا ... فحملتُ بَرَّةَ واحتملتَ فَجارِ

٥ فلتأتينّكَ قصائدٌ وليدفعنْ ... جيشٌ إليكَ قوادمَ الأكوارِ

٦ رهطُ ابنِ كوزٍ مُحْقِبِي أدراعِهم ... فيهم ورهطُ ربيعةَ بنِ حُذارِ

٧ ولرهطِ حرّابٍ وقدْ سَورةٌ ... في المجدِ ليسَ غُرابُها بمُطارِ

٨ وبنو قُعَينٍ لا محالةَ أنّهم ... آتوكَ غيرَ مُقَلَّمِي الأظفارِ

٩ سَهِكِينَ من صدأ الحديدِ كأنّهم ... تحتَ السَّنَوَّرِ جِنَّةُ البَقّارِ

١٠ وبنو سُواءةَ زائروكَ بوفدِهم ... جيشًا يقودُهمُ أبو المِظفارِ

١١ وبنو جَذيمةَ حيُّ صدقٍ سادةٌ ... غلبوا على خَبْتٍ إلى تِعشارِ

١٢ مُتكنّفي جَنْبَيْ عُكاظَ كليهما ... يدعو بها وِلدانُهم عَرْعارِ

١٣ قومٌ إذا كثُرَ الصِّياحُ رأيتَهم ... ذُكُرًا غداةَ الرَّوعِ والإنفارِ

١٤ والغاضريّونَ الذينَ تحمّلوا ... بلوائِهم سيرًا لدارِ قَرارِ

١٥ تمشي بهم أُدْمٌ كأنّ رِحالَها ... عَلَقٌ هَرِيقَ على متونِ صِوارِ

١٦ شُعَبُ العِلافيّاتِ بينَ فُروجِهم ... والمُحصَناتُ عوازبُ الأطهارِ

١٧ بُرُزُ الأكفِّ من الخِدامِ خوارجٌ ... من فَرْجِ كلِّ وَصيلةٍ وإزارِ

١٨ شُمُسٌ موانعُ كلِّ ليلةِ حُرّةٍ ... يُخلِفْنَ ظنَّ الفاحشِ المِغيارِ

١١ فآليتُ لا آتيكَ إنْ جئتُ مُجرِمًا    ولا أبتغي جارًا سواكَ مُجاوِرا
١٢ فأهلي فِداءٌ لامرئٍ إنْ أتيتُهُ    تقبَّلَ معروفي وسَدَّ المفاقِرا
١٣ فما خُيْمُ كلبي أنْ يُريبَكَ نَبحُهُ    وإنْ كنتُ أرعى مُسحُلانَ فحامِرا
١٤ وحلَّتْ بيوتي في يَفاعٍ مُمَنَّعٍ    تَخالُ بهِ راعي الحَمولةِ طائرا
١٥ تَزِلُّ الوعولُ العُصْمُ عن قُذُفاتِهِ    وتُضحي ذُراهُ بالسَّحابِ كَوافِرا
١٦ حِذارًا على ألّا تُنالَ مَقادَتي    ولا نِسوَتي حتّى يَمُتْنَ حرائرا
١٧ أقولُ وإنْ شطَّتْ بيَ الدارُ عنكمُ    إذا ما لقيتا من مَعَدٍّ مُسافِرا
١٨ ألِكْني إلى النُّعمانِ حيثُ لقيتَهُ    فأهدى لهُ اللّٰهُ الغيوثَ البواكِرا
١٩ وصَبَّحَهُ فَلْجٌ ولا زالَ كَعبُهُ    على كلِّ مَن عادى مِنَ الناسِ ظاهِرا
٢٠ ورَبَّ عليهِ اللّٰهُ أحسنَ صُنعِهِ    وكانَ لهُ على البريّةِ ناصِرا
٢١ فألفيتُهُ يومًا يُبيرُ عدوَّهُ    وبَحرَ عطاءٍ يَستخِفُّ المَعابِرا

٩

الوافر

١ ألا مَن مُبلِغٌ عني خُزَيمًا    وزَبّانَ الذي لم يَرْعَ صِهري
٢ فإيّاكُمْ وعُورًا داميات    كأنَّ صِلاءَهُنَّ صِلاءُ جَمرِ
٣ فإني قد أتاني ما صنعتُمْ    وما رَشَّحتُمُ مِن شِعرِ بَكرِ
٤ فلم يَكُ نَولُكُمْ أنْ تُشقِذوني    ودوني عازِبٌ فبِلادُ حَجْرِ
٥ فإنَّ جوابَها في كلِّ يومٍ    ألَمَّ بأنفُسٍ منكُمْ ووَفْرِ
٦ ومَن يتربَّصِ الحَدَثانَ تَنزِلْ    بمَولاهُ عَوانٌ غيرُ بِكرِ

٩ تدافع الناس عنّا حين نركبها ... من المظالم تُدعى أمّ صبّارِ

١٠ ساق الرُّفَيدات من جوشٍ ومن عِظَمٍ ... وماشَ من رهطِ ربعيٍّ وحجّارِ

١١ ترمي قضاعة خلّا حول حجرته ... صدًّا عليه بسلّافٍ وأنعارِ

١٢ حتى استقلّ بجمعٍ لا كفاء له ... ينفي الوحوش عن الصحراء جرّارِ

١٣ لا يخفض الرزّ عن أرضٍ ألمّ بها ... ولا يضلّ على مصباحه الساري

١٤ وخبّرتني بنو ذبيان خشيته ... وقلّ على البيان الحشاة من عارِ

١٢ البسيط

١ أبلغ زيادًا وحينُ المرء مدركه ... وإن تكيّس أو كان ابن أحذارِ

٢ أضطرّك الحرز من ليلى إلى بَرَدٍ ... تختاره معقلًا عن جشّ أعيارِ

٣ حتى لقيت ابن كهف اللؤم في لجبٍ ... ينفي القصائم والغربان جرّارِ

٤ فالآن فاسمع بأقوامٍ غدرتهم ... بني ضبابٍ ودع عنك ابن سيّارِ

٥ قد كان وافد أقوامٍ فجاء بهم ... وانتاش عانيَه من أهل ذي قارِ

١٣ الطويل

١ لقد قلت للنعمان يوم لقيته ... يريد بني حُنٍّ ببرقة صادرِ

٢ تجنّب بني حُنٍّ فإنّ لقاءهم ... كريهٌ وإن لم تلق إلّا بصابرِ

٣ عظام اللُّهى أولاد عذرة إنّهم ... لهاميم يستلهونها بالجراجرِ

٤ هم منعوا وادي القرى من عدوّهم ... بجمعٍ مبيءٍ للعدوّ المكاثرِ

٥ من الواردات الماء بالقاع تستقي ... بأعجازها قبل استقاء الحناجرِ

٦ براجيةٍ الألوت يليح كأنّه ... عفاء قلاصٍ طار عنها تواجرِ

١٩ جَمْعاً يَظَلُّ بِهِ الفَضاءُ مُعَضِّلاً ... يَدَعُ الإِكامَ كَأَنَّهُنَّ صَحارِ

٢٠ لَمْ يَحْرِمُوا حُسْنَ الغِذاءِ وأُمُّهُمْ ... طَفَحَتْ عَلَيْكَ بِناتِقٍ مِذْكارِ

٢١ حَوْلي بَنُو دُودانَ لا يَعْصُونَنِي ... وَبَنُو بَغِيضٍ كُلُّهُمْ أَنْصارِي

٢٢ زَيْدُ بْنُ زَيْدٍ حاضِرٌ بِعُراعِرٍ ... وَعَلى كُنَيْبٍ مالِكُ بْنُ حِمارِ

٢٣ وَعَلى الرُّمَيْثَةِ مِنْ سُكَيْنٍ حاضِرٌ ... وَعَلى الدُّثَيْنَةِ مِنْ بَنِي سَيّارِ

٢٤ فِيهِمْ بَناتُ العَسْجَدِيِّ ولاحِقٍ ... وُرْقاً مَراكِلُها مِنَ المِضْمارِ

٢٥ يَتَحَلَّبُ اليَعْضِيدُ مِنْ أَشْداقِها ... صُفْراً مَناخِرُها مِنَ الجَرْجارِ

٢٦ تَشْلِي تَوابِعَها إلى أُلّافِها ... خَبَبَ السِّباعِ الوُلَّهِ الأَبْكارِ

٢٧ إِنَّ الرُّمَيْثَةَ مانِعٌ أَرْماحُنا ... ما كانَ مِنْ سَحَمٍ بِها وَصَفارِ

٢٨ فَالْحَقْنَ أَبْكاراً وَهُنَّ بِأُمَّةٍ ... أَعْجَلْنَهُنَّ مَظِنَّةَ الإِعْذارِ

---

## ١١

البسيط

١ لَقَدْ نَهَيْتُ بَنِي ذُبْيانَ عَنْ أُقُرٍ ... وَعَنْ تَرَبُّعِهِمْ فِي كُلِّ أَصْفارِ

٢ وَقُلْتُ يا قَوْمِ إِنَّ اللَّيْثَ مُنْقَبِضٌ ... عَلى بَراثِنِهِ لِوَثْبَةِ الضّارِي

٣ لا أَعْرِفَنْ رَبْرَباً حُوراً مَدامِعُها ... كَأَنَّ أَبْكارَها نِعاجُ دُوّارِ

٤ يَنْظُرْنَ شَزْراً إلى مَنْ جاءَ عَنْ عُرُضٍ ... بِأَوْجُهٍ مُنْكِراتِ الرِّقِّ أَحْرارِ

٥ خَلْفَ العَضارِيطِ لا يُوقَيْنَ فاحِشَةً ... مُسْتَمْسِكاتٍ بِأَقْتابٍ وَأَكْوارِ

٦ يُذْرِينَ دَمْعاً عَلى الأَشْفارِ مُنْحَدِراً ... يَأْمُلْنَ رِحْلَةَ حِصْنٍ وَابْنِ سَيّارِ

٧ إِمّا عُصِيتُ فَإِنِّي غَيْرُ مُنْفَلِتٍ ... مِنِّي اللِّصابُ فَجَنْبا حَرَّةِ النّارِ

٨ أَوْ أَضَعُ البَيْتَ فِي سَوْداءَ مُظْلِمَةٍ ... تُقَيِّدُ العَيْرَ لا يَسْرِي بِها السّارِي

## ١٥

الطويل

١ ألا أبلغا ذبيان عني رسالة فقد أصبحت عن منهج الحق جائره

٢ أجدكم لن تزجروا عن ظلامة سفيهاً ولن ترعوا لذي الود آصره

٣ ولو شهدت سهم وأفناء مالك فتعذرني من مرة المتناصره

٤ لجاءوا بجمع لم ير الناس مثله تضاءل منه بالعشي قصائره

٥ ليهنئ لكم أن قد نفيتم بيوتنا مندى عبيدان المحلئ باقره

٦ وإني لألقى من ذوي الضغن منهم وما أصبحت تشكو من الوجد ساهره

٧ كما لقيت ذات الصفا من حليفها وما انفكت الأمثال في الناس سائره

٨ فقالت له أدعوك للعقل وافيا ولا تغشيني منك بالظلم بادره

٩ فواثقها بالله حين تراضيا فكانت تديه المال غبا وظاهره

١٠ فلما توفى العقل إلا أقله وجارت به نفس عن الحق جائره

١١ تذكر أنى يجعل الله جنة فيصبح ذا مال ويقتل واتره

١٢ فلما رأى أن ثمر الله ماله وأثل موجودا وسد مفاقره

١٣ أكب على فأس يحد غرابها مذكرة من المعاول باتره

١٤ فقام لها من فوق جحر مشيد ليقتلها أو تخطئ الكف بادره

١٥ فلما وقاها الله ضربة فأسه وللبر عين لا تغمض ناظره

١٦ فقال تعالي نجعل الله بيننا على ما لنا أو تنجزي لي آخره

١٧ فقالت يمين الله أفعل إنني رأيتك مسحورا يمينك فاجره

١٨ أبى لي قبر لا يزال مقابلي وضربة فأس فوق رأسي فاقره

٧ صغارُ النّوى مكنوزةٌ ليس قشرُها ... إذا طار قشرُ التّمرِ عنها بطائرِ

٨ همُ طرّدوا عنها بليًّا فأصبحت ... بليٌّ بوادٍ من تِهامةَ غائرِ

٩ وهمْ منعوها من قضاعةَ كلّها ... ومن مضرَ الحمراءِ عند التّغاورِ

١٠ وهمْ قتلوا الطّائيَّ بالحِجْرِ عنوةً ... أبا جابرٍ واستنكحوا أمَّ جابرِ

## ١٤

البسيط

١ ودِّعْ أمامةَ والتّوديعُ تعذيرُ ... وما وداعُك مَن قفّت به العِيرُ

٢ وما رأيتُك إلّا نظرةً عرضتْ ... يومَ النِّمارةِ والمأمورُ مأمورُ

٣ إنّ الحمولَ إلى حيٍّ وإن بعُدوا ... أمسَوا ودونهمُ ثهلانُ فالنِّيرُ

٤ هل تُبلغنّيهمُ حرفٌ مصرّمةٌ ... أجدُ الفَقارِ وإدلاجٌ وتهجيرُ

٥ قد عُرّيتْ نصفَ حولٍ أشهرًا جُددًا ... يسفي على رحلها بالحِيرةِ المُورُ

٦ وفارقتْ وهي لم تجربْ وباعَ لها ... من الفصافصِ بالنُّمّيِّ سِفسيرُ

٧ ليستْ ترى حولها إلفًا وراكبُها ... نشوانُ في جَوّةِ الباغوثِ مخمورُ

٨ تُلقي الأوزّينَ في أكنافِ دارتِها ... بيضًا وبين يديها التّبنُ منثورُ

٩ لولا الهمامُ الّذي تُرجى نوافلُه ... لقال راكبُها في عُصبةٍ سيروا

١٠ كأنّها خاضبٌ أظلافُه لهِقٌ ... قهدُ الإهابِ تربّتْه الحزاليمُ

١١ أصاخَ من نبأةٍ أصغى لها أذنًا ... صِماخُها بدخيسِ الرّوقِ مستورُ

١٢ من حسّ أطلسَ يسعى تحته شرَعٌ ... كأنّ أحناكَها السّفلى مآشيرُ

١٣ يقولُ راكبُها الجنّيُّ مرتفقًا ... هذا لكنّ ولحمُ الشّاةِ محجورُ

٩ وَقَدْ حالَ هَمٌّ دونَ ذلكَ شاغِلٌ    مَكانَ الشَّغافِ تَبْتَغيهِ الأَصابِعُ

١٠ وَعيدُ أبي قابوسَ في غَيْرِ كُنْهِهِ    أَتاني وَدوني راكِسٌ فالضَّواجِعُ

١١ فَبِتُّ كَأَنّي ساوَرَتْني ضَئيلَةٌ    مِنَ الرُّقْشِ في أَنْيابِها السُّمُّ ناقِعُ

١٢ يُسَهَّدُ مِن لَيْلِ التَّمامِ سَليمُها    لِحَلْيِ النِّساءِ في يَدَيْهِ قَعاقِعُ

١٣ تَناذَرَها الرّاقونَ مِنْ سوءِ سَمِّها    تُطَلِّقُهُ طَوْرًا وَطَوْرًا تُراجِعُ

١٤ أَتاني أَبَيْتَ اللَّعْنَ أَنَّكَ لُمْتَني    وَتِلْكَ الَّتي تَسْتَكُّ مِنْها المَسامِعُ

١٥ مَقالَةُ أَنْ قَدْ قُلْتَ سَوْفَ أَنالُهُ    وَذلِكَ مِنْ تِلْقاءِ مِثْلِكَ رائِعُ

١٦ لَعَمْري وَما عَمْري عَلَيَّ بِهَيِّنٍ    لَقَدْ نَطَقَتْ بُطْلًا عَلَيَّ الأَقارِعُ

١٧ أَقارِعُ عَوْفٍ لا أُحاوِلُ غَيْرَها    وُجوهُ قُرودٍ تَبْتَغي مَنْ تُجادِعُ

١٨ أَتاكَ امْرُؤٌ مُسْتَبْطِنٌ لِيَ بِغْضَةً    لَهُ مِنْ عَدُوٍّ مِثْلُ ذلِكَ شافِعُ

١٩ أَتاكَ بِقَوْلٍ هَلْهَلِ النَّسْجِ كاذِبٍ    وَلَمْ يَأْتِ بِالحَقِّ الَّذي هُوَ ناصِعُ

٢٠ أَتاكَ بِقَوْلٍ لَمْ أَكُنْ لِأَقولَهُ    وَلَوْ كُبِّلَتْ في ساعِدَيَّ الجَوامِعُ

٢١ حَلَفْتُ فَلَمْ أَتْرُكْ لِنَفْسِكَ رِيبَةً    وَهَلْ يَأْثَمَنْ ذو أُمَّةٍ وَهُوَ طائِعُ

٢٢ بِمُصْطَحِباتٍ مِنْ لَصافٍ وَثَبْرَةٍ    يَزُرْنَ إِلالًا سَيْرُهُنَّ التَّدافُعُ

٢٣ سَمامًا تُباري الرّيحَ خوصًا عُيونُها    لَهُنَّ رَذايا بِالطَّريقِ وَدائِعُ

٢٤ عَلَيْهِنَّ شُعْثٌ عامِدونَ لِحَجِّهِمْ    فَهُنَّ كَأَطْرافِ الحَنِيِّ خَواضِعُ

٢٥ لَكَلَّفْتَني ذَنْبَ امْرِئٍ وَتَرَكْتَهُ    كَذي العُرِّ يُكْوى غَيْرُهُ وَهُوَ راتِعُ

٢٦ فَإِنْ كُنْتُ لا ذو الضِّغْنِ عَنّي مُكَذَّبٌ    وَلا حَلِفي عَلى البَراءَةِ نافِعُ

٢٧ وَلا أَنا مَأْمونٌ بِشَيْءٍ أَقولُهُ    وَأَنْتَ بِأَمْرٍ لا مَحالَةَ واقِعُ

## ١٦

الطويل

١ لِيَهْنِئْ بَنِي ذُبْيانَ أنَّ بِلادَهُمْ خَلَتْ لَهُمُ مِنْ كُلِّ مَوْلًى وتابِعِ
٢ سِوَى أَسَدٍ يَحْمُونَها كُلَّ شارِقٍ بِأَلْفَيْ كَمِيٍّ ذِي سِلاحٍ ودارِعِ
٣ قُعُودًا عَلَى آلِ الوَجِيهِ ولاحِقٍ يُقِيمُونَ حَوْلِيّاتِها بِالمَقارِعِ
٤ يَهُزُّونَ أَرْماحًا طِوالًا مُتُونُها بِأَيْدٍ طِوالٍ عارِياتِ الأَشاجِعِ
٥ فَدَعْ عَنْكَ قَوْمًا لا عِتابَ عَلَيْهِمُ هُمُ أَلْحَقُوا عَبْسًا بِأَرْضِ القَعاقِعِ
٦ وَقَدْ ضَرَبَتْ مِنْ دُونِهِمْ بِكُفِيهِمُ بَنُو عامِرٍ عُرْضَ المَخاضِ المَوانِعِ
٧ فَما أَنا فِي سَهْمٍ وَلا فَيْءِ مُلْكِهِ وَمَوْلاهُمُ عَبْدُ بْنُ سَعْدٍ بِطالِعِ
٨ إِذا نَزَلُوا ذا ضَرْغَدٍ فَقُتائِدًا يُغَنِّيهِمُ فِيها نَقِيقُ الضَّفادِعِ
٩ قُعُودًا لَدَى أَبْياتِهِمْ يَثْمُدُونَها رَمَى اللّهُ فِي تِلْكَ الأُنُوفِ الكَوانِعِ

## ١٧

الطويل

١ عَفا ذُو حُسًا مِنْ فَرْتَنَى فَالفَوارِعُ فَجَنْبا أَرِيكٍ فَالتِّلاعُ الدَّوافِعُ
٢ فَمُجْتَمَعُ الأَشْراجِ غَيَّرَ رَسْمَها مَصايِفُ مَرَّتْ بَعْدَنا وَمَرابِعُ
٣ تَوَهَّمْتُ آياتٍ لَها فَعَرَفْتُها لِسِتَّةِ أَعْوامٍ وَذا العامُ سابِعُ
٤ رَمادٌ كَكُحْلِ العَيْنِ لَأْيًا أُبِينُهُ وَنُؤْيٌ كَجِذْمِ الحَوْضِ أَثْلَمُ خاشِعُ
٥ كَأَنَّ مَجَرَّ الرّامِساتِ ذُيُولَها عَلَيْهِ حَصِيرٌ نَمَّقَتْهُ الصَّوانِعُ
٦ عَلَى ظَهْرِ مِبْناةٍ جَدِيدٍ سُيُورُها يَطُوفُ بِها وَسْطَ اللَّطِيمَةِ بائِعُ
٧ فَكَفْكَفْتُ مِنِّي عَبْرَةً فَرَدَدْتُها عَلَى النَّحْرِ مِنْها مُسْتَهِلٌّ وَدامِعُ
٨ عَلَى حِينَ عاتَبْتُ المَشِيبَ عَلَى الصِّبا وَقُلْتُ أَلَمّا أَصْحُ وَالشَّيْبُ وازِعُ

٧ كأن كشوحهن مبطنات ... إلى فوق الكعوب برود خال

٨ فلما أن رأيت الدار قفرا ... وخالف بال أهل الدار بالي

٩ نهضت إلى عذافرة صموت ... مذكرة تجل عن الكلال

١٠ فداء لامرئ سارت إليه ... بعذرة ربها عمي وخالي

١١ ومن يغرف من النعمان سجلا ... فليس كمن يتيه في الضلال

١٢ فإن كنت امرأ قد سؤت ظنا ... بعبدك والخطوب إلى تبال

١٣ فأرسل في بني ذبيان فاسأل ... ولا تعجل إلي عن السؤال

١٤ فلا عمر الذي أثني عليه ... وما رفع الحجيج إلى إلال

١٥ لما أغفلت شكرك فانتصحني ... وكيف ومن عطائك جل مالي

١٦ ولو كفي اليمين بغتك خونا ... لأفردت اليمين من الشمال

١٧ ولكن لا تخان الدهر عندي ... وعند الله تجزية الرجال

١٨ له بحر يقمص بالعدولي ... وبالخلج المحملة الثقال

١٩ مضر بالقصور يذود عنها ... قراقير النبيط إلى التلال

٢٠ وهوب للمخيسة النواجي ... عليها القانيات من الرحال

## ٣٠

الطويل

١ أهاجك من أسماء رسم المنازل ... بروضة نعمي فذات الأجاول

٢ أربت بها الأرواح حتى كأنما ... تهادين أعلى تربها بالمناخل

٣ وكل ملث مكفهر سحابه ... كميش التوالي مرتعن الأسافل

٤ إذا رجفت فيه رحى مرجحنة ... تبعق ثجاج غزير الحوافل

٢٨ فإنك كالليل الذي هو مدركي    وإن خلت أن المنتأى عنك واسع

٢٩ خطاطيف حجن في حبال متينة    تمد بها أيد إليك نوازع

٣٠ أتوعد عبدا لم يخنك أمانة    وتترك عبدا ظالما وهو ظالع

٣١ وأنت ربيع ينعش الناس سيبه    وسيف أعيرته المنية قاطع

٣٢ أبى الله إلا عدله ووفاءه    فلا النكر معروف ولا العرف ضائع

٣٣ وتسقى إذا ما شئت غير مصرد    بزوراء في حافاتها المسك كانع

## ١٨

الطويل

١ إن يرجع النعمان نفرح ونبتهج    ويأت معدا ملكها وربيعها

٢ ويرجع إلى غسان ملك وسؤدد    وتلك المنى لو أننا نستطيعها

٣ وإن يهلك النعمان تعر مطية    ويلق إلى جنب الفناء قطوعها

٤ وتنحط حصان آخر الليل نحطة    تقضقض منها أو تكاد ضلوعها

٥ على إثر خير الناس إن كان هالكا    وإن كان في جنب الفراش ضجيعها

## ١٩

الوافر

١ أمن ظلامة الدمن البوالي    بمرفض الحبي إلى وعال

٢ فأمواه الدنا فعويرضات    دوارس بعد أحياء حلال

٣ تأبد لا ترى إلا صوارا    بمرقوم عليه العهد خال

٤ تعاورها السواري والغوادي    وما تذري الرياح من الرمال

٥ أثيث نبته جعد ثراه    به عوذ المطافل والمتالي

٦ يكشفن الألاء مزينات    بغاب ردينة السحم الطوال

٢٤ مقربة بالعيص والأثم كالقنا عليها الخيور محقبات المراجل

٢٥ وكل صموت نثلة تبعية ونسج سليم كل قضاء ذائل

٢٦ علين بكديون وأبطن كرة فهن وضاء صافيات الغلائل

٢٧ عتاد امرئ لا ينقض البعد همه طلوب الأعادي واضح غير خامل

٢٨ تجين بكفيه المنايا وتارة تسحان سحا من عطاء ونائل

٢٩ إذا حل بالأرض البرية أصبحت كئيبة وجه غبها غير طائل

٣٠ يسوم بربعي كأن زهاءه إذا هبط الصحراء حرة راجل

## ٢١

الطويل

١ دعاك الهوى واستجهلتك المنازل وكيف تصابي المرء والشيب شامل

٢ وقفت برسم الدار قد غير البلى معارفها والساريات الهواطل

٣ أسائل عن سعدى وقد مر بعدنا على عرصات الدار سبع كوامل

٤ فسليت ما عندي بروحة عرمس تخب برحلي تارة وتناقل

٥ موثقة الأنساء مضبورة القرا نعوب إذا كل العتاق المراسل

٦ كأني شددت الرحل حين تشذرت على قارح مما تضمن عاقل

٧ أقب كعقد الأندري مسحج حزابية قد كدمته المساحل

٨ أضر بجرداء النسالة سمحج يقلبها إذ أعوزته الحلائل

٩ إذا جاهدته الشد جد وإن ونت تساقط لا وان ولا متخاذل

١٠ وإن ضبطا سهلا أثارا عجاجة وإن علوا حزنا تشظت جنادل

١١ ورب بني البرشاء ذهل وقيسها وشيبان حيث استنهلتها المناهل

٥ ترى كلَّ نَهّالٍ يُعالِجُ رِبْرَبًا      على كلِّ رَجّافٍ من الرملِ هائلِ
٦ يُثِرْنَ الحصى حتّى يُباشِرْنَ بَرْدَهُ      إذا الشمسُ مَجَّتْ رِيقَها بالكلاكلِ
٧ ولاجيةٍ عَقَّبْتُ في مَتْنِ لاحِبٍ      كَسَحْلِ اليَمانِي قاصدٍ للمَناهلِ
٨ لَهُ خُلُجٌ تَهْوِي فُرادى وتَرْعَوِي      إلى كلِّ ذي نِيرَيْنِ بادي الشَّواكلِ
٩ وأنّي عَذالي عن نِسائِكَ حادِثٌ      وقَصْرٌ أتى مِن دونِ قَصْدِكَ شاغلِ
١٠ نَصَحْتُ بني عوفٍ فلم يَتَقَبَّلوا      وَصاتي ولم تَنْجَحْ لَدَيْهِمْ وَسائلي
١١ فقلتُ لهم لا أعرِفَنَّ عَقائِلًا      رَعابيبَ من جَنْبَيْ أَرِيكٍ وعاقلِ
١٢ ضَوارِبَ بالأيدي وَراءَ بَراجِمٍ      هِجانٍ كآرامِ الصَّريمِ الخَواذِلِ
١٣ خِلالَ المَطايا يَتَّصِلْنَ وقد أتَتْ      قَنانُ أُبَيْرٍ دونَها والكَوائلِ
١٤ وحَلّوا لَهُ بينَ الجَنابِ وعالِجٍ      فِراقَ الخَليطِ ذي الأذاةِ المُزايِلِ
١٥ ولا أعرِفَنّي بعدَ ما قد نَهَيْتُكُمْ      أُجادِلُ يومًا في شَوِيٍّ وجامِلِ
١٦ وبِيضٍ غَريراتٍ تَفيضُ دُموعُها      بمُسْتَكْرَهٍ يُذْرِينَهُ بالأنامِلِ
١٧ وقد خِفْتُ حتّى ما تَزيدُ مَخافَتي      على وَعِلٍ في ذي المَطارةِ عاقلِ
١٨ مَخافَةَ عَمْرٍو أن تكونَ جِيادُهُ      يُقَدْنَ إلينا بينَ حافٍ وناعلِ
١٩ إذا استَعْجَلوها عن سَجِيَّةِ مَشْيِها      تَتَلَّعُ في أعناقِها بالجَحافِلِ
٢٠ شَوازِبَ كالأجلامِ قد آلَ رِمُّها      سَماحيقَ صُفْرًا في تَليلٍ وفائلِ
٢١ يُبارِينَ وَقْعَ الصَّوْلَجانِ خُدودُها      لَهُنَّ نِطافٌ كالصِّعادِ الذَّوابلِ
٢٢ ويَقْذِفْنَ بالأوْلادِ في كلِّ مَنْزِلٍ      تَشَحَّطُ في أسْلائِها كالوَصائِلِ
٢٣ ترى عَذَباتِ الكَلْمِ قد وَلَغَتْ لها      بِشَبْعٍ من السَّخْلِ العِتاقِ الأكائلِ

## ٢٢

الطويل

١ أبلغ بني ذبيان أن لا أخا لهم  بعبس إذا حلوا الدماخ فأظلما

٢ بجمع كلون الأعبل الجون لونه  ترى في نواحيه زهيرا وحذيما

٣ هم يردون الموت عند حياضه  إذا كان ورد الموت لا بد أكرما

## ٢٣

البسيط

١ بانت سعاد وأمسى حبلها انجذما  واحتلت الشرع فالأجزاع من إضما

٢ إحدى بلي وما هام الفؤاد بها  إلا السفاه وإلا ذكرة حلما

٣ ليست من السود أعقابا إذا انصرفت  ولا تبيع بجنبي نخلة البرما

٤ غراء أكمل من يمشي على قدم  حسنا وأملح من حاورته الكلما

٥ قالت أراك أخا رحل وراحلة  تغشى متالف لن ينظرنك الهرما

٦ حياك ربي فإنا لا يحل لنا  لهو النساء وإن الدين قد عزما

٧ مشمرين على خوص مزممة  نرجو الإله ونرجو البر والطعما

٨ هلا سألت بني ذبيان ما حسبي  إذا الدخان تغشى الأشمط البرما

٩ وهبت الريح من تلقاء ذي أرل  تزجي مع الليل من صرادها صرما

١٠ صهب الظلال أتين التين عن عرض  يزجين غيما قليلا ماؤه شبما

١١ ينبئك ذو عرضهم عني وعالمهم  وليس جاهل شيء مثل من علما

١٢ إني أتمم أيساري وأمنحهم  مثنى الأيادي وأكسو الجفنة الأدما

١٣ وأقطع الخرق بالخرقاء قد جعلت  بعد الكلال تشكى الأين والسأما

١٤ كادت تساقطني رحلي وميثرتي  بذي المجاز ولم تحسس به نغما

١٢ لقد عالني ما سرّها وتقطعت لروعاتها مني القوى والوسائل
١٣ فلا يهنئ الأعداء مصرع ملكهم وما عتقت منه تميم ووائل
١٤ وكانت لهم ربعية يحذرونها إذا خضخضت ماء السماء القبائل
١٥ يسير بها النعمان تغلي قدوره تجيش بأسباب المنايا المراجل
١٦ يحث الحداة جالزا بردائه يقي حاجبيه ما تثير القنابل
١٧ يقول رجال يجهلون خليقتي لعل زيادا لا أبا لك غافل
١٨ أبى غفلتي أني إذا ما ذكرته تحرك داء في فؤادي داخل
١٩ وأن تلادي إن ذكرت وشكتي ومهري وما ضمت لدي الأنامل
٢٠ حباؤك والعيس العتاق كأنها هجان المها تحدى عليها الرحائل
٢١ فإن تك قد ودعت غير مذمم أواسي ملك ثبتتها الأوائل
٢٢ فلا تبعدن إن المنية منهل وكل امرئ يوما به الحال زائل
٢٣ فما كان بين الخير لو جاء سالما أبو حجر إلا ليال قلائل
٢٤ فإن تحي لا أملل حياتي وإن تمت فما في حياة بعد موتك طائل
٢٥ فآب مضلوه بعين جلية وغودر بالجولان حزم ونائل
٢٦ سقى الغيث قبرا بين بصرى وجاسم بغيث من الوسمي قطر ووابل
٢٧ ولا زال ريحان ومسك وعنبر على منتهاه ديمة ثم هاطل
٢٨ وينبت حوذانا وعوفا منورا سأتبعه من خير ما قال قائل
٢٩ بكى حارث الجولان من فقد ربه وحوران منه موحش متضائل
٣٠ قعودا له غسان يرجون أوبه وترك ورهط الأعجمين وكابل

٣ قوم الملوك وأبناء الملوك لهم  فضل على الناس في اللأواء والنعم
٤ أحلام عاد وأجساد مطهّرة  من المعقّة والآفات والأثم

## ٣٦

البسيط

١ قالت بنو عامر خالوا بني أسد  يا بؤس للجهل ضرّارًا لأقوام
٢ تأبى البلاء فلا نبغي بهم بدلا  ولا نريد خلاء بعد إحكام
٣ فصالحونا جميعا إن بدا لكم  ولا تقولوا لنا أمثالها عام
٤ إني لأخشى عليكم أن يكون لكم  من أجل بغضائهم يوم كأيام
٥ تبدو كواكبه والشمس طالعة  لا النور نور ولا الإظلام إظلام
٦ أو تزجروا مكفهرًّا لا كفاء له  كالليل يخلط أصراما بأصرام
٧ مستحقبي حلق الماذيّ يقدمهم  شمّ العرانين ضرّابون للهام
٨ لهم لواء بكفّي ماجد بطل  لا يقطع الخرق إلّا طرفه سام
٩ يهدي كتائب خضرا ليس يعصمها  إلّا ابتدار إلى موت بإلجام
١٠ كم غادرت خيلنا منكم بمعترك  للخامعات أكفّا بعد أقدام
١١ يا ربّ ذات حليل قد فجعن به  وموتمين تكالوا غير أيتام
١٢ والخيل تعلم أنّا في تجاولها  عند الطعان أولو بؤسى وإنعام
١٣ ولّوا وكبشهم يكبو لجبهته  عند الكماة صريعا جوفه دام

## ٣٧

الوافر

١ أتاركة تدلّلها قطام  وضنّا بالتحيّة والكلام
٢ فإن كان الدلال فلا تلجّي  وإن كان الوداع فبالسلام

١٥ من قبل جرميّا دلّت وقد طفقوا    فهل فى معجبيكم من يشترى أدما
١٦ قالت لها وهى تسعى تحت لبّتها    لا تحطمنّك إنّ البيع قد زرما
١٧ باتت ثلاث ليال ثمّ واحدة    بذى المجاز تراعى منزلا زيما
١٨ فانشقّ عنها عمود الصبح جافلة    عدو النحوص تخاف القانص اللحما
١٩ تحيد عن أستن سود أسافله    مشى الإماء الغوادى تحمل الحزما
٢٠ أو ذى وشوم بحوضى بات منكرسا    فى ليلة من جمادى أخضلت ديما
٢١ بات بحقف من البقّار يحفزه    إذا استكفّ قليلا تربه انهدما
٢٢ مولّى الريح روقيه وجبهته    كالهبرقىّ تنحّى ينفخ الفحما
٢٣ حتّى غدا مثل نصل السيف منصلتا    يقرو الأماعز من لبنان والأكما

## ٢٤

الكامل

١ جمّع محاشك يا يزيد فإنّنى    أعددت يربوعا لكم وتميما
٢ ولحقت بالنسب الذى عيّرتنى    وتركت أصلك يا يزيد ذميما
٣ عيّرتنى نسب الكرام وإنّما    فخر المفاخر أن يعدّ كريما
٤ حدبت علىّ بطون ضنّة كلّها    إن ظالما فيهم وإن مظلوما
٥ لولا بنو عوف بن بهثة أصبحت    بالنعف أمّ بنى أبيك عقيما

## ٢٥

البسيط

١ لا يبعد الله جيرانا تركتهم    مثل المصابيح تجلو ليلة الظلم
٢ لا يبرمون إذا ما الأفق جلّله    برد الشتاء من الإمحال كالأدم

٢٢ وأنبأه المُنبّئُ أنّ حيًّا   حلولًا من حرامٍ أو جُذامِ

٢٣ وأنّ القومَ نصرُهمُ جميعٌ   فِئامٌ مُجلِبون إلى فِئامِ

٢٤ فأوردهنّ بطنَ الأتْمِ شُعثًا   يصُنّ المشيَ كالحِدَإ التُّؤامِ

٢٥ على إثرِ الأدلّةِ والبغايا   وخفقِ الناجياتِ من الشآمِ

٢٦ فباتوا ساكنين وبات يسري   يُقرّبُه لهم ليلُ التمامِ

٢٧ فصبّحهم بها صهباءَ صِرفًا   كأنّ رؤوسَهم بيضُ النعامِ

٢٨ فذاق الموتَ من بركتْ عليه   وبالناجين أظفارٌ دوامِ

٢٩ وهنّ كأنّهنّ نعاجُ رملٍ   يُسوّين الذيولَ على الخِدامِ

٣٠ يُوصّين الرُّواةَ إذا ألمّوا   بشِعبٍ مُكرَهين على الفِطامِ

٣١ وأضحى ساطعًا بجبالِ حِسمى   دُقاقُ التُّربِ مُختزِمُ القتامِ

٣٢ فهم الحكاليون لينبركوه   وما راموا بذلك من مرامِ

٣٣ إلى صعبِ المقادةِ ذي شريسٍ   نماه في فروعِ المجدِ نامِ

٣٤ أبوه قبلَه وأبو أبيه   بنَوا مجدَ الحياةِ على إمامِ

٣٥ فتوحّش الصعرانِ فكلّ قصرٍ   يُجلّلُ خندقٌ منه وحامِ

٣٦ وما تنفكّ مغلولًا عِراقًا   على مُتناذرِ الأكلاءِ طامِ

## ٢٨

الوافر

١ ألمْ أُقسمْ عليك لتُخبِرنّي   أمحمولٌ على النعشِ الهُمامُ

٢ فإنّي لا أُلامُ على دخولٍ   ولكنْ ما وراءك يا عصامُ

٣ فلو كانت غداة البين منّت — وقد رفعوا الخدور على الخيام

٤ صفحت بنظرة فرأيت منها — تحيت الخدر واضعة القرام

٥ ترائب يستضيء الحلي فيها — كجمر النار بُذّر بالظلام

٦ كأن الشذر والياقوت منها — على جيداء فاترة البغام

٧ خلت بغزالها ودنا عليها — أراك الجزع أسفل من سنام

٨ تسف بريره وترود فيه — الى دبر النهار من البشام

٩ كأن مشعشعا من خمر بصرى — نمته البخت مشدود الختام

١٠ نمين قلاله من بيت راس — الى لقمان في سوق مقام

١١ اذا فضت خواتمه علاه — يبيس القمحان من المدام

١٢ على أنيابها بغريض مزن — تقبله الجباة من الغمام

١٣ فأضحت في مدافن باردات — بمنتطق الجنوب على الجهام

١٤ تلذ لطعمه وتخال فيه — اذا نبهتها بعد المنام

١٥ فدعها عنك اذ شطت نواها — ولجت من بعادك في غرام

١٦ ولكن ما أتاك عن ابن هند — من الحزم المبين والتمام

١٧ فداء ما تقل النعل مني — الى أعلى الذؤابة للهمام

١٨ ومقراه قبائل غاديات — على الذهبي في لجب لهام

١٩ يقدن مع امرىء يدع الهوينى — ويعمد للمهمات العظام

٢٠ أعين على العدو بكل طرف — وسلهبة تجلل في السمام

٢١ وأسمر مارن يلتاح فيه — سنان مثل نبراس النهام

١٧ شَهِدْتُ لَهُمْ مَواطِنَ صالِحاتٍ أَتَيْتُهُمُ بِوُدِّ الصَّدْرِ مِنّي
١٨ وَهُمْ ساروا لِحُجْرٍ في خَميسٍ وَكانوا يَوْمَ ذَلِكَ عِنْدَ ظَنّي
١٩ وَهُمْ زَحَفوا لِغَسّانٍ بِزَحْفٍ رَحِيبِ السِّرْبِ أَرْعَنَ مُرْجَحِنِّ
٢٠ بِكُلِّ مُجَرَّبٍ كَاللَّيْثِ يَسْمو عَلى أَوْصالِ ذَيّالٍ رِفَنِّ
٢١ وَضُمْرٍ كَالقِداحِ مُسَوَّماتٍ عَلَيْها مَعْشَرٌ أَشْباهُ جِنِّ
٢٢ غَداةَ تَعاوَرَتْهُ ثَمَّ بِيضٌ دَفَعْنَ إِلَيْهِ في الرَّهَجِ المُكِنِّ
٢٣ وَلَوْ أَنّي أَطَعْتُكَ في أُمورٍ قَرَعْتُ نَدامَةً مِنْ ذاكَ سِنّي

٣٣ — الوافر

١ لَعَمْرُكَ ما خَشيتُ عَلى يَزيدٍ مِنَ الفَخْرِ المُضَلِّلِ ما أَتاني
٢ كَأَنَّ التّاجَ مَعْصوبًا عَلَيْهِ لِأَذْوادٍ أُصِبْنَ بِذي أَبانِ
٣ فَحَسْبُكَ أَنْ تُهاضَ بِمُحْكَماتٍ يَمُرُّ بِها الرَّوِيُّ عَلى لِساني
٤ فَقَبْلَكَ ما شُتِمْتُ وَقاذَعوني فَما نَزُرَ الكَلامُ وَلا شَجاني
٥ يَصُدُّ الشّاعِرُ الثُّنْيانُ عَنّي صُدودَ البَكْرِ عَنْ قَرْمٍ هِجانِ
٦ أَثَرْتَ الغَيَّ ثُمَّ نَزَعْتَ عَنْهُ كَما حادَ الأَزَبُّ عَنِ الطِّعانِ
٧ فَإِنْ يَقْدِرْ عَلَيْكَ أَبو قُبَيْسٍ تَحُطَّ بِكَ المَعيشَةُ في هَوانِ
٨ وَتُخْضَبْ لِحْيَةٌ غَدَرَتْ وَخانَتْ بِأَحْمَرَ مِنْ نَجيعِ الجَوْفِ آنِ
٩ وَكُنْتَ أَمينَهُ لَوْ لَمْ تَخُنْهُ وَلَكِنْ لا أَمانَةَ لِلْيَماني

٣٤ — الوافر

١ إِنْ يَقْدِرْ عَلَيَّ أَبو قُبَيْسٍ تَجِدْني عِنْدَهُ حَسَنَ المَكانِ

٣ فإن يهلك أبو قابوس يهلك ربيعُ الناسِ والشهرُ الحرامُ
٤ ونمسك بعده بذناب عيشٍ أجبِّ الظهرِ ليس له سنامُ

## ٣٦

الوافر

١ غشيتُ منازلاً بعريتناتٍ فأعلى الجزعِ للحيِّ المبنِّ
٢ تعاورهنَّ صرفُ الدهرِ حتّى عفونَ وكلُّ منهمرٍ مرنِّ
٣ وقفتُ بها القلوصَ على اكتئابٍ وذاكَ تفارطُ الشوقِ المعنّي
٤ أسائلها وقد سفحتْ دموعي كأنَّ مفيضهنَّ غروبُ شنِّ
٥ بكاءَ حمامةٍ تدعو هديلاً مفجّعةٍ على فننٍ تغنّي
٦ ألكني يا عيينَ إليكَ قولاً سأهديهِ إليكَ إليكَ عنّي
٧ قوافيَ كالسلامِ إذا استمرّتْ فليسَ يردُّ مذهبها التظنّي
٨ بهنَّ أدينُ مَن يبغي أذاتي مداينةَ المداينِ فليدنّي
٩ أتخذلُ ناصري وتعزُّ عبساً أيربوعَ بنَ غيظٍ للمعنِّ
١٠ كأنّكَ من جمالِ بني أقيشٍ يقعقعُ خلفَ رجليهِ بشنِّ
١١ تكونُ نعامةً طوراً وطوراً هويَّ الريحِ تنسجُ كلَّ فنِّ
١٢ تمنَّ بعادهم واستبقِ منهم فإنّكَ سوفَ تتركُ والتمنّي
١٣ لدى جرعاءَ ليسَ بها أنيسٌ وليسَ بها الدليلُ بمطمئنِّ
١٤ إذا حاولتَ في أسدٍ فجوراً فإنّي لستُ منكَ ولستَ منّي
١٥ فهم درعي الّتي استلأمتُ فيها إلى يومِ النسارِ وهم مجنّي
١٦ وهم وردوا الجفارَ على تميمٍ وهم أصحابُ يومِ عكاظَ إنّي

بسم الله الرحمن الرحيم

# ديوان
## شعر عنترة العبسي

وهو عنترة بن شدّاد بن معوية ويلقب عنترة الفلحاء

### ١
الوافر

١ إنْ تكُ حربُكم أمستْ عَوانًا فإنّي لم أكنْ مِمَّنْ جَناها

٢ ولكنْ وُلْدُ سَوْدةَ أرّثوها وحشُّوا نارَها لِمَنِ اصطلاها

٣ فإنّي لستُ خاذلَكم ولكنْ سأمضي الآنَ إذْ بلغتْ إناها

### ٢
الكامل

١ وكتيبةٍ لبّستُها بكتيبةٍ شهباءَ باسلةٍ يُخافُ رَداها

٢ خرساءَ ظاهرةِ الأداةِ كأنّها نارٌ يُشَبُّ وَقودُها بلظاها

٣ فيها الكُماةُ بنو الكُماةِ كأنّهمْ والخيلُ تعثُرُ في الوغى بقَناها

٤ شُهُبٌ بأيدي القابسينَ إذا بدتْ بأكفّهمْ نَهَرَ الظلامَ سَناها

٥ صُبُرٌ أعدّوا كلَّ أجرَدَ سابحٍ ونَجيبةٍ ذَبُلَتْ وخَفَّ حَشاها

٦ يعدونَ بالمستلئمينَ عوابسًا قُودًا تشكّى أيْنَها ووَجاها

٢ تُجلل كفّه خيرًا منك عيًّا   وأمضى باللسان وبالبنان
٣ وأيُّ الناس أغدرُ من شآمٍ   له صُرَدان منطلقُ اللسان
٤ وإنّ الغدرَ قد علمتْ معدٌّ   بناه في بني ذُبيان بانِ
٥ وإنّ الفحلَ تُنزعُ خصيتاه   فيُصبحُ جافرًا قرحَ العجان

كمل جميع قصائد النابغة الذبيانيّ
ويتلوها شعر عنترة بن شدّاد
العبسيّ ان شاء الله
تعالى

٣ تَلَاهَبَ وَرْدٌ عَلَى إِثْرِهِ وَأَدْرَكَهُ وَقْعُ مِرْدًى خَشِبْ
٤ تَدَارَكَهُ لَا يَتَّقِي نَفْسَهُ بِأَبْيَضَ كَالْقَبَسِ الْمُلْتَهِبْ

٤ الطويل

١ كَأَنَّ السَّرَايَا بَيْنَ قَوٍّ وَقَارَةٍ عَصَائِبُ طَيْرٍ يَنْتَحِينَ لِمَشْرَبِ
٢ وَقَدْ كُنْتُ أَخْشَى أَنْ أَمُوتَ وَلَمْ تَقُمْ قَرَائِبُ عَمْرٍو وَسْطَ نَوْحٍ مُسَلِّبِ
٣ شَفَى النَّفْسَ مِنِّي أَوْ دَنَا مِنْ شِفَائِهَا تَرَدِّيهِمُ مِنْ حَالِقٍ مُتَصَوِّبِ
٤ تَصِيحُ الرُّدَيْنِيَّاتُ فِي حَجَبَاتِهِمْ صِيَاحَ الْعَوَالِي فِي الثِّقَافِ الْمُثَقَّبِ
٥ كَتَائِبُ تُزْجَى فَوْقَ كُلِّ كَتِيبَةٍ لِوَاءٌ كَظِلِّ الطَّائِرِ الْمُتَقَلِّبِ

٥ الكامل

١ لَا تَذْكُرِي مُهْرِي وَمَا أَطْعَمْتُهُ فَيَكُونَ جِلْدُكِ مِثْلَ جِلْدِ الْأَجْرَبِ
٢ إِنَّ الْغَبُوقَ لَهُ وَأَنْتِ مَسُوءَةٌ فَتَأَوَّهِي مَا شِئْتِ ثُمَّ تَحَوَّبِي
٣ كَذَبَ الْعَتِيقُ وَمَاءُ شَنٍّ بَارِدٌ إِنْ كُنْتِ سَائِلَتِي غَبُوقًا فَاذْهَبِي
٤ إِنَّ الرِّجَالَ لَهُمْ إِلَيْكِ وَسِيلَةٌ إِنْ يَأْخُذُوكِ تَكَحَّلِي وَتَخَضَّبِي
٥ وَيَكُونُ مَرْكَبُكِ الْقَعُودَ وَرَحْلَهُ وَابْنُ النَّعَامَةِ يَوْمَ ذَلِكَ مَرْكَبِي
٦ إِنِّي أُحَاذِرُ أَنْ تَقُولَ ظَعِينَتِي هَذَا غُبَارٌ سَاطِعٌ فَتَلَبَّبِ
٧ وَأَنَا امْرُؤٌ إِنْ يَأْخُذُونِي عَنْوَةً أُقْرَنْ إِلَى سَيْرِ الرِّكَابِ وَأُجْنَبِ

٦ الوافر

١ إِذَا لَاقَيْتَ جَمْعَ بَنِي أَبَانٍ فَإِنِّي لَائِمٌ لِلْجَعْدِ لَاحِ
٢ كَأَنَّ مُؤَشَّرَ الْعَضُدَيْنِ جَحْلًا هَدُوجًا بَيْنَ أَقْلِبَةٍ مِلَاحِ

٧ يحملن فتيانا مداعس بالقنا   وُقُرًا اذا ما الحرب خفّ لواها

٨ من كلّ أروع ماجد ذي صولة   مَرِسٍ اذا لحقت خُصًى بكلاها

٩ وصحابة شمّ الأنوف بعثتهم   ليلا وقد مال الكرى بطلاها

١٠ وسريت في وعث الظلام أقودها   حتى رأيت الشمس زال ضحاها

١١ ولقيت في قبل الهجير كتيبة   فطعنت أوّل فارس أولاها

١٢ وضربت قرني كبشها فتجدّلا   وحملت مهري وسطها فمضاها

١٣ حتى رأيت الخيل بعد سوادها   حمر الجلود خضبن من جرحاها

١٤ يعثرن في نقع النجيع جوافلا   ويطأن من حمي الوغى صرعاها

١٥ فرجعت محمودا برأس عظيمها   وتركتها جزرا لمن ناواها

١٦ ما استمت أنثى نفسها في موطن   حتى أوفّي مهرها مولاها

١٧ ولما رزأت أخا حفاظ سلعة   الا له عندي بها مثلاها

١٨ أغشى فتاة الحيّ عند حليلها   واذا غزا في الجيش لا أغشاها

١٩ وأغضّ طرفي ما بدت لي جارتي   حتى يواري جارتي مأواها

٢٠ اني امرؤ سمح الخليقة ماجد   لا أتبع النفس اللجوج هواها

٢١ ولئن سألت بذاك عبلة خبّرت   أن لا أريد من النساء سواها

٢٢ وأجيبها إمّا دعت لعظيمة   وأعينها وأكفّ عمّا ساءها

## ٣

المتقارب

١ عساكر نضلة في معرك   تجرّ الأسنّة كالمختضب

٢ فمن يك عن شأنه سائلا   فإنّ أبا نوفل قد شجب

١٦ وكلُّ رُدَينيٍّ كأنَّ سِنانَهُ شِهابٌ بَدا في ظُلمةِ اللَّيلِ واضحُ
١٧ فخلَّوا لنا عُوذَ النِّساءِ وجُنِّبوا عَباديدَ منها مُستقيمٌ وجامحُ
١٨ وكلُّ كَعابٍ خَدلةِ السّاقِ فَخمةٍ لها مَنصِبٌ في آلِ ضَبّةَ طامحُ
١٩ تَركنا ضِرارًا بين عانٍ مُكبَّلٍ وبين قَتيلٍ غابَ عنهُ النَّوائحُ
٢٠ وعَمرًا وحَيّانًا تَركنا بقَفرةٍ تَعودُهما فيها الضِّباعُ الكَوالحُ
٢١ يُجرِّرنَ هامًا فلَّقَتهُ رِماحُنا تُزيَّلُ منهنَّ اللِّحى والمَسائحُ

## ٨

الطويل

١ نَحا فارسُ الشَّهباءِ والخيلُ جُنَّحٌ على فارسٍ بينَ الأسنَّةِ مُقصَدِ
٢ ولولا يدٌ نالتهُ منّا لأصبحتْ سِباعٌ تُهادى شِلوَهُ غيرَ مُسنَدِ
٣ فلا تَكفُرِ النُّعمى وأَثنِ بفَضلِها ولا تأمَنَنْ ما يُحدِثُ اللهُ في غدِ
٤ فإن يَكُ عبدُ اللهِ لاقى فوارسًا يَرُدُّونَ خالَ العارضِ المتوقِّدِ
٥ فقد أمكَنتْ منكَ الأسنَّةُ عانيًا فلم يَجزِ إذ تَسعى قتيلًا بمَعبَدِ

## ٩

الطويل

١ قديمُكمُ خيرٌ أبًا من أبيكمُ أعفُّ وأوفى بالجوارِ وأحمدُ
٢ وأطعنُ في الهيجا إذا الخيلُ صدَّها غداةَ الصِّباحِ السَّمهريُّ المُقصَّدُ
٣ قِيلًا وَلِيَ الفَوغاءِ عمرُو بنُ جابرٍ بحِمَّتِهِ وابنُ اللَّقيطةِ عِصيَدُ
٤ سيأتيكمُ عنّي وإن كنتُ نائيًا دُخانُ العَلَندى دونَ بيتي مِذوَدُ
٥ قصائدُ من قِيلِ امرئٍ يَحتديكمُ بني العُشَراءِ فارتَدُوا وتَقلَّدوا

٣ نصحن لعمي فقدا عليها     بكورا أو تعجل في الرواح

٤ ألم تعلم لحاك الله أني     أجم إذا لقيت ذوي الرماح

٥ كسوت الجعد جعد بني أبان     سلاحي بعد عري وافتضاح

## ٧

الطويل

١ طربت وهاجتك الظباء السوانح     غداة غدت منها سنيح وبارح

٢ فسالت بي الأهواء حتى كأنما     بزندين في جوفي من الوجد قادح

٣ تعزيت عن ذكرى سمية حقبة     فبح عنك منها بالذي أنت بائح

٤ لعمري لقد أعذرت لو تعذرينني     وخشنت صدرا غيبه لك ناصح

٥ أعادل كم من يوم حرب شهدته     له منظر بادي النواجذ كالح

٦ فلم أر حيا صابروا مثل صبرنا     ولا كافحوا مثل الذين نكافح

٧ إذا شئت لاقاني كمي مدجج     على أعوجي بالطعان مسامح

٨ نزاحف زحفا أو نلاقي كتيبة     تطاعننا أو يذعر السرح صائح

٩ فلما التقينا بالجفار تضعضعوا     وردت على أعقابهن المسالح

١٠ وسارت رجال نحو أخرى عليهم     الحديد كما تمشي الجمال الدوالح

١١ إذا ما مشوا في السابغات حسبتهم     سيولا وقد جاشت بهن الأباطح

١٢ فأشرع رايات وتحت ظلالها     من القوم أبناء الحروب المراجح

١٣ ودرنا كما دارت على قطبها الرحى     ودارت على هام الرجال الصفائح

١٤ بهاجرة حتى تغيب نورها     وأقبل ليل يقبض الطرف سائح

١٥ تداعى بنو عبس بكل مهند     حسام يزيل الهام والصف جانح

١٢ أقل عليك ضرا من قميص     إذا أصحابه ذمروه سارا

١٣ وخيل قد زحفت لها بخيل     عليها الأسد تهتصر اهتصارا

## ١٢

الوافر

١ من يك سائلا عني فإني     وجروة لا ترود ولا تعار

٢ مقربة الشتاء ولا تراها     وراء الحي يتبعها المهار

٣ لها بالصيف آصرة وجل     وست من كرائمها غزار

٤ ألا أبلغ بني العشراء عني     علانية فقد ذهب السرار

٥ قتلت سراتكم وحسلت منكم     حسيلا مثل ما حسل الوبار

٦ ولم نقتلكم سرا ولكن     علانية وقد سطع الغبار

٧ فلم يك حقكم أن تشتمونا     بني العشراء إذ جد الفخار

## ١٣

الكامل

١ ظعن الذين فراقهم أتوقع     وجرى ببينهم الغراب الأبقع

٢ حرق الجناح كأن لحيي رأسه     جلمان بالأخبار هش مولع

٣ فزجرته ألا يفرخ عشه     أبدا ويصبح واحدا يتفجع

٤ إن الذين نعيت لي بفراقهم     قد أسهروا ليلي التمام فأوجعوا

٥ ومغيرة شعواء ذات أشلة     فيها الفوارس حاسر ومقنع

٦ فزجرتها عن نسوة من عامر     أفخاذهن كأنهن الخروع

٧ وعرفت أن منيتي إن تأتني     لا ينجني منها الفرار الأسرع

٨ فصبرت عارفة لذلك حرة     ترسو إذا نفس الجبان تطلع

**الوافر**

## ١٠

١ تركتُ جُرَيَّةَ العمرىَّ فيه ... شديدُ العَيرِ معتدلٌ سديدُ
٢ جعلتُ بنى الهُجَيمِ له دِثارًا ... إذا يمضى جماعتهم يعودُ
٣ إذا تقعُ الرماحُ بجانبيهِ ... تولّى سابغا فيه صدودُ
٤ فإن يبرأ فلم أنفث عليه ... وإن يُفقد فحُقَّ له الفقودُ
٥ وهل يدرى جُرَيّةُ أنّ نبلى ... يكونُ جفيرَها البطلُ النجيدُ
٦ كأنّ رماحهم أشطانُ بئرٍ ... لها فى كلّ مُدلجةٍ خُدودُ

**الوافر**

## ١١

١ أحولى تنفضُ استُكَ مِذرويها ... لتقتلنى فها أنا ذا عُمارا
٢ متى ما تلقنى فردين ترجف ... روانفُ أليتيك وتستطارا
٣ وسيفى صارمٌ قبضت عليه ... أشاجعُ لا ترى فيها انتشارا
٤ وسيفى كالعقيقة وهو كِمعى ... سلاحى لا أفلّ ولا فُطارا
٥ وكالوَرَقِ الخفافِ وذاتُ غربٍ ... ترى فيها عن الشرعِ ازورارا
٦ ومطّرِدُ الكعوبِ أحصُّ صدقٍ ... تخالُ سنانه بالليل نارا
٧ ستعلمُ أيُّنا للموتِ أدنى ... إذا دانيتَ لى الأسَلَ الحرارا
٨ وللرُّغيانِ فى لَقَحٍ ثمانٍ ... تهادنهنّ نمرًا أو غرارا
٩ أقام على خسيستهنّ حتى ... لقحنَ ونتّجَ الآخرَ العشارا
١٠ وقِظنَ على لَصافِ وهنّ غُلْبٌ ... ترنُّ متونها ليلًا خُوارا
١١ ومنجوبٍ له منهنّ صرعٌ ... يميلُ إذا عدلتَ به الشوارا

٣ تجللتني إذ أهوى العصا قبلي    كأنه صنم يعتاد معكوف

٤ المال مالكم والعبد عبدكم    فهل عذابك عني اليوم مصروف

٥ تنسى بلائي إذا ما غارة لقحت    تخرج منها الطوالات السراعيف

٦ يخرجن منها وقد بلت رحائلها    بالماء يركضها المرد الغطاريف

٧ قد أطعن الطعنة النجلاء عن عرض    تصفر كف أخيها وهو منزوف

## ١٧

البسيط

١ قد أوعدوني بأرماح معلبة    سود لقطن من الحوماني أخلاق

٢ لم يسلبوها ولم يعطوا بها ثمنا    أيدي النعام فلا أسقاهم الساقي

٣ عمرو بن أسود فا زباء قاربة    ماء الكلاب عليها الظبي معناق

## ١٨

الكامل

١ سائل عميرة حيث حلت جمعها    عند الحروب بأي حي تلحق

٢ أبحي قيس أم بعذرة بعد ما    رفع اللواء لها وبئس الملحق

٣ وأسأل حذيفة حين أرش بيننا    حربا ذوائبها بموت تخفق

٤ فلتعلمن إذا التقت فرساننا    بلوى النجيرة أن ظنك أحمق

## ١٩

الكامل

١ طال الثواء على رسوم المنزل    بين اللكيك وبين ذات الحرمل

٢ فوقفت في عرصاتها متحيرا    أسل الديار كفعل من لم يذهل

٣ لعبت بها الأنواء بعد أنيسها    والرامسات وكل جون مسبل

٤ أفمن بكاء حمامة في أيكة    ذرفت دموعك فوق ظهر المحمل

## ١٤

الوافر

١ خذوا ما أسأرت منها قداحي ورفد الضيف والأنس الجميع

٢ فلولا قينتي وعليّ درعي علقت غنيّ مرّ مختضل الفروع

٣ تركت جبيلة بن أبي عديّ يبلّ ثيابه علق نجيع

٤ وآخر منهم أجررت رمحي وفي البجليّ معبلة وقيع

## ١٥

الطويل

١ ألا هل أتاها أنّ يوم عرارها شفى سقما لو كانت النفس تشتفي

٢ فجئنا على عمياء ما جمعوا لنا بأرعن لا خلّ ولا متكشّف

٣ تماروا بنا إذ يمدرون حياضهم على ظهر مقتيّ من الأمر مخنف

٤ فما ندروا حتى غشينا بيوتهم بغبية موت مسبل الودق مزعف

٥ فظلنا نكرّ المشرفية فيهم وخرصان لدن السمهريّ المثقّف

٦ علالتنا في يوم كلّ كريهة بأسيافنا والقرح لم يتقرّف

٧ أبينا فلا نعطي السواء عدوّنا قياما بأعضاد السراء المعطّف

٨ بكلّ عتوف عجسها رضويّة وسهم كسير الحميريّ المؤنّف

٩ فإن يك عزّ في قضاعة ثابت فإنّ لنا برحرحان وأسنف

١٠ كتائب شهبا فوق كلّ كتيبة لواء كظلّ الطائر المتصرّف

## ١٦

البسيط

١ أمن سميّة دمع العين تذريف لو أنّ ذا منك قبل اليوم معروف

٢ كأنّها يوم صدّت ما تكلّمني ظبي بعسفان ساجي الطرف مطروف

## ٣٠

الكامل

١ عجبت عبيلة من فتى متبذل ... عاري الأشاجع شاحب كالمنصل

٢ شعث المفارق منهج سرباله ... لم يدهن حولاً ولم يترجل

٣ لا يكتسي إلا الحديد إذا اكتسى ... وكذاك كل مغاور مستبسل

٤ قد طال ما لبس الحديد فإنما ... صدأ الحديد بجلده لم يغسل

٥ فتضاحكت عجباً وقالت قولة ... لا خير فيك كأنها لم تحفل

٦ فعجبت منها كيف زلت عينها ... عن ماجد طلق اليدين شمردل

٧ لا تصرميني يا عبيل وراجعي ... في البصيرة نظرة المتأمل

٨ فلرب أملح منك دلاً فاعلمي ... وأقر في الدنيا لعين المجتلي

٩ وصلت حبالي بالذي أنا أهله ... من ودها وأنا رخي المطول

١٠ يا عبل كم من غمرة باشرتها ... بالنفس ما كادت لعمرك تنجلي

١١ فيها لوامع لو شهدت زهاءها ... لسلوت بعد تخضب وتكحل

١٢ إما تريني قد نحلت ومن يكن ... غرضاً لأطراف الأسنة ينحل

١٣ فلرب أبلج مثل بعلك بادن ... ضخم على ظهر الجواد مهبل

١٤ غادرته متعفراً أوصاله ... والقوم بين مجرح ومجدل

١٥ فيهم أخو ثقة يضارب نازلاً ... بالمشرفي وفارس لم ينزل

١٦ ورماحنا تكف النجيع صدورها ... وسيوفنا تخلي الرقاب فتختلي

١٧ والهام تندر بالصعيد كأنما ... تلقي السيوف بها رؤوس الحنظل

١٨ ولقد لقيت الموت يوم لقيته ... متسربلاً والسيف لم يتسربل

٥ كالدُّرِّ أو فَضَضِ الجُمانِ تَقَطَّعَتْ    مِنْهُ عَقائِدُ سِلْكِهِ لَمْ يُوصَلِ

٦ لَمّا سَمِعْتُ دُعاءَ مُرَّةَ إذْ دَعا    وَدُعاءَ عَبْسٍ في الوَغَى وَمُحَلِّلِ

٧ نادَيْتُ عَبْسًا فاسْتَجابُوا بالقَنا    وَبِكُلِّ أَبْيَضَ صارِمٍ لَمْ يَنْحَلِ

٨ حَتّى اسْتَباحُوا آلَ عَوْفٍ عَنْوَةً    بالمَشْرَفِيِّ وبالوَشِيجِ الذُّبَّلِ

٩ إنِّي امْرُؤٌ مِنْ خَيْرِ عَبْسٍ مَنْصِبًا    شَطْرِي وَأَحْمِي سائِرِي بالمُنْصُلِ

١٠ إنْ يَلْحَقُوا أَكْرُرْ وإنْ يُسْتَلْحَمُوا    أَشْدُدْ وإنْ يُلْفَوْا بِضَنْكٍ أَنْزِلِ

١١ حِينَ النُّزُولُ يَكُونُ غايَةَ مِثْلِنا    وَيَفِرُّ كُلُّ مُضَلَّلٍ مُسْتَوْقِلِ

١٢ وَلَقَدْ أَبِيتُ عَلَى الطَّوَى وَأَظَلُّهُ    حَتّى أَنالَ بِهِ كَرِيمَ المَأْكَلِ

١٣ وإذا الكَتِيبَةُ أَحْجَمَتْ وَتَلاحَظَتْ    أُلْفِيتُ خَيْرًا مِنْ مُعَمٍّ مُخْوَلِ

١٤ وَالخَيْلُ تَعْلَمُ وَالفَوارِسُ أَنَّنِي    فَرَّقْتُ جَمْعَهُمُ بِطَعْنَةِ فَيْصَلِ

١٥ إذْ لا أُبادِرُ في المَضِيقِ فَوارِسِي    وَلا أُوَكِّلُ بالرَّعِيلِ الأَوَّلِ

١٦ وَلَقَدْ غَدَوْتُ أَمامَ رايَةِ غالِبٍ    يَوْمَ الهِياجِ وَما غَدَوْتُ بِأَعْزَلِ

١٧ بَكَرَتْ تُخَوِّفُنِي الحُتُوفَ كَأَنَّنِي    أَصْبَحْتُ عَنْ غَرَضِ الحُتُوفِ بِمَعْزِلِ

١٨ فَأَجَبْتُها إنَّ المَنِيَّةَ مَنْهَلٌ    لا بُدَّ أَنْ أُسْقَى بِكَأْسِ المَنْهَلِ

١٩ فَاقْنَيْ حَياءَكِ لا أَبا لَكِ وَاعْلَمِي    أَنِّي امْرُؤٌ سَأَمُوتُ إنْ لَمْ أُقْتَلِ

٢٠ إنَّ المَنِيَّةَ لَوْ تُمَثَّلُ مُثِّلَتْ    مِثْلِي إذا نَزَلُوا بِضَنْكِ المَنْزِلِ

٢١ وَالخَيْلُ ساهِمَةُ الوُجُوهِ كَأَنَّما    تُسْقَى فَوارِسُها نَقِيعَ الحَنْظَلِ

٢٢ وإذا حَمَلْتُ عَلَى الكَرِيهَةِ لَمْ أَقُلْ    بَعْدَ الكَرِيهَةِ لَيْتَنِي لَمْ أَفْعَلِ

٦ فَوَقَفْتُ فيها ناقَتي وكَأَنَّها فَدَنٌ لِأَقْضِيَ حاجَةَ المُتَلَوِّمِ

٧ وتَحُلُّ عَبْلَةُ بِالجِواءِ وأَهْلُنا بِالحَزْنِ فَالصَّمّانِ فَالمُتَثَلَّمِ

٨ حُيِّيتَ مِنْ طَلَلٍ تَقادَمَ عَهْدُهُ أَقْوَى وأَقْفَرَ بَعْدَ أُمِّ الهَيْثَمِ

٩ شَطَّتْ مَزارَ العاشِقِينَ فَأَصْبَحَتْ عَسِرًا عَلَيَّ طِلابُكِ ابْنَةَ مَخْرَمِ

١٠ عُلِّقْتُها عَرَضًا وأَقْتُلُ قَوْمَها زَعْمًا ورَبِّ البَيْتِ لَيْسَ بِمَزْعَمِ

١١ ولَقَدْ نَزَلْتِ فَلا تَظُنِّي غَيْرَهُ مِنِّي بِمَنْزِلَةِ المُحَبِّ المُكْرَمِ

١٢ كَيْفَ المَزارُ وقَدْ تَرَبَّعَ أَهْلُها بِعُنَيْزَتَيْنِ وأَهْلُنا بِالغَيْلَمِ

١٣ إِنْ كُنْتِ أَزْمَعْتِ الفِراقَ فَإِنَّما زُمَّتْ رِكابُكُمُ بِلَيْلٍ مُظْلِمِ

١٤ ما راعَنِي إِلّا حَمُولَةُ أَهْلِها وَسْطَ الدِّيارِ تَسَفُّ حَبَّ الخِمْخِمِ

١٥ فِيها اثْنَتانِ وأَرْبَعُونَ حَلُوبَةً سُودًا كَخافِيَةِ الغُرابِ الأَسْحَمِ

١٦ إِذْ تَسْتَبِيكَ بِأَصْلَتِيٍّ ناعِمٍ عَذْبٍ مُقَبَّلُهُ لَذِيذِ المَطْعَمِ

١٧ وكَأَنَّما نَظَرَتْ بِعَيْنَيْ شادِنٍ رَشَأٍ مِنَ الغِزْلانِ لَيْسَ بِتَوْأَمِ

١٨ وكَأَنَّ فارَةَ تاجِرٍ بِقَسِيمَةٍ سَبَقَتْ عَوارِضَها إِلَيْكَ مِنَ الفَمِ

١٩ أَوْ رَوْضَةً أُنُفًا تَضَمَّنَ نَبْتَها غَيْثٌ قَلِيلُ الدِّمْنِ لَيْسَ بِمَعْلَمِ

٢٠ أَوْ عاتِقًا مِنْ أَذْرِعاتٍ مُعَتَّقًا مِمّا تُعَتِّقُهُ مُلُوكُ الأَعْجَمِ

٢١ جادَتْ عَلَيْهِ كُلُّ عَيْنٍ ثَرَّةٍ فَتَرَكْنَ كُلَّ حَدِيقَةٍ كَالدِّرْهَمِ

٢٢ سَحًّا وتَسْكابًا فَكُلَّ عَشِيَّةٍ يَجْرِي عَلَيْها الماءُ لَمْ يَتَصَرَّمِ

٢٣ فَتَرَى الذُّبابَ بِها يُغَنِّي وَحْدَهُ هَزِجًا كَفِعْلِ الشّارِبِ المُتَرَنِّمِ

٢٤ غَرِدًا يَحُكُّ ذِراعَهُ بِذِراعِهِ فِعْلَ المُكِبِّ عَلَى الزِّنادِ الأَجْذَمِ

١٩ فرأيتنا ما بيننا من حاجزٍ   إلا المجنّ ونصل أبيض مفصل
٢٠ ذكرٍ أشقّ به الجماجم في الوغى   وأقول لا تقطع يمين الصيقل
٢١ ولربّ مشعلةٍ وزعت رعالها   بمقلّصٍ نهد المراكل هيكلِ
٢٢ سلس المعذّر لاحقٍ أقرابهُ   متقلّبٍ عبثاً بفأس المسحلِ
٢٣ نهد القطاة كأنّها من صخرةٍ   ملساء يغشاها المسيل بمحفلِ
٢٤ وكأنّ هاديهُ إذا استقبلتهُ   جذعٌ أذلّ وكان غير مذلّلِ
٢٥ وكأنّ مخرج روحه في وجههِ   سربان كانا مولجين لجيئلِ
٢٦ وكأنّ متنيه إذا جرّدتهُ   ونزعت عنهُ الجلّ متنا أيّلِ
٢٧ ولهُ حوافر موثقٌ تركيبها   صمّ النسور كأنّها من جندلِ
٢٨ ولهُ عسيبٌ ذو سبيبٍ سابغٍ   مثل الرداء على الغنيّ المفضلِ
٢٩ سلس العنان إلى القتال فعينهُ   قبلاء شاخصةٌ كعين الأحولِ
٣٠ وكأنّ مشيتهُ إذا نهنهتهُ   بالنكل مشيةُ شاربٍ مستعجلِ
٣١ فعليه أقتحم الهياج تقحّماً   فيها وأنقضّ انقضاض الأجدلِ

٢١

الكامل

١ هل غادر الشعراء من متردّمِ   أم هل عرفت الدار بعد توهّمِ
٢ أعياك رسم الدار لم يتكلّمِ   حتّى تكلّم كالأصمّ الأعجمِ
٣ ولقد حبست بها طويلاً ناقتي   أشكو إلى سفعٍ رواكد جثّمِ
٤ يا دار عبلة بالجواء تكلّمي   وعمي صباحاً دار عبلة واسلمي
٥ دارٌ لآنسةٍ غضيضٍ طرفها   طوع العناق لذيذة المتبسّمِ

٤٤ بزجاجة صفراء ذات أسرّة    قرنت بأزهر في الشمال مفدّم
٤٥ فإذا شربت فإنّني مستهلك    مالي وعرضي وافر لم يكلم
٤٦ وإذا صحوت فما أقصّر عن ندى    وكما علمت شمائلي وتكرّمي
٤٧ وحليل غانية تركت مجدّلا    تمكو فريصته كشدق الأعلم
٤٨ عجلت يداي له بمارن طعنة    ورشاش نافذة كلون العندم
٤٩ هلّا سألت القوم يا ابنة مالك    إن كنت جاهلة بما لم تعلمي
٥٠ إذ لا أزال على رحالة سابح    نهد تعاوره الكماة مكلّم
٥١ طورا يعرّض للطعان وتارة    يأوي إلى حصد القسيّ عرمرم
٥٢ يخبرك من شهد الوقيعة أنّني    أغشى الوغى وأعفّ عند المغنم
٥٣ ومدجّج كره الكماة نزاله    لا ممعن هربا ولا مستسلم
٥٤ جادت يداي له بعاجل طعنة    بمثقّف صدق القناة مقوّم
٥٥ برحيبة الفرغين يهدي جرسها    باللّيل معتسّ السباع الضرّم
٥٦ فشككت بالرمح الطويل ثيابه    ليس الكريم على القنا بمحرّم
٥٧ فتركته جزر السباع ينشنه    ما بين قلّة رأسه والمعصم
٥٨ ومشكّ سابغة هتكت فروجها    بالسيف عن حامي الحقيقة معلم
٥٩ ربذ يداه بالقداح إذا شتا    هتّاك غايات التجار ملوّم
٦٠ بطل كأنّ ثيابه في سرحة    يحذى نعال السبت ليس بتوأم
٦١ لمّا رآني قد قصدت أريده    أبدى نواجذه لغير تبسّم
٦٢ فطعنته بالرمح ثمّ علوته    بمهنّد صافي الحديدة مخذم

٢٥ تُمْسِي وَتُصْبِحُ فَوْقَ ظَهْرِ حَشِيَّةٍ    وَأَبِيتُ فَوْقَ سَرَاةِ أَدْهَمَ مُلْجَمِ

٢٦ وَحَشِيَّتِي سَرْجٌ عَلَى عَبْلِ الشَّوَى    نَهْدٍ مَرَاكِلُهُ نَبِيلِ الْمَحْزِمِ

٢٧ هَلْ تُبْلِغَنِّي دَارَهَا شَدَنِيَّةٌ    لُعِنَتْ بِمَحْرُومِ الشَّرَابِ مُصَرَّمِ

٢٨ خَطَّارَةٌ غِبَّ السُّرَى زَيَّافَةٌ    تَطِسُ الْإِكَامَ بِذَاتِ خُفٍّ مِيثَمِ

٢٩ وَكَأَنَّمَا أَقِصُ الْإِكَامَ عَشِيَّةً    بِقَرِيبِ بَيْنَ الْمَنْسِمَيْنِ مُصَلَّمِ

٣٠ يَأْوِي إِلَى حِزَقِ النَّعَامِ كَمَا أَوَتْ    حِزَقٌ يَمَانِيَةٌ لِأَعْجَمَ طِمْطِمِ

٣١ يَتْبَعْنَ قُلَّةَ رَأْسِهِ وَكَأَنَّهُ    زَوْجٌ عَلَى حَرَجٍ لَهُنَّ مُخَيَّمِ

٣٢ صَعْلٍ يَعُودُ بِذِي الْعُشَيْرَةِ بَيْضَهُ    كَالْعَبْدِ ذِي الْفَرْوِ الطَّوِيلِ الْأَصْلَمِ

٣٣ شَرِبَتْ بِمَاءِ الدُّحْرُضَيْنِ فَأَصْبَحَتْ    زَوْرَاءَ تَنْفِرُ عَنْ حِيَاضِ الدَّيْلَمِ

٣٤ وَكَأَنَّمَا تَنْأَى بِجَانِبِ دَفِّهَا    الْوَحْشِيِّ بَعْدَ مَخِيلَةٍ وَتَرَنُّمِ

٣٥ هِرٌّ جَنِيبٌ كُلَّمَا عَطَفَتْ لَهُ    غَضْبَى اتَّقَاهَا بِالْيَدَيْنِ وَبِالْفَمِ

٣٦ أَبْقَى لَهَا طُولُ السِّفَارِ مُقَرْمَدًا    سَنَدًا وَمِثْلَ دَعَائِمِ الْمُتَخَيِّمِ

٣٧ بَرَكَتْ عَلَى مَاءِ الرِّدَاعِ كَأَنَّمَا    بَرَكَتْ عَلَى قَصَبٍ أَجَشَّ مُهَضَّمِ

٣٨ وَكَأَنَّ رُبًّا أَوْ كُحَيْلًا مُعْقَدًا    حَشَّ الْوَقُودُ بِهِ جَوَانِبَ قُمْقُمِ

٣٩ يَنْبَاعُ مِنْ ذِفْرَى غَضُوبٍ جَسْرَةٍ    زَيَّافَةٍ مِثْلَ الْفَنِيقِ الْمُقْرَمِ

٤٠ إِنْ تُغْدِفِي دُونِي الْقِنَاعَ فَإِنَّنِي    طَبٌّ بِأَخْذِ الْفَارِسِ الْمُسْتَلْئِمِ

٤١ أَثْنِي عَلَيَّ بِمَا عَلِمْتِ فَإِنَّنِي    سَمْحٌ مُخَالَقَتِي إِذَا لَمْ أُظْلَمِ

٤٢ فَإِذَا ظُلِمْتُ فَإِنَّ ظُلْمِي بَاسِلٌ    مُرٌّ مَذَاقَتُهُ كَطَعْمِ الْعَلْقَمِ

٤٣ وَلَقَدْ شَرِبْتُ مِنَ الْمُدَامَةِ بَعْدَ مَا    رَكَدَ الْهَوَاجِرُ بِالْمَشُوفِ الْمُعْلَمِ

٨٢ وَلَقَدْ كَرَرْتُ ٱلْمُهْرَ يَدْمَى نَحْرُهُ ... حَتَّى ٱتَّقَتْنِي ٱلْخَيْلُ بِٱبْنَيْ حِذْيَمِ

٨٣ وَلَقَدْ خَشِيتُ بِأَنْ أَمُوتَ وَلَمْ تَدُرْ ... لِلْحَرْبِ دَائِرَةٌ عَلَى ٱبْنَيْ ضَمْضَمِ

٨٤ أَلشَّاتِمَيْ عِرْضِي وَلَمْ أَشْتِمْهُمَا ... وَٱلنَّاذِرَيْنِ إِذَا لَمَ ٱلْقَهُمَا دَمِي

٨٥ إِنْ يَفْعَلَا فَلَقَدْ تَرَكْتُ أَبَاهُمَا ... جَزَرًا لِخَامِعَةٍ وَنَسْرٍ قَشْعَمِ

## ٢٢

الكامل

١ وَفَوَارِسٍ لِي قَدْ عَلِمْتُهُمُ ... صُبُرٍ عَلَى ٱلتَّكْرَارِ وَٱلْكَلْمِ

٢ يَمْشُونَ وَٱلْمَاذِيُّ فَوْقَهُمُ ... يَتَوَقَّدُونَ تَوَقُّدَ ٱلْفَحْمِ

٣ كَمْ مِنْ فَتًى فِيهِمْ أَخِي ثِقَةٍ ... حُرٍّ أَغَرَّ كَغُرَّةِ ٱلرِّئْمِ

٤ لَيْسُوا كَأَقْوَامٍ عَلِمْتُهُمُ ... سُودِ ٱلْوُجُوهِ كَمَعْدِنِ ٱلْبُرْمِ

٥ عَجِلَتْ بَنُو شَيْبَانَ مُدَّتَهُمْ ... وَٱلْبُقْعُ أَسْتَاهًا بَنُو لَأْمِ

٦ كُنَّا إِذَا نَفَرَ ٱلْمَطِيُّ بِنَا ... وَبَدَا لَنَا أَحْوَاضُ ذِي ٱلرَّقْمِ

٧ نَغْدِي فَنَطْعَنُ فِي أُنُوفِهِمُ ... نَخْتَارُ بَيْنَ ٱلْقَتْلِ وَٱلْغُنْمِ

٨ إِنَّا كَذٰلِكَ يَا سُمَيَّ إِذَا ... غَدَرَ ٱلْحَلِيفُ نَفُوزُ بِٱلْعُظْمِ

٩ وَبِكُلِّ مُرْهَفَةٍ لَنَا فِلَقٌ ... نَسْيَ ٱلضُّلُوعِ كَطُرَّةِ ٱلْقَلَمِ

## ٢٣

الوافر

١ فَأَنَّكَ رَقَاشِ إِلَّا عَنْ لِمَامِ ... وَأَمْسَى حَبْلُهَا خَلَقَ ٱلرِّمَامِ

٢ وَمَا ذِكْرِي رَقَاشِ إِذَا ٱسْتَقَرَّتْ ... لَدَى ٱلطَّرْفَاءِ عِنْدَ ٱبْنَيْ شَمَامِ

٣ وَمَسْكَنُ أَهْلِهَا مِنْ بَطْنِ جِزْعٍ ... تَبِيضُ بِهِ مَصَايِيفُ ٱلْحَمَامِ

٤ وَقَفْتُ وَصُحْبَتِي بِأُرَيْنِبَاتٍ ... عَلَى أَقْتَادِ عُوجٍ كَٱلسِّمَامِ

٦٣ عهدي به شدّ النهار كأنّما    خُضِبَ اللبانُ ورأسُهُ بالعظلمِ

٦٤ يا شاةَ ما قنصٍ لمن حلّت له    حرُمت عليّ وليتها لم تحرُمِ

٦٥ فبعثتُ جاريتي فقلتُ لها اذهبي    فتحسّسي أخبارها لي واعلمي

٦٦ قالت رأيتُ من الأعادي غِرّةً    والشاةُ مُمكنةٌ لمن هو مُرتمِ

٦٧ فكأنّما التفتت بجيدِ جدايةٍ    رشإٍ من الغزلانِ حُرٍّ أرثمِ

٦٨ نُبِّئتُ عمرًا غيرَ شاكرِ نعمتي    والكفرُ مَخبثةٌ لنفسِ المُنعمِ

٦٩ ولقد حفظتُ وصاةَ عمّي بالضحى    إذ تقلِصُ الشفتانِ عن وضحِ الفمِ

٧٠ في حومةِ الموتِ التي لا تشتكي    غمراتِها الأبطالُ غيرَ تغمغُمِ

٧١ إذ يتّقون بيَ الأسنّةَ لم أخِمْ    عنها ولو أنّي تضايقَ مُقدَمي

٧٢ لمّا رأيتُ القومَ أقبلَ جمعُهم    يتذامرونَ كررتُ غيرَ مُذمَّمِ

٧٣ يدعونَ عنترَ والرماحُ كأنّها    أشطانُ بئرٍ في لبانِ الأدهمِ

٧٤ ما زلتُ أرميهم بثغرةِ نحرِهِ    ولبانِهِ حتّى تسربلَ بالدمِ

٧٥ فازورَّ من وقعِ القنا بلبانِهِ    وشكا إليّ بعبرةٍ وتحمحُمِ

٧٦ لو كانَ يدري ما المحاورةُ اشتكى    أو كانَ يدري ما جوابُ تكلّمي

٧٧ والخيلُ تقتحمُ الخبارَ عوابسًا    من بينِ شيظمةٍ وأجردَ شيظمِ

٧٨ ولقد شفى نفسي وأبرأَ سُقمَها    قيلُ الفوارسِ ويكَ عنترَ أقدِمِ

٧٩ ذُلُلٌ جمالي حيثُ شئتُ مشايعي    لُبّي وأحفزُهُ برأيٍ مُبرَمِ

٨٠ إنّي عداني أن أزورَكِ فاعلمي    ما قد علمتِ وبعضَ ما لم تعلمي

٨١ حالتْ رماحُ بني بغيضٍ دونَكم    وزوتْ جواني الحربِ من لم يُجرمِ

٥ يُنسِّرُ من رماح الخطّ لدنٍ     وأبيضَ صارمٍ ذكرٍ يماني

٦ وقِرنٍ قد تركتُ لدى مَكَرٍّ     عليه سبائبٌ كالأرجوانِ

٧ تركتُ الطيرَ عاكفةً عليه     كما تَرْدِي إلى العُرُسِ البَواني

٨ ويمنعهنّ أن يأكلن منه     حياةُ يدٍ ورِجْلٍ تركضانِ

٩ فما أوهى مِراسُ الحربِ رُكني     ولكن ما تقادمَ من زماني

١٠ وقد علمت بنو عبسٍ بأنّي     أهشُّ إذا دُعيتُ إلى الطّعانِ

١١ وأنّ الموتَ طوعُ يدي إذا ما     وصلتُ بنانَها بالهندواني

١٢ ونِعمَ فوارسُ الهيجاءِ قومي     إذا علقوا الأعنّةَ بالبنانِ

١٣ هُمُ قتلوا لقيطًا وابنَ حُجْرٍ     وأردَوا حاجبًا وابنَي أبانِ

## ٢٦

الطويل

١ ألا قاتلَ اللهُ الطلولَ البواليا     وقاتلَ ذكراكَ السنينَ الخواليا

٢ وقولَك للشيء الذي لا تنالُه     إذا ما هو احلولى ألا ليتَ ذا ليا

٣ ونحن منعنا بالفروقِ نساءنا     نُطرِّفُ عنها مُشعلاتٍ غواشيا

٤ حلفنا لهم والخيلُ تردي بنا معًا     نزايلكم حتى تَهِرّوا العواليا

٥ عواليَ زُرقًا من رماحِ رُدينةٍ     هريرَ الكلابِ يتّقينَ الأفاعيا

٦ تفاديتُمُ أستاهَ نيبٍ تجمّعت     على رِمّةٍ من العظامِ تفاديا

٧ ألم تعلموا أنّ الأسنّةَ أحرزت     بقيّتنا لو أنّ للدهرِ باقيا

٨ أبينا أبينا أن تُضَبَّ لِثاتُكم     على مُرشقاتٍ كالظباءِ عواطيا

٩ وقلتُ لمن قد أخطرَ الموتَ نفسَه     ألا من لأمرٍ حازمٍ قد بدا ليا

٥ فقلت تبيّنوا شعثًا أراها   تخبّ بها خواطف جنح الظلام

٦ وقد كذبتك نفسك فاكذبنها   لما منّتك تغريرًا قطام

٧ ومُرقصة رددت الخيل عنها   وقد همّت بإلقاء الزمام

٨ فقلت لها اقصري منه وسيري   وقد قرع الجرائر بالحزام

٩ أكرّ عليهم مهري كليمًا   قلائده سبائب كالقرام

١٠ كأن دفوف مرجع مرفقيه   توارثها منازيع السهام

١١ تقعّص وهو مضطلم مصرّ   بسافرة على فأس اللجام

١٢ يقدّمه فتى من خير عبس   أبوه وأمّه من آل حام

## ٣٤

الطويل

١ لله عينا من رأى مثل مالك   عقيرة قوم أن جرى فرسان

٢ فليتهما لم يجريا نصف غلوة   وليتهما لم يرسلا لرهان

٣ وليتهما ماتا جميعًا ببلدة   وأخطاهما قيس فلا يريان

٤ لقد جلبا حينًا وحربًا عظيمة   تبيد سراة القوم من غطفان

٥ وكان فتى الهيجاء يحمي ذمارها   ويضرب عند الكرب كل بنان

## ٣٥

الوافر

١ ومكروب كشفت الكرب عنه   بطعنة فيصل لمّا دعاني

٢ دعاني دعوة والخيل تردي   فما أدري أباسمي أم كناني

٣ فلم أمسك بسمعي إذ دعاني   ولكن قد أبان له لساني

٤ فكان إجابتي إياه أنّي   عطفت عليه خوّار العنان

بسم الله الرحمن الرحيم

## ديوان

## شعر طرفة البكري

وهو عمرو بن العبد بن سفيان من بني بكر بن وائل

١ — الكامل

١ ما تنظرون بحقّ وردة فيكمُ    صغُر البنون ورهط وردة غُيَّبُ
٢ قد يبعث الأمرَ العظيمَ صغيرُهُ    حتّى تظلّ له الدماء تصبَّبُ
٣ والظلمُ فرّق بين حيَّي وائلٍ    بكرٌ تساقيها المنايا تغلبُ
٤ قد يُورِدُ الظلمُ المبيَّنُ آجنًا    ملحًا يُخالِطُ بالذُّعافِ ويُقشَبُ
٥ وقرافُ من لا يستفيقُ دعارةً    يُعدي كما يُعدي الصحيحَ الأجربُ
٦ والإثمُ داءٌ ليس يُرجى برؤُهُ    والبِرُّ برءٌ ليس فيه مَعطَبُ
٧ والصدقُ يألفُهُ اللبيبُ المرتجى    والكذبُ يألفُهُ الدنيُّ الأخيبُ
٨ ولقد بدا لي أنّه سيغولني    ما غال عادًا والقرونَ فأشعبوا
٩ أدّوا الحقوقَ تفِرْ لكم أعراضُكم    إنّ الكريمَ إذا يُحرَّبْ يغضبُ

١٠ وقلت لهم ردوا المغيرة عن هوى    سوابقها وأقبلوها النواصيا
١١ فما وجدونا بالفروق أشابة    ولا كشفا ولا دعينا مواليا
١٢ وإنا نقود الخيل حتى رؤوسها    رؤوس نساء لا يجدن فواليا
١٣ تعالوا إلى ما تعلمون فإنني    أرى الدهر لا ينجي من الموت ناجيا

## ٢٧

الوافر

١ ألا يا دار عبلة بالطوي    كرجع الوشم في رسغ الهدي
٢ كوحي صحائف من عهد كسرى    فأهداها لأعجم طمطمي
٣ أمن زو الحوادث نحو قومي    بنو جرم لحرب بني عدي
٤ إذا اضطربوا سمعت الصوت فيهم    خفيا غير صوت المشرفي
٥ وغير نوافذ تخرجن منهم    بطعن مثل أشطان الركي
٦ وقد خذلتهم ثعل بن عمرو    فلا ميسرغمهم والجرولي

كمل جميع شعر عنترة العبسي

ويتلوه قصائد طرفة بن

العبد البكري

إن شاء الله

تعالى

| | | |
|---|---|---|
| ٥ | يشق حباب الماء حيزومها بها | كما قسم الترب المفايل باليد |
| ٦ | وفي الحي أحوى ينفض المرد شادن | مظاهر سمطي لؤلؤ وزبرجد |
| ٧ | خذول تراعي ربربا بخميلة | تناول أطراف البرير وترتدي |
| ٨ | وتبسم عن ألمى كأن منورا | تخلل حر الرمل دعص له ندي |
| ٩ | سقته إياة الشمس إلا لثاته | أسف ولم تكدم عليه بإثمد |
| ١٠ | ووجه كأن الشمس حلت رداءها | عليه نقي اللون لم يتخدد |
| ١١ | وإني لأمضي الهم عند احتضاره | بعوجاء مرقال تروح وتغتدي |
| ١٢ | أمون كألواح الإران نصأتها | على لاحب كأنه ظهر برجد |
| ١٣ | تباري عتاقا ناجيات وأتبعت | وظيفا وظيفا فوق مور معبد |
| ١٤ | تربعت القفين في الشول ترتعي | حدائق مولي الأسرة أغيد |
| ١٥ | تريع إلى صوت المهيب وتتقي | بذي خصل روعات أكلف ملبد |
| ١٦ | كأن جناحي مضرحي تكنفا | حفافيه شكا في العسيب بمسرد |
| ١٧ | فطورا به خلف الزميل وتارة | على حشف كالشن ذاو مجدد |
| ١٨ | لها فخذان أكمل النحض فيهما | كأنهما بابا منيف ممرد |
| ١٩ | وطي محال كالحني خلوفه | وأجرنة لزت بدأي منضد |
| ٢٠ | كأن كناسي ضالة يكنفانها | وأطر قسي تحت صلب مؤيد |
| ٢١ | لها مرفقان أفتلان كأنما | أمرا بسلمي دالج متشدد |
| ٢٢ | كقنطرة الرومي أقسم ربها | لتكتنفن حتى تشاد بقرمد |
| ٢٣ | صهابية العثنون موجدة القرا | بعيدة وخد الرجل موارة اليد |

## ٢

السريع

١ أسلمني قومي ولم يغضبوا   لسوأة حلت بهم فادحة
٢ كل خليل كنت خاللته   لا ترك الله له واضحة
٣ كلهم أروغ من ثعلب   فما أشبه الليلة بالبارحة

## ٣

الرمل

١ وركوب تعزف الجن به   قبل هذا الجيل من عهد أبد
٢ وهضاب سفر الماء بها   غرقت أولاجها غير السدد
٣ فهي ملأى نعب الماء بها   في غثاء سقته السيل عدد
٤ قد تبطنت بطرف هيكل   غير مضراه ولا جاب مكد
٥ فتبذنا فئاما حتى ظفروا   غير أنكاس ولا وغل رغد
٦ نبلاء السعي من جرثومة   تترك الدنيا وتنمي للبعد
٧ يزعون الجهل في مجلسهم   وهم أنصار ذي الحلم الصمد
٨ حبس في المحل حتى يفسحوا   لانتفاء المجد أو ترك الفند
٩ سمحاء الفقر أجواد الغنى   سادة الشيب مخاريق المرد

## ٤

الطويل

١ لخولة أطلال ببرقة ثهمد   تلوح كباقي الوشم في ظاهر اليد
٢ وقوفا بها صحبي علي مطيهم   يقولون لا تهلك أسى وتجلد
٣ كأن حدوج المالكية غدوة   خلايا سفين بالنواصف من دد
٤ عدولية أو من سفين ابن يامن   يجور بها الملاح طورا ويهتدي

٤٣ فذالت كما ذالت وليدة مجلسٍ    تُري ربّها أذيال سحلٍ ممدّدِ

٤٤ ولستُ بمحلال التلاع لبيتةٍ    ولكن متى يسترفد القومُ أرفدِ

٤٥ وإن تبغني في حلقة القوم تلقني    وإن تقتنصني في الحوانيت تصطدِ

٤٦ متى تأتني أصبحك كأساً رويّةً    وإن كنت عنها ذا غنى فاغنَ وازددِ

٤٧ وإن يلتق الحيُّ الجميعُ تلاقني    إلى ذروة البيت الرفيع المصمّدِ

٤٨ نداماي بيضٌ كالنجوم وقينةٌ    تروح علينا بين بردٍ ومجسدِ

٤٩ رحيبٌ قطابُ الجيب منها رقيقةٌ    بجسّ الندامى بضّةُ المتجرّدِ

٥٠ إذا نحن قلنا أسمعينا انبرت لنا    على رسلها مطروفةً لم تشدّدِ

٥١ وما زال تشرابي الخمور ولذّتي    وبيعي وإنفاقي طريفي ومتلدي

٥٢ إلى أن تحامتني العشيرةُ كلّها    وأُفردتُ إفرادَ البعير المعبّدِ

٥٣ رأيت بني غبراء لا ينكرونني    ولا أهلُ هذاك الطراف الممدّدِ

٥٤ ألا أيّهذا الزاجري أحضرَ الوغى    وأن أشهدَ اللذّاتِ هل أنت مخلدي

٥٥ فإن كنت لا تستطيع دفع منيّتي    فدعني أبادرها بما ملكت يدي

٥٦ فلولا ثلاثٌ هنّ من حاجة الفتى    وجدّك لم أحفل متى قام عوّدي

٥٧ فمنهنّ سبقي العاذلات بشربةٍ    كميتٍ متى ما تُعلَ بالماء تزبدِ

٥٨ وكرّي إذا نادى المضافُ مجنّباً    كسيد الغضا نبّهته المتورّدِ

٥٩ وتقصيرُ يوم الدجن والدجنُ معجبٌ    ببهكنةٍ تحت الطراف المعمّدِ

٦٠ كأنّ البرين والدماليج علّقت    على عشرٍ أو خروعٍ لم يخضّدِ

٦١ فذرني أروّي هامتي في حياتها    مخافةَ شربٍ في الممات مصرّدِ

٢٤ أمرّت يداها فتل شزرٍ وأجنحت   لها عضداها في سقيفٍ مسنّد
٢٥ جنوحٌ دفاقٌ عندلٌ ثمّ أفرعت   لها كتفاها في معالى مصعّد
٢٦ كأنّ علوب النسع في دأياتها   موارد من خلقاء في ظهر قردد
٢٧ تلاقى وأحيانا تبين كأنّها   بنائق غرّ في قميص مقدّد
٢٨ وأتلع نهّاضٌ إذا صعدت به   كسكّان بوصيّ بدجلة مصعد
٢٩ وجمجمةٌ مثل العلاة كأنّما   وعى الملتقى منها إلى حرف مبرد
٣٠ وعينان كالماويّتين استكنّتا   بكهفي حجاجي صخرةٍ قلت مورد
٣١ طحوران عوّار القذى فتراهما   كمكحولتي مذعورةٍ أمّ فرقد
٣٢ وخدٌّ كقرطاس الشآمي ومشفرٌ   كسبت اليماني قدّه لم يجرّد
٣٣ وصادقتا سمع التوجّس للسرى   لهجسٍ خفيّ أو لصوتٍ مندّد
٣٤ مؤلّلتان تعرف العتق فيهما   كسامعتي شاةٍ بحومل مفرد
٣٥ وأروع نبّاضٌ أحذّ ململمٌ   كمرداة صخرٍ من صفيحٍ مصمّد
٣٦ وإن شئت سامى واسط الكور رأسها   وعامت بضبعيها نجاء الخفيدد
٣٧ وإن شئت لم ترقل وإن شئت أرقلت   مخافة ملويٍّ من القدّ محصد
٣٨ وأعلم مخروتٌ من الأنف مارنٌ   عتيقٌ متى ترجم به الأرض تزدد
٣٩ على مثلها أمضي إذا قال صاحبي   ألا ليتني أفديك منها وأفتدي
٤٠ وجاشت إليه النفس خوفا وخاله   مصابا ولو أمسى على غير مرصد
٤١ إذا القوم قالوا من فتى خلت أنّني   عنيت فلم أكسل ولم أتبلّد
٤٢ أحلت عليها بالقطيع فأجذمت   وقد خبّ آل الأمعز المتوقّد

٨١ فأصبحت ذا مال كثير وعادني ... بنون كرام سادة لمسوّد

٨٢ أنا الرجل الضرب الذي تعرفونه ... خشاش كرأس الحية المتوقد

٨٣ وآليت لا ينفك كشحي بطانة ... لعضب رقيق الشفرتين مهنّد

٨٤ أخي ثقة لا ينثني عن ضريبة ... إذا قيل مهلا قال حاجزه قدي

٨٥ حسام إذا ما قمت منتصرا به ... كفى العود منه البدء ليس بمعضد

٨٦ إذا ابتدر القوم السلاح وجدتني ... منيعا إذا بلّت بقائمه يدي

٨٧ وبرك هجود قد أثارت مخافتي ... نواديها أمشي بعضب مجرّد

٨٨ فمرّت كهاة ذات خيف جلالة ... عقيلة شيخ كالوبيل يلندد

٨٩ يقول وقد ترّ الوظيف وساقها ... ألست ترى أن قد أتيت بمؤيد

٩٠ وقال ألا ماذا ترون لشارب ... شديد عليكم بغيه متعمّد

٩١ فقال ذروه إنما نفعها له ... وإلا تكفّوا قاصي البرك يزدد

٩٢ فظلّ الإماء يمتللن حوارها ... ويسعى علينا بالسديف المسرهد

٩٣ فإن متّ فانعيني بما أنا أهله ... وشقّي عليّ الجيب يا ابنة معبد

٩٤ ولا تجعليني كامرئ ليس همّه ... كهمّي ولا يغني غنائي ومشهدي

٩٥ بطيء عن الجلّى سريع إلى الخنى ... ذليل بإجماع الرجال ملهّد

٩٦ فلو كنت وغلا في الرجال لضرّني ... عداوة ذي الأصحاب والمتوحّد

٩٧ ولكن نفى عني الرجال جراءتي ... وصبري وإقدامي عليهم ومحتدي

٩٨ لعمرك ما أمري عليّ بغمّة ... نهاري ولا ليلي عليّ بسرمد

٩٩ ويوم حبست النفس عند عراكها ... حفاظا على عوراته والتهدّد

٦٢ كريمٌ يُرَوِّي نفسَهُ في حياتِهِ ستعلمُ إن متنا صدًى أيّنا الصّدي

٦٣ أرى قبرَ نحّامٍ بخيلٍ بمالِهِ كقبرِ غويٍّ في البطالةِ مفسدِ

٦٤ ترى جثوتينِ من ترابٍ عليهما صفائحُ صُمٌّ من صفيحٍ منضّدِ

٦٥ أرى الموتَ يعتامُ الكرامَ ويصطفي عقيلةَ مالِ الفاحشِ المتشدّدِ

٦٦ أرى المالَ كنزًا ناقصًا كلَّ ليلةٍ وما تنقصِ الأيّامُ والدّهرُ ينفدِ

٦٧ لعمرُكَ إنَّ الموتَ ما أخطأ الفتى لكالطِّوَلِ المُرخى وثِنياهُ باليدِ

٦٨ فما لي أراني وابنَ عمّي مالكًا متى أدنُ منه ينأَ عنّي ويبعدِ

٦٩ يلومُ وما أدري علامَ يلومُني كما لامني في الحيّ قرطُ بنُ أعبدِ

٧٠ وأيأسني من كلِّ خيرٍ طلبتُهُ كأنّا وضعناهُ على رمسِ ملحدِ

٧١ على غيرِ شيءٍ قلتُهُ غيرَ أنّني نشدتُ فلم أغفلْ حمولةَ معبدِ

٧٢ وقرّبتُ بالقربى وجدِّكَ إنّني متى يكُ عهدٌ للنّكيثةِ أشهدِ

٧٣ وإنْ أُدْعَ للجُلّى أكنْ من حماتِها وإنْ يأتِكَ الأعداءُ بالجَهدِ أجهدِ

٧٤ وإنْ يقذفوا بالقذعِ عرضَكَ أسقِهِمْ بشربِ حياضِ الموتِ قبلَ التّهدّدِ

٧٥ بلا حدثٍ أحدثتُهُ وكمُحدِثٍ هجائي وقذفي بالشّكاةِ ومُطردي

٧٦ فلو كانَ مولايَ امرأً هو غيرَهُ لفرّجَ كربي أو لأنظرني غدي

٧٧ ولكنّ مولايَ امرؤٌ هو خانقي على الشّكرِ والتّسآلِ أو أنا مفتدِ

٧٨ وظلمُ ذوي القربى أشدُّ مضاضةً على المرءِ من وقعِ الحسامِ المهنّدِ

٧٩ فذرني وعرضي إنّني لكَ شاكرٌ ولو حلَّ بيتي نائيًا عندَ ضرغدِ

٨٠ فلو شاءَ ربّي كنتُ قيسَ بنَ خالدٍ ولو شاءَ ربّي كنتُ عمرَو بنَ مرثدِ

١٥ إن تنوّله فقد تمنعه ... وتريه النجم يجري بالظهر
١٦ ظلّ في عسكرة من حبها ... ونأت شحط مزار المدّكر
١٧ فلئن شطّت نواها مرّة ... لعلى عهد حبيب معتكر
١٨ بادن تجلو إذا ما ابتسمت ... عن شتيت كأقاحي الرمل غرّ
١٩ بدّلته الشمس من منبته ... بردا أبيض مصقول الأشر
٢٠ وإذا تضحك تبدي حببا ... كرضاب المسك بالماء الخصر
٢١ صادفته حرجف في تلعة ... فسجا وسط بلاط مسبطرّ
٢٢ وإذا قامت تداعى قاصف ... مال من أعلى كثيب منقعر
٢٣ تطرد القرّ بحرّ صادق ... وعكيك القيظ إن جاء بقرّ
٢٤ لا تلمني إنها من نسوة ... رقّد الصيف مقاليت نزر
٢٥ كبنات المخر يمأدن كما ... أنبت الصيف عساليج الخضر
٢٦ فجعوني يوم زمّوا عيرهم ... برجيم الغوث مشؤوم عسر
٢٧ وإذا تلسنني ألسنها ... إنني لست بموهون فقر
٢٨ لا كبير دالف من هرم ... أرهب الليل ولا كلّ الظفر
٢٩ وبلاد زعل ظلمانها ... كالمخاض الجرب في اليوم الخدر
٣٠ قد تبطّنت وتحتي جسرة ... تتّقي الأرض بملثوم معر
٣١ فترى المرو إذا ما هجّرت ... عن يديها كالفراش المشفترّ
٣٢ ذاك عصر وعداني أنني ... نابني العام خطوب غير سرّ
٣٣ من أمور حدثت أمثالها ... تبتري عود القويّ المستمرّ

١٠٠ على موطن يخشى الفتى عنده الردى   متى تعترك فيه الفرائص ترعد

١٠١ أرى الموت أعداد النفوس ولا أرى   بعيدا غدا ما أقرب اليوم من غد

١٠٢ ستبدي لك الأيام ما كنت جاهلا   ويأتيك بالأخبار من لم تزود

١٠٣ ويأتيك بالأخبار من لم تبع له   بتاتا ولم تضرب له وقت موعد

الرمل

٥

١ أصحوت اليوم أم شاقتك هر   ومن الحب جنون مستعر

٢ لا يكن حبك داء قاتلا   ليس هذا منك ماوي بحر

٣ كيف أرجو حبها من بعد ما   علق القلب بنصب مستسر

٤ أرق العين خيال لم يقر   طاف والركب بصحراء يسر

٥ جازت البيد إلى أرحلنا   آخر الليل بيعفور خدر

٦ ثم زارتني وصحبي هجع   في خليط بين برد ونمر

٧ تخلس الطرف بعيني برغز   وبخدي رشأ آدم غر

٨ ولها كشحا مهاة مطفل   تقتري بالرمل أفنان الزهر

٩ وعلى المتنين منها وارد   حسن النبت أثيث مسبكر

١٠ جابة المدرى لها ذو جدة   تنفض الضال وأفنان السمر

١١ بين أكناف خفاف فاللوى   مخرف تحنو لرخص الظلف حر

١٢ تحسب الطرف عليها نجدة   يا لقومي للشباب المسبكر

١٣ حيث ما قاظوا بنجد وشتوا   حول ذات الحاذ من ثني وقر

١٤ فله منها على أحيانها   صفوة الراح بملذوذ خصر

٥٣ يكشفون الضر عن ذي ضرهم      ويبرون على الآبي المبر

٥٤ فضل أحلامهم عن جارهم      رحب الأذرع بالخير أمر

٥٥ ذلق في غارة مسفوحة      ولدى البأس حماة ما نفر

٥٦ نمسك الخيل على مكروهها      حين لا يمسكها إلا الصبر

٥٧ حين نادى الحي لما فزعوا      ودعا الداعي وقد لج الذعر

٥٨ أيها الفتيان في مجلسنا      جردوا منها ورادا وشقر

٥٩ أعوجيات طوالا شزبا      دوخل الصنعة فيها والضمر

٦٠ من يعابيب ذكور وقح      وهضبات إذا ابتل العذر

٦١ جافلات فوق عوج عجل      ركبت فيها ملاطيس سمر

٦٢ وأنافت بهواد تلع      كجذوع شذبت عنها القشر

٦٣ علت الأيدي بأجواز لها      رحب الأجواف ما إن تنبهر

٦٤ فهي تردى فإذا ما ألهبت      طار من إحمائها شد الأزر

٦٥ كمراخ ونعاج تنتحي      مسلحبات إذا جد الحضر

٦٦ ذلق الغارة في إفزاعهم      كرعال الطير أسرابا تمر

٦٧ تذر الأبطال صرعى بينها      ما يني منهم كمي منعفر

٦٨ ففداء لبني قيس على      ما أصاب الناس من سر وضر

٦٩ خالتي والنفس قدما إنهم      نعم الساعون في القوم الشطر

٧٠ وهم أيسار لقمان إذا      أغلت الشتوة أبداء الجزر

٧١ لا يلحون على غارمهم      وعلى الأيسار تيسير العسر

٣٤ وتشكى النفس ما صاب بها … فاصبري إنك من قوم صبر

٣٥ إن نصادف منفسا لا تلفنا … فرح الخير ولا نكبو لضر

٣٦ أسد غاب فإذا ما فزعوا … غير أنكاس ولا هوج هذر

٣٧ ولي الأصل الذي في مثله … يصلح الآبر زرع المؤتبر

٣٨ طيبو الباءة سهل ولهم … سبل إن شئت في وحش وعر

٣٩ وهم ما هم إذا ما لبسوا … نسج داود لبأس محتضر

٤٠ وتساقى القوم كأسا مرة … وعلا الخيل دماء كالشقر

٤١ ثم زالوا أنهم في قومهم … غفر ذنبهم غير فخر

٤٢ لا تعز الخمر إن طافوا بها … بسباء الشول والكوم البكر

٤٣ فإذا ما شربوها وانتشوا … وهبوا كل أمون وطمر

٤٤ ثم راحوا عبق المسك بهم … يلحفون الأرض هداب الأزر

٤٥ ورثوا السؤدد عن آبائهم … ثم سادوا سؤددا غير زمر

٤٦ نحن في المشتاة ندعو الجفلى … لا ترى الآدب فينا ينتقر

٤٧ حين قال الناس في مجلسهم … أقتار ذاك أم ريح قطر

٤٨ بجفان تعتري نادينا … من سديف حين هاج الصنبر

٤٩ كالجوابي لا تني مترعة … لقرى الأضياف أو للمحتضر

٥٠ ثم لا يخزن فينا لحمها … إنما يخزن لحم المدخر

٥١ ولقد تعلم بكر أننا … آفة الجزر مساميح يسر

٥٢ ولقد تعلم بكر أننا … فاضلو الرأي وفي الروع وقر

٧ فأما يومهن فيوم نحس ... تطاردهن بالحدب الصقور

٨ وأما يومنا فنظل ركبًا ... وقوفًا ما نحل وما نسير

## ٨

الكامل

١ إني من القوم الذين إذا ... أزم الشتاء ودوخلت حجره

٢ يومًا ودونيت البيوت له ... فثنى قبيل ربيعهم قرره

٣ رفعوا المنيح وكان رزقهم ... في المنقيات يقيمه يسره

٤ شرطًا قويمًا ليس يحبسه ... لما تتابع وجهه عسره

٥ تلقى الجفان بكل صادقة ... ثمت ترتد بينهم حيره

٦ وترى الجفان لدى مجالسنا ... متحيرات بينهم سؤره

٧ فكأنها عقرى لدى قلب ... يصفر من إعرابها صفره

٨ إنا لنعلم أن سيدركنا ... غيث يصيب سوامنا مطره

٩ وإذا المغيرة للهياج غدت ... بسعار موت ظاهر ضرره

١٠ ولوا وأعطونا الذي سئلوا ... من بعد موت ساقط أزره

١١ إنا لنكسوهم وإن كرهوا ... ضربًا يطير خلاله شرره

١٢ والمجد ننميه ونتلده ... والحمد في الأكفاء ندخره

١٣ نعفو كما تعفو الجياد على الـ ... ـعلات والمجهود لا نذره

١٤ إن غاب عنه الأقربون ولم ... يصبح بربقته مآيده شجره

١٥ إن التبالي في الحياة ولا ... يغني نوائب ماجد عذره

١٦ كل امرئ بما المرء به ... يومًا يبين من الغنى فقره

٧٢ ولقد كنت عليكم عاتبا فعقبتم بذنوب غير مُرّ

٧٣ كنت فيكم كالمغطّى رأسه فانجلى اليوم قناعي وخمر

٧٤ سادرا أحسب غيّي رشدا فتناهيت وقد صابت بقُرّ

## ٦

الطويل

١ من الشرّ والتبريح أولاد معشر كثير ولا يعطون في حادث بكرا

٢ فمن حرملٍ أغنى على كلّ آكل مبيرا ولو أمسى سوامهم دثرا

٣ جماد بها البسباس ترهص معزها بنات اللبون والسلاقمة الحمرا

٤ فما ذنبنا في أن أداءت خصاكم وإن كنتم في قومكم معشرا أدرا

٥ إذا جلسوا خيّلت تحت ثيابهم خرانق توفي بالضغيب لها نذرا

٦ أيا كرب أبلغ لديك رسالة أبا جابر عنّي ولا تدعن عمرا

٧ هم سوّدوا رفشا تزوّد في استه من المنّ خال النظيم وارنة صقرا

## ٧

الوافر

١ فليت لنا مكان الملك عمرو رغوثا حول قبّتنا تخور

٢ من الزمرات أسبل قادماها وضرّتها مركّنة درور

٣ يشاركنا لنا رخلان فيها وتعلوها الكباش فما تنور

٤ لعمرك إنّ قابوس بن هند ليخلط ملكه نوك كثير

٥ قسمت الدهر في زمن رخيّ كذاك الحكم يقصد أو يجور

٦ لنا يوم وللكروان يوم تطير البائسات ولا نطير

٧ ألا رُبَّ يومٍ لو سقمتُ لعادني ... نساءٌ كرامٌ من حُيَيٍّ ومالكِ

٨ ظللتُ بذي الأرطى فُوَيقَ مثقَّبٍ ... ببيئةِ سوءٍ هالكًا أو كهالكِ

٩ تردُّ عليَّ الريحُ ثوبي قاعدًا ... إلى صدَفيٍّ كالحنيّةِ باركِ

١٠ رأيتُ سعودًا من شعوبٍ كثيرةٍ ... فلم تَرَ عيني مثلَ سعدِ بنِ مالكِ

١١ أبرَّ وأوفى ذمّةً يعقدونها ... وخيرًا إذا ساوى الذُّرى بالحواركِ

١٢ وأنمى إلى مجدٍ تليدٍ وسَورةٍ ... تكون تُراثًا عند حيٍّ لهالكِ

١٣ أبي أنزلَ الجبّارَ عاملُ رمحِهِ ... عن السَّرجِ حتّى خرَّ بين السنابكِ

## ١١

الطويل

١ لخولةَ بالأجزاعِ من إضَمٍ طَلَلْ ... وبالسَّفحِ من قَوٍّ مُقامٌ ومُحتَمَلْ

٢ تربّعُهُ مُرباعُها ومَصيفُها ... مياهٌ من الأشرافِ يُرمى بها الحَجَلْ

٣ فلا زالَ غيثٌ من ربيعٍ وصيِّفٍ ... على دارِها حيثُ استقرّتْ لهُ زَجَلْ

٤ مَرَتْهُ الجَنوبُ ثمّ هبّتْ لهُ الصَّبا ... إذا مسَّ منها مسكنًا عُدُمُلًا نزلْ

٥ كأنّ الخلايا فيهِ ضلّتْ رِباعُها ... وعُوذًا إذا ما هزّهُ رعدُهُ احتفلْ

٦ لها كبدٌ ملساءُ ذاتُ أسرّةٍ ... وكشحانِ لم ينقُصْ طِواءَهما الحَبَلْ

٧ إذا قلتَ هل يسلو اللُّبانةَ عاشقٌ ... تمرُّ شؤونُ الحبِّ من خولةَ الأُوَلْ

٨ وما زادكَ الشكوى إلى متنكّرٍ ... تظلُّ بهِ تبكي وليسَ بهِ مظلْ

٩ متى تَرَ يومًا عَرصةً من ديارِها ... ولو فرطَ حولٍ تسجُمِ العينُ أو تَهِلْ

١٠ فقلْ لخيالِ الحنظليّةِ ينقلبْ ... إليها فإنّي واصلٌ حبلَ من وصلْ

١١ ألا إنّما أبكي ليومٍ لقيتُهُ ... بجُرثُمِ قاسٍ كلُّ ما بعدَهُ جَلَلْ

٩

الطويل

١ إنّا إذا ما الغيم أمسى كأنّه سماحيق ثربٍ وهي حمراء حرجف
٢ وجاءت بصُرّادٍ كأنّ صقيعه خلال البيوت والمنازل كرسف
٣ وجاء قريع الشّول يرقص قبلها من العقفه والرّاعي لها متحرّف
٤ تردّ العشار المنقيات شظيّها إلى الحيّ حتى يمرع المتضيّف
٥ تبيت إماء الحيّ تطهى قدورنا وتأوي إلينا الأشعث المتحرّف
٦ ونحن إذا ما الخيل زايل بينها من الطعن نشّاج مخلّ ومزعف
٧ وجالت عذارى الحيّ شتّى كأنّها توالي صوارٍ والأسنّة ترعف
٨ ولم يحم فرج الحيّ إلّا ابن حرّة وعمّ الدعاء المرهق المتلهّف
٩ نفينا غداة العيب كلّ قبيلة ومثل الكميّ المستبسل المتعرّف
١٠ وكارهة قد طلّقتها رماحنا وأنقذنها والعين بالماء تذرف
١١ تردّ النحيب في حيازيم غصّة على بطل غادرنه وهو مزعف

١٠

الطويل

١ قفي ودّعينا اليوم يا ابنة مالك وعوجي علينا من صدور جمالك
٢ قفي لا يكن هذا تعلّة وصلنا لبينٍ ولا ذا حظّنا من نوالك
٣ أخبّرك أنّ الحيّ فرّق بينهم نوى غربةٍ ضرّارةٍ لي كذلك
٤ ولا غرو إلّا جارتي وسؤالها ألا هل لنا أهل سئلت كذلك
٥ تعيّر سيري في البلاد ورحلتي ألا ربّ دارٍ لي سوى حرّ دارك
٦ وليس امرؤ أفنى الشباب مجاورًا سوى حيّه إلّا كآخر هالك

## ١٣

الطويل

١ أَتَعْرِفُ رَسْمَ ٱلدَّارِ قَفْرًا مَنَازِلُهْ  كَجَفْنِ ٱلْيَمَانِي زَخْرَفَ ٱلْوَشْيَ مَاثِلُهْ

٢ بِتَثْلِيثَ أَوْ نَجْرَانَ أَوْ حَيْثُ تَلْتَقِي  مِنَ ٱلنَّجْدِ فِي قِيعَانِ جَلْسٍ مَسَايِلُهْ

٣ دِيَارُ سُلَيْمَى إِذْ تَصِيدُكَ بِٱلْمُنَى  وَإِذْ حَبْلُ سَلْمَى مِنْكَ دَانٍ تُوَاصِلُهْ

٤ وَإِذْ هِيَ مِثْلُ ٱلرِّئْمِ صِيدَ غَزَالُهَا  لَهَا نَظَرٌ سَاجٍ إِلَيْكَ تُوَاغِلُهْ

٥ غَنِينَا وَمَا نَخْشَى ٱلتَّفَرُّقَ حِقْبَةً  كِلَانَا غَرِيرٌ نَاعِمُ ٱلْعَيْشِ بَاجِلُهْ

٦ لَيَالِيَ أَقْتَادُ ٱلصِّبَى وَيَقُودُنِي  يَجُولُ بِنَا رَيْعَانُهُ وَنُحَاوِلُهْ

٧ سَمَا لَكَ مِنْ سَلْمَى خَيَالٌ وَدُونَهَا  سَوَادُ كَثِيبٍ عَرْضُهُ فَأَمَايِلُهْ

٨ فَذُو ٱلنِّيرِ فَٱلْأَعْلَامُ مِنْ جَانِبِ ٱلْحِمَى  وَقُفٌّ كَظَهْرِ ٱلتُّرْسِ تَجْرِي أَسَاجِلُهْ

٩ وَأَنَّى ٱهْتَدَتْ سَلْمَى وَسَائِلَ بَيْنَنَا  بَشَاشَةُ حُبٍّ بَاشَرَ ٱلْقَلْبَ دَاخِلُهْ

١٠ وَكَمْ دُونَ سَلْمَى مِنْ عَدُوٍّ وَبَلْدَةٍ  يَحَارُ بِهَا ٱلْهَادِي ٱلْخَفِيفُ ذَلَاذِلُهْ

١١ يَظَلُّ بِهَا عَيْرُ ٱلْفَلَاةِ كَأَنَّهُ  رَقِيبٌ يُخَافِي شَخْصَهُ وَيُضَائِلُهْ

١٢ وَمَا خِلْتُ سَلْمَى قَبْلَهَا ذَاتَ رُجْلَةٍ  إِذَا قَسْوَرِيُّ ٱللَّيْلِ جِيبَتْ سَرَابِلُهْ

١٣ وَقَدْ ذَهَبَتْ سَلْمَى بِعَقْلِكَ كُلِّهِ  فَهَلْ غَيْرُ صَيْدٍ أَحْرَزَتْهُ حَبَائِلُهْ

١٤ كَمَا أَحْرَزَتْ أَسْمَاءُ قَلْبَ مُرَقِّشٍ  بِحُبٍّ كَلَمْعِ ٱلْبَرْقِ لَاحَتْ مَخَايِلُهْ

١٥ وَأَنْكَحَ أَسْمَاءَ ٱلْمُرَادِيَّ يَبْتَغِي  بِذٰلِكَ عَوْفٌ أَنْ تُصَابَ مَقَاتِلُهْ

١٦ فَلَمَّا رَأَى أَنْ لَا قَرَارَ يُقِرُّهُ  وَأَنَّ هَوَى أَسْمَاءَ لَا بُدَّ قَاتِلُهْ

١٧ تَرَحَّلَ مِنْ أَرْضِ ٱلْعِرَاقِ مُرَقِّشٌ  عَلَى طَرَبٍ تَهْوِي سِرَاعًا رَوَاحِلُهْ

١٨ إِلَى ٱلسَّرْوِ أَرْضٍ سَاقَهُ نَحْوَهَا ٱلْهَوَى  وَلَمْ يَدْرِ أَنَّ ٱلْمَوْتَ بِٱلسَّرْوِ غَائِلُهْ

١٢ إذا جاء ما لا بُدَّ منه فمرحبًا   بهِ حين يأتي لا كِذابٌ ولا علَلْ

١٣ ألا إنّني شرِبتُ أسودَ حالكًا   ألا بَجَلي من الشراب ألا بَجَلْ

١٤ فلا أُعرِفَنّي إنْ نشدتُك ذمّتي   كداعي هديلٍ لا يُجابُ ولا يَمَلّْ

## ١٢

الطويل

١ لِهندٍ بحِزّانِ الشُّرَيفِ طُلولُ   تَلوحُ وأدنى عهدِهنَّ مُحيلُ

٢ وبالسَّفحِ آياتٌ كأنّ رُسومَها   يَمانٍ وشَتْهُ رَيْدةٌ وسَحولُ

٣ أرَبَّتْ بها نَأّاجةٌ تُزْجي الحصى   وأسحَمُ وكّافُ العشيِّ هَطولُ

٤ فغيَّرْنَ آياتِ الدِّيارِ مع البِلى   وليس على رَيبِ الزّمانِ كفيلُ

٥ بما قد أرى الحيَّ الجميعَ بغِبطةٍ   إذا الحيُّ حيٌّ والحُلولُ حُلولُ

٦ ألا أبلِغا عبدَ الضَّلالِ رسالةً   وقد يُبلِغُ الأنباءَ عنكَ رسولُ

٧ دَبَبتَ بسِرّي بعدما قد علِمتَه   وأنتَ بأسرارِ الكِرامِ نَسولُ

٨ وكيف تضِلُّ القصدَ والحقُّ واضحٌ   وللحقِّ بين الصّالحين سبيلُ

٩ وفرَّقَ عن بيتَيكَ سعدَ بنَ مالكٍ   وعَوفًا وعَمرًا ما تَشي وتقولُ

١٠ فأنتَ على الأدنى شَمالٌ عَرِيّةٌ   شآميةٌ تَزْوي الوُجوهَ بَليلُ

١١ وأنتَ على الأقصى صَبًا غيرُ قَرّةٍ   تَذاءبُ منها مُرزِغٌ ومُسيلُ

١٢ فأصبحتَ فَقْعًا نابتًا بقَرارةٍ   تَصَوَّحُ عنه والذَّليلُ ذليلُ

١٣ وأعلَمُ عِلمًا ليس بالظّنِّ أنّه   إذا ذلَّ مولى المرءِ فهو ذليلُ

١٤ وإنّ لِسانَ المرءِ ما لم تكن له   حَصاةٌ على عَوراتِه لدَليلُ

١٥ وإنّ امرَءًا لم يَعفُ يومًا فُكاهةً   لمَن لم يُرِدْ سُوءًا بها لجَهولُ

١٤ وَقَفْنَا جُرْدٍ وَخَيْلٍ ضُمَّرٍ ... شُزَّبٍ مِنْ طُولِ تَعْلَاكِ ٱللُّجُمْ
١٥ لُثُقِ ٱلغَفْغَفَةِ فِي أَشْتِيَتِهَا ... قُبَّى مِن تَحْتِ مُشِيحَاتِ ٱلحُزَمْ
١٦ تَتَّقِي ٱلأَرْضَ بِرُحٍّ وُقُحٍ ... وُرُقٍ يَقْعَرْنَ أَنْبَاكَ ٱلأَكَمْ
١٧ وَتَفَرَّى ٱللَّحْمُ مِنْ تَعْدَائِهَا ... وَٱلتَّغَالِي فَهْيَ قُبٌّ كَٱلعَجَمْ
١٨ خُلُجُ ٱلشَّدِّ مُلِحَّاتٌ إِذَا ... شَالَتِ ٱلأَيْدِي عَلَيْهَا بِٱلجِذَمْ
١٩ فَهْيَ تَنْصُو إِلَى ٱلدَّاعِي إِذَا ... خَلَّلَ ٱلدَّاعِي بِدَعْوَى ثُمَّ عَمّْ
٢٠ بِشَبَابٍ وَكُهُولٍ نُهَّدٍ ... كَلُيُوثٍ بَيْنَ عِرِّيسِ ٱلأَجَمْ
٢١ نُمْسِكُ ٱلخَيْلَ عَلَى مَكْرُوهِهَا ... حِينَ لَا يُمْسِكُهَا إِلَّا ٱلكَرَمْ
٢٢ نَذَرُ ٱلأَبْطَالَ صَرْعَى بَيْنَهَا ... تَعْكُفُ ٱلعِقْبَانُ فِيهَا وَٱلرَّخَمْ

## ١٥

الطويل

١ عَدَدْنَا لَهُ سِتًّا وَعِشْرِينَ حِجَّةً ... فَلَمَّا تَوَفَّاهَا ٱسْتَوَى سَيِّدًا ضَخْمَا
٢ فُجِعْنَا بِهِ لَمَّا رَجَوْنَا إِيَابَهُ ... عَلَى خَيْرِ حَالٍ لَا وَلِيدًا وَلَا قَحْمَا

## ١٦

الطويل

١ فَيَا عَجَبًا مِن عَبْدِ عَمْرٍو وَبَغْيِهِ ... لَقَدْ رَامَ ظُلْمِي عَبْدُ عَمْرٍو فَأَنْعَمَا
٢ وَلَا خَيْرَ فِيهِ غَيْرَ أَنْ لَهُ غِنًى ... وَأَنَّ لَهُ كَشْحًا إِذَا قَامَ أَهْضَمَا
٣ يَظَلُّ نِسَاءُ ٱلحَيِّ يَعْكُفْنَ حَوْلَهُ ... يَقُلْنَ عَسِيبٌ مِن سَرَارَةِ مَلْهَمَا
٤ لَهُ شَرْبَتَانِ بِٱلنَّهَارِ وَأَرْبَعٌ ... مِنَ ٱللَّيْلِ حَتَّى آضَ سُخْدًا مُوَرَّمَا
٥ وَيَشْرَبُ حَتَّى يَغْمُرَ ٱلمَحْضُ قَلْبَهُ ... وَإِنْ أُعْطِهِ أَتْرُكْ لِقَلْبِي مَجْثَمَا
٦ كَأَنَّ ٱلسِّلَاحَ فَوْقَ شُعْبَةِ بَانَةٍ ... تَرَى نَفَخًا وَرْدَ ٱلأَسِرَّةِ أَصْحَمَا

١٩ فَعُودٌ بِأَلْفُرْقَيْنِ أَرْعَى نَطِيَّةً مَسِيرَةَ شَهْرٍ دَائِبٍ لَا تُوَاكِلُهْ
٢٠ فَيَا لَكَ مِنْ ذِي حَاجَةٍ حِيلَ دُونَهَا وَمَا كُلُّ مَا يَهْوَى آمْرُؤٌ هُوَ نَائِلُهْ
٢١ لَعَمْرِي لَمَوْتٌ لَا عُقُوبَةَ بَعْدَهُ لِذِي ٱلْبَثِّ أَشْفَى مِنْ هَوًى لَا يُزَايِلُهْ
٢٢ فَوَجْدِي بِسَلْمَى مِثْلُ وَجْدِ مُرَقِّشٍ بِأَسْمَاءَ إِذْ لَا تَسْتَفِيقُ عَوَاذِلُهْ
٢٣ قَضَى نَحْبَهُ وَجْدًا عَلَيْهَا مُرَقِّشٌ وَعُلِّقْتُ مِنْ سَلْمَى خَبَالًا أُمَاطِلُهْ

## ١٤

الرمل

١ سَائِلُوا عَنَّا ٱلَّذِي يَعْرِفُنَا بِقُوَانَا يَوْمَ تَحْلَاقِ ٱللِّمَمْ
٢ يَوْمَ تُبْدِي ٱلْبِيضُ عَنْ أَسْوُقِهَا وَتَلُفُّ ٱلْخَيْلُ أَعْرَاجَ ٱلنَّعَمْ
٣ أَجْدَرُ ٱلنَّاسِ بِرَأْسٍ صِلْدِمٍ حَازِمِ ٱلْأَمْرِ شُجَاعٍ فِي ٱلْوَغَمْ
٤ كَامِلٍ يَحْمِلُ آلَاءَ ٱلْفَتَى نَبِهٍ سَيِّدِ سَادَاتٍ خِضَمّْ
٥ خَيْرُ حَيٍّ مِنْ مَعَدٍّ عَلِمُوا لِكَفِيٍّ وَلِجَارٍ وَٱبْنِ عَمّْ
٦ يَجْبُرُ ٱلْمَحْرُوبَ فِينَا مَالُهُ بِبِنَاءٍ وَسَوَامٍ وَخَدَمْ
٧ نُقُلٌ لِلشَّحْمِ فِي مَشْتَاتِنَا نُحُرٌ لِلنِّيبِ طُرَّادُ ٱلْقَرَمْ
٨ نَزَعُ ٱلْجَاهِلَ فِي مَجْلِسِنَا فَتَرَى ٱلْمَجْلِسَ فِينَا كَٱلْحَرَمْ
٩ وَتَفَرَّعْنَا مِنِ ٱبْنَيْ وَائِلٍ هَامَةَ ٱلْمَجْدِ وَخُرْطُومَ ٱلْكَرَمْ
١٠ مِنْ بَنِي بَكْرٍ إِذَا مَا نُسِبُوا وَبَنِي تَغْلِبَ ضَرَّابِي ٱلْبُهَمْ
١١ حِينَ يَحْمِي ٱلنَّاسُ نَحْمِي سِرْبَنَا وَاضِحِي ٱلْأَوْجُهِ مَعْرُوفِي ٱلْكَرَمْ
١٢ بِحُسَامَاتٍ تَرَاهَا رُسُبًا فِي ٱلضَّرِيبَاتِ مُتِرَّاتِ ٱلْعُصُمْ
١٣ وَفُحُولٍ هَيْكَلَاتٍ وُقُحٍ أَعْوَجِيَّاتٍ عَلَى ٱلشَّأْوِ أُزُمْ

٣ لَعِبَتْ بَعْدِي ٱلسُّيُولُ بِهِ ... وَجَرَى فِي رَيِّقٍ رِهَمُهْ

٤ فَٱلْكَثِيبُ مُعْشِبٌ أَنُفٌ ... فَتَنَاهِيهِ فَمُرْتَكَمُهْ

٥ جَعَلَتْهُ حَمَّ كَلْكَلِهَا ... لِرَبِيعٍ دِيمَةٌ تَثِمُهْ

٦ حَابِسِي رَسْمٌ وَقَفْتُ بِهِ ... لَوْ أُطِيعُ ٱلنَّفْسَ لَمْ أَرِمُهْ

٧ لَا أَرَى إِلَّا ٱلنَّعَامَ بِهِ ... كَٱلْإِمَاءِ أَشْرَفَتْ حُزَمُهْ

٨ تَذْكُرُونَ إِذْ نُقَاتِلُكُمْ ... لَا يَضُرُّ مُعْدِمًا عَدَمُهْ

٩ أَنْتُمُ نَخْلٌ نُطِيفُ بِهِ ... فَإِذَا مَا جُزَّ نَهْتَضِمُهْ

١٠ وَمَدَارِيكُمْ مُقَلَّصَةٌ ... فِي دُعَاعِ ٱلنَّخْلِ تَخْتَرِمُهْ

١١ وَعَجَانِيزٌ مَعًا لَكُمُ ... تَعْتَلِي نِيرَانَهُ خَدَمُهْ

١٢ خَيْرُ مَا تَرْعَوْنَ مِنْ شَجَرٍ ... يَابِسُ ٱلشَّحْمِ أَوْ سَحَمُهْ

١٣ فَسَعَى ٱلْغِلْمَانُ بَيْنَهُمُ ... سَعْيَ خِبٍّ كَلِيبٍ شِيَمُهْ

١٤ آخِذُ ٱلْأَزْلَامِ مُقْتَسِمًا ... فَأَتَى أَغْوَاهُمَا زَلَمُهْ

١٥ وَٱلْقِرَارُ بَطْنُهُ غَدِقٌ ... زَيَّنَتْ جَلَهَاتِهِ أَكَمُهْ

١٦ نَفْعَلُنَا ذَلِكُمْ زَمَنًا ... ثُمَّ دَانَا بَيْنَنَا حَكَمُهْ

١٧ إِنْ تُعِيذُوهَا نُعِذْ لَكُمُ ... مِنْ هِجَاءٍ سَائِرٍ كَلِمُهْ

١٨ وَقِتَالٍ لَا يُغَيِّبُكُمْ ... فِي جَمِيعٍ جَحْفَلٍ لَهِمُهْ

١٩ رِزَّةٌ فِيهِمْ وَغَبٌّ وَغَلَا ... لِي رِعَاءٌ جَمَّةٌ بُهَمُهْ

٢٠ تَتْرُكُونَ ٱلْقَاعَ تَحْتَهُمُ ... كَمَرَاغٍ سَاطِعٍ قَتَمُهْ

٢١ لَا تَرَى إِلَّا أَخَا رَجُلٍ ... آخِذًا قِرْنًا فَمُلْتَزِمُهْ

## ١٧

الكامل

١ إنّ امرأً سَرِفَ الفؤادِ يرى   عسلاً بماءِ سحابةٍ شَتْمي
٢ وأنا امرؤٌ أُكوى من القَصَرِ   البادي وأُغشي الدُّهمَ بالدُّهمِ
٣ وأُصيبُ شاكلةَ الرَّمِيَّةِ إذ   صُدَّت بصفحتِها عن السَّهْمِ
٤ وأُجِرُّ ذا الكَفَلِ القَناةَ على   أنسائِهِ فيظلُّ يستدمي
٥ وتصُدُّ عنك مخيلةَ الرَّجُلِ   العِرِّيضِ موضِحَةٌ عن العَظْمِ
٦ بحُسامِ سيفِك أو لسانِك والـ   كَلِمُ الأصيلُ كأرْغَبِ الكَلْمِ
٧ أبلِغْ قتادةَ غيرَ سائِلِه   منه الثوابَ وعاجِلَ الشُّكْمِ
٨ أنّي حمدتُك للعشيرةِ إذ   جاءت إليك مُرِقَّةَ العَظْمِ
٩ ألقَوا إليك بكلِّ أرملةٍ   شعثاءَ تحمِلُ مِنقَعَ البُرْمِ
١٠ ففتحتَ بابَك للمكارمِ حين   تواصتِ الأبوابُ بالأزْمِ
١١ فسقى بلادَك غيرَ مُفسِدِها   صَوْبُ الربيعِ ودِيمةٌ تَهمي

## ١٨

الكامل

١ إنّي وجَدِّك ما هجوتُك والأنصابِ   يُسفَحُ بينهنّ دمُ
٢ ولقد هممتُ بذاك إذ حُبِسَت   وأُمِرَّ دونَ عُبيدةَ الوَذَمُ
٣ أخشى عقابَك إن قَدَرتَ ولم   أغدِرْ فيُؤثَرَ بيننا الكَلِمُ

## ١٩

المديد

١ أشجاك الرَّبعُ أم قِدَمُهْ   أم رمادٌ دارسٌ حُمَمُهْ
٢ كسطورِ الرَّقِّ رقَّشهُ   بالضُّحى مُرقِّشٌ يَشِمُهْ

بسم الله الرحمن الرحيم

# ديوان

## شعر زهير بن ابى سُلْمَى المزنى

## وهو زهير بن ربيعة بن رباح

الوافر

١

١ عَفَا مِنْ آلِ فَاطِمَةَ ٱلْجِوَاءُ   فَيُمْنٌ فَٱلْقَوَادِمُ فَٱلْحِسَاءُ
٢ فَذُو هَاشٍ فَمِيثُ عُرَيْتِنَاتٍ   عَفَتْهَا ٱلرِّيحُ بَعْدَكَ وَٱلسَّمَاءُ
٣ فَذِرْوَةُ فَٱلْجِنَابُ كَأَنَّ خُنْسَ   ٱلنِّعَاجِ ٱلطَّاوِيَاتِ بِهَا ٱلْمُلَاءُ
٤ يَشِمْنَ بُرُوقَهُ وَيَرُشُّ أَرْيَ   ٱلْجَنُوبِ عَلَى حَوَاجِبِهَا ٱلْعَمَاءُ
٥ فَلَمَّا أَنْ تَحَمَّلَ آلُ لَيْلَى   جَرَتْ بَيْنِي وَبَيْنَهُمُ ظِبَاءُ
٦ تَحَمَّلَ أَهْلُهَا مِنْهَا فَحَلُّوا   عَلَى آثَارِ مَنْ ذَهَبَ ٱلْعَفَاءُ
٧ جَرَتْ سُنُحًا فَقُلْتُ لَهَا أَجِيزِي   نَوًى مَشْمُولَةٌ فَمَتَى ٱللِّقَاءُ
٨ كَأَنَّ أَوَابِدَ ٱلثِّيرَانِ فِيهَا   هَجَائِنُ فِي مَغَابِنِهَا ٱلطِّلَاءُ
٩ لَقَدْ طَالَبْتُهَا وَلِكُلِّ شَيْءٍ   وَإِنْ طَالَتْ لَجَاجَتُهُ ٱنْتِهَاءُ
١٠ تُنَازِعُهَا ٱلْمَهَا شَبَهًا وَدُرُّ   ٱلنُّحُورِ وَشَاكَهَتْ فِيهَا ٱلظِّبَاءُ

٢٢ فالهبيتُ لا فؤادَ له والثبيتُ ثبتُه فهمُه

٢٣ للفتى عقلٌ يعيشُ به حيثُ تهدي ساقَه قدمُه

كمل جميع قصايد طرفة البكرى

ويتلوها شعر زهير بن

ابى سلمى المزنى

ان شاء الله

تعالى

٣٠ فليس بنافق منها مصيح رعيته إذا غفل الرعاء

٣١ وقد نغدو على ثبة كرام نشاوى واجدين لما نشاء

٣٢ لهم راح وراووق ومسك تعل به جلودهم وماء

٣٣ يجرون البرود وقد تمشت حميا الكأس فيهم والغناء

٣٤ تمشي بين قتلى قد أصيبت نفوسهم ولم تهرق دماء

٣٥ وما أدري وسوف إخال أدري أقوم آل حصن أم نساء

٣٦ فإن قالوا النساء مخبآت فحق لكل محصنة هداء

٣٧ وإما أن يقول بنو مصاد إليكم إننا قوم براء

٣٨ وإما أن يقولوا قد وفينا بذمتنا فعادتنا الوفاء

٣٩ وإما أن يقولوا قد أبينا فشر مواطن الحسب الإباء

٤٠ وإن الحق مقطعه ثلاث يمين أو نفار أو جلاء

٤١ فذلكم مقاطع كل حق ثلاث كلهن لكم شفاء

٤٢ فلا مستكرهون لما منعتم ولا تعطون إلا أن تشاءوا

٤٣ جوار شاهد عدل عليكم وسيان الكفالة والتلاء

٤٤ بأي الجيرتين أجرتموه فلم يصلح لكم إلا الأداء

٤٥ وجار سار معتمدا إليكم أجاءته المخافة والرجاء

٤٦ فجاوركم مكرما حتى إذا ما دعاه الصيف وانقطع الشتاء

٤٧ ضمنتم ماله وغدا جميعا عليكم نقصه وله النماء

٤٨ ولولا أن ينال أبا طريف إسار من مليك أو لحاء

١١ فأمّا ما فُوَيقَ العِقدِ منها   فمن أدماءَ مَرتَعُها الخَلاءُ
١٢ وأمّا المُقلتانِ فمِن مَهاةٍ   وللدُّرِّ المَلاحةُ والصَّفاءُ
١٣ فصَرِّمْ حَبلَها إذ صَرَّمَتْهُ   وعاداكَ أن تُلاقيها العَداءُ
١٤ بآرِزةِ الفَقارةِ لم يَخُنها   قِطافٌ في الرِّكابِ ولا خِلاءُ
١٥ كأنّ الرَّحلَ منها فوقَ صَعْلٍ   من الظِّلمانِ جُؤجُؤُهُ هَواءُ
١٦ أصَكَّ مُصَلَّمِ الأُذُنينِ أجنى   له بالسِّيِّ تَنّومٌ وآءُ
١٧ أذلكَ أمْ شَتيمُ الوجهِ جأبٌ   عليهِ من عَقيقتِهِ عِفاءُ
١٨ تَرَبَّعَ صارةً حتّى إذا ما   فَنى الدُّحلانُ عنه والإضاءُ
١٩ تَرَفَّعَ للقَنانِ وكلِّ فَجٍّ   طَباهُ الرِّعيُ منه والخَلاءُ
٢٠ فأوردَها حِياضَ صُنَيبِعاتٍ   فألفاهُنَّ ليسَ بهنَّ ماءُ
٢١ فشَجَّ بها الأماعِزَ فهي تَهوي   هُوِيَّ الدَّلوِ أسلَمَها الرِّشاءُ
٢٢ فليسَ لِحاقُهُ كلِحاقِ إلفٍ   ولا كنَجائِها منه نَجاءُ
٢٣ وإنْ مالا لوَعْثٍ خاذَمَتْهُ   بألواحٍ مَفاصِلُها ظِماءُ
٢٤ يُخِرُّ نَبيذُها عن حاجبَيهِ   فليسَ لوجهِهِ منه غِطاءُ
٢٥ يُغَرِّدُ بينَ خُرْمٍ مُفْضِياتٍ   صَوافٍ لم تُكَدِّرْها الدِّلاءُ
٢٦ يُفَضِّلُهُ إذا اجتهدا عليهِ   تمامُ السِّنِّ منه والذَّكاءُ
٢٧ كأنّ سَحيلَهُ في كلِّ فجرٍ   على أحساءِ يَمْؤودٍ دُعاءُ
٢٨ فآضَ كأنّهُ رجلٌ سَليبٌ   على عَلياءَ ليسَ له رِداءُ
٢٩ كأنّ بُرَيقةً بُرُقانَ سَحلٍ   جَلا عن مَتنِهِ حَرَضٌ وماءُ

الطويل

## ٣

١ غشيت ديارا بالبقيع فثهمد    دوارس قد أقوين من أم معبد
٢ أربت بها الأرواح كل عشية    فلم يبق إلا آل خيم منضد
٣ وغير ثلاث كالحمام خوالد    وهاب محيل هامد متلبد
٤ فلما رأيت أنها لا تجيبني    نهضت إلى وجناء كالفحل جلعد
٥ جمالية لم يبق سيري ورحلتي    على ظهرها من نيها غير محفد
٦ متى ما تكلفها مثابة منهل    فتستعف أو تفهك إليه فتجهد
٧ تردْه ولما يخرج السوط شأوها    مروحا جنوح الليل ناجية الغد
٨ كهمك إن تجهد تجدها نجيحة    صبورا وإن تسترخ عنها تزيد
٩ وتنضح ذفراها بجون كأنه    عصيم كحيل في المراجل معقد
١٠ وتلوي بريان العسيب تمره    على فرج محروم الشراب مجدد
١١ تبادر أغوال العشي وتتقي    علالة ملوي من القد محصد
١٢ كخنساء سفعاء الملاطم حرة    مسافرة مزؤودة أم فرقد
١٣ غدت بسلاح مثله يتقى به    ويؤمن جأش الخائف المتوحد
١٤ وسامعتين تعرف العتق فيهما    إلى جذر مدلوك الكعوب محدد
١٥ وناظرتين تطحران قذاهما    كأنهما مكحولتان بإثمد
١٦ طباها ضحاء أو خلاء فخالفت    إليه السباع في كناس ومرقد
١٧ أضاعت فلم تغفر لها خلواتها    فلاقت بيانا عند آخر معهد
١٨ دما عند شلو تحجل الطير حوله    وبضع لحام في إهاب مقدد

٤٩ لقد زارت بيوت بني عليم ... من الكلمات آنية ملاء
٥٠ فتجمع أيمن منا ومنكم ... بمقسمة تمور بها الدماء
٥١ سيأتي آل حصن حيث كانوا ... من المثلات باقية ثناء
٥٢ فلم أر معشرا أسروا هديا ... ولم أر جار بيت يستباء
٥٣ وجار البيت والرجل المنادي ... أمام الحي عقدهما سواء
٥٤ أبى الشهداء عندك من معد ... فليس لما تدب له خفاء
٥٥ تلجلج مضغة فيها أنيض ... أصلت فهي تحت الكشح داء
٥٦ غصصت بنيئها فبشمت منها ... وعندك لو أردت لها دواء
٥٧ وإني لو لقيتك فاجتمعنا ... لكان لكل مندية لقاء
٥٨ فأبرئ موضحات الرأس منه ... وقد يشفي من الجرب الهناء
٥٩ فمهلا آل عبد الله عدوا ... مخازي لا يدب لها الضراء
٦٠ أرونا سنة لا عيب فيها ... يسوي بيننا فيها السواء
٦١ فإن تدعوا السواء فليس بيني ... وبينكم بني حصن بقاء
٦٢ ويبقى بيننا قذع وتلفوا ... إذا قوما بأنفسهم أساءوا
٦٣ وتوقد ناركم شررا ويرفع ... لكم في كل مجمعة لواء

## ٢

الكامل

إن الرزية لا رزية مثلها ... ما تبتغي غطفان يوم أضلت
إن الركاب لتبتغي ذا مرة ... بجنوب نخل إذا الشهور أحلت
ولنعم حشو الدرع أنت لنا إذا ... نهلت من العلق الرماح وعلت

٣٨ كفضل جواد الخيل يسبق عفوه ‏ السراع وإن يجهدن يجهد ويبعد

٣٩ تقي نقي لم يكثر غنيمة ‏ بنهكة ذي قربى ولا بحقلد

٤٠ سوى ربع لم يأت فيه مخافة ‏ ولا رهقا من عائذ متهود

٤١ يطيب له أو التماس بسيفه ‏ على دعس في عارض متوقد

٤٢ فلو كان حمد يخلد الناس لم تمت ‏ ولكن حمد الناس ليس بمخلد

٤٣ ولكن منه باقيات وراثة ‏ فأورث بنيك بعضها وتزود

٤٤ تزود إلى يوم الممات فإنه ‏ ولو كرهته النفس آخر موعد

## ٤

الكامل

١ لمن الديار بقنة الحجر ‏ أقوين من حجج ومن شهر

٢ لعب الزمان بها وغيرها ‏ بعدي سوافي المور والقطر

٣ قفرا بمندفع النحائت من ‏ ضفوى أولات الضال والسدر

٤ دع ذا وعد القول في هرم ‏ خير البداة وسيد الحضر

٥ تالله قد علمت سراة بني ‏ ذبيان عام الحبس والأصر

٦ أن نعم معترك الجياع إذا ‏ خب السفير وسابئ الخمر

٧ ولنعم حشو الدرع أنت إذا ‏ دعيت نزال ولج في الذعر

٨ حامي الذمار على محافظة الـ ‏ جلى أمين مغيب الصدر

٩ حدب على المولى الضريك إذا ‏ نابت عليه نوائب الدهر

١٠ ومرهق النيران يحمد في الـ ‏ لأواء غير ملعن القدر

١١ ويقيك ما وقى الأكارم من ‏ حوب تسب به ومن غدر

١٩ وتنفض عنها غيب كل خميلة     وتخشى رماة الغوث من كل مرصد

٢٠ فجالت على وحشيها وكأنها     مسربلة في رازقي معضد

٢١ ولم تدر وشك البين حتى رأتهم     وقد قعدوا أنفاقها كل مقعد

٢٢ وثاروا بها من جانبيها كليهما     وجالت وإن يجشمنها الشد تجهد

٢٣ تبذ الألى يأتينها من ورائها     وإن يتقدمها السوابق تصطد

٢٤ فأنقذها من غمرة الموت أنها     رأت أنها إن تنظر النبل تقصد

٢٥ نجاء مجد ليس فيه وتيرة     وتذبيبها عنها بأسحم مذود

٢٦ وجدت فألقت بينهن وبينها     غبارا كما فارت دواخن غرقد

٢٧ بملتئمات كالخذاريف قوبلت     إلى جوشن خاظي الطريقة مسند

٢٨ إلى هرم تهجيرها ووسيجها     تروح من الليل التمام وتغتدي

٢٩ إلى هرم سارت ثلاثا من اللوى     فنعم مسير الواثق المتعمد

٣٠ سواء عليه أي حين أتيته     أساعة نحس تتقى أم بأسعد

٣١ أليس بضراب الكماة بسيفه     وفكاك أغلال الأسير المقيد

٣٢ كليث أبي شبلين يحمي عرينه     إذا هو لاقى نجدة لم يعرد

٣٣ ومدره حرب حميها يتقى به     شديد الرجام باللسان وباليد

٣٤ وثقل على الأعداء لا يضعفونه     وحمال أثقال ومأوى المطرد

٣٥ أليس بفياض يداه غمامة     ثمال اليتامى في السنين محمد

٣٦ إذا ابتدرت قيس بن عيلان غاية     من المجد من يسبق إليها يسود

٣٧ سبقت إليها كل طلق مبرز     سبوق إلى الغايات غير مجلد

٤ خذوا حظكم من ودنا إن قربنا ... إذا ضرستنا الحرب نار تسعر

٥ وإنا وإياكم إلى ما نسومكم ... لمثلان أو أنتم إلى الصلح أفقر

٦ إذا ما سمعنا صارخا معجت بنا ... إلى صوته ورق المراكل ضمر

٧ وإن شل ريعان الجميع مخافة ... نقول جهارا ويلكم لا تنفروا

٨ على رسلكم إنا سنعدي وراءكم ... فتمنعكم أرماحنا أو سنعذر

٩ وإلا فإنا بالشربة فاللوى ... نعقر أمات الرباع ونيسر

## ٧

البسيط

١ أبلغ بني نوفل عني فقد بلغوا ... مني الحفيظة لما جاءني الخبر

٢ القائلين يسارا لا تناظره ... غشا لسيدهم في الأمر إذ أمروا

٣ إن ابن ورقاء لا تخشى غوائله ... لكن وقائعه في الحرب تنتظر

٤ لولا ابن ورقاء والمجد التليد له ... كانوا قليلا فما عزوا ولا كثروا

٥ المجد في غيرهم لولا مآثره ... وصبره نفسه والحرب تستعر

٦ أولى لهم ثم أولى أن تصيبهم ... مني بواقر لا تبقي ولا تذر

٧ وأن تعلل ركبان المطي بهم ... بكل قافية شنعاء تشتهر

## ٨

الوافر

١ تعلم أن شر الناس حي ... ينادى في شعارهم يسار

٢ ولولا عسبه لرددتموه ... وشر منيحة عسب معار

٣ إذا جمحت نساؤكم إليه ... أشظ كأنه مسد مغار

٤ يبربر حين يعدو من بعيد ... ضئيل الجسم يعلوه انبهار

١٢ وَإِذَا بَرَزْتَ بِهِ بَرَزْتَ إِلَى صَافِي ٱلْخَلِيقَةِ طَيِّبِ ٱلْخِيمِ

١٣ مُتَصَرِّفٍ لِلْمَجْدِ مُعْتَرِفٍ لِلنَّائِبَاتِ يُرَاحُ لِلذِّكْرِ

١٤ جَلْدٍ يَحُثُّ عَلَى ٱلْجَمِيعِ إِذَا كَرِهَ ٱلظَّنُونُ جَوَامِعَ ٱلْأَمْرِ

١٥ فَلَأَنْتَ تَفْرِي مَا خَلَقْتَ وَبَعْضُ ٱلْقَوْمِ يَخْلُقُ ثُمَّ لَا يَفْرِي

١٦ وَلَأَنْتَ أَشْجَعُ حِينَ تَتَّجِهُ ٱلْأَبْطَالُ مِنْ لَيْثٍ أَبِي أَجْرِ

١٧ وَرْدٍ عُرَاضِ ٱلسَّاعِدَيْنِ حَدِيدِ ٱلنَّابِ بَيْنَ ضَرَاغِمٍ غُثْرِ

١٨ يَصْطَادُ أُحْدَانَ ٱلرِّجَالِ فَمَا تَنْفَكُّ أَجْرِيهِ عَلَى ذُخْرِ

١٩ وَٱلسِّتْرُ دُونَ ٱلْفَاحِشَاتِ وَمَا يَلْقَاكَ دُونَ ٱلْخَيْرِ مِنْ سِتْرِ

٢٠ أُثْنِي عَلَيْكَ بِمَا عَلِمْتُ وَمَا أَسْلَفْتَ فِي ٱلنَّجَدَاتِ وَٱلذِّكْرِ

٢١ لَوْ كُنْتَ مِنْ شَيْءٍ سِوَى بَشَرٍ كُنْتَ ٱلْمُنَوِّرَ لَيْلَةَ ٱلْبَدْرِ

الوافر

٥

١ قَالَتْ أُمُّ كَعْبٍ لَا تَزُرْنِي فَلَا وَٱللّٰهِ مَا لَكَ مِنْ مَزَارِ

٢ رَأَيْتُكَ عِبْتَنِي وَصَدَدْتَ عَنِّي وَكَيْفَ عَلَيْكِ صَبْرِي وَٱصْطِبَارِي

٣ فَلَمْ أُفْسِدْ بَنِيكِ وَلَمْ أُقَرِّبْ إِلَيْكِ مِنَ ٱلْمُلِمَّاتِ ٱلْكِبَارِ

٤ أَقِيمِي أُمَّ كَعْبٍ وَٱطْمَئِنِّي فَإِنَّكِ مَا أَقَمْتِ بِخَيْرِ دَارِ

الطويل

٦

١ رَأَيْتُ بَنِي آلِ ٱمْرِئِ ٱلْقَيْسِ أَصْفَقُوا عَلَيْنَا وَقَالُوا إِنَّنَا نَحْنُ أَكْثَرُ

٢ سُلَيْمُ بْنُ مَنْصُورٍ وَأَفْنَاءُ عَامِرٍ وَسَعْدُ بْنُ بَكْرٍ وَٱلنُّصُورُ وَأَعْصُرُ

٣ خُذُوا حَظَّكُمْ يَا آلَ عِكْرِمَ وَٱذْكُرُوا أَوَاصِرَنَا وَٱلرِّحْمُ بِٱلْغَيْبِ يُذْكَرُ

٢٦ تخرجن من شربات ماؤها طحل  على الجذوع يخفن الغم والغرقا

٢٧ بل اذكرن خير قيس كلها حسبا  وخيرها نائلا وخيرها خلقا

٢٨ القائد الخيل منكوبا دوابرها  قد أحكمت حكمات القد والأبقا

٢٩ غزت سمانا فآبت ضمرا خدجا  من بعد ما جنبوها بدنا عققا

٣٠ حتى يؤوب بها عوجا معطلة  تشكو الدوابر والأنساء والصفقا

٣١ يطلب شأو امرأين قدما حسنا  نالا الملوك وبذا هذه السوقا

٣٢ هو الجواد فإن يلحق بشأوهما  على تكاليفه فمثله لحقا

٣٣ أو يسبقاه على ما كان من مهل  فمثل ما قدما من صالح سبقا

٣٤ أغر أبيض فياض يفكك عن  أيدي العناة وعن أعناقها الربقا

٣٥ وذاك أحزمهم رأيا إذا نبأ  من الحوادث غادى الناس أو طرقا

٣٦ فضل الجواد على الخيل البطاء فلا  يعطي بذلك ممنونا ولا نزقا

٣٧ قد جعل المبتغون الخير في هرم  والسائلون إلى أبوابه طرقا

٣٨ إن تلق يوما على علاته هرما  تلق السماحة منه والندى خلقا

٣٩ وليس مانع ذي قربى وذي رحم  يوما ولا معدما من خابط ورقا

٤٠ ليث بعثر يصطاد الرجال إذا  ما كذب الليث عن أقرانه صدقا

٤١ يطعنهم ما ارتموا حتى إذا اطعنوا  ضارب حتى إذا ما ضاربوا اعتنقا

٤٢ هذا وليس كمن يعيا بخطته  وسط الندي إذا ما ناطق نطقا

٤٣ لو نال حي من الدنيا بمنزلة  وسط السماء لنالت كفه الأفقا

٥ إذا ابتدرت بِهِ يسوف أقلت  كما تبرى الصفائد والعشار
٦ فأبلغ إن عرضتَ لهم رسولًا  بني الصيداء إن نفع الجوارُ
٧ بأنّ الشعر ليس له مردٌّ  إذا وَرَدَ المياهَ بهِ التجارُ

البسيط

### ٩

١ إنّ الخليطَ أجدّ البينَ فانفرقا  وعُلِّقَ القلبُ من أسماءَ ما عَلِقا
٢ وفارقتك برهنٍ لا فكاكَ لهُ  يومَ الوداعِ فأمسى الرهنُ قد غَلِقا
٣ وأخلفتك ابنةُ البكريّ ما وعدت  فأصبح الحبلُ منها واهنًا خَلَقا
٤ قامت تراءى بذي ضالٍ لتحزنني  ولا محالةَ أن يشتاقَ من عشقا
٥ بجيدِ مُغزلةٍ أدماءَ خاذلةٍ  من الظباءِ تُراعي شادنًا خَرِقا
٦ كأنّ ريقتها بعدَ الكرى اغتبقت  من طيّبِ الراحِ لمّا يعدُ أن عَتُقا
٧ شجّ السقاةُ على ناجودها شبمًا  من ماءِ لينةَ لا طَرْقًا ولا رَنِقا
٨ ما زلتُ أرمقهم حتّى إذا هبطت  أيدي الركابِ بهم من راكسٍ فَلَقا
٩ دانيةً لشرورى أو قفا أدمٍ  يسعى الحداةُ على آثارهم حِزَقا
١٠ كأنّ عينيّ في غربي مقتّلةٍ  من النواضحِ تسقي جنّةً سُحُقا
١١ تمطو الرشاءَ فتجري في ثنايتها  من المحالةِ ثَقْبًا رائدًا قلقا
١٢ لها متاعٌ وأعوانٌ غدونَ بهِ  قِتْبٌ وغربٌ إذا ما أُفرغَ انسحقا
١٣ وخلفها سائقٌ يحدو إذا خشيت  منهُ اللحاقَ تمدّ الصلبَ والعُنُقا
١٤ وقابلٌ يتغنّى كلّما قدرت  على العراقي يداهُ قائمًا دَفَقا
١٥ يحيلُ في جدولٍ تحبو ضفادعهُ  حبوَ الجواري ترى في مائهِ نُطُقا

١٩ حتى إذا ما هوت كف الوليد لها    طارت وفي كفه من ريشها بتك

٢٠ ثم استمرت إلى الوادي فألجأها    منه وقد طمع الأظفار والحنك

٢١ حتى استغاثت بماء لا رشاء له    من الأباطح في حافاته البرك

٢٢ مكلل بأصول النبت تنسجه    ريح خريق لضاحي مائه حبك

٢٣ كما استغاث بسيء فز غيطلة    خاف العيون فلم ينظر به الحشك

٢٤ فزل عنها وأوفى رأس مرقبة    كمنصب العتر دمى رأسه النسك

٢٥ هلا سألت بني الصيداء كلهم    بأي حبل جوار كنت أمتسك

٢٦ فلن يقولوا بحبل واهن خلق    لو كان قومك في أسبابه هلكوا

٢٧ يا حار لا أرمين منكم بداهية    لم يلقها سوقة قبلي ولا ملك

٢٨ اردد يسارا ولا تعنف عليه ولا    تمعك بعرضك إن الغادر المعك

٢٩ ولا تكونن كأقوام علمتهم    يلوون ما عندهم حتى إذا نهكوا

٣٠ طابت نفوسهم عن حق خصمهم    مخافة الشر فارتدوا لما تركوا

٣١ تعلمن ها لعمر الله ذا قسما    فاقدر بذرعك وانظر أين تنسلك

٣٢ لئن حللت بجو في بني أسد    في دين عمرو وحالت بيننا فدك

٣٣ ليأتينك مني منطق قذع    باق كما دنس القبطية الودك

## ١١

المتقارب

١ لمن آل ليلى عرفت الطلولا    بذي حرض ماثلات مثولا

٢ بلين وتحسب آياتهن    عن فرط حولين رقا محيلا

٣ إليك سنان غداة الرحيل    أعصي النهاة وأمضي الفؤولا

١٠ البسيط

١ بانَ الخليطُ ولم يأووا لمن تركوا — وزوّدوك اشتياقاً أيّةً سلكوا
٢ ردّ القيانُ جِمالَ الحيّ فاحتملوا — إلى الظهيرةِ أمرٌ بينهم لَبِكُ
٣ ما إن يكادُ يخلّيهم لوجهتهم — تخالجُ الأمرِ إنّ الأمرَ مشتركُ
٤ ضحّوا قليلاً قفا كثبانِ أسنمةٍ — ومنهمُ بالقسوميّاتِ معتركُ
٥ ثمّ استمرّوا وقالوا إنّ مشربكم — ماءٌ بشرقيّ سلمى فيدُ أو رَكَكُ
٦ يغشى الحُداةُ بهم وعثَ الكثيبِ كما — يغشى السفائنَ موجُ اللُّجّةِ العَرِكُ
٧ هل تُبلغنّي أدنى دارِهم قُلُصٌ — يُزجي أوائلَها التبغيلُ والرَّتَكُ
٨ مقورّةٌ تتبارى لا شوارَ لها — إلّا القطوعُ على الأنساعِ والوُرُكُ
٩ مثلَ النعامِ إذا هيّجتها ارتفعت — على لواحبَ بيضٍ بينها الشَّرَكُ
١٠ وقد أروحُ أمامَ الحيّ مقتنصاً — قَمْراً مراتعُها القيعانُ والنَّبَكُ
١١ وصاحبي وردةٌ نهدٌ مراكلُها — جرداءُ لا فَحَجٌ فيها ولا صَكَكُ
١٢ مَرّاً كفاتاً إذا ما الماءُ أسهلها — حتّى إذا ضُربت بالسوطِ تبتركُ
١٣ كأنّها من قطا الأجبابِ حلّأها — وِردٌ وأفردَ عنها أختَها الشَّرَكُ
١٤ جُونيّةٌ كحصاةِ القَسْمِ مرتعُها — بالسِّيّ ما تُنبتُ القفعاءُ والحَسَكُ
١٥ أهوى لها أسفعُ الخدّين مطّرقٌ — ريشَ القوادمِ لم تُنصَبْ له الشَّبَكُ
١٦ لا شيءَ أسرعُ منها وهي طيّبةٌ — نفساً بما سوفَ يُنجيها وتتّركُ
١٧ دونَ السماءِ وفوقَ الأرضِ قدرُهما — عندَ الذُّنابى فلا فوتٌ ولا دَرَكُ
١٨ عندَ الذُّنابى لها صوتٌ وأزملةٌ — يكادُ يخطفُها طوراً وتهتلكُ

٢ وَلَا مُهَانٍ وَلَكِنْ عِنْدَ ذِي كَرَمٍ     وَفِي حِبَالِ وَفِيٍّ غَيْرِ مَجْهُولِ

٣ يُعْطِي ٱلْجَزِيلَ وَيَسْمُو وَهْوَ مُتَّئِدٌ     بِٱلْخَيْلِ وَٱلْقَوْمُ فِي ٱلرَّجْرَاجَةِ ٱلْجُولِ

٤ وَبِٱلْفَوَارِسِ مِنْ وَرْقَاءَ قَدْ عَلِمُوا     فُرْسَانَ صِدْقٍ عَلَى جُرْدٍ أَبَابِيلِ

٥ فِي حَوْمَةِ ٱلْمَوْتِ إِذْ ثَابَتْ حَلَائِبُهُمْ     لَا مُقْرِفِينَ وَلَا عُزْلٍ وَلَا مِيلِ

٦ فِي جَانِبٍ مِنْ غَيَابَاتٍ وَمِنْ رَهَجٍ     وَعِثْيَرٍ مِنْ دُقَاقِ ٱلتُّرْبِ مَنْخُولِ

٧ أَصْحَابُ زَيْدٍ وَأَيَّامٍ لَهُمْ سَلَفَتْ     مَنْ حَارَبُوا أَعْذَبُوا عَنْهُ بِتَنْكِيلِ

٨ أَوْ صَالَحُوا فَلَهُ أَمْنٌ وَمُنْتَفَدٌ     وَعَقْدُ أَهْلِ وَفَاءٍ غَيْرُ مَخْذُولِ

## ١٤

الطويل

١ صَحَا ٱلْقَلْبُ عَنْ سَلْمَى وَقَدْ كَادَ لَا يَسْلُو     وَأَقْفَرَ مِنْ سَلْمَى ٱلتَّعَانِيقُ فَٱلثِّقْلُ

٢ وَقَدْ كُنْتُ مِنْ سَلْمَى سِنِينَ ثَمَانِيًا     عَلَى صِيرِ أَمْرٍ مَا يَمُرُّ وَمَا يَحْلُو

٣ وَكُنْتُ إِذَا مَا جِئْتُ يَوْمًا لِحَاجَةٍ     مَضَتْ وَأَجَمَّتْ حَاجَةُ ٱلْغَدِ مَا تَخْلُو

٤ وَكُلُّ مُحِبٍّ أَحْدَثَ ٱلنَّأْيُ عِنْدَهُ     سُلُوَّ فُؤَادٍ غَيْرَ حُبِّكِ مَا يَسْلُو

٥ تَأَوَّبَنِي ذِكْرُ ٱلْأَحِبَّةِ بَعْدَمَا     هَبَطْتُ وَنَخْلِي قُلَّةَ ٱلْحَزْنِ فَٱلرَّمْلُ

٦ فَأَقْسَمْتُ جَهْدًا بِٱلْمَنَازِلِ مِنْ مِنًى     وَمَا سُحِقَتْ فِيهِ ٱلْمَقَادِمُ وَٱلْقَمْلُ

٧ لَأَرْتَحِلَنْ بِٱلْفَجْرِ ثُمَّ لَأَدْأَبَنْ     إِلَى ٱللَّيْلِ إِلَّا أَنْ يُعَرِّجَنِي طِفْلُ

٨ إِلَى مَعْشَرٍ لَمْ يُورِثِ ٱللُّؤْمَ جَدُّهُمْ     أَصَاغِرَهُمْ وَكُلُّ فَحْلٍ لَهُ نَجْلُ

٩ تَرَبَّصْ فَإِنْ تُقْوِ ٱلْمَرُورَاةُ مِنْهُمُ     وَدَارَاتُهَا لَا تُقْوِ مِنْهُمْ إِذًا نَخْلُ

١٠ فَإِنْ تُقْوِيَا مِنْهُمْ فَإِنَّ مُحَجَّرًا     وَجِزْعَ ٱلْحَسَا مِنْهُمْ إِذَا قَلَّ مَا يَخْلُو

١١ بِلَادٌ بِهَا نَادَمْتُهُمْ وَأَلِفْتُهُمْ     فَإِنْ تُقْوِيَا مِنْهُمْ فَإِنَّهُمَا بَسْلُ

٤ فلا تلمني غزو القرابة    بني وائل وارقبيه جديلا

٥ وكيف اتقاء امرئ لا يؤو    ب بالقوم في الغزو حتى يطيلا

٦ بشعث مقطلة كالقسي    غزون مخاحضا واتين حولا

٧ نواشز الليات أعناقها    خشمرعا قابلات قفولا

٨ إذا أدلجوا لنجوال الغرا    ر لم تلف في القوم نكسا ضئيلا

٩ ولكن جلدا جميع السلا    ح نيلته فلتك عضا نبيلا

١٠ فلما تبلّغ ما فوقه    أناخ فقش عليه الشليلا

١١ وضاعف من فوقها نثرة    ترد القواضب عنها فلولا

١٢ مضاعفة كأضاة المسيل    تغشى على قدميه فضولا

١٣ تنهنهها ساعة ثم قا    ل للوازعيهن خلوا السبيلا

١٤ فأتبعهم فيلقا كالسرا    ب جأواء تتبع شخبا ثعولا

١٥ عناجيج في كل رهو ترى    رعالا صراعا تباري رعيلا

١٦ جوالح تخلجن خلج الظبا    ء يركضن ميلا وينزعن ميلا

١٧ فشلّ قصيرا على صعبه    وظل على القوم يوما طويلا

١٢

الوافر

١ لعمرك والخطوب مغيرات    وفي طول المعاشرة التقالي

٢ لقد باليت مظعن أم أوفى    ولكن أم أوفى لا تبالي

١٣

البسيط

١ أبلغ لديك بني الصيداء كلهم    أن يسارا أتانا غير مغلول

٣١ فَغَنِيتُمُ مِنْهَا عَلَى خَيْرِ مَوْطِنٍ ... سَبِيلُكُمُ فِيهِ وَإِنْ أَحْزَنُوا سَهْلُ
٣٢ إِذَا ٱلسَّنَةُ ٱلشَّهْبَاءُ بِٱلنَّاسِ أَجْحَفَتْ ... وَنَالَ كِرَامَ ٱلْمَالِ فِي ٱلْجَحْرَةِ ٱلْأَكْلُ
٣٣ رَأَيْتَ ذَوِي ٱلْحَاجَاتِ حَوْلَ بُيُوتِهِمْ ... قَطِينًا بِهَا حَتَّى إِذَا نَبَتَ ٱلْبَقْلُ
٣٤ هُنَالِكَ إِنْ يُسْتَخْبَلُوا ٱلْمَالَ يُخْبِلُوا ... وَإِنْ يُسْأَلُوا يُعْطُوا وَإِنْ يَيْسِرُوا يُغْلُوا
٣٥ وَفِيهِمْ مَقَامَاتٌ حِسَانٌ وُجُوهُهُمْ ... وَأَنْدِيَةٌ يَنْتَابُهَا ٱلْقَوْلُ وَٱلْفِعْلُ
٣٦ عَلَى مُكْثِرِيهِمْ رِزْقُ مَنْ يَعْتَرِيهِمُ ... وَعِنْدَ ٱلْمُقِلِّينَ ٱلسَّمَاحَةُ وَٱلْبَذْلُ
٣٧ وَإِنْ جِئْتَهُمْ أَلْفَيْتَ حَوْلَ بُيُوتِهِمْ ... مَجَالِسَ قَدْ يُشْفَى بِأَحْلَامِهَا ٱلْجَهْلُ
٣٨ وَإِنْ قَامَ فِيهِمْ حَامِلٌ قَالَ قَاعِدٌ ... رَشَدْتَ فَلَا غُرْمٌ عَلَيْكَ وَلَا خَذْلُ
٣٩ سَعَى بَعْدَهُمْ قَوْمٌ لِكَيْ يُدْرِكُوهُمُ ... فَلَمْ يَفْعَلُوا وَلَمْ يُلِيمُوا وَلَمْ يَأْلُوا
٤٠ وَمَا يَكُ مِنْ خَيْرٍ أَتَوْهُ فَإِنَّمَا ... تَوَارَثَهُ آبَاءُ آبَائِهِمْ قَبْلُ
٤١ وَهَلْ يُنْبِتُ ٱلْخَطِّيَّ إِلَّا وَشِيجُهُ ... وَتُغْرَسُ إِلَّا فِي مَنَابِتِهَا ٱلنَّخْلُ

## ١٥

ٱلطَّوِيلُ

١ صَحَا ٱلْقَلْبُ عَنْ سَلْمَى وَأَقْصَرَ بَاطِلُهُ ... وَعُرِّيَ أَفْرَاسُ ٱلصِّبَا وَرَوَاحِلُهُ
٢ وَأَقْصَرْتُ عَمَّا تَعْلَمِينَ وَسُدِّدَتْ ... عَلَيَّ سِوَى قَصْدِ ٱلسَّبِيلِ مَعَادِلُهْ
٣ وَقَالَ ٱلْعَذَارَى إِنَّمَا أَنْتَ عَمُّنَا ... وَكَانَ ٱلشَّبَابُ كَٱلْخَلِيطِ نُزَايِلُهْ
٤ فَأَصْبَحْنَ مَا يَعْرِفْنَ إِلَّا خَلِيقَتِي ... وَإِلَّا سَوَادَ ٱلرَّأْسِ وَٱلشَّيْبُ شَامِلُهْ
٥ لِمَنْ طَلَلٌ كَٱلْوَحْيِ عَافٍ مَنَازِلُهْ ... عَفَا ٱلرَّسُّ مِنْهُ فَٱلرُّسَيْسُ فَعَاقِلُهْ
٦ فَرَقْدٌ فَصَارَاتٌ فَأَكْنَافُ مَنْعِجٍ ... فَشَرْقِيُّ سَلْمَى حَوْضُهُ فَأَجَاوِلُهْ
٧ فَوَادِي ٱلْبَدِيِّ فَٱلطَّوِيُّ فَثَادِقٌ ... فَوَادِي ٱلْقَنَانِ جِزْعُهُ فَأَفَاكِلُهْ

١٢ إذا فزعوا طاروا إلى مستغيثهم  طوال الرماح لا ضعاف ولا عزل
١٣ بخيل عليها جنة عبقرية  جديرون يوما أن ينالوا فيستعلوا
١٤ وإن يقتلوا فيشتفى بدمائهم  وكانوا قديما من مناياهم القتل
١٥ عليها أسود ضاريات لبوسهم  سوابغ بيض لا يخرقها النبل
١٦ إذا لقحت حرب عوان مضرة  ضروس تهر الناس أنيابها عصل
١٧ قضاعية أو أختها مضرية  يحرق في حافاتها الحطب الجزل
١٨ تجدهم على ما خيلت هم إزاءها  وإن أفسد المال الجماعات والأزل
١٩ يحشونها بالمشرفية والقنا  وفتيان صدق لا ضعاف ولا نكل
٢٠ تهامون نجديون كيدا ونجعة  لكل أناس من وقائعهم سجل
٢١ هم ضربوا عن فرجها بكتيبة  كبيضاء حرس في طوائفها الرجل
٢٢ متى يشتجر قوم تقل سرواتهم  هم بيننا فهم رضى وهم عدل
٢٣ هم جددوا أحكام كل مضلة  من العقم لا يلفى لأمثالها فصل
٢٤ بعزمة مأمور مطيع وآمر  مطاع فلا يلفى لحزمهم مثل
٢٥ ولست بلاق بالحجاز مجاورا  ولا سفرا إلا له منهم حبل
٢٦ بلاد بها عزوا معدا وغيرها  مشاربها عذب وأعلامها ثمل
٢٧ هم خير حي من معد علمتهم  لهم نائل في قومهم ولهم فضل
٢٨ فرحت بما خبرت عن سيديكم  وكانا امرأين كل أمرهما يعلو
٢٩ رأى الله بالإحسان ما فعلا بكم  فأبلاهما خير البلاء الذي يبلو
٣٠ تداركتما الأحلاف قد ثل عرشها  وذبيان قد زلت بأقدامها النعل

٢٧ فرد علينا العير من دون إلفه ... على رغمه يدمى نساه وفائله

٢٨ فرحنا به ينضو الجياد عشية ... مخضبة أرساغه وعوامله

٢٩ بذي ميعة لا موضع الرمح مسلم ... لبطء ولا ما خلف ذلك خاذله

٣٠ وأبيض فياض يداه غمامة ... على معتفيه ما تغب فواضله

٣١ بكرت عليه غدوة فرأيته ... قعودا لديه بالصريم عواذله

٣٢ يفدينه طورا وطورا يلمنه ... وأعيا فما يدرين أين مخاتله

٣٣ فأقصرن منه عن كريم مرزإ ... عزوم على الأمر الذي هو فاعله

٣٤ أخي ثقة لا تتلف الخمر ماله ... ولكنه قد يهلك المال نائله

٣٥ تراه إذا ما جئته متهللا ... كأنك تعطيه الذي أنت سائله

٣٦ وذي نسب ناء بعيد وصلته ... بمال وما يدري بأنك واصله

٣٧ وذي نعمة تممتها وشكرتها ... وخصم يكاد يغلب الحق باطله

٣٨ دفعت بمعروف من القول صائب ... إذا ما أضل الناطقين مفاصله

٣٩ وذي خطل في القول يحسب أنه ... مصيب فما يلمم به فهو قائله

٤٠ عبأت له حلما وأكرمت غيره ... وأعرضت عنه وهو باد مقاتله

٤١ حذيفة ينميه وبدر كلاهما ... إلى باذخ يعلو على من يطاوله

٤٢ ومن مثل حصن في الحروب ومثله ... لإنكار ضيم أو لأمر يحاوله

٤٣ أبى الضيم والنعمان يحرق نابه ... عليه فأفضى والسيوف معاقله

٤٤ عزيز إذا حل الحليفان حوله ... بذي لجب لجاته وصواهله

٤٥ يهد له ما دون رملة عالج ... ومن أهله بالغور زالت زلازله

٨ وغيث من الوسمي حو تلاعه ... أجابت روابيه النجا وهواطله
٩ هبطت بممسود النواشر سابح ... ممر أسيل الخد نهد مراكله
١٠ تميم فلوناه فأكمل صنعه ... فتم وعزته يداه وكاهله
١١ أمين شظاه لم يخرق صفاقه ... بمنقبة ولم تقطع أباجله
١٢ إذا ما غدونا نبتغي الصيد مرة ... متى نره فإننا لا نخاتله
١٣ فبينا نبغي الصيد جاء غلامنا ... يدب ويخفي شخصه ويضائله
١٤ فقال شياه راتعات بقفرة ... بمستأسد القريان حو مسائله
١٥ ثلاث كأقواس السراء ومسحل ... قد اخضر من لس الغمير جحافله
١٦ وقد خرم الطراد عنه جحاشه ... فلم يبق إلا نفسه وحلائله
١٧ فقال أميري ما ترى رأي ما نرى ... أنختله عن نفسه أم نصاوله
١٨ فبتنا عراة عند رأس جوادنا ... يزاولنا عن نفسه ونزاوله
١٩ ونضربه حتى اطمأن قذاله ... ولم يطمئن قلبه وخصائله
٢٠ وملجمنا ما إن ينال قذاله ... ولا قدماه الأرض إلا أنامله
٢١ فلأيا بلأي ما حملنا غلامنا ... على ظهر محبوك ظماء مفاصله
٢٢ وقلت له سدد وأبصر طريقه ... وما هو فيه عن وصاتي شاغله
٢٣ وقلت تعلم أن للصيد غرة ... وإلا تضيعها فإنك قاتله
٢٤ فتبع آثار الشياه وليدنا ... كشؤبوب غيث يحفش الأكم وابله
٢٥ نظرت إليه نظرة فرأيته ... على كل حال مرة هو حامله
٢٦ يخرن الحصى في وجهه وهو لاحق ... سراع تواليه صياب أوائله

١٧ يمينا لنعم السيدان وجدتما على كل حال من سحيل ومبرم
١٨ تداركتما عبسا وذبيان بعد ما تفانوا ودقوا بينهم عطر منشم
١٩ وقد قلتما ان ندرك السلم واسعا بمال ومعروف من الأمر نسلم
٢٠ فأصبحتما منها على خير موطن بعيدين فيها من عقوق ومأثم
٢١ عظيمين في عليا معد هديتما ومن يستبح كنزا من المجد يعظم
٢٢ فأصبح يجري فيهم من تلادكم مغانم شتى من إفال المزنم
٢٣ تعفى الكلوم بالمئين فأصبحت ينجمها من ليس فيها بمجرم
٢٤ ينجمها قوم لقوم غرامة ولم يهريقوا بينهم ملء محجم
٢٥ فمن مبلغ الأحلاف عني رسالة وذبيان هل أقسمتم كل مقسم
٢٦ فلا تكتمن الله ما في نفوسكم ليخفى ومهما يكتم الله يعلم
٢٧ يؤخر فيوضع في كتاب فيدخر ليوم الحساب أو يعجل فينقم
٢٨ وما الحرب الا ما علمتم وذقتم وما هو عنها بالحديث المرجم
٢٩ متى تبعثوها تبعثوها ذميمة وتضر اذا ضريتموها فتضرم
٣٠ فتعرككم عرك الرحى بثفالها وتلقح كشافا ثم تحمل فتتئم
٣١ فتنتج لكم غلمان أشأم كلهم كأحمر عاد ثم ترضع فتفطم
٣٢ فتغلل لكم ما لا تغل لأهلها قرى بالعراق من قفيز ودرهم
٣٣ لعمري لنعم الحي جر عليهم بما لا يؤاتيهم حصين بن ضمضم
٣٤ وكان طوى كشحا على مستكنة فلا هو أبداها ولم يتجمجم
٣٥ وقال سأقضي حاجتي ثم أتقي عدوي بألف من ورائي ملجم

٣٩ واقبل خيبه صالح ذات بينهم قد اخترنوا في عجل أنا آجله

٤٠ فأقبلت في الساعين أسأل عنهم سؤالك بالشيء الذي أنت جاهله

## ١٦

الطويل

١ أمن أم أوفى دمنة لم تكلم بحومانة الدراج فالمتثلم

٢ ودار لها بالرقمتين كأنها مراجيع وشم في نواشر معصم

٣ بها العين والآرام يمشين خلفة وأطلاؤها ينهضن من كل مجثم

٤ وقفت بها من بعد عشرين حجة فلأيا عرفت الدار بعد توهم

٥ أثافي سفعا في معرس مرجل ونؤيا كجذم الحوض لم يتثلم

٦ فلما عرفت الدار قلت لربعها ألا عم صباحا أيها الربع واسلم

٧ تبصر خليلي هل ترى من ظعائن تحملن بالعلياء من فوق جرثم

٨ علون بأنماط عتاق وكلة وراد حواشيها مشاكهة الدم

٩ وفيهن ملهى للصديق ومنظر أنيق لعين الناظر المتوسم

١٠ بكرن بكورا واستحرن بسحرة فهن لوادي الرس كاليد للفم

١١ جعلن القنان عن يمين وحزنه ومن بالقنان من محل ومحرم

١٢ ظهرن من السوبان ثم جزعنه على كل قيني قشيب مفأم

١٣ كأن فتات العهن في كل منزل نزلن به حب الفنا لم يحطم

١٤ فلما وردن الماء زرقا جمامه وضعن عصي الحاضر المتخيم

١٥ سعى ساعيا غيظ بن مرة بعد ما تبزل ما بين العشيرة بالدم

١٦ فأقسمت بالبيت الذي طاف حوله رجال بنوه من قريش وجرهم

٤٥ وَمَنْ يَعْصِ أَطْرَافَ الزِّجَاجِ فَإِنَّهُ ... يُطِيعُ العَوَالِي رُكِّبَتْ كُلَّ لَهْذَمِ
٤٦ وَمَنْ يُوفِ لَا يُذْمَمْ وَمَنْ يُفْضِ قَلْبُهُ ... إِلَى مُطْمَئِنِّ البِرِّ لَا يَتَجَمْجَمِ
٤٧ وَمَنْ يَغْتَرِبْ يَحْسِبْ عَدُوًّا صَدِيقَهُ ... وَمَنْ لَا يُكَرِّمْ نَفْسَهُ لَا يُكَرَّمِ
٤٨ وَمَهْمَا تَكُنْ عِنْدَ ٱمْرِئٍ مِنْ خَلِيقَةٍ ... وَلَوْ خَالَهَا تَخْفَى عَلَى ٱلنَّاسِ تُعْلَمِ
٤٩ وَمَنْ لَمْ يَزَلْ يَسْتَحْمِلُ ٱلنَّاسَ نَفْسَهُ ... وَلَا يُغْنِهَا يَوْمًا مِنَ ٱلدَّهْرِ يُسْأَمِ

## ١٧

البسيط

١ قِفْ بِٱلدِّيَارِ ٱلَّتِي لَمْ يَعْفُهَا ٱلْقِدَمُ ... بَلَى وَغَيَّرَهَا ٱلْأَرْوَاحُ وَٱلدِّيَمُ
٢ لَا ٱلدَّارُ غَيَّرَهَا بُعْدُ ٱلْأَنِيسِ وَلَا ... بِٱلدَّارِ لَوْ كَلَّمَتْ ذَا حَاجَةٍ صَمَمُ
٣ دَارٌ لِأَسْمَاءَ بِٱلْغَمْرَيْنِ مَاثِلَةٌ ... كَٱلْوَحْيِ لَيْسَ بِهَا مِنْ أَهْلِهَا أَرِمُ
٤ وَقَدْ أَرَاهَا حَدِيثًا غَيْرَ مُقْوِيَةٍ ... ٱلسِّرُّ مِنْهَا فَوَادِي ٱلْحَفْرِ فَٱلْهِدَمُ
٥ فَلَا لُكَانُ إِلَى وَادِي ٱلْغِمَارِ فَلَا ... شَرْقِيُّ سَلْمَى فَلَا فَيْدٌ فَلَا رِهَمُ
٦ شَطَّتْ بِهِمْ قَرْقَرَى بِرْكٌ بِأَيْمُنِهِمْ ... وَٱلْعَالِيَاتُ وَعَنْ أَيْسَارِهِمْ خِيَمُ
٧ عَوْمَ ٱلسَّفِينِ فَلَمَّا حَالَ دُونَهُمُ ... فِنْدُ ٱلْقُرَيَّاتِ فَٱلْعِتْكَانُ فَٱلْكَرَمُ
٨ كَأَنَّ عَيْنِي وَقَدْ سَالَ ٱلسَّلِيلُ بِهِمْ ... وَجِيرَةٌ مَا هُمُ لَوْ أَنَّهُمْ أَمَمُ
٩ غَرْبٌ عَلَى بَكْرَةٍ أَوْ لُؤْلُؤٌ قَلِقٌ ... فِي ٱلسِّلْكِ خَانَ بِهِ رَبَّاتِهِ ٱلنُّظُمُ
١٠ عَهْدِي بِهِمْ يَوْمَ بَابِ ٱلْقَرْيَتَيْنِ وَقَدْ ... زَالَ ٱلْهَمَالِيجُ بِٱلْفُرْسَانِ وَٱللُّجُمُ
١١ فَٱسْتَبْدَلَتْ بَعْدَنَا دَارًا يَمَانِيَةً ... تَرْعَى ٱلْخَرِيفَ فَأَدْنَى دَارِهَا ظَلَمُ
١٢ إِنَّ ٱلْبَخِيلَ مَلُومٌ حَيْثُ كَانَ وَلٰـ ... ـكِنَّ ٱلْجَوَادَ عَلَى عِلَّاتِهِ هَرِمُ
١٣ هُوَ ٱلْجَوَادُ ٱلَّذِي يُعْطِيكَ نَائِلَهُ ... عَفْوًا وَيُظْلَمُ أَحْيَانًا فَيَظَّلِمُ

٣٦ فشدّ ولم تفزع بيوتٌ كثيرةٌ　　لدى حيث ألقت رحلها أمُّ قشعمِ

٣٧ لدى أسدٍ شاكي السلاح مقذّفٍ　　له لبدٌ أظفاره لم تقلّمِ

٣٨ جريءٍ متى يُظلم يعاقب بظلمه　　سريعًا وإلّا يُبدَ بالظلم يظلمِ

٣٩ رعوا ما رعوا من ظمئهم ثمّ أوردوا　　غمارًا تسيل بالرماح وبالدمِ

٤٠ فقضّوا منايا بينهم ثمّ أصدروا　　إلى كلأٍ مستوبلٍ متوخّمِ

٤١ لعمرك ما جرّت عليهم رماحهم　　دمَ ابن نهيكٍ أو قتيلِ المثلّمِ

٤٢ ولا شاركوا في القوم في دم نوفلٍ　　ولا وهبٍ منهم ولا ابن المخزّمِ

٤٣ فكلًّا أراهم أصبحوا يعقلونهم　　علالةَ ألفٍ بعد ألفٍ مصتّمِ

٤٤ تساق إلى قومٍ لقومٍ غرامةً　　صحيحاتُ مالٍ طالعاتٌ بمخرمِ

٤٥ لحيٍّ حلالٍ يعصم الناسَ أمرُهم　　إذا طلعت إحدى الليالي بمعظمِ

٤٦ كرامٍ فلا ذو الوتر يدرك وترَه　　لديهم ولا الجاني عليهم بمسلمِ

٤٧ سئمت تكاليف الحياة ومن يعش　　ثمانين حولًا لا أبا لك يسأمِ

٤٨ رأيت المنايا خبطَ عشواءَ من تصب　　تمته ومن تخطئ يعمّر فيهرمِ

٤٩ وأعلم علمَ اليوم والأمسِ قبله　　ولكنّني عن علم ما في غدٍ عمِ

٥٠ ومن لا يصانع في أمورٍ كثيرةٍ　　يضرّس بأنيابٍ ويوطأ بمنسمِ

٥١ ومن يك ذا فضلٍ فيبخل بفضله　　على قومه يستغن عنه ويذممِ

٥٢ ومن يجعل المعروف من دون عرضه　　يفره ومن لا يتّق الشتم يشتمِ

٥٣ ومن لا يذد عن حوضه بسلاحه　　يهدّم ومن لا يظلم الناس يظلمِ

٥٤ ومن هاب أسباب المنيّة يلقها　　ولو رام أسباب السماء بسلّمِ

٣٣ قَوْدُ الجِيَادِ وَإِصْهَارُ المُلُوكِ وَصَبْرٌ فِي مَوَاطِنَ لَوْ كَانُوا بِهَا سَئِمُوا
٣٤ يَنْزِعْ إِمَّةَ أَقْوَامٍ ذَوِي حَسَبٍ مِمَّا تُيَسِّرُ أَحْيَانًا لَهُ الطُّعَمُ
٣٥ وَمِنْ ضَرِيبَتِهِ التَّقْوَى وَيَعْصِمُهُ مِنْ سَيِّئِ العَثَرَاتِ اللهُ وَالرَّحِمُ
٣٦ مُوَرَّثُ المَجْدِ لا يَغْتَالُ هِمَّتَهُ عَنِ الرِّيَاسَةِ لا عَجْزٌ وَلا سَأَمُ
٣٧ كَالهِنْدُوَانِيِّ لا يُخْزِيكَ مَشْهَدُهُ وَسْطَ السُّيُوفِ إِذَا مَا تُضْرَبُ البُهَمُ

## ١٨

الوافر

١ لِمَنْ طَلَلٌ بِرَامَةَ لا يَرِيمُ عَفَا وَخَلا لَهُ حُقُبٌ قَدِيمُ
٢ تَحَمَّلَ أَهْلُهُ مِنْهُ فَبَانُوا وَفِي عَرَصَاتِهِ مِنْهُمْ رُسُومُ
٣ يَلُحْنَ كَأَنَّهُنَّ يَدَا فَتَاةٍ تُرَجَّعُ فِي مَعَاصِمِهَا الوُشُومُ
٤ عَفَا مِنْ آلِ لَيْلَى بَطْنُ سَاقٍ فَأَكْثِبَةُ العَجَالِزِ فَالقَصِيمُ
٥ تَطَالَعُنَا خَيَالاتٌ لِسَلْمَى كَمَا يَتَطَلَّعُ الدَّيْنَ الغَرِيمُ
٦ لَعَمْرُ أَبِيكَ مَا هَرِمُ بْنُ سَلْمَى بِمَلْحِيٍّ إِذَا اللُّؤَمَاءُ لِيمُوا
٧ وَلا سَاهِي الفُؤَادِ وَلا عَيِيِّ اللِّسَانِ إِذَا تَشَاجَرَتِ الخُصُومُ
٨ وَهُوَ غَيْثٌ لَنَا فِي كُلِّ عَامٍ يَلُوذُ بِهِ المُخَوَّلُ وَالعَدِيمُ
٩ وَعَوَّدَ قَوْمَهُ هَرِمٌ عَلَيْهِ وَمِنْ عَادَاتِهِ الخُلُقُ الكَرِيمُ
١٠ كَمَا قَدْ كَانَ عَوَّدَهُمْ أَبُوهُ إِذَا أَزَمَتْهُمُ يَوْمًا أَزُومُ
١١ كَبِيرَةُ مَغْرَمٍ أَنْ يَحْمِلُوهَا تَعُمُّ النَّاسَ أَوْ أَمْرٌ عَظِيمُ
١٢ يُنَجُّوا مِنْ مَلامَتِهَا وَكَانُوا إِذَا شَهِدُوا العَظَائِمَ لَمْ يُلِيمُوا
١٣ كَذَلِكَ خِيمُهُمْ وَلِكُلِّ قَوْمٍ إِذَا مَسَّتْهُمُ الضَّرَّاءُ خِيمُ

١٤ وإن أتاه خليل يوم مسألة    يقول لا غائب مالي ولا حرم

١٥ القائد الخيل منكوبا دوابرها    منها الشنون ومنها الزاهق الزهم

١٦ قد عوليت فهي مرفوع جواشنها    على قوائم عوج لحمها زيم

١٧ تنبذ أفلاءها في كل منزلة    تنتف أعينها العقبان والرخم

١٨ فهي تتلع بالأعناق يتبعها    خلج الأجنة في أشداقها عجم

١٩ تحنو على زيدات غيم فائرة    تحذى وتعقد في أرساغها الخدم

٢٠ قد أبدأت قطفا في المشي منشزة    الأكتاف تنكبها الغيطان والأكم

٢١ يهوي بها مساجد سمح خلائقه    حتى إذا ما أناخ القوم فاحتزموا

٢٢ شدت شديدا عرى الأشوال واشترطت    قبلا تقلقل في أعناقها الجذم

٢٣ كانوا فريقين يصغون الزجاج على    قعس الكواهل في أكتافها شمم

٢٤ وآخرين ترى الماذي عدتهم    من نسج داود أو ما أورثت إرم

٢٥ ثم يضربون حبيك البيض إذ لحقوا    لا ينكصون إذا ما استلحموا وحموا

٢٦ ينتظر فرسانهم أمر الرئيس وقد    شد السروج على أثباجها الحزم

٢٧ يمرونها سلقة مريا بأسوقهم    حتى إذا ما بدا للغارة النعم

٢٨ شدوا جميعا فكانت كلها نهزا    تحشكه دراتها الأرسان والجذم

٢٩ يتركن أمة أقوام لذي كرم    نعم يفيض على العافين إذ عدموا

٣٠ حتى تأوى إلى لا فاحش برم    ولا شحيح إذا أصحابه غنموا

٣١ يقسم ثم يسوي القسم بينهم    معتدل الحكم لا جار ولا قشم

٣٢ فضله فوق أقوام ومجده    ما لم ينالوا وإن جادوا وإن كرموا

١٥ متى تأتيه تأتي لج بحر ... تقاذف في غواربه السفين
١٦ له لقب لباغي الحكم سهل ... وكيد حين تبلوه متين

## ٣

الطويل

١ ألا ليت شعري هل يرى الناس ما أرى ... من الأمر أو يبدو لهم ما بدا ليا
٢ بدا لي أن الناس تفنى نفوسهم ... وأموالهم ولا أرى الدهر فانيا
٣ وإني متى أهبط من الأرض تلعة ... أجد أثرا قبلي جديدا وعافيا
٤ أراني إذا ما بت بت على هوى ... وأني إذا أصبحت أصبحت غاديا
٥ إلى حفرة أهدى إليها مقيمة ... يحث إليها سائق من ورائيا
٦ كأني وقد خلفت تسعين حجة ... خلعت بها عن منكبي ردائيا
٧ بدا لي أني لست مدرك ما مضى ... ولا سابقا شيئا إذا كان جائيا
٨ أراني إذا ما شئت لاقيت آية ... تذكرني بعض الذي كنت ناسيا
٩ وما إن أرى نفسي تقيها كريهتي ... وما إن تقي نفسي كرائم ماليا
١٠ ألا لا أرى على الحوادث باقيا ... ولا خالدا إلا الجبال الرواسيا
١١ وإلا السماء والبلاد وربنا ... وأيامنا معدودة والليليا
١٢ ألم تر أن الله أهلك تبعا ... وأهلك لقمان بن عاد وعاديا
١٣ وأهلك ذا القرنين من قبل ما ترى ... وفرعون جبارا طغى والنجاشيا
١٤ ألا لا أرى ذا أمة أصبحت به ... فتتركه الأيام وهي كما هيا
١٥ ألم تر للنعمان كان بنجوة ... من الشر لو أن امرأ كان ناجيا
١٦ فغير عنه ملك عشرين حجة ... من الدهر يوم واحد كان غاويا

١٤ وإن سدت به لهوات ثغر يشار إليه جانبه سقيم
١٥ مخوف بأسه يكلاك منه فتيق لا ألف ولا سؤوم
١٦ له في الذاهبين أروم صدق وكان لكل ذي حسب أروم

[١٦] الوافر

١ ألا أبلغ لديك بني تميم وقد يأتيك بالخبر الظنون
٢ بأن بيوتنا بمحل حجر بكل قرارة منها نكون
٣ إلى قلهى تكون الدار منا إلى أكناف دومة فالحجون
٤ بأودية أسافلهن روض وأعلاها إذا خفنا حصون
٥ نحل سهولها فإذا فزعنا جرى منهن بالآصال عون
٦ وكل طوالة وأقب نهد مراكلها من التعداء جون
٧ تضمر بالأصائل كل يوم تسن على سنابكها القرون
٨ وكانت تشتكي الأضغان منها إلينا المحض والإبل الحضون
٩ فخرجها صوارخ كل يوم فقد جعلت عرائكها تلين
١٠ وعزتها كواهلها وكلت سنابكها وقدحت العيون
١١ إذا رفع السياط لها تمطت وذلك من علالتها متين
١٢ ومرجعها إذا نحن انقلبنا بسيف البحر والبلد الحصين
١٣ فقصري في بلادك إن قوما متى يدعوا بلادهم يهونوا
١٤ أو التعجيل منا حيث أمسى فإن الغيث منتجع معين

بسم الله الرحمن الرحيم

# ديوان

## شعر علقمة التميمي

وهو علقمة بن عبدة بن النعمن ويلقب علقمة الفحل

١

الطويل

١ ذهبت من الهجران في غير مذهب ... ولم يك حقا كل هذا التجنب
٢ ليالي لا تبلى نصيحة بيننا ... ليالي حلوا بالستار فغرب
٣ مبتلة كأن أنضاء حليها ... على شادن من صاحة متربب
٤ محال كأجواز الجراد ولؤلؤ ... من القلقي والكبيس الملوب
٥ إذا ألحم الواشون للشر بيننا ... تبلغ رس الحب غير المكذب
٦ وما أنت أم ما ذكرها ربعية ... تحل بإير أو بأكناف شربب
٧ أطعت الوشاة والمشاة بصرمها ... فقد أنهجت حبالها للتقضب
٨ وقد وعدتك موعدا لو وفت به ... كموعود عرقوب أخاه بيثرب
٩ وقالت متى يبخل عليك ويعتلل ... يسؤك وإن يكشف غرامك تدرب
١٠ فقلت لها فيئي فما تستفزني ... ذوات العيون والبنان المخضب

١٧ فلم أر مسلوبا له مثل ملكه　　أقلّ صديقا باذلا أو مواسيا

١٨ فأين الذين كان يعطي جياده　　بأرسانهنّ والحسان الغواليا

١٩ وأين الذين كان يعطيهم القرى　　بغلاتهنّ والمئين الغواديا

٢٠ وأين الذين يحضرون جفانه　　إذا قدّمت ألقوا عليها المراسيا

٢١ رأيتهم لم يشركوا بنفوسهم　　منيّته لمّا رأوا أنّها هيا

٢٢ خلا أنّ حيّا من رواحة حافظوا　　وكانوا أناسا يتّقون المخازيا

٢٣ فساروا له حتّى أناخوا ببابه　　كرام المطايا والهجان المتاليا

٢٤ فقال لهم خيرا وأثنى عليهم　　وودّعهم وداع أن لا تلاقيا

٢٥ وأجمع أمرا كان ما بعده له　　وكان إذا ما اخلولج الأمر ماضيا

كمل جميع قصائد زهير بن

ابي سلمى المزني ويتلوها شعر

علقمة التميمي

ان شاء الله

تعالى

٣٠ أخو ثقةٍ لا يلعنُ الحيُّ شخصَه ... صبوراً على العِلّاتِ غيرَ مُسبَّبِ

٣١ إذا أنفدوا زاداً فإنّ عِنانَه ... وأكرُعَه مُستعمَلاً خيرُ مكسَبِ

٣٢ رأينا شِياهاً يرتعينَ خميلةً ... كمشي العذارى في المُلاءِ المُهدَّبِ

٣٣ فبينا تَمارينا وعقدُ عِذارِه ... خرجنَ علينا كالجُمانِ المُثقَّبِ

٣٤ فأتبعَ آثارَ الشِّياهِ بصادقٍ ... حثيثٍ كغيثِ الرائحِ المُتحلِّبِ

٣٥ ترى الفأرَ عن مُسترغِبِ القِدرِ لائحاً ... على جَدَدِ الصحراءِ من شدِّ مُلهِبِ

٣٦ خفى الفأرَ من أنفاقِه فكأنّما ... تجلّلَه شُؤبوبُ غيثٍ مُنقِّبِ

٣٧ فظلّ لثيرانِ الصَّريمِ غماغمٌ ... يُداعسُهنّ بالنَّضيِّ المُعلَّبِ

٣٨ فهاوٍ على حُرِّ الجبينِ ومُتّقٍ ... بمِدريةٍ كأنّها ذَلقُ مِشعَبِ

٣٩ فعادى عِداءً بين ثورٍ ونعجةٍ ... وتيسٍ شَبوبٍ كالهشيمةِ قَرهَبِ

٤٠ فقلنا ألا قد كان صيدٌ لقانصٍ ... فخبّوا علينا فضلَ بُردٍ مُطنَّبِ

٤١ فظلّ الأكُفُّ يختلفنَ بحانِذٍ ... إلى جُؤجُؤٍ مثلِ المَداكِ المُخضَّبِ

٤٢ كأنّ عيونَ الوحشِ حولَ خِبائنا ... وأرحُلِنا الجَزعُ الذي لم يُثقَّبِ

٤٣ ورُحنا كأنّا من جُؤاثى عشيّةً ... نُعالي النِّعاجَ بين عِدلٍ ومُحقَبِ

٤٤ وراحَ كشاةِ الرَّبلِ ينفضُ رأسَه ... أذاةٌ به من صائكٍ مُتحلِّبِ

٤٥ وراحَ يُباري في الجِنابِ قَلوصَنا ... عزيزاً علينا كالحُبابِ المُسيَّبِ

## ٢

الطويل

١ طحا بك قلبٌ في الحِسانِ طَروبُ ... بُعيدَ الشبابِ عصرَ حانَ مَشيبُ

٢ يُكلِّفُني ليلى وقد شطَّ وَليُها ... وعادتْ عَوادٍ بيننا وخُطوبُ

١١ فقامت كما قامت من الأدم مغزل    ببيشة ترعى في أراك وحلب
١٢ فعشنا بها من الشباب ملاوة    فأنجح آيات الرسول المخبب
١٣ فإنك لم تقطع لبانة عاشق    بمثل بكور أو رواح مؤوب
١٤ بمجفرة الجنبين حرف شملة    كهمك مرقال على الأين ملحب
١٥ إذا ما ضربت الدف أو صلت صولة    ترقب مني غير أدنى ترقب
١٦ بعين كمرآة الصناع تديرها    بمحجرها من النصيف المنقب
١٧ كأن بحاذيها إذا ما تشذرت    عثاكيل قنو من سميحة مرطب
١٨ تذب به طورا وطورا تمره    كذب البشير بالرداء المهذب
١٩ وقد أغتدي والطير في وكناتها    وماء الندى يجري على كل مذنب
٢٠ بمنجرد قيد الأوابد لاحه    طراد الهوادي كل شأو مغرب
٢١ بغوج لبانه يتم بريمه    على نفث راق خشية العين مجلب
٢٢ كميت كلون الأرجوان نشرته    لبيع الرداء في الصوان المكعب
٢٣ ممر كعقد الأندري يزينه    مع العتق خلق مفعم غير جأنب
٢٤ له حرتان تعرف العتق فيهما    كسامعتي مذعورة وسط ربرب
٢٥ وجوف هواء تحت متن كأنه    من الهضبة الخلقاء زحلوق ملعب
٢٦ قطاة ككردوس المحالة أشرفت    إلى سند مثل الغبيط المذأب
٢٧ وغلب كأعناق الضباع مضيغها    سلام الشظى يغشى بها كل مركب
٢٨ وسمر يفلقن الظراب كأنها    حجارة غيل وارسات بطحلب
٢٩ إذا ما اقتنصنا لم نخاتل بجنة    ولكن ننادي من بعيد ألا اركب

٢٢ تَرادُ على دِمْنِ الحِياضِ فإنْ تَعَفْ  فإنّ المُنَدّى رِحْلةٌ فرُكوبُ
٢٣ وأنتَ امرؤٌ أفضَتْ إليكَ أمانتي  وقبلَكَ رَبَّتْني فضِعتُ رُبوبُ
٢٤ فأدَّتْ بنو كعبِ بنِ عوفٍ ربيبَها  وغُودِرَ في بعضِ الجُنودِ ربيبُ
٢٥ فواللهِ لولا فارسُ الجَوْنِ منهمُ  لآبوا خَزايا والإيابُ حبيبُ
٢٦ تُقَدِّمُهُ حتّى تَغيبَ حُجولُهُ  وأنتَ لِبَيضِ الدّارعينَ ضَروبُ
٢٧ مُظاهِرُ سِرْبالَيْ حَديدٍ عليهِما  عَقيلا سُيوفٍ مِخْذَمٌ ورَسوبُ
٢٨ فجالَدْتَهُمْ حتّى اتَّقَوكَ بكَبْشِهِمْ  وقد حانَ مِن شمسِ النّهارِ غُروبُ
٢٩ وقاتَلَ مِن غَسّانَ أهلُ حِفاظِها  وهِنْبٌ وقاسٌ جالَدَتْ وشَبيبُ
٣٠ تَخَشْخَشُ أبدانُ الحَديدِ عليهمُ  كما خَشْخَشَتْ يُبْسَ الحَصادِ جَنوبُ
٣١ تَجودُ بنَفْسٍ لا يُجادُ بمِثْلِها  وأنتَ بها يومَ اللِّقاءِ تَطيبُ
٣٢ كأنّ رِجالَ الأوسِ تحتَ لَبانِهِ  وما جَمَعَتْ جَلٌّ معًا وعَتيبُ
٣٣ رَغا فوقَهُمْ سَقْبُ السّماءِ فداحِصٌ  بشِكَّتِهِ لم يُسْتَلَبْ وسَليبُ
٣٤ كأنّهُمُ صابَتْ عليهمْ سَحابةٌ  صَواعِقُها لِطَيرِهِنّ دَبيبُ
٣٥ فلم تَنْجُ إلّا شَطْبةٌ بلِجامِها  وإلّا طِمِرٌّ كالقَناةِ نَجيبُ
٣٦ وإلّا كَمِيٌّ ذو حِفاظٍ كأنّهُ  بما ابْتَلّ مِن حَدِّ الظُّباةِ خَضيبُ
٣٧ وفي كلِّ حيٍّ قد خَبَطْتَ بنِعْمةٍ  فحُقَّ لشأسٍ مِن نَداكَ ذَنوبُ
٣٨ وما مِثْلُهُ في النّاسِ إلّا قَبيلُهُ  مُساوٍ ولا دانٍ لذاكَ قَريبُ
٣٩ فلا تَحْرِمَنّي نائلًا عن جَنابةٍ  فإنّي امرؤٌ وَسْطَ القِبابِ غَريبُ

٣ منعمة لا يستطاع كلامها  على بابها من أن تزار رقيب

٤ إذا غاب عنها البعل لم تفش سره  وترضي إياب البعل حين يؤوب

٥ فلا تعدلي بيني وبين مغمر  سقتك روايا المزن حيث تصوب

٦ سقاك يمان ذو حبي وعارض  تروح به جنح العشي جنوب

٧ وما أنت أم ما ذكرها ربعية  يخط لها من ثرمداء قليب

٨ فإن تسألوني بالنساء فإنني  بصير بأدواء النساء طبيب

٩ إذا شاب رأس المرء أو قل ماله  فليس له من ودهن نصيب

١٠ يردن ثراء المال حيث علمنه  وشرخ الشباب عندهن عجيب

١١ فدعها وسل الهم عنك بجسرة  كهمك فيها بالرداف خبيب

١٢ وناجية أفنى ركيب ضلوعها  وحاركها تهجر فدؤوب

١٣ وتصبح عن غب السرى وكأنها  مولعة تخشى القنيص شبوب

١٤ تعفق بالأرطى لها وأرادها  رجال فبذت نبلهم وكليب

١٥ إلى الحارث الوهاب أعملت ناقتي  لكلكلها والقصريين وجيب

١٦ لتبلغني دار امرئ كان نائيا  فقد قربتني من نداك قروب

١٧ إليك أبيت اللعن كان وجيفها  بمشتبهات هولهن مهيب

١٨ تتبع أفياء الظلال عشية  على طرق كأنهن سبوب

١٩ هداني إليك الفرقدان ولاحب  له فوق أصواء المتان علوب

٢٠ بها جيف الحسرى فأما عظامها  فبيض وأما جلدها فصليب

٢١ فأوردتها ماء كأن جمامه  من الأجن حناء معا وصبيب

٣ وَقَرَّتْ لَهُمْ عَيْنِي بِيَوْمٍ خَلَقْتُهُ كَأَنَّهُمُ تَلْبِيعُ شَاءٍ مُعَنَّمِ
٤ عَشِيَّةَ ... اِلَى شِلْوِ تَنُولٍ قُبَلَهُمْ تُتِيمُ عِظَامَ ٱلرَّأْسِ ضَخْمُ ٱلْمُلَكَّمِ

٧ — الكامل

١ وَأَخِي مُخَافَتَةٍ يَلِيقُ جُفُونَهُ فَفِي جَرَرْتُ لَهُ ٱلشِّوَاءَ بِمِضْغَمِ
٢ مِنْ بَازِلٍ ضَرَبْتُ بِسَلِّيتٍ بَاتِرٍ يَبْغِي أَغَرَّ تَحِيرُ فَضْلَ ٱلْمِئْزَرِ
٣ وَرَفَعْتُ رَاحِلَةً كَأَنَّ ظُلُوفَهَا مِنْ نَحْنِ رَاكِبِهَا سَقَائِفُ عَرْعَرِ
٤ حَرَجًا اِذَا فَاجَ ٱلسَّرَابُ عَلَى ٱلضُّحَى وَٱسْتُنَّ فِي أُنُفِ ٱلضَّحَاءِ ٱلْأَنْجُمِ

٨ — الطويل

١ وَسِرٍّ كَثَوْبِ ٱلزِّبْرِقَانِ تَمَلَّتَهُ كَمَا نَعَلَتْ خَافٍ تَيَامَنَ بِهَا وَقْرُ
٢ إِذَا مَا ٱحْتَلَتْ وَٱلْحَبَائِرُ فَوْقَهَا أَتَى ٱلْحَوْلُ لَا بُرْءٌ جَبِيرٌ وَلَا كَسْرُ
٣ تَرَاهُ كَأَنَّ ٱللهَ يَجْدَعُ أَنْفَهُ وَعَيْنَيْهِ إِنْ مَوْلَاهُ ثَابَ لَهُ وَفْرُ
٤ تَرَى ٱلشَّرَّ قَدْ أَفْنَى دَوَائِرَ وَجْهِهِ كَضَبِّ ٱلْكُدَى أَفْنَى أَنَامِلَهُ ٱلْحَفْرُ

٩ — البسيط

١ وَشَامِتٍ بِي لَا تَخْفَى عَدَاوَتُهُ اِذَا حِمَامِي سَاقَتْهُ ٱلْمَقَادِيرُ
٢ اِذَا تَضَمَّنَنِي بَيْتٌ بِرَابِيَةٍ آبُوا سِرَاعًا وَأَمْسَى وَهْوَ مَهْجُورُ
٣ فَلَا يَغُرَّنْكَ جَرِّي ٱلثَّوْبَ مُعْتَجِرًا إِنِّي ٱمْرُؤٌ بِي عِنْدَ ٱلْمَجْدِ تَشْمِيرُ
٤ كَأَنَّنِي لَمْ أَقُلْ يَوْمًا لِغَادِيَةٍ شُدُّوا وَلَا بِتُّهُ فِي مَوْكِبٍ سِيرُوا
٥ سَارُوا جَمِيعًا وَقَدْ طَالَ ٱلْوَجِيفُ بِهِمْ حَتَّى بَدَا وَاضِحُ ٱلْأَقْرَابِ مَشْهُورُ
٦ وَلَمْ أُصَبِّحْ حِمَامَ ٱلْمَاءِ طَاوِيَةً بِٱلْقَوْمِ يَرْدُفُهُمْ بِٱلْخَيْلِ تَبْكِيرُ

## ٣

السريع

١ ذاقته غسان بشعري إذ    كان لقومي في الفداء جحد

٢ لكان فيه ما أتاك وفي    تسعين أسرى مقرنين صفد

٣ دافع قومي في الكتيبة إذ    طار لأطراف الظباء وقد

٤ فاستنقذوا عند ابن جفنة في    الأغلال منهم والحديد عقد

٥ إذ مجنّب في المجنّبين وفي    الهلكة غيّ نادق ورشد

## ٤

الطويل

١ تراءت واستار من البيت دونها    إلينا وحانت غفلة المتفقد

٢ بعيني مهاة تحدر الدمع منهما    بريمين شتى من دموع وإثمد

٣ وجيد غزال شادن فرّنت له    من الحلي سمطي لؤلؤ وزبرجد

## ٥

الطويل

١ ويلمّ لذات الشباب معيشة    مع الكثر يعطاه الفتى المتلف الندي

٢ وقد يعقل القل الفتى دون همه    وقد كان لولا القل طلاع أنجد

٣ وقد أقطع الخرق المخوف به الردى    بعنس كجفن الفارسي المسرد

٤ كأن لبراعيها على الخز نعتها    وجهمن لبراعها ساتج متجرد

## ٦

الطويل

١ إذ تقنيهم للمكارم أنهم    بنجران في شه العجاج الموقم

٢ أسعيا إلى نجران في شهر ناجر    حفاة وأعيى كل أغبر منسم

٤ فبانَ لنا قابوسُ نبي وبيننا  بأرضٍ تنفي الشيءَ خُرْمٌ مناقِلُهْ

٥ إذا ارتحلوا أحمرَ كلُّ مُوَيَّبِهِ  وكلُّ مُجيبٍ نقرةً وصواهِلُهْ

٦ فهلّا أصرفتَ شيئًا تمدُّ نديئَهُ  إلى مُعْرِضٍ عن صيهِ لا يُواصِلُهْ

## ١٣

البسيط

١ هل ما علمتَ وما استُودِعتَ مكتومُ  أم حبلُها إذ نأتكَ اليومَ مصرومُ

٢ أم هل كبيرٌ بكى لم يقضِ عَبرتَهُ  إثرَ الأحبّةِ يومَ البينِ مشكومُ

٣ لم أدرِ بالبينِ حتّى أزمعوا ظَعَنًا  كلُّ الجمالِ قُبيلَ الصبحِ مزمومُ

٤ رَدَّ الإماءُ جمالَ الحيِّ فاحتملوا  فكلُّها بالتزيديّاتِ معكومُ

٥ عقلًا ورقمًا تظلُّ الطيرُ تتبعُهُ  كأنّهُ من دمِ الأجوافِ مدمومُ

٦ يحملنَ أترجّةً نضحُ العبيرِ بها  كأنّ تطيابَها في الأنفِ مشمومُ

٧ كأنّ فارةَ مسكٍ في مفارقِها  للباسطِ المتعاطي وهو مزكومُ

٨ فالعينُ منّي كأنْ غربٌ تحطُّ بهِ  دهماءُ حاركُها بالقِتبِ محزومُ

٩ قد عُرّيت حِقبةً حتّى استطفّ لها  كِترٌ كحافةِ كيرِ القينِ ملمومُ

١٠ كأنّ غِسلةَ خِطميٍّ بمِشفرِها  في الخدِّ منها وفي اللَّحيينِ تلغيمُ

١١ قد أدبرَ العُرُّ عنها وهي شاملُها  من ناصعِ القطِرانِ الصِّرفِ ترسيمُ

١٢ تسقي مذانبَ قد زالت عصيفتُها  حدورُها من أتيِّ الماءِ مطمومُ

١٣ من ذكرِ سلمى وما ذكري الأوانَ لها  إلّا السَّفاهُ وظنُّ الغيبِ ترجيمُ

١٤ صِفرُ الوشاحينِ ملءُ الدرعِ خرعبةٌ  كأنّها رشأٌ في البيتِ ملزومُ

١٥ هل تُلحِقنّي بأولى القومِ إذ شحطوا  جلذيّةٌ كأتانِ الضَّحْلِ علكومُ

٥ أوردتُها وصدورُ العيسِ مُسْنفَةٌ ... والصبحُ بالكوكبِ الدُّرِّيِّ مَنْحُورُ

٦ تَنَاشَرُوا بَعْدَ مَا طَالَ الوجيفُ بِهِمْ ... بالصبحِ لَمَّا بَدَتْ مِنْهُ تَبَاشِيرُ

٧ بَدَتْ سَوَابِقُ مِنْ أُولاهُ نَعْرِفُهَا ... وَكِبْرَةٌ فِي سَوَادِ اللَّيْلِ مَسْتُورُ

## ١٠

الطويل

١ وَنَحْنُ جَلَبْنَا مِنْ ضَرِيَّةَ خَيْلَنَا ... نُكَلِّفُهَا حَدَّ الإِكَامِ قَطَائِفَا

٢ سِرَاعًا يَزِلُّ الماءُ عَنْ حَجَبَاتِهَا ... نُكَلِّفُهَا غَوْلًا بَطِينًا وَغَائِفَا

٣ بَعَثْنَ يَبِيسَ الماءِ عَنْ حَجَبَاتِهَا ... وَيَشْكُونَ آثَارَ السِّيَاطِ خَوَائِفَا

٤ فَأَدْرَكَهُمْ دُونَ الهَبَاءَةِ مُقْعِرًا ... وَقَدْ كَانَ شَأْوًا بَالِغَ الجُهْدِ نَائِفَا

٥ أَصَبْنَ الطَّرِيفَ وَالطَّرِيفَ بْنَ مَالِكٍ ... وَكَانَ شِفَاءً لَوْ أَصَبْنَ المَلَاقِطَا

٦ إِذَا صَرَفُوا مَا قَدَّمُوا لِنُفُوسِهِمْ ... مِنَ الشَّرِّ إِنَّ الشَّرَّ مُرْدٍ أَوَاصِلَا

٧ فَلَمْ أَرَ يَوْمًا كَانَ أَكْثَرَ بَاكِيًا ... وَأَكْثَرَ مَغْبُونًا يُجَلُّ وَغَابِطَا

## ١١

البسيط

١ أَمْسَى بَنُو نَهْشَلٍ تَيَّانَ دُونَهُمُ ... أَمُطْعِمُونَ ابْنَ جَارِهِمُ إِذَا جَاعَا

٢ كَأَنَّ زَيْدَ مَنَاةَ بَعْدَهُمُ غَنَمٌ ... صَاحَ الرِّعَاءُ بِهَا أَنْ تَهْبِطَ القَاعَا

٣ أَبْلِغْ بَنِي نَهْشَلٍ عَنِّي مُغَلْغَلَةً ... إِنَّ الحِمَى بَعْدَهُمْ وَالثَّغْرَ قَدْ ضَاعَا

## ١٢

الطويل

١ مَنْ رَجُلٌ أَحْبُوهُ رَحْلِي وَنَاقَتِي ... يُبَلِّغُ عَنِّي الشِّعْرَ إِذْ مَاتَ قَائِلُهْ

٢ نَذِيرًا وَمَا يُغْنِي النَّذِيرُ بِشَيْءٍ ... لِمَنْ شَاءَهُ حَوْلَ البَدِيِّ وَجَامِلُهْ

٣ فَقُلْ لِتَمِيمٍ تَجْعَلِ الرَّمْلَ دُونَهَا ... وَغَيْرَ تَمِيمٍ فِي الهَوَاجِرِ جَاهِلُهْ

٣٥ ومن تعرّض للغربان يزجرها … على سلامته لا بدّ مشؤوم

٣٦ وكلّ بيت وإن طالت إقامته … على دعائمه لا بدّ مهدوم

٣٧ قد أشهد الشرب فيهم مزهر رنم … والقوم تصرعهم صهباء خرطوم

٣٨ كأس عزيز من الأعناب عتّقها … لبعض أربابها حانيّة حوم

٣٩ تشفي الصداع ولا يؤذيك صالبها … ولا يخالطها في الرأس تدويم

٤٠ عانيّة قرقف لم تطّلع سنة … يجنّها مدمج بالطين مختوم

٤١ ظلّت ترقرق في الناجود يصفقها … وليد أعجم بالكتّان مفدوم

٤٢ كأنّ إبريقهم ظبي على شرف … مفدّم بسبا الكتّان ملثوم

٤٣ أبيض أبرزه للضحّ راقبه … مقلّد قضب الريحان مفغوم

٤٤ وقد غدوت على قرني يشيّعني … ماض أخو ثقة بالخير موسوم

٤٥ وقد علوت قتود الرحل يسفعني … يوم تجيء به الجوزاء مسموم

٤٦ حام كأنّ أوار النار شامله … دون الثياب ورأس المرء معموم

٤٧ وقد أقود أمام الحيّ سلهبة … يهدي بها نسب في الحيّ معلوم

٤٨ لا في شظاها ولا أرساغها عنت … ولا السنابك أفناهنّ تقليم

٤٩ سلّاءة كعصا النهديّ غلّ بها … ذو فيئة من نوى قرّان معجوم

٥٠ تتبع جونًا إذا ما هيّجت زجلت … كأنّ دفًّا على علياء مهزوم

٥١ يهدي بها أكلف الخدّين مختبر … من الجمال كثير اللحم عيثوم

٥٢ إذا تزغّم من حافاتها ربع … حنّت شغاميم في حافاتها كوم

٥٣ وقد أصاحب فتيانًا طعامهم … خضر المزاد ولحم فيه تنشيم

١٦ تلاحظ السوط شزرا وهي ضامزة ... كما توجس طاوي الكشح موشوم

١٧ كأنها خاضب زعر قوائمه ... أجنى له باللوى شري وتنوم

١٨ يظل في الحنظل الخطبان ينقفه ... وما استطف من التنوم مخذوم

١٩ فوه كشق العصا لأيا تبينه ... أسك ما يسمع الأصوات مصلوم

٢٠ حتى تذكر بيضات وهيجه ... يوم رذاذ عليه الريح مغيوم

٢١ فلا تزيده في مشيه نفق ... ولا الزفيف دوين الشد مسؤوم

٢٢ يكاد منسمه يختل مقلته ... كأنه حاذر للنخس مشهوم

٢٣ يأوي إلى خرق زعر قوادمها ... كأنهن إذا بركن جرثوم

٢٤ وضاعة كعصي الشرع جؤجؤه ... كأنه بتناهي الروض علجوم

٢٥ حتى تلافى وقرن الشمس مرتفع ... أدحي عرسين فيه البيض مركوم

٢٦ يوحي إليها بإنقاض ونقنقة ... كما تراطن في أفدانها الروم

٢٧ صعل كأن جناحيه وجؤجؤه ... بيت أطافت به خرقاء مهجوم

٢٨ تحفه هقلة سطعاء خاضعة ... تجيبه بزمار فيه ترنيم

٢٩ بل كل قوم وإن عزوا وإن كثروا ... عريفهم بأثافي الشر مرجوم

٣٠ والجود نافية للمال مهلكة ... والبخل مبق لأهليه ومذموم

٣١ والمال صوف قرار يلعبون به ... على نقادته واف ومجلوم

٣٢ والحمد لا يشترى إلا له ثمن ... مما تضن به النفوس معلوم

٣٣ والجهل ذو عرض لا يستراد له ... والحلم آونة في الناس معدوم

٣٤ ومطعم الغنم يوم الغنم مطعمه ... أنى توجه والمحروم محروم

## بسم الله الرحمن الرحيم

## ديوان

## شعر امرئ القيس الكندي

وهو ابو زيد حُندُج بن حُجر بن الحارث ويقال له الملك الضِلّيل

الكامل

١

١ سالت بهنّ نطاعِ في رأدِ الضحى والأمعزان فسالت الأوداء

٢ يخرجن من خللِ الغبارِ عشيّةً بالدّارعين كأنّهنّ ظباء

الطويل

٢

١ عفى واردات والقليب ولعلعا ملثٌّ سماكيٌّ فوحفة آيهما

٢ فمرّ على الحبتيّن خبتي عنيزة فذاتِ النقاعِ فانتحى وتصوّبا

٣ فلمّا تدلّى من أعالي طميّة أبسّت به ريحُ الصبا فتحلّبا

المتقارب

٣

١ يا هندُ لا تنكحي بوهةً عليه عقيقته أحسبا

٢ مرسّعةٌ بين أرساغه به عسمٌ يبتغي أرنبا

٣ ليجعل في ساقه كعبها حذار المنيّة أن يعطبا

٤ فلستُ بخزرافةٍ في القعود ولستُ بطيّاخةٍ أخدبا

وَقَدْ يَسَرْتُ إِذَا مَا ٱلْجُوعُ كَلَّفَهُ مُعَقَّبٌ مِنْ قِدَاحِ ٱلنَّبْعِ مَقْرُومُ

لَوْ تَيْسِرُونَ بِخَيْلٍ قَدْ يَسَرْتُ بِهَا وَكُلُّ مَا يَسَرَ ٱلْأَقْوَامُ مَغْرُومُ

كمل جميع قصايد علقمة التميمي

ويتلوها شعر امرء القيس الكندي

ان شاء الله

تعالى

١٣ غداة غدوا فسالك بطن نخلة ... وآخر منهم جازع نجد كبكب
١٤ فإنك لم يفخر عليك كفاخر ... ضعيف ولم يغلبك مثل مغلب
١٥ وإنك لم تقطع لبانة عاشق ... بمثل غدو أو رواح مؤوب
١٦ ومرقبة لا يرفع الصوت عندها ... مقيم حثوث عاليين وخيب
١٧ فرحت على أقوال أرض أخافها ... بحالب منفوح من الحشو شرجب
١٨ ودوية لا يهتدى لفلاتها ... بعرفان أعلام ولا ضوء كوكب
١٩ تلافيتها والبوم يدعو بها الصدى ... وقد ألبست أفراطها ثني غيهب
٢٠ بمجفرة حرف كأن قتودها ... على أبلق الكشحين ليس بمغرب
٢١ يغرد بالأسحار في كل مرتع ... تغرد مريح الندامى المطرب
٢٢ يوارد مجهولات كل خميلة ... يمج لفاظ البقل في كل مشرب
٢٣ وقد أغتدي قبل الشروق بسابح ... أقب كيعفور الفلاة محنب
٢٤ بلحي منيفة كأن أذني جعاضه ... وتقريبه قرنا ذآليل ثعلب
٢٥ عظيم طويل مطمئن كأنه ... بأسفل ذي ماوان سرحة مرقب
٢٦ يباري الخنوف المستقل زماعه ... ترى شخصه كأنه عود مشجب
٢٧ له أيطلا ظبي وساقا نعامة ... وصهوة عير قائم فوق مرقب
٢٨ كميت متراد للأحمر ما دام بالغا ... وفي الصمر منشق القوائم شوذب
٢٩ له جؤجؤ حشر كأن لجامه ... يعلى به في رأس جذع مشذب
٣٠ له حارك كالدعص لبده الندى ... إلى كاهل مثل الرتاج المضبب
٣١ وعينان كالماويتين ومحجر ... إلى سند مثل الصفيح المنصب

٥ وَلَسْتُ بِذِي رَثْيَةٍ إِمَّرٍ ... إِذَا قِيدَ مُسْتَكْرَهًا أَصْحَبَا

٦ وَقَالَتْ بِنَفْسِي شَبَابٌ لَهُ ... وَلِمَّتُهُ قَبْلَ أَنْ يَشْجُبَا

٧ وَإِذْ هِيَ سَوْدَاءُ مِثْلُ ٱلْفَحِيمِ ... تُغَشِّي ٱلْمَطَانِبَ وَٱلْمَنْكِبَا

٨ فَلَمَّا ٱتْتَنَحَيْتُ بِعَيْرَانَةٍ ... تُشَبِّهُهَا فَطِنًا مُغْضَبَا

٩ تُجَاوِبُ أَصْوَاتَ أَنْيَابِهَا ... كَمَا رَنَّمَتْ فِي ٱلضَّالَةِ ٱلْأَخْطَبَا

١٠ كَأَكْدَرَ مُلْتَئِمٍ خَلْقُهُ ... تَرَاهُ إِذَا مَا غَدَا تَلَبَّبَا

٣

الطويل

١ خَلِيلَيَّ مُرَّا بِي عَلَى أُمِّ جُنْدَبِ ... لِنَقْضِيَ حَاجَاتِ ٱلْفُؤَادِ ٱلْمُعَذَّبِ

٢ فَإِنَّكُمَا إِنْ تَنْظُرَانِيَ سَاعَةً ... مِنَ ٱلدَّهْرِ تَنْفَعْنِي لَدَى أُمِّ جُنْدَبِ

٣ أَلَمْ تَرَ أَنِّي كُلَّمَا جِئْتُ طَارِقًا ... وَجَدْتُ بِهَا طِيبًا وَإِنْ لَمْ تَطَيَّبِ

٤ عَقِيلَةُ أَتْرَابٍ لَهَا لَا دَمِيمَةٌ ... وَلَا ذَاتُ خَلْقٍ إِنْ تَأَمَّلْتَ جَأْنَبِ

٥ تَبَصَّرْ خَلِيلِي هَلْ تَرَى مِنْ ظَعَائِنٍ ... سَلَكْنَ ضُحَيًّا بَيْنَ حَزْمَيْ شَعَبْعَبِ

٦ عَلَوْنَ بِأَنْطَاكِيَّةٍ فَوْقَ عِقْمَةٍ ... كَجِرْمَةِ نَخْلٍ أَوْ كَجَنَّةِ يَثْرِبِ

٧ فَعَيْنَاكَ غَرْبَا جَدْوَلٍ فِي مُفَاضَةٍ ... كَمَرِّ خَلِيجٍ فِي صَفِيحٍ مُصَوَّبِ

٨ أَلَا لَيْتَ شِعْرِي كَيْفَ حَادِثُ وَصْلِهَا ... وَكَيْفَ تَظُنُّ بِٱلْإِخَاءِ ٱلْمُغَيَّبِ

٩ أَدَامَتْ عَلَى مَا بَيْنَنَا مِنْ نَصِيحَةٍ ... أُمَيْمَةُ أَمْ صَارَتْ لِقَوْلِ ٱلْمُخَبِّبِ

١٠ فَإِنْ تَنْأَ عَنْهَا حِقْبَةً لَا تُلَاقِهَا ... فَإِنَّكَ مِمَّا أَحْدَثَتْ بِٱلْمُجَرِّبِ

١١ وَقَالَتْ مَتَى يُبْخَلْ عَلَيْكَ وَيُعْتَلَلْ ... يَسُؤْكَ وَإِنْ يُكْشَفْ غَرَامُكَ تَدْرَبِ

١٢ فَلِلَّهِ عَيْنَا مَنْ رَأَى مِنْ تَفَرُّقٍ ... أَشَتَّ وَأَنْأَى مِنْ فِرَاقِ ٱلْمُحَصَّبِ

٥١ تراهن من تحت الغبار نواصلا ... ويخرجن من جعد الثرى متنصب
٥٢ فأدركهن ثانيا من عنانه ... يمر كمر الرائح المتحلب
٥٣ فغادر صرعى من حمار وخاضب ... وتيس وثور كالهشيمة قرهب
٥٤ فظل لثيران الصريم غماغم ... يدعسها بالسمهري المعلب
٥٥ فكاب على حر الجبين ومتق ... بمدرية كأنها ذلق مشعب
٥٦ فقلت لفتيان كرام ألا انزلوا ... فعالوا علينا فضل برد مطنب
٥٧ فبتنا إلى بيت بعلياء مردج ... سماوته من أتحمي معصب
٥٨ وأوتاده ماذية وعماده ... ردينية فيها أسنة قعضب
٥٩ فلما دخلناه أضفنا ظهورنا ... إلى كل حاري جديد مشطب
٦٠ فظل لنا يوم لذيذ بنعمة ... فقل في مقيل نحسه متغيب
٦١ كأن عيون الوحش حول خبائنا ... وأرحلنا الجزع الذي لم يثقب
٦٢ نمش بأعراف الجياد أكفنا ... إذا نحن قمنا عن شواء مضهب
٦٣ إلى أن تروحنا بلا متعتب ... عليه كسيد الردهة المتأوب
٦٤ ورحنا كأنا من جواثا عشية ... نعالي النعاج بين عدل ومحقب
٦٥ وراح كتيس الربل ينفض رأسه ... أذاة به من صائك متحلب
٦٦ وحب إلى الأصحاب غير ملعن ... يفدونه بالأمهات وبالأب
٦٧ كأن دماء الهاديات بنحره ... عصارة حناء بشيب مخضب
٦٨ فيوما على بقع دقاق صخوره ... ويوما على سفع المدامع ربرب
٦٩ ويوما على صلت الجبين مسحج ... ويوما على بيدانة أم تولب

٣٢ وتخطو على صُمٍّ صلابٍ كأنها   حجارةُ غيلٍ وارساتٌ بطحلب

٣٣ لها أذنانِ تعرفُ العتقَ فيهما   كسامعتَي مذعورةٍ وسطَ ربرب

٣٤ ومستفلكُ الذفرى كأنَّ عنانَه   ومثناتَه في رأسِ جذعٍ مشذَّب

٣٥ وأسحمُ ريّانُ العسيبِ كأنه   عثاكيلُ قنوٍ من سميحةَ مُرطِب

٣٦ ويبوّ قسواه تحتَ صلبٍ كأنه   من الهضبةِ الخلقاءِ زحلوقُ ملعب

٣٧ يديرُ قطاةً كالمحالةِ أشرفت   إلى سندٍ مثلِ الغبيطِ المذأَّب

٣٨ إذا ما جرى شأوينِ وابتلَّ عطفُه   تقولُ هزيزُ الريحِ مرَّت بأثأب

٣٩ ضليعٌ إذا استدبرتَه سدَّ فرجَه   بضافٍ فويقَ الأرضِ ليس بأصهب

٤٠ إذا ما ركبنا قال ولدانُ أهلنا   تعالوا إلى أن يأتيَ الصيدُ نحطب

٤١ ونعجد في الأريّ حتى كأننا   به عُرّةٌ أو طائفٌ غيرُ مُعقِب

٤٢ خرجنا نراعي الوحشَ حولَ ثعالةٍ   وبين رُحيّاتٍ إلى فجِّ أخرب

٤٣ فآنسنَ سرباً من بعيدٍ كأنه   رواهبُ عيدٍ في ملاءٍ مُهدَّب

٤٤ فبينا نعاجٌ يرتعينَ خميلةً   كمشيِ العذارى في الملاءِ المهدَّب

٤٥ فألقيتُ في فيهِ اللجامَ وقلتني   وقال صحابي قد شأونك فاطلب

٤٦ فلأياً بلأيٍ ما حملنا غلامَنا   على ظهرِ محبوكِ السراةِ مُحنَّب

٤٧ فقفّى على آثارهنَّ بحاصبٍ   وغيبةِ شؤبوبٍ من الشدِّ ملهِب

٤٨ فأدركَ لم يعرق مناطُ عذارِه   يمرُّ كخذروفِ الوليدِ المثقَّب

٤٩ ترى الفارَ في مستعقدِ الأرضِ لاحباً   على جددِ الصحراءِ من شدِّ ملهب

٥٠ خفاهنَّ من أنفاقهنَّ كأنما   خفاهنَّ ودقٌ من عشيٍّ مجلِّب

٣ وأفلتهنّ علباءٌ جريضاً ولو أدركنه صفر الوطاب

البسيط

## ٨

١ الخيرُ ما طلعت شمسٌ وما غربت مُطَلَّبٌ بنواصي الخيل معصوبُ
٢ ثبتْ عليه وما تنحضّ من أمم إنّ البلاء على الأشقين مصبوبُ

البسيط

## ٩

١ يا بؤس للقلب بعد اليوم ما آبه ذكرى حبيب ببعض الأرض قد رابه
٢ قالت سُليمى أراك اليوم مكتئباً والرأس بعدي رأيت الشيب قد عابه
٣ وصار بعد سواد الرأس جمّته كمعقب الرّيط إذ نشّرت هدّابه
٤ ومرقبٍ تسكن العقبان قلّته أشرفته مسفراً والنفس مهتابه
٥ عمداً لأرقب ما بالجوّ من نعمٍ فناظرٌ رأيها منه وخزّابه
٦ لمّا تنزّلت إلى ركبٍ معقّلةٍ شعث الرؤوس كأنّ فوقهم غابه
٧ لمّا ركبنا رفعناهنّ زقزقةً حتّى احتوينا سواماً ثمّ أربابه

الطويل

## ١٠

١ غشيت ديار الحيّ بالبكرات فعارمةٍ فبرقة العيرات
٢ فغولٍ فحليتٍ فنفيٍ فمنعجٍ إلى عاقلٍ فالجبّ ذي الأمرات
٣ ظللت ردائي فوق رأسي قاعداً أعدّ الحصى ما تنقضي عبراتي
٤ أعنّي على التهمام والذكرات يبتن على ذي الهمّ معتكرات
٥ بليل التمام أو وصلن بمثله مقايسةً أيامها نكرات
٦ كأنّي ورحلي والقراب ونمرقي على ظهر عيرٍ وارد الخبرات

## ٥

الوافر

١ أَرَانَا مُوضِعِينَ لِحَتْمِ غَيْبٍ ... وَنُسْحَرُ بِالطَّعَامِ وَبِالشَّرَابِ

٢ عَصَافِيرٌ وَذُبَّانٌ وَدُودٌ ... وَأَجْرَأُ مِنْ مُجَلِّحَةِ الذِّئَابِ

٣ فَبَعْضَ اللَّوْمِ عَاذِلَتِي فَإِنِّي ... سَتَكْفِينِي التَّجَارِبُ وَانْتِسَابِي

٤ إِلَى عِرْقِ الثَّرَى وَشَجَتْ عُرُوقِي ... وَهَذَا الْمَوْتُ يَسْلُبُنِي شَبَابِي

٥ وَنَفْسِي سَوْفَ يَسْلُبُنِي وَجِرْمِي ... وَيُلْحِقُنِي وَشِيكًا بِالتُّرَابِ

٦ أَلَمْ أُنْضِ الْمَطِيَّ بِكُلِّ خَرْقٍ ... أَمَقَّ الطُّولِ لَمَّاعِ السَّرَابِ

٧ وَأَرْكَبُ فِي اللُّهَامِ الْمَجْرِ حَتَّى ... أَنَالَ مَكَارِمَ الْقُحَمِ الرِّغَابِ

٨ وَكُلُّ مَكَارِمِ الْأَخْلَاقِ صَارَتْ ... إِلَيْهِ هِمَّتِي وَبِهِ اكْتِسَابِي

٩ فَقَدْ طَوَّفْتُ فِي الْآفَاقِ حَتَّى ... رَضِيتُ مِنَ الْغَنِيمَةِ بِالْإِيَابِ

١٠ أَبَعْدَ الْحَارِثِ الْمَلِكِ ابْنِ عَمْرٍو ... وَبَعْدَ الْخَيْرِ حُجْرٍ ذِي الْقِبَابِ

١١ أُرَجِّي مِنْ صُرُوفِ الدَّهْرِ لِينًا ... وَلَمْ تَغْفُلْ عَنِ الصُّمِّ الْهِضَابِ

١٢ وَأَعْلَمُ أَنَّنِي عَمَّا قَلِيلٍ ... سَأَنْشَبُ فِي شَبَا ظُفُرٍ وَنَابِ

١٣ كَمَا لَاقَى أَبِي حُجْرٌ وَجَدِّي ... وَلَا أَنْسَى قَتِيلًا بِالْكُلَابِ

## ٦

الطويل

خَلِيلَيَّ مَا فِي الدَّارِ مَصْحًى لِشَارِبٍ ... وَلَا فِي غَدٍ إِذْ ذَاكَ مَا كَانَ مَشْرَبُ

## ٧

الوافر

أَلَا يَا لَهْفَ هِنْدٍ إِثْرَ قَوْمٍ ... هُمُ كَانُوا الشِّفَاءَ فَلَمْ يُصَابُوا

وَقَاهُمْ جَدُّهُمْ بِبَنِي أَبِيهِمْ ... وَبِالْأَشْقَيْنَ مَا كَانَ الْعِقَابُ

٢ بأني قد هلكت بأرض قوم    بعيدا من دياركم بعيدا
٣ ولو أني هلكت بأرض قومي    لقلت الموت حق لا خلودا
٤ أعالج ملك قيصر كل يوم    وأجدر بالمنية أن تقودا
٥ بأرض الشام لا نسب قريب    ولا شاف فيسند أو يعودا
٦ ولو واقتنيهن على أمسي    وحاقة الا وردتن بنا ورودا
٧ على قلص تخط مقلدات    أزمتهن ما يعدلن عودا

## ١٤

المتقارب

١ تطاول ليلك بالأثمد    ونام الخلي ولم ترقد
٢ وبات وباتت له ليلة    كليلة ذي العائر الأرمد
٣ وذلك من نبإ جاءني    وأنبئته عن أبي الأسود
٤ ولو عن نثا غيره جاءني    وجرح اللسان كجرح اليد
٥ لقلت من القول ما لا يزا    ل يؤثر عني يد المسند
٦ بأي علاقتنا ترغبون    أعن دم عمرو على مرثد
٧ فإن تدفنوا الداء لا نخفه    وإن تبعثوا الحرب لا نقعد
٨ وإن تقتلونا نقتلكم    وإن تقصدوا لدم نقصد
٩ متى عهدنا بطعان الكما    ة والمجد والحمد والسودد
١٠ وبني القباب وملء الجفا    ن والنار والحطب الموقد
١١ وأعددت للحرب وثابة    جواد المحثة والمرود
١٢ سبوحا جموحا وإحضارها    كمعمعة السعف الموقد

٧ أرنّ على حقب حيال طروقة كذود الأجير الأربع الأشرات

٨ عنيف بتجميع الضرائر فاحش شتيم كذلق الزج ذي ذمرات

٩ ويأكلن بهمى غضة حبشية ويشربن برد الماء في السبرات

١٠ فأوردها ماء قليلا أنيسه يحاذرن عمرا صاحب القترات

١١ تلث الحصى لثا بسمر رزينة موارن لا كزم ولا معرات

١٢ ويرخين أذنابا كأن فروعها عرى خلل مشهورة ضفرات

١٣ وعنس كألواح الإران نسأتها على لاحب كالبرد ذي الحبرات

١٤ فغادرتها من بعد بدن رذية تغالي على عوج لها كدنات

١٥ وأبيض كالمخراق بليت حده وهبته في الساق والقصرات

## ١١

المتقارب

١ أذود القوافي عني ذيادا ذياد غلام جريء جوادا

٢ فلما كثرن وعنينه تخير منهن ستا جيادا

٣ فأعزل مرجانها جانبا وآخذ من درها المستجادا

## ١٢

البسيط

١ لله زبدان أمسى قبره جلذا وكان من جندل أصم منضودا

٢ لا يفقد القوم فيه كل منتكبهم الا ببزلا تخال الموت مسرودا

٣ قلمت رقاش وأصحابي على عجل تبدي لك النحر واللبات والجيدا

## ١٣

الوافر

١ ألا أبلغ بني حجر بن عمرو وأبلغ ذلك الحي الحديدا

٩ فلمّا استطابوا صبّ في الصحن نصفه ووافى بماء غير طَرْقٍ ولا كدر

١٠ بماء سحاب زلّ عن متن صخرةٍ إلى بطن أخرى طيّبٍ ماؤها خَصِر

١١ حذاب جرت بين اللوى فعرينةٍ ومن ضرى الأدحال فالرمث والسخر

١٢ لعمرك ما إن ضرّني وسط حِمْيَرٍ وأقوالها غيرُ المخيلة والسُّكُر

١٣ وغيرُ الشقاء المستبين فليتني أجُرّ لساني يوم ذلكم مُجِرّ

١٤ لعمري لسعد بن الضباب إذا غدا أحبّ إلينا منك فا فرسٍ حَمِر

١٥ يفاكهنا سعدٌ ويغدو عليهم بمثنى الزقاق المترعات وبالجزر

١٦ وتعرف فيه من أبيه شمائلا ومن خاله ومن يزيد ومن حُجُر

١٧ سماحة ذا وبرّ ذا ووفاء ذا ونائل ذا إذا صحا وإذا سكر

١٨ لعمرك ما سعدٌ بخلّة آثمٍ ولا نأنأٍ يوم الحفاظ ولا حَصِر

١٩ لعمري لقومٌ قد نرى في ديارهم مرابط للأمهار والعكر الدثر

٢٠ أحبّ إلينا من أناس بقنّة يروح على آثار شائهم النمر

## ١٨

الرمل

١ ديمةٌ هطلاء فيها وَطَفٌ طبّق الأرض تحرّى وتدرّ

٢ فترى الودّ إذا ما أشجذت وتواريه إذا ما تعتكر

٣ وترى الضبّ خفيفا ماهرا ثانيا برثنه ما ينعفر

٤ وترى الشجراء في ريّقها كرؤوس قطعت فيها الخُمُر

٥ ساعةً ثم انتحاها وابلٌ ساقط الأكناف واهٍ منهمر

٦ راح تمريه الصبا ثم انتحى فيه شؤبوب جنوبٍ منفجر

١٣ ومَطْرَدًا كَرِشَاءِ الجَرورِ مِنْ خُلَبِ النَّخْلةِ الأَجْرَدِ

١٤ وذا شُطَبٍ غامضًا كَلْمُهُ إذا صابَ بالعَظْمِ لم يَنْأَدِ

١٥ ومَشْدودَةَ السَّكِّ مَوْضونَةً تَضاءَلُ في الطَّيِّ كالمِبْرَدِ

١٦ تَفيضُ على المَرْءِ أَرْدانُها كفَيْضِ الأَتِيِّ على الجَدْجَدِ

١٥ — الطويل

١ أرى إبلي والحمدُ لله أصبحتْ ثِقالاً إذا ما استقبلتها صُعودُها

٢ رعَتْ بِحِيالِ ابْنَيْ زُعَيْمٍ كِلَيْهِما مَعاشِيبَ حتى ضاقَ عنها جُلودُها

١٦ — الطويل

١ لَنِعْمَ الفتى تَعْشو إلى ضَوْءِ نارِهِ طَريفُ بنُ مَلٍّ ليلةَ القُرِّ والخَصَرْ

٢ إذا البازِلُ الكَوْماءُ راحتْ عشيّةً تُلاوِذُ من صوتِ المُبِسّينَ بالشَّجَرْ

١٧ — الطويل

١ لَعَمْرُكَ ما قلبي إلى أهلهِ بِحُرّْ ولا مُقْصِرٍ يومًا فيأتيني بِقُرّْ

٢ ألا إنّما ذا الدهرُ يومٌ وليلةٌ وليس على شيءٍ قويمٍ بمُسْتَمِرّْ

٣ لَيالٍ بذاتِ الطَّلْحِ عند مُحَجَّرٍ أحبُّ إلينا من لَيالٍ على وَقُرْ

٤ أُغادي الصَّبوحَ عند هِرٍّ وفَرْتَنا وليدًا وهل أفنى شبابيَ غيرُ هِرّْ

٥ إذا ذُقْتُ فاها قلتُ طَعْمُ مُدامةٍ مُعَتَّقةٍ ممّا يجيءُ به التُّجُرْ

٦ كنَعْجَتَيْنِ من ظِباءِ تَبالةٍ على جُؤْذُرَيْنِ أو كبَعْضِ دُمى هَكِرْ

٧ إذا قامتا تَضَوَّعَ المِسْكُ منهما ورائحةٌ من اللَّطيمةِ والقُطُرْ

٨ كأنّ التِّجارَ أصْعَدوا بِسَبيئةٍ من الخُصِّ حتى أنزلوها على يُسُرْ

١٧ ولم يرنا كالئٌ كاشحٌ   ولم يُفشَ منّا لدى البيت سِرّ
١٨ وقد رابني قولُها يا هنا   هُ ويحك ألحقت شرًّا بشرّ
١٩ وقد أغتدي ومعي القانصان   وكلٌّ بمربأةٍ مُقتفِر
٢٠ فيُدركُنا فغِمٌ داجنٌ   سميعٌ بصيرٌ طَلوبٌ نكِر
٢١ ألصُّ الضروسِ حَنِيُّ الضلوع   تبوعٌ طلوبٌ نشيطٌ أشِر
٢٢ فأنشبَ أظفارَه في النَّسا   فقلتُ هُبِلتَ ألا تنتصر
٢٣ فكرَّ إليه بمِبراته   كما خلّ ظهرَ اللسانِ المُجِر
٢٤ فظلّ يُرنِّح في غَيطلٍ   كما يستدير الحمارُ النَّعِر
٢٥ وأركبُ في الرَّوع خيفانةً   كسا وجهَها سَعَفٌ منتشِر
٢٦ لها حافرٌ مثلُ قَعبِ الولي   دِ ركّب فيه وظيفٌ عَجِر
٢٧ يُطلّان كعبيهما أمنعا   نِ لحمٍ حماتيهما مُنبتِر
٢٨ لها عَجُزٌ كصفاةِ المسيلِ   أبرزَ عنها جُحافٌ مُضِر
٢٩ لها ذَنَبٌ مثلُ ذيلِ العروسِ   تسدُّ به فرجَها من دُبُر
٣٠ لها متنتانِ خظاتا كما   أكبَّ على ساعديه النَّمِر
٣١ وسالفةٌ كسحوقِ اللَّيا   نِ أضرمَ فيها الغويُّ السُّعُر
٣٢ لها عُذَرٌ كقرونِ النسا   ءِ رُكِّبنَ في يومِ ريحٍ وصِرّ
٣٣ لها جبهةٌ كسراةِ المِجنِّ   حذّفه الصانعُ المقتدِر
٣٤ لها منخرٌ كوِجارِ الضباعِ   فمنه تُريحُ إذا تنبهِر
٣٥ لها ثُنَنٌ كخوافي العُقا   بِ سودٌ يَفِينَ إذا تزبئرّ

٧ ثني حتى هاق عن ابنه ... عرض خيم فخفاف فيسر
٨ فقد غدا يحملني في السفه ... لاحق الأيطلين محبوك ممر

## ١٦

١ لا وأبيك ابنة العامري ... لا يدعي القوم أني أفر
٢ تميم بن مر وأشياعها ... وكندة حولي جميعا صبر
٣ إذا ركبوا الخيل واستلأموا ... تحرقت الأرض واليوم قر
٤ تروح من الحي أم تبتكر ... وماذا يضرك لو تنتظر
٥ أمرخ خيامهم أم عشر ... أم القلب في إثرهم منحدر
٦ وشاقك بين الخليط الشطر ... وفيمن أقام من الحي هر
٧ وهر تصيد قلوب الرجال ... وأفلت منها ابن عمرو حجر
٨ رمتني بسهم أصاب الفؤاد ... غداة الرحيل فلم أنتصر
٩ فأسبل دمعي كفض الجمان ... أو الدر رقراقه المنحدر
١٠ وإذ هي تمشي كمشي النزيف ... يصرعه بالكثيب البهر
١١ برهرهة رخصة رودة ... كخرعوبة البانة المنفطر
١٢ فتور القيام قطيع الكلام ... تفتر عن ذي غروب خصر
١٣ كأن المدام وصوب الغمام ... وريح الخزامى ونشر القطر
١٤ يعل به برد أنيابها ... إذا طرب الطائر المستحر
١٥ فبت أكابد ليل التمام ... والقلب من خشية مقشعر
١٦ فلما دنوت تسديتها ... فثوبا نسيت وثوبا أجر

١٢ غرائر في كنّ وصون ونعمة   يحلّين ياقوتاً وشذراً مفقّرا

١٣ وريح سنا في حقّة حميريّة   تخصّ بمفروك من المسك أذفرا

١٤ وباناً وألويّاً من الهند ذاكياً   ورنداً ولبنى والكباء المقتّرا

١٥ غلقن برهن من حبيب به ادّعت   سليمى فأمسى حبلها قد تبتّرا

١٦ وكان لها في سالف الدهر خلّة   يسارق بالطرف الخباء المستّرا

١٧ إذا نال منها نظرة ريع قلبه   كما ذعرت كأس الصبوح المخمّرا

١٨ نزيف إذا قامت لوجه تمايلت   تراشي الفؤاد الرخص ألّا تختّرا

١٩ أأسماء أمسى ودّها قد تغيّرا   سنبدل إن أبدلت بالودّ آخرا

٢٠ أرى أمّ عمرو دمعها قد تحدّرا   بكاء على عمرو وما كان أصبرا

٢١ إذا نحن سرنا خمس عشرة ليلة   وراء الحساء من مدافع قيصرا

٢٢ إذا قلت هذا صاحب قد رضيته   وقرّت به العينان بدّلت آخرا

٢٣ كذلك جدّي ما أصاحب صاحباً   من الناس إلّا خانني وتغيّرا

٢٤ وكنّا أناساً قبل غزوة قرمل   ورثنا الغنى والمجد أكبر أكبرا

٢٥ له الويل إن أمسى ولا أمّ هاشم   قريب ولا البسباسة ابنة يشكرا

٢٦ أشيم مصاب المزن أين مصابه   ولا شيء يشفي منك يا ابنة عفزرا

٢٧ من القاصرات الطرف لو دبّ محول   من الذرّ فوق الإتب منها لأثّرا

٢٨ فدعها وسلّ الهمّ عنك بجسرة   ذمول إذا صام النهار وهجّرا

٢٩ تقطّع غيطاناً كأنّ متونها   إذا أظهرت تكسى ملاءً منشّرا

٣٠ بعيدة بين المنكبين كأنّما   ترى عند مجرى الضفر هرّاً مشجّرا

٣٦ وعينٌ لها حدرةٌ بدرةٌ ... شُقّت مآقيهما من أُخُرْ
٣٧ إذا أقبلت قلت دبّاءةٌ ... من الخُضْر مغموسةٌ في الغُدُرْ
٣٨ وإن أدبرت قلت أُثفيّةٌ ... ململمةٌ ليس فيها أثَرْ
٣٩ وإن أعرضت قلت سُرعوفةٌ ... لها ذَنَبٌ خلفها مُسبطِرْ
٤٠ وللسوط فيها مجالٌ كما ... تنزّل ذو بَرَدٍ منهمِرْ
٤١ وتعدو كعدوِ نجاة الظِّبا ... ء أخطأها الحاذفُ المقتدِرْ
٤٢ لها وثباتٌ كصوبِ السحابِ ... فوادٍ خطاءٌ ووادٍ مطرْ

## ٣

الطويل

١ سما لك شوقٌ بعد ما كان أقصرا ... وحلّت سُليمى بطن ظبيٍ فعرعرا
٢ كِنانيّةٌ بانت وفي الصدر ودُّها ... مُجاورةً غسّان والحيَّ يَعمُرا
٣ بعينيَّ ظُعنُ الحيّ لمّا تحمّلوا ... إلى جانب الأفلاج من بطن تَيمَرا
٤ فشبّهتُهم في الآل حين زهاهُمُ ... عصائبَ دَومٍ أو سفينًا مُقيَّرا
٥ حمتهُ بنو الربداء من آل يامنٍ ... بأسيافهم حتى أقرّ وأوقرا
٦ وأرضى بني الربداء واعتمّ زهوُهُ ... وأكمامُهُ حتى إذا ما تهصّرا
٧ أوِ المُكرَعاتُ من نخيل ابن يامنٍ ... دُوَينَ الصفا اللائي يلين المشقّرا
٨ أطافت به جَيلانُ عند قِطاعهِ ... وردّت عليه الماء حتى تحيّرا
٩ فأثّت أعاليهِ وآدت أصولُهُ ... ومال بقنوانٍ من البُسر أحمرا
١٠ عوامدَ للأعراض من بطن حلبةٍ ... ودون الغميمِ قاصداتٌ لغضورا
١١ كأنّ دُمى سَقفٍ على ظهر مرمرٍ ... كسا مزبدَ الساجوم وشيًا مصوّرا

٥٠ أقبّ كسرحان الغضا متمطّرٍ ترى الماء من أعطافه قد تحدّرا

٥١ لقد أنكرتني بعلبكّ وأهلها ولابن جريج كان في حمص أنكرا

٥٢ وما جبنت خيلي ولكن تذكّرت مرابطها من بربعيص وميسرا

٥٣ ألا ربّ يوم صالح قد شهدته بتاذف ذات التلّ من فوق طرطرا

٥٤ ولا مثل يوم في قذاران ظلته كأني وأصحابي بقلّة عنترا

٥٥ فهل أنا ماش بين شرط وحيّة وهل أنا لاقٍ حيّ قيس بن شمّرا

٥٦ تبصّر خليلي هل ترى ضوء بارق يضيء الدجى بالليل عن سرو حميرا

٥٧ أجار قسيسا فالطهاء فمسطحا وجوًّا فروّى نخل قيس بن شمّرا

٥٨ وعمرو بن درماء الهمام إذا غدا بذي شطب عضب كمشية قسورا

٥٩ وكنت إذا ما خفت يوما ظلامة فإنّ لها شعبا ببلطة زيمرا

٦٠ نيافا تزلّ الطير عن قذفاته تظلّ الضباب فوقه قد تعصّرا

الطويل

## ٢١

١ أبلغ بني زيد إذا ما لقيتهم وأبلغ بني لبنى وأبلغ تماضرا

٢ وأبلغ ولا تترك بني ابنة منقر أفقرهم إني أفقر خابرا

٣ أحنظل لو كنتم كراما صبرتم وحطتم ولا يلقى التميميّ صابرا

## ٢٢

كان امرؤ القيس معنًّا عِنّيناً ينازع من قيل له انه يقول الشعر فنازع التوءم حتى قتادة بن الحرث بن التوءم اليشكري فقال ان كنت شاعرا فملّط انصاف ما اقول فأجزها فقال نعم فقال امرؤ القيس

الوافر

٣١ تُطايِرُ ظُرّانَ الحَصى بِمَناسِمٍ ... صِلابِ العُجى مَلثومُها غيرُ أمعَرا

٣٢ كأنّ الحَصى مِن خَلفِها وأمامِها ... إذا نَجَلَتْهُ رِجلُها خَذفُ أعسَرا

٣٣ عَلَيها فتىً لم تَحمِلِ الأرضُ مِثلَهُ ... أبرَّ بِميثاقٍ وأوفى وأصبَرا

٣٤ هُوَ المُنزِلُ الآلافَ مِن جَوِّ ناعِطٍ ... بَني أسَدٍ حَزناً مِنَ الأرضِ أوعَرا

٣٥ ولَو شاءَ كانَ الغَزوُ مِن أرضِ حِميَرٍ ... ولكِنَّهُ عَمداً إلى الرُّومِ أنفَرا

٣٦ كأنَّ صَليلَ المَروِ حينَ تُطيرُهُ ... صَليلُ زُيوفٍ يُنتَقَدنَ بِعَبقَرا

٣٧ ألا هَل أتاها والحَوادِثُ جَمّةٌ ... بِأنَّ امرأَ القَيسِ بنَ تَملِكَ بَيقَرا

٣٨ تَذَكَّرتُ أهلي الصّالِحينَ وقَد أتَت ... عَلى حَمَلى بِنا الرِّكابُ وأعفَرا

٣٩ ولمّا بَدَت حَورانُ والآلُ دونَها ... نَظَرتَ فلم تَنظُر بِعَينَيكَ مَنظَرا

٤٠ تَقَطَّعُ أسبابُ اللُّبانَةِ والهَوى ... عَشِيّةَ جاوَزنا حَماةَ وشَيزَرا

٤١ عَشِيّةَ جاوَزنا حَماةَ وسَيرُنا ... أخو الجَهدِ لا يَلوي عَلى مَن تَعَذَّرا

٤٢ ولم يُنسِني ما قَد لَقيتُ ظَعائِناً ... وخَملاً لَها كالقَرِّ يَوماً مُخَدَّرا

٤٣ بَكى صاحِبي لمّا رأى الدَّربَ دونَهُ ... وأيقَنَ أنّا لاحِقانِ بِقَيصَرا

٤٤ فَقُلتُ لَهُ لا تَبكِ عَينُكَ إنّما ... نُحاوِلُ مُلكاً أو نَموتَ فَنُعذَرا

٤٥ فإنّي أذينٌ إن رَجَعتُ مُمَلَّكاً ... بِسَيرٍ تَرى مِنهُ الفُرانِقَ أزوَرا

٤٦ عَلى لَقَمٍ عادِيٍّ تُجارِبُهُ القَطا ... إذا سافَهُ العَودُ النُّباطِيُّ جَرجَرا

٤٧ إذا قُلتُ رَوِّحنا أرَنَّ فُرانِقٌ ... عَلى جَرَجٍ واهي الأباجِلِ أبتَرا

٤٨ عَلى كُلِّ مَقصوصِ الذُّنابى مُعاوِدٍ ... بَريدِ السُّرى بِاللَّيلِ مِن خَيلِ بَربَرا

٤٩ إذا زاعَهُ مِن جانِبَيهِ كِلَيهِما ... مَشى الهَيدَبى في دَفِّهِ ثُمَّ فَرفَرا

الطويل

٢٥

١ عفا شطبٌ من أهله فطُرُطُرُ فمرتبولةٌ إنّ الخيارَ تخيّرُ

٢ فجزعُ مُحيّةٍ كلٌّ لم يعفُ بها سلامةُ حولًا كاملًا وقفورُ

البسيط

٢٦

١ لقد حلفتُ يمينًا غيرَ كاذبةٍ أنّك أقلفُ إلّا ما جنى القمرُ

٢ إذا طعنتَ به مالت عمامتُهُ كما تجمّعَ تحت الفلكةِ الوبرُ

المنسرح

٢٧

١ إنّ بني عوفٍ ابتنوا حسبًا ضيّعهُ الدُّخللون إذ غدروا

٢ أدّوا إلى جارهم خفارتَهُ ولم يضِعْ بالمغيب إذ نصروا

٣ لم يفعلوا فعلَ آلِ حنظلةٍ إنّهمُ جيرِ بئسَ ما ائتمروا

٤ لا حميريٌّ وفى ولا عُدَسٌ ولا استُ عيرٍ يحكّها الثَّفَرُ

٥ لكنْ عُويرٌ وفى بذمّتهِ لا عورٌ شانهُ ولا قِصَرُ

الكامل

٢٨

١ رُبّ طعنةٍ مُثعنجِرهْ

٢ وجفنةٍ مُتحيّرهْ

٣ وقصيدةٍ مُتخيّرهْ

٤ تبقى غدًا في أنقرهْ

المديد

٢٩

١ رُبّ رامٍ من بني ثُعَلٍ مُخرجٍ كفّيهِ من سُتَرِهْ

١ أصاحِ ترى بُرَيْقاً هَبَّ وَهْناً

فقال التوءم كنارِ مَجُوسَ تَسْتَعِرُ ٱسْتِعارا

٢ فقال امرؤ القيس أرِقْتُ لهُ ونامَ أبو شُرَيْحٍ

فقال التوءم إذا ما قلتُ قد هدأ ٱستطارا

٣ فقال امرؤ القيس كأنَّ هَزِيزَهُ بِوَراءِ غَيْبٍ

فقال التوءم عِشارٌ وُلَّهٌ لاقتْ عِشارا

٤ فقال امرؤ القيس فلمّا أنْ علا كَنَفَيْ أُضاخٍ

فقال التوءم وَهَتْ أعجازُ رَيِّقِهِ فحارا

٥ فقال امرؤ القيس فلمْ يَتْرُكْ بذاتِ السِّرِّ ظَبْياً

فقال التوءم ولمْ يَتْرُكْ بجَلْهَتِها حِمارا

## ٢٣

المتقارب

١ أرى ناقةَ ٱلقيسِ قد أصبحتْ على ٱلأيْنِ ذاتَ هِبابٍ نِوارا

٢ رأتْ هَلَكاً بِنِجافِ ٱلغَبِيطِ فكادتْ تَجُدُّ لِذاكَ ٱلهِجارا

## ٢٤

الوافر

١ منعتَ ٱللَّيْثَ من أكلِ ٱبنِ حُجْرٍ وكادَ ٱللَّيْثُ يُودِي بِٱبنِ حُجْرِ

٢ منعتَ فأنتَ ذو مَنٍّ ونُعْمَى على ٱبنِ ٱلضِّبابِ بحيثُ تَدْرِي

٣ سأشكُرُكَ ٱلذي دافعتَ عنّي وما يَجْزِيكَ منّي غيرُ شُكْرِي

٤ فما جارٌ بأوثقَ منكَ جاراً وتَخْبُرُهُ لِلقريبِ لَعَمْرُ نَصْرِ

٧ ويا رب يوم قد أروح مرجلا ... حبيبا إلى البيض الكواعب أملسا

٨ يرعن إلى صوتي إذا ما سمعنه ... كما ترعوي عيط إلى صوت أعيسا

٩ أراهن لا يحببن من قل ماله ... ولا من رأين الشيب فيه وقوسا

١٠ وما خفت تبريح الحياة كما أرى ... تضيق ذراعي أن أقوم فألبسا

١١ فلو أنها نفس تموت جميعة ... ولكنها نفس تساقط أنفسا

١٢ وبدلت قرحا داميا بعد صحة ... لعل منايانا تحولن أبؤسا

١٣ لقد طمح الطماح من بعد أرضه ... ليلبسني من دائه ما تلبسا

١٤ ألا إن بعد العدم للمرء قنوة ... وبعد المشيب طول عمر وملبسا

## ٣١

الطويل

١ أماوي هل لي عندكم من معرس ... أم الصرم تختارين بالوصل نيأس

٢ أبيني لنا إن الصريمة راحة ... من الشك ذي المخلوجة الملتبس

٣ كأني ورحلي فوق أحقب قارح ... بشربة أو طاو بعرنان موجس

٤ تعشى قليلا ثم أنحى ظلوفه ... يجم التراب عن مبيت ومكنس

٥ يهيل ويذري تربها ويثيره ... إثارة نباث الهواجر مخمس

٦ فبات على خد أحم ومنكب ... وضجعته مثل الأسير المكردس

٧ وبات إلى أرطاة حقف كأنها ... إذا ألثقتها غبية بيت معرس

٨ فصبحه عند الشروق غدية ... كلاب ابن مر أو كلاب ابن سنبس

٩ مغرثة زرقا كأن عيونها ... من الذمر والإيحاء نوار عضرس

١٠ فأدبر يكسوها الرغام كأنه ... على القور والآكام جذوة مقبس

٢ عارضٍ زوراءَ من نَشَمٍ     غيرِ باناةٍ على وَتَرِهْ

٣ قد أتته الوحشُ واردةً     فتنحّى النَّزْعَ في يَسَرِهْ

٤ فرماها في فرائصها     من إزاءِ الحوضِ أو عُقُرِهْ

٥ برهيشٍ من كِنانته     كتلظّي الجمرِ في شَرَرِهْ

٦ راشَهُ من ريشِ ناهضةٍ     ثم أمهاهُ على حَجَرِهْ

٧ فهو لا تَنمي رميّتُهُ     ما لَهُ لا عُدَّ من نَفَرِهْ

٨ مُطعَمٌ للصيدِ ليس لهُ     غيرَها كسبٌ على كِبَرِهْ

٩ وخليلٍ قد أُفارقُهُ     ثم لا أبكي على أثَرِهْ

١٠ وابنِ عمٍّ قد تركتُ لهُ     صفوَ ماءِ الحوضِ عن كَدَرِهْ

١١ وحديثِ الركبِ يومَ هُنا     وحديثٍ ما على قِصَرِهْ

١٢ وابنِ عمٍّ قد فُجِعتُ بهِ     مثلِ ضوءِ البدرِ في غُرَرِهْ

٣

الطويل

١ تأوّبني دائي القديمُ فغلّسا     أُحاذِرُ أن يرتدَّ دائي فأُنكَسا

٢ ولم ترمِ الدارَ الكئيبُ فتخنسا     كأنّي أنادي أو أكلّمُ أخرسا

٣ فلو أنّ أهلَ الدارِ فيها كعهدِنا     وجدتُ مقيلاً عندهم ومُعرَّسا

٤ فلا تُنكِروني إنّني أنا جارُكم     ليالِيَ حلَّ الحيُّ غَوْلاً فألعسا

٥ فإمّا تريني لا أغمّضُ ساعةً     من الليلِ إلا أن أكبَّ فأنعسا

٦ فيا ربَّ مكروبٍ كررتُ وراءهُ     وطاعنتُ عنه الخيلَ حتى تنفّسا

٧ تظاهر فيها النيّ لا هي بكرة ... ولا ذات ضغن في الزمام قموص

٨ أووب نعوب لا تواكل نهزها ... إذا قيل سير المدلجين نصيص

٩ كأني ورحلي والقراب ونمرقي ... إذا شب للمرو الصغار وبيص

١٠ على نقنق هيق له ولعرسه ... بمنعرج الوعساء بيض رصيص

١١ إذا راح للأدحي أوبا يفنها ... تحاذر من إدراكه وتحيص

١٢ أذلك أم جون يطارد آتنا ... حملن فأدنى حملهن دروص

١٣ طواه اضطمار الشد فالبطن شازب ... معالى إلى المتنين فهو خميص

١٤ بحاجبه كدح من الضرب جالب ... وحاركه من الكدام حصيص

١٥ كأن سراته وجدة ظهره ... كنائن تجري فوقهن دليص

١٦ ويأكلن من قو لعاعا وربة ... تجبر بعد الأكل فهو نميص

١٧ تطير عفاء من نسيل كأنه ... سدوس أطارته الرياح وخوص

١٨ تصيفها حتى إذا لم يسغ له ... نقي بأعلى حائل وقصيص

١٩ يقلبن فيه الجزء لولا هواجر ... جنادبها صرعى لهن فصيص

٢٠ أرن عليها قاربا وانتحت له ... طوالة أرساغ اليدين نحوص

٢١ فأوردها من آخر الليل مشربا ... بلائق خضرا ماؤهن قليص

٢٢ فيشربن أنفاسا وهن خوائف ... وترعد منهن الكلى والفريص

٢٣ فأصدرها تعلو النجاد عشية ... أقب كمقلاء الوليد خميص

٢٤ فجحش على أدبارهن مخلف ... وجحش لدى مكرهن وقيص

٢٥ وأصدرها بادي النواجذ قارح ... أقب ككر الأندري محيص

١١ وأيقن إن لاقينه أن يومه بذي الرمث إن ماوتنه يوم أنفس

١٢ فأدركنه يأخذن بالساق والنسا كما شبرق الولدان ثوب المقدس

١٣ وغورن في ظل الغضا وتركنه كقرم الهجان الفادر المتشمس

## ٣٢ المتقارب

١ لمن طلل داثر آيه تقادم في سالف الأحرس

٢ فيما تريني بي غرة كأني نكيب من النقرس

٣ وصيرني القرح في جبة تخال لبيسا ولم تلبس

٤ ترى أثر القرح في جلده كنقش الخواتم في الجرجس

## ٣٣ الوافر

١ إذا ما كنت مفتخرا ففاخر ببيت مثل بيت بني سدوس

٢ ببيت تبصر الرؤساء فيه قياما لا تنازع أو جلوس

٣ فهم أيسار لقمان بن عاد إذا ما أنجد الماء القريس

## ٣٤ الطويل

١ أمن ذكر سلمى إذ نأتك تنوص فتقصر عنها خطوة أو تبوص

٢ تبوص وكم من دونها من مفازة ومن أرض جدب دونها ولصوص

٣ تراءت لنا يوما بسفح عنيزة وقد حان منها رحلة وقلوص

٤ بأسود ملتف الغدائر وارد وذي أشر تشوفه وتشوص

٥ منابته مثل السدوس ولونه كشوك السيال فهو عذب يفيص

٦ فدعها وسل الهم عنك بجسرة مداخلة صم العظام أصوص

١٩ فبالقصد نعجة فالعرض ثورها     كفحل الهجان ينتحي للعضيض
٢٠ ووالى ثلاثا واثنتين وأربعا     وغادر أخرى في قناة رفيض
٢١ فآب إيابا غير نكد مواكل     وأخلف ماء بعد ماء فضيض
٢٢ ومن كشيح ... ومنحر     تعرض بمعلاق الهجير نهوض
٢٣ أرى المرء ذا الأذواد يصبح محرضا     كإحراض بكر في الديار مريض
٢٤ فإن الفتى لم يغن في الناس ليلة     إذا اختلف اللحيان عند الجريض

## ٣٦

الطويل

١ أصبحت ودعت الصبا غير أنني     أراقب خلات من العيش أربعا
٢ فمنهن قولي للندامى ترفقوا     يداجون نشاجا من الخمر مترعا
٣ ومنهن ركض الخيل ترجم بالقنا     يبادرن سربا آمنا أن يفزعا
٤ ومنهن نص العيس والليل شامل     ييممن مجهولا من الأرض بلقعا
٥ خوارج من برية نحو قرية     يجددن وصلا أو يقربن مطمعا
٦ ومنهن سوف الخود قد بلها الندى     تراقب منظوم التمائم مرضعا
٧ يعز عليها ريبتي ويسوءها     بكاه فتثني الجيد أن يتضوعا
٨ بعثت إليها والنجوم خواضع     حذارا عليها أن تقوم فتسمعا
٩ فجاءت قطوف المشي هيابة السرى     يدافع ركناها كواعب أربعا
١٠ يزججنها مشي النزيف وقد جرى     صباب الكرى في مخها فتقطعا
١١ تقول وقد جردتها من ثيابها     كما رعت مكحول المدامع أتلعا
١٢ وجدك لو شيء أتانا رسوله     سواك ولكن لم نجد لك مدفعا

## ٣٠

الطويل

١ أعني على برق أراه وميض يضيء حبيا في شماريخ بيض
٢ ويهدأ تارات سناه وتارة ينوء كتعتاب الكسير المهيض
٣ وتخرج منه لامعات كأنها أكف تلقى الفوز عند المفيض
٤ قعدت له وصحبتي بين ضارج وبين تلاع يثلث فالعريض
٥ أصاب قطيات فسال اللوى له فوادي البدي فانتحى لليريض
٦ بميت جمات في رياض أنيقة تحيل سواقيها بماء فضيض
٧ بلاد عريضة وأرض أريضة مدافع غيث في فضاء عريض
٨ فأضحى يسح الماء من كل فيقة يحوز الضباب في صفاصف بيض
٩ فأسقى به أختي ضعيفة إذ نأت وإذ بعد المزار غير القريض
١٠ ومرقبة كالزج أشرفت رأسها أقلب طرفي في فضاء عريض
١١ فظلت وظل الجون عندي بلبده كأني أعدي عن جناح مهيض
١٢ فلما أجن الشمس عني غؤورها نزلت إليه قائما بالحضيض
١٣ يباري شباة الرمح خد مذلق كصفح السنان الصلبي النحيض
١٤ أخفضه بالنقر لما علوته ويرفع طرفا غير خاف غضيض
١٥ وقد أغتدي والطير في وكناتها بمنجرد عبل اليدين قبيض
١٦ له قصريا عير وساقا نعامة كفحل الهجان القيسري العضيض
١٧ يجم على الساقين بعد كلاله جموم عيون الحسي بعد المخيض
١٨ ذعرت به سربا نقيا جلوده كما ذعر السرحان جنب الربيض

٤ وفوق الحوايا غزلة وجآذر … تضمّخن من مسك ذكيّ وزنبق

٥ فأتبعتهم طرفي وقد حال دونهم … غوارب رمل ذي ألاء وشبرق

٦ على إثر حيّ عامدين لنيّة … فحلّوا العقيق أو ثنيّة مطرق

٧ فعزّيت نفسي حين بانوا بجسرة … أمون كبنيان اليهوديّ خيفق

٨ إذا زجرت ألفيتها مشمعلّة … تنيف بعذق من غراس ابن معنق

٩ تروح إذا راحت رواح جهامة … بإثر جهامة رائح متفرّق

١٠ كأنّ بها هرّا جنيبا تجرّه … بكلّ طريق صادفته ومأزق

١١ كأنّي ورحلي والقراب ونمرقي … على يرفئيّ ذي زوائد نقنق

١٢ تروّح من أرض لأرض نطيّة … لذكرة قيض حول بيض مفلّق

١٣ يجول بآفاق البلاد مغرّبا … وتسحقه ريح الصبا كلّ مسحق

١٤ وبيت يفوح المسك في حجراته … بعيد من الآفات غير مروّق

١٥ دخلت على بيضاء جمّ عظامها … تعفّي بذيل الدرع إذ جئت مودقي

١٦ وقد ركدت وسط السماء نجومها … ركود نوادي الربرب المتورّق

١٧ وقد أغتدي قبل العطاس بهيكل … شديد مشكّ الجنب فعم المنطّق

١٨ بعثنا ربيئا قبل ذاك مخمّلا … كذئب الغضا يمشي الضراء ويتّقي

١٩ فظلّ كمثل الخشف يرفع رأسه … وسائره مثل التراب المدقّق

٢٠ وجاء خفيّا يسفن الأرض بطنه … ترى الترب منه لاصقا كلّ ملصق

٢١ وقال ألا هذا صوار وعانة … وخيط نعام يرتعي متفرّق

٢٢ فقمنا بأشلاء اللجام ولم نقد … إلى غصن بان ناضر لم يحرّق

١٣ تَصُدُّ عَنِ المَأْثُورِ بَيْنِي وَبَيْنَهَا    وَتُدْنِي عَلَى السَّابِرِيِّ المُضَلَّعَا

١٤ إِذَا أَخَذَتْهَا هِزَّةُ الرَّوْعِ أَمْسَكَتْ    بِمَنْكِبِ مِقْدَامٍ عَلَى الهَوْلِ أَرْوَعَا

### ٣٧ الطويل

١ لَعَمْرِي لَقَدْ بَانَتْ بِحَاجَةِ ذِي الهَوَى    سُعَادُ وَرَاعَتْ بِالفِرَاقِ مُرَوَّعَا

٢ وَقَدْ عُمِّرَ الرَّوْضَاتُ حَوْلَ مُخَطَّطٍ    إِلَى اللَّجِّ مَرْأًى مِنْ سُعَادَ وَمَسْمَعَا

٣ مَتَى تَرَ دَارًا مِنْ سُعَادَ تَقِفْ بِهَا    وَتَسْتَنْجِمِ عَيْنَاكَ الدُّمُوعَ فَتَدْمَعَا

### ٣٨ الوافر

١ ثَوَى عِنْدَ الوَدِيَّةِ جَوْفَ بُعْرَى    أَبُو الأَيْتَامِ وَالكَلِّ العِجَافِ

٢ فَمَنْ يَحْمِي المُضَافَ إِذَا دَعَاهُ    وَيَحْمِلُ خُطَّةَ الأُنُسِ الضِّعَافِ

### ٣٩ الطويل

١ لا تُسْلِمَنِّي يَا رَبِيعُ لِهَذِهِ    وَكُنْتُ أَرَانِي قَبْلَهَا بِكَ وَاثِقَا

٢ مُخَالِفَةٌ نَوَى أُسَيِّدٍ بِقَرْيَةٍ    قُرَى عَرَبِيَّاتٍ يَشِمْنَ البَوَارِقَا

٣ فَإِمَّا تَرَيْنِي اليَوْمَ فِي رَأْسِ شَاهِقٍ    فَقَدْ أَغْتَدِي أَقُودُ أَجْرَدَ سَابِقَا

٤ وَقَدْ أَذْعَرُ الوَحْشَ الرِّتَاعَ بِغِرَّةٍ    وَقَدْ أَجْتَلِي بِيضَ الخُدُورِ الرَّوَائِقَا

٥ تَرَاهُنَّ يَجْلُو عَنْ مُتُونٍ نَقِيَّةٍ    عَبِيرًا وَرَيْتًا جَاسِدًا أَوْ خَلَائِقَا

### ٤٠ الطويل

١ أَلَا انْعِمْ صَبَاحًا أَيُّهَا الرَّبْعُ وَانْطِقِ    وَحَدِّثْ حَدِيثَ الرَّكْبِ إِنْ شِئْتَ فَاصْدُقِ

٢ وَحَدِّثْ بِأَنْ زَالَتْ بِلَيْلٍ حُمُولُهُمْ    كَنَخْلٍ مِنَ الأَعْرَاضِ غَيْرِ مُنَبَّقِ

٣ جَعَلْنَ حَوَايَا وَاقْتَعَدْنَ قَعَائِدًا    وَحَفَّفْنَ مِنْ حَوْكِ العِرَاقِ المُنَمَّقِ

٤ وَمَا زالَ عنها مَعشَرٌ بعِصِيّهِمْ يذودونها حتّى أقولَ لهمْ تَجَلْ

٥ فأَبلِغْ مَعَدًّا وٱلعِبادَ وطَيِّئًا وكِندةَ أَنّي شاكِرٌ لِبَني ثُعَلْ

## ٤٢

السريع

١ أَحْلَلْتُ رَحْلِي في بَني ثُعَلٍ إنّ ٱلكَريمَ لِلكَريمِ مَحَلّ

٢ وَجَدتُ خَيرَ ٱلنّاسِ كُلِّهِمُ جارًا وَأَوْفاهُمْ أَبا حَنبَلْ

٣ أَقرَبُهُمْ خَيرًا وأَبعَدُهُمْ شَرًّا وأَجوَدُهُمْ إن بَخِلْ

## ٤٣

المتقارب

١ أَرِقتُ لِبَرقٍ بِلَيلٍ أَهَلْ يُضِيءُ سَناهُ بِأَعلى ٱلجَبَلْ

٢ أَتاني حَديثٌ فكَذَّبتُهُ بِأَمرٍ تَزَعزَعُ مِنهُ ٱلقُلَلْ

٣ بِقَتلِ بَني أَسَدٍ رَبَّهُمْ أَلا كُلُّ شَيءٍ سِواهُ جَلَلْ

٤ فأَينَ رَبيعةُ عن رَبِّها وأَينَ تَميمٌ وأَينَ ٱلخَوَلْ

٥ أَلا يَحضُرونَ لَدى بابِهِ كما يَحضُرونَ إذا ما ٱستَهَلْ

## ٤٤

الرجز

١ يا لَهفَ هِندٍ إذ خَطِئْنَ كاهِلا

٢ ٱلقاتِلينَ ٱلمَلِكَ ٱلحُلاحِلا

٣ خَيرَ مَعَدٍّ حَسَبًا ونائِلا

٤ وخَيرَهُمْ قد عَلِموا شَمائِلا

٥ تَاللهِ لا يَذهَبُ شَيخي باطِلا

٦ نَحنُ جَلَبنا ٱلقُرَّحَ ٱلقَوافِلا

٢٣ نُزَاوِلُهُ حَتَّى حَمَلْنَا غُلَامَنَا   عَلَى ظَهْرِ سَاطٍ كَالصَّلِيفِ ٱلْمُعَرَّقِ
٢٤ كَأَنَّ غُلَامِي إِذْ عَلَا حَالَ مَتْنِهِ   عَلَى ظَهْرِ بَازٍ فِي ٱلسَّمَاءِ مُحَلِّقِ
٢٥ رَأَى أَرْنَبًا فَٱنْقَضَّ يَهْوِي أَمَامَهُ   إِلَيْهَا وَجَلَّاهَا بِطَرْفٍ مُلَقْلَقِ
٢٦ فَقُلْتُ لَهُ صَوِّبْ وَلَا تُجْهِدَنَّهُ   فَيُذْرِكَ مِنْ أَعْلَى ٱلْقَطَاةِ فَتَزْلَقِ
٢٧ فَأَدْبَرْنَ كَٱلْجِزْعِ ٱلْمُفَصَّلِ بَيْنَهُ   بِجِيدِ ٱلْغُلَامِ ذِي ٱلْقَمِيصِ ٱلْمُطَوَّقِ
٢٨ فَأَدْرَكَهُنَّ ثَانِيًا مِنْ عِنَانِهِ   كَغَيْثِ ٱلْعَشِيِّ ٱلْأَقْهَبِ ٱلْمُتَوَدِّقِ
٢٩ فَصَادَ لَنَا عَيْرًا وَثَوْرًا وَخَاضِبًا   عِدَاءً وَلَمْ يَنْضَحْ بِمَاءٍ فَيَعْرَقِ
٣٠ فَظَلَّ غُلَامِي يُضْجِعُ ٱلرُّمْحَ حَوْلَهُ   لِكُلِّ مَهَاةٍ أَوْ لِأَحْقَبَ سَهْوَقِ
٣١ وَقَامَ طُوَالَ ٱلشَّخْصِ إِذْ يَخْضِبُونَهُ   قِيَامَ ٱلْعَزِيزِ ٱلْفَارِسِيِّ ٱلْمُنَطَّقِ
٣٢ فَقُلْنَا أَلَا قَدْ كَانَ صَيْدٌ لِقَانِصٍ   فَخَبُّوا عَلَيْنَا كُلَّ ثَوْبٍ مُسَرَّقِ
٣٣ وَظَلَّ صِحَابِي يَشْتَوُونَ بِنِعْمَةٍ   يَصُفُّونَ غَارًا بِٱللَّكِيكِ ٱلْمُوَشَّقِ
٣٤ وَرُحْنَا كَأَنَّا مِنْ جُوَاثَى عَشِيَّةً   نُعَالِي ٱلنِّعَاجَ بَيْنَ عِدْلٍ وَمُشْنَقِ
٣٥ وَرُحْنَا بِكَٱبْنِ ٱلْمَاءِ يُجْنَبُ وَسْطَنَا   تَصَوَّبُ فِيهِ ٱلْعَيْنُ طَوْرًا وَتَرْتَقِي
٣٦ وَأَصْبَحَ زُهْلُولًا يُزِلُّ غُلَامَنَا   كَقِدْحِ ٱلنَّضِيِّ بِٱلْيَدَيْنِ ٱلْمُفَوَّقِ
٣٧ كَأَنَّ دِمَاءَ ٱلْهَادِيَاتِ بِنَحْرِهِ   عُصَارَةُ حِنَّاءٍ بِشَيْبٍ مُفَرَّقِ

## ٤١

الطويل

١ وَا فَعَلَا وَأَمِنَ مِنِّي بَنُو ثُعَلٍ   أَلَا حَبَّذَا قَوْمٌ يَحُلُّونَ بِٱلْجَبَلْ
٢ نَزَلْتُ عَلَى عَمْرِو بْنِ دَرْمَاءَ بُلْطَةً   فَيَا كَرَمَ مَا جَارٍ وَيَا حُسْنَ مَا فَعَلْ
٣ تَظَلُّ لَبُونِي بَيْنَ جَوٍّ وَمِسْطَحٍ   تُرَاعِي ٱلْفِرَاخَ ٱلدَّارِجَاتِ مِنَ ٱلْحَجَلْ

١٥ ومن الطريقة جائر وهدى قصد السبيل ومنه ذو دخل
١٦ إني لأنصرهم من يصارمني وأجد وصل من ابتغى وصلي
١٧ وأخي إخاء ذي محافظة سهل الخليقة ماجد الأصل
١٨ حلو إذا ما جئت قال ألا في الرحب أنت ومنزل السهل
١٩ نازعته كأس الصبوح ولم أجهل مجدة عذرة الرجل
٢٠ إني بحبلك واصل حبلي وبريش نبلك رائش نبلي
٢١ ما لم أجدك على هدى أثر يقرو مقصك قائف قبلي
٢٢ وشمائلي ما قد علمت وما نبحت كلابك طارقا مثلي

## ٤٦

الكامل

١ تنكرت ليلى عن الوصل ونأت ورث معاقد الحبل
٢ ولووا متاعهم وقد سيلوا بذل المتاع فضن بالبذل
٣ ونحت له عن أرز تألبة فلق فراغ معابل طحل
٤ وافت بنصلت غير ألف متحرم البهاء وقلة الأسل
٥ ومرشم علب مداخلة يرد الفلال بذائب النحل
٦ من كان يأمل عفر داري من أهل الأود بها ولدى الدحل
٧ تلبث وسط قبابه خببي وليأت وسط خبيبه رجلي
٨ يا هل أتاك وقد تحدث ذو الود أتقديم منسقة الدخل
٩ إني لعمري ما التميت فلم أعدل إلى بخل ولا مثلي
١٠ لأبي رهبت به يشارك في الأنساب والأصهار والفضل

٧ يَحْمِلْنَ وَالأَسَلَ النَّوَاهِلا

٨ وَحِيَّ صَعْبٍ وَالوَشِيجَ الذُّبَّلا

٩ مُسْتَفْرِمَاتٍ بِالحَصَى جَوَافِلا

١٠ يَسْتَشْرِفُ الأَوَاخِرُ الأَوَائِلا

## ٣٥ الكامل

١ حَيِّ الحُمُولَ بِجَانِبِ العَزْلِ إِذْ لَا يُلَائِمُ شَكْلُهَا شَكْلِي

٢ مَاذَا يَشُقُّ عَلَيْكَ مِنْ ظُعُنٍ إِلَّا صِبَاكَ وَقِلَّةُ العَقْلِ

٣ مُنَّيْتَنَا بِغَدٍ وَبَعْدَ غَدٍ حَتَّى بَخِلْتَ كَأَسْوَإِ البُخْلِ

٤ يَا رُبَّ غَانِيَةٍ لَهَوْتُ بِهَا وَمَشَيْتُ مُتَّئِدًا عَلَى رِسْلِي

٥ لَا أَسْتَقِيدُ لِمَنْ دَعَا لِصِبًى قَسْرًا وَلَا أَصْطَادُ بِالخَتْلِ

٦ وَتَنُوفَةٍ جَرْدَاءَ مَهْلِكَةٍ جَاوَزْتُهَا بِنَجَائِبٍ فُتْلِ

٧ فَيَبِتْنَ يَنْهَسْنَ الجَبُوبَ بِهَا وَأَبِيتُ مُرْتَفِقًا عَلَى رَحْلِي

٨ مُتَوَسِّدًا عَضْبًا مَضَارِبُهُ فِي مَتْنِهِ كَمَدَبَّةِ النَّمْلِ

٩ يُدْعَى صَقِيلًا وَهْوَ لَيْسَ لَهُ عَهْدٌ بِتَمْوِيهٍ وَلَا صَقْلِ

١٠ عَفَتِ الدِّيَارُ فَمَا بِهَا أَهْلِي وَلَوَتْ شَمُوسُ بَشَاشَةَ البَذْلِ

١١ نَظَرَتْ إِلَيْكَ بِعَيْنِ جَازِئَةٍ حَوْرَاءَ حَانِيَةٍ عَلَى طِفْلِ

١٢ فَلَهَا مُقَلَّدُهَا وَمُقْلَتُهَا وَلَهَا عَلَيْهِ سَرَاوَةُ الفَضْلِ

١٣ أَقْبَلْتُ مُقْتَصِدًا وَرَاجَعَنِي حِلْمِي وَسُدِّدَ لِلتُّقَى فِعْلِي

١٤ وَاللهُ أَنْجَحُ مَا طَلَبْتَ بِهِ وَالبِرُّ خَيْرُ حَقِيبَةِ الرَّحْلِ

١١ ويوم دخلت الخدر خدر عنيزة   فقالت لك الويلات إنك مرجلي

١٢ تقول وقد مال الغبيط بنا معا   عقرت بعيري يا امرأ القيس فانزل

١٣ فقلت لها سيري وأرخي زمامه   ولا تبعديني من جناك المعلل

١٤ فمثلك حبلى قد طرقت ومرضع   فألهيتها عن ذي تمائم محول

١٥ إذا ما بكى من خلفها انصرفت له   بشق وتحتي شقها لم يحول

١٦ ويوما على ظهر الكثيب تعذرت   علي وآلت حلفة لم تحلل

١٧ أفاطم مهلا بعض هذا التدلل   وإن كنت قد أزمعت صرمي فأجملي

١٨ أغرك مني أن حبك قاتلي   وأنك مهما تأمري القلب يفعل

١٩ فإن تك قد ساءتك مني خليقة   فسلي ثيابي من ثيابك تنسل

٢٠ وما ذرفت عيناك إلا لتضربي   بسهميك في أعشار قلب مقتل

٢١ وبيضة خدر لا يرام خباؤها   تمتعت من لهو بها غير معجل

٢٢ تجاوزت أحراسا إليها ومعشرا   علي حراصا لو يسرون مقتلي

٢٣ إذا ما الثريا في السماء تعرضت   تعرض أثناء الوشاح المفصل

٢٤ فجئت وقد نضت لنوم ثيابها   لدى الستر إلا لبسة المتفضل

٢٥ فقالت يمين الله ما لك حيلة   وما إن أرى عنك الغواية تنجلي

٢٦ فقمت بها أمشي تجر وراءنا   على أثرينا أذيال مرط مرحل

٢٧ فلما أجزنا ساحة الحي وانتحى   بنا بطن خبت ذي قفاف عقنقل

٢٨ هصرت بفودي رأسها فتمايلت   علي هضيم الكشح ريا المخلخل

٢٩ مهفهفة بيضاء غير مفاضة   ترائبها مصقولة كالسجنجل

١١ وَلِمِثْلِ أَسْبَابٍ عَلِقْتُ بِهَا يَنْفَعْنَ مِنْ قَلَقٍ وَمِنْ أَزَلِ

١٢ لَمَّا سَمَا مِنْ بَيْنِ أَقْرُنِ فَالسَّجْبَالِ قُلْتُ فِدَاؤُهُ أَهْلِي

١٣ قَمَرٌ سَيَبْلُغُهُ التَّمَامُ فَذَا حَيٌّ بِهِ سَيَنَالُ أَوْ يُبْلِي

١٤ وَأَتَى عَلَى غَطَفَانَ فَاخْتَلَفُوا دِينٌ يَجِيءُ وَحَارِبٌ مُنْجَلِ

١٥ وَيَخِشُّ تَحْتَ الْقِدْرِ يُوقِدُهَا بِغَضَا الْغَرِيبِ فَأَجْمَعَتْ تَغْلِي

## ٤٧

المنسرح

١ بُدِّلْتُ مِنْ وَائِلٍ وَكِنْدَةَ عَدْ وَانَ وَفَهْمًا صُمِّي ابْنَةَ الْجَبَلِ

٢ قَوْمٌ يُحَاجُونَ بِالْبِهَامِ وَنِسْـوَانٌ قِصَارٌ كَهَيْئَةِ الْحَجَلِ

## ٤٨

الطويل

١ قِفَا نَبْكِ مِنْ ذِكْرَى حَبِيبٍ وَمَنْزِلِ بِسِقْطِ اللِّوَى بَيْنَ الدَّخُولِ فَحَوْمَلِ

٢ فَتُوضِحَ فَالْمِقْرَاةِ لَمْ يَعْفُ رَسْمُهَا لِمَا نَسَجَتْهَا مِنْ جَنُوبٍ وَشَمْأَلِ

٣ وُقُوفًا بِهَا صَحْبِي عَلَيَّ مَطِيَّهُمْ يَقُولُونَ لَا تَهْلِكْ أَسًى وَتَجَمَّلِ

٤ وَإِنَّ شِفَائِي عَبْرَةٌ مُهَرَاقَةٌ فَهَلْ عِنْدَ رَسْمٍ دَارِسٍ مِنْ مُعَوَّلِ

٥ كَدَأْبِكَ مِنْ أُمِّ الْحُوَيْرِثِ قَبْلَهَا وَجَارَتِهَا أُمِّ الرَّبَابِ بِمَأْسَلِ

٦ إِذَا قَامَتَا تَضَوَّعَ الْمِسْكُ مِنْهُمَا نَسِيمَ الصَّبَا جَاءَتْ بِرَيَّا الْقَرَنْفُلِ

٧ فَفَاضَتْ دُمُوعُ الْعَيْنِ مِنِّي صَبَابَةً عَلَى النَّحْرِ حَتَّى بَلَّ دَمْعِي مِحْمَلِي

٨ أَلَا رُبَّ يَوْمٍ صَالِحٍ لَكَ مِنْهُمَا وَلَا سِيَّمَا يَوْمٌ بِدَارَةِ جُلْجُلِ

٩ وَيَوْمَ عَقَرْتُ لِلْعَذَارَى مَطِيَّتِي فَيَا عَجَبِي لِرَحْلِهَا الْمُتَحَمَّلِ

١٠ فَظَلَّ الْعَذَارَى يَرْتَمِينَ بِلَحْمِهَا وَشَحْمٍ كَهُدَّابِ الدِّمَقْسِ الْمُفَتَّلِ

٤٩ كُمَيْتٍ يَزِلُّ اللِّبْدُ عَنْ حَالِ مَتْنِهِ — كَمَا زَلَّتِ الصَّفْوَاءُ بِالْمُتَنَزِّلِ

٥٠ عَلَى الذَّبْلِ جَيَّاشٍ كَأَنَّ اهْتِزَامَهُ — إِذَا جَاشَ فِيهِ حَمْيُهُ غَلْيُ مِرْجَلِ

٥١ مِسَحٍّ إِذَا مَا السَّابِحَاتُ عَلَى الْوَنَى — أَثَرْنَ غُبَارًا بِالْكَدِيدِ الْمُرَكَّلِ

٥٢ يُزِلُّ الْغُلَامَ الْخِفَّ عَنْ صَهَوَاتِهِ — وَيُلْوِي بِأَثْوَابِ الْعَنِيفِ الْمُثَقَّلِ

٥٣ دَرِيرٍ كَخُذْرُوفِ الْوَلِيدِ أَمَرَّهُ — تَتَابُعُ كَفَّيْهِ بِخَيْطٍ مُوَصَّلِ

٥٤ لَهُ أَيْطَلَا ظَبْيٍ وَسَاقَا نَعَامَةٍ — وَإِرْخَاءُ سِرْحَانٍ وَتَقْرِيبُ تَتْفُلِ

٥٥ ضَلِيعٍ إِذَا اسْتَدْبَرْتَهُ سَدَّ فَرْجَهُ — بِضَافٍ فُوَيْقَ الْأَرْضِ لَيْسَ بِأَعْزَلِ

٥٦ كَأَنَّ سَرَاتَهُ لَدَى الْبَيْتِ قَائِمًا — مَدَاكُ عَرُوسٍ أَوْ صَلَايَةُ حَنْظَلِ

٥٧ كَأَنَّ دِمَاءَ الْهَادِيَاتِ بِنَحْرِهِ — عُصَارَةُ حِنَّاءٍ بِشَيْبٍ مُرَجَّلِ

٥٨ فَعَنَّ لَنَا سِرْبٌ كَأَنَّ نِعَاجَهُ — عَذَارَى دَوَارٍ فِي مُلَاءٍ مُذَيَّلِ

٥٩ فَأَدْبَرْنَ كَالْجِزْعِ الْمُفَصَّلِ بَيْنَهُ — بِجِيدٍ مُعَمٍّ فِي الْعَشِيرَةِ مُخْوَلِ

٦٠ فَأَلْحَقَنَا بِالْهَادِيَاتِ وَدُونَهُ — جَوَاحِرُهَا فِي صَرَّةٍ لَمْ تَزَيَّلِ

٦١ فَعَادَى عِدَاءً بَيْنَ ثَوْرٍ وَنَعْجَةٍ — دِرَاكًا وَلَمْ يُنْضَحْ بِمَاءٍ فَيُغْسَلِ

٦٢ فَظَلَّ طُهَاةُ اللَّحْمِ مِنْ بَيْنِ مُنْضِجٍ — صَفِيفَ شِوَاءٍ أَوْ قَدِيرٍ مُعَجَّلِ

٦٣ وَرُحْنَا يَكَادُ الطَّرْفُ يَقْصُرُ دُونَهُ — مَتَى مَا تَرَقَّ الْعَيْنُ فِيهِ تَسَهَّلِ

٦٤ فَبَاتَ عَلَيْهِ سَرْجُهُ وَلِجَامُهُ — وَبَاتَ بِعَيْنِي قَائِمًا غَيْرَ مُرْسَلِ

٦٥ أَصَاحِ تَرَى بَرْقًا أُرِيكَ وَمِيضَهُ — كَلَمْعِ الْيَدَيْنِ فِي حَبِيٍّ مُكَلَّلِ

٦٦ يُضِيءُ سَنَاهُ أَوْ مَصَابِيحُ رَاهِبٍ — أَمَالَ السَّلِيطَ بِالذُّبَالِ الْمُفَتَّلِ

٦٧ قَعَدْتُ لَهُ وَصُحْبَتِي بَيْنَ ضَارِجٍ — وَبَيْنَ الْعُذَيْبِ بُعْدَ مَا مُتَأَمَّلِ

٣٠ تَصُدُّ وَتُبْدِي عَنْ أَسِيلٍ وَتَتَّقِي     بِنَاظِرَةٍ مِنْ وَحْشِ وَجْرَةَ مُطْفِلِ
٣١ وَجِيدٍ كَجِيدِ الرِّئْمِ لَيْسَ بِفَاحِشٍ     إِذَا هِيَ نَصَّتْهُ وَلَا بِمُعَطَّلِ
٣٢ وَفَرْعٍ يَزِينُ الْمَتْنَ أَسْوَدَ فَاحِمٍ     أَثِيثٍ كَقِنْوِ النَّخْلَةِ الْمُتَعَثْكِلِ
٣٣ غَدَائِرُهُ مُسْتَشْزِرَاتٌ إِلَى الْعُلَى     تَضِلُّ الْعِقَاصُ فِي مُثَنًّى وَمُرْسَلِ
٣٤ وَكَشْحٍ لَطِيفٍ كَالْجَدِيلِ مُخَصَّرٍ     وَسَاقٍ كَأُنْبُوبِ السَّقِيِّ الْمُذَلَّلِ
٣٥ وَتُضْحِي فَتِيتُ الْمِسْكِ فَوْقَ فِرَاشِهَا     نَؤُومُ الضُّحَى لَمْ تَنْتَطِقْ عَنْ تَفَضُّلِ
٣٦ وَتَعْطُو بِرَخْصٍ غَيْرِ شَثْنٍ كَأَنَّهُ     أَسَارِيعُ ظَبْيٍ أَوْ مَسَاوِيكُ إِسْحِلِ
٣٧ تُضِيءُ الظَّلَامَ بِالْعِشَاءِ كَأَنَّهَا     مَنَارَةُ مُمْسَى رَاهِبٍ مُتَبَتِّلِ
٣٨ إِلَى مِثْلِهَا يَرْنُو الْحَلِيمُ صَبَابَةً     إِذَا مَا اسْبَكَرَّتْ بَيْنَ دِرْعٍ وَمِجْوَلِ
٣٩ كَبِكْرِ الْمُقَانَاةِ الْبَيَاضِ بِصُفْرَةٍ     غَذَاهَا نَمِيرُ الْمَاءِ غَيْرُ مُحَلَّلِ
٤٠ تَسَلَّتْ عَمَايَاتُ الرِّجَالِ عَنِ الصِّبَى     وَلَيْسَ فُؤَادِي عَنْ هَوَاهَا بِمُنْسَلِ
٤١ أَلَا رُبَّ خَصْمٍ فِيكِ أَلْوَى رَدَدْتُهُ     نَصِيحٍ عَلَى تَعْذَالِهِ غَيْرِ مُؤْتَلِ
٤٢ وَلَيْلٍ كَمَوْجِ الْبَحْرِ أَرْخَى سُدُولَهُ     عَلَيَّ بِأَنْوَاعِ الْهُمُومِ لِيَبْتَلِي
٤٣ فَقُلْتُ لَهُ لَمَّا تَمَطَّى بِصُلْبِهِ     وَأَرْدَفَ أَعْجَازًا وَنَاءَ بِكَلْكَلِ
٤٤ أَلَا أَيُّهَا اللَّيْلُ الطَّوِيلُ أَلَا انْجَلِي     بِصُبْحٍ وَمَا الْإِصْبَاحُ فِيكَ بِأَمْثَلِ
٤٥ فَيَا لَكَ مِنْ لَيْلٍ كَأَنَّ نُجُومَهُ     بِكُلِّ مُغَارِ الْفَتْلِ شُدَّتْ بِيَذْبُلِ
٤٦ كَأَنَّ الثُّرَيَّا عُلِّقَتْ فِي مَصَامِهَا     بِأَمْرَاسِ كَتَّانٍ إِلَى صُمِّ جَنْدَلِ
٤٧ وَقَدْ أَغْتَدِي وَالطَّيْرُ فِي وُكُنَاتِهَا     بِمُنْجَرِدٍ قَيْدِ الْأَوَابِدِ هَيْكَلِ
٤٨ مِكَرٍّ مِفَرٍّ مُقْبِلٍ مُدْبِرٍ مَعًا     كَجُلْمُودِ صَخْرٍ حَطَّهُ السَّيْلُ مِنْ عَلِ

٥ تلاعب أولاد الوعول رباعها ‏ دوين السماء في رؤوس المجادل
٦ مكللة حمراء ذات أسرة ‏ لها حبك كأنها من وصائل

## ١٤

السريع

١ يا دار ماوية بالحائل ‏ فالسهب فالخبتين من عاقل
٢ صم صداها وعفا رسمها ‏ بعدك صوب المسبل الهاطل
٣ قولا لدودان عبيد العصا ‏ ما غركم بالأسد الباسل
٤ قد قرت العينان من مالك ‏ ومن بني عمرو ومن كاهل
٥ ومن بني غنم بن دودان إذ ‏ نقذف أعلاهم على السافل
٦ نطعنهم سلكى ومخلوجة ‏ كرك لأمين على نابل
٧ إذ هن أقساط كرجل الدبا ‏ أو كقطا كاظمة الناهل
٨ حتى تركناهم لدى معرك ‏ أرجلهم كالخشب الشائل
٩ حلت لي الخمر وكنت امرأ ‏ عن شربها في شغل شاغل
١٠ فاليوم أشرب غير مستحقب ‏ إثما من الله ولا واغل

## ١٥

الطويل

١ ألا انعم صباحا أيها الطلل البالي ‏ وهل ينعمن من كان في العصر الخالي
٢ وهل ينعمن إلا سعيد مخلد ‏ قليل الهموم ما يبيت بأوجال
٣ وهل ينعمن من كان أقرب عهده ‏ ثلاثين شهرا في ثلاثة أحوال
٤ ديار لسلمى عافيات بذي الخال ‏ ألح عليها كل أسحم هطال
٥ وتحسب سلمى لا تزال كعهدنا ‏ بوادي الخزامى أو على رس أوعال

٦٨ علا قطنا بالشيم أيمن صوبه وأيسره على الستار فيذبل

٦٩ فأضحى يسح الماء حول كتيفة يكب على الأذقان دوح الكنهبل

٧٠ ومر على القنان من نفيانه فأنزل منه العصم من كل منزل

٧١ وتيماء لم يترك بها جذع نخلة ولا أطما إلا مشيدا بجندل

٧٢ كأن ثبيرا في عرانين وبله كبير أناس في بجاد مزمل

٧٣ كأن ذرى رأس المجيمر غدوة من السيل والغثاء فلكة مغزل

٧٤ وألقى بصحراء الغبيط بعاعه نزول اليماني ذي العياب المحمل

٧٥ كأن مكاكي الجواء غدية صبحن سلافا من رحيق مفلفل

٧٦ كأن السباع فيه غرقى عشية بأرجائه القصوى أنابيش عنصل

## ٤٩

الطويل

١ وإنا نحن ندعو مرثد الخير ربنا وإنا نحن لا نُدعى عبيدا لقرمل

## ٥٠

الطويل

١ دع عنك نهبا صيح في حجراته ولكن حديثا ما حديث الرواحل

٢ كأن دثارا حلقت بلبونه عقاب تنوفى لا عقاب القواعل

٣ تلعب باعث بجيران خالد وأودى دثار في الخطوب الأوائل

٤ وأعجبني مشي الحزقة خالد كمشي أتان حلئت بالمناهل

٥ أبت أجأ أن تسلم العام جارها فمن شاء فلينهض لها من مقاتل

٦ تبيت لبوني بالقرية أمنا وأسرحها غبا بأكناف حائل

٧ بنو ثعل جيرانها وحماتها وتمنع من رجال سعد ونائل

٢٥ حلفتُ لها باللّه حلفةَ فاجرٍ    لناموا فما إن من حديثٍ ولا صالِ

٢٦ سموتُ إليها بعد ما نام أهلُها    سموَّ حبابِ الماء حالاً على حالِ

٢٧ فأصبحتُ معشوقاً وأصبح بعلُها    عليه القتامُ كاسفَ الظنّ والبالِ

٢٨ يغطُّ غطيطَ البكرِ شُدَّ خناقُه    ليقتلني والمرءُ ليس بقتّالِ

٢٩ أيقتلني والمشرفيُّ مضاجعي    ومسنونةٌ زرقٌ كأنيابِ أغوالِ

٣٠ وليس بذي سيفٍ فيقتلني به    وليس بذي رمحٍ وليس بنبّالِ

٣١ أيقتلني وقد قطرتُ فؤادها    كما قطرَ المهنوءةَ الرجلُ الطالي

٣٢ وقد علمت سلمى وإن كان بعلُها    بأنّ الفتى يهذي وليس بفعّالِ

٣٣ وماذا عليه أن ذكرتُ أوانساً    كغزلانِ رملٍ في محاريبِ أقوالِ

٣٤ وبيتِ عذارى يومَ دجنٍ دخلتُه    يطفنَ بجمّاءِ المرافقِ مكسالِ

٣٥ قليلةِ جرسِ الليلِ إلّا وساوساً    وتبسمُ عن عذبِ المذاقةِ سلسالِ

٣٦ طوالِ المتونِ والعرانينِ كالقنا    لطافِ الخصورِ في تمامٍ وإكمالِ

٣٧ أوانسَ يتبعنَ الهوى سبلَ المنى    يقلنَ لأهلِ الحلمِ ضلّاً بتضلالِ

٣٨ صرفتُ الهوى عنهنّ من خشيةِ الردى    ولستُ بمقليّ الخلالِ ولا قالِ

٣٩ ألا إنّني بالٍ على جملٍ بالٍ    يقودُ بنا بالٍ ويتبعُنا بالِ

٤٠ ألا تحسبني الشيخَ الغيورَ بناته    مخفّفةً جنبي الشديدِ مُحتالِ

٤١ يقصّرُ عنهنّ الشريفُ بغولِه    قتيلُ الغوالي في الربيطِ وفي الخالِ

٤٢ كأنّيَ لم أركبْ جواداً للذّةٍ    ولم أتبطّنْ كاعباً ذاتَ خلخالِ

٤٣ ولم أسبأِ الزقَّ الرويَّ ولم أقلْ    لخيليَ كُرّي كرّةً بعد إجفالِ

٦ وتحسب سلمى لا تزال ترى طلا  من الوحش أو بيضا بميثاء محلال
٧ ليالي سلمى إذ تريك منصبا  وجيدا كجيد الرئم ليس بمعطال
٨ ألا زعمت بسباسة اليوم أنني  كبرت وأن لا يحسن اللهو أمثالي
٩ بلى رب يوم قد لهوت وليلة  بآنسة كأنها خط تمثال
١٠ يضيء الفراش وجهها لضجيعها  كمصباح زيت في قناديل ذبال
١١ كأن على لباتها جمر مصطل  أصاب غضى جزلا وكف بأجذال
١٢ وهبت له ريح بمختلف الصوى  صبا وشمال في منازل قفال
١٣ كذبت لقد أصبي على المرء عرسه  وأمنع عرسي أن يزن بها الخالي
١٤ ومثلك بيضاء العوارض طفلة  لعوب تنسيني إذا قمت سربالي
١٥ لطيفة طي الكشح غير مفاضة  إذا انفتلت مرتجة غير متفال
١٦ إذا ما الضجيع ابتزها من ثيابها  تميل عليه هونة غير مجبال
١٧ كحقف النقا يمشي الوليدان فوقه  بما احتسبا من لين مس وتسهال
١٨ إذا ما استحمت كان فيض حميمها  على متنتيها كالجمان لدى الجالي
١٩ تنورتها من أذرعات وأهلها  بيثرب أدنى دارها نظر عال
٢٠ نظرت إليها والنجوم كأنها  مصابيح رهبان تشب لقفال
٢١ فقالت سباك الله إنك فاضحي  ألست ترى السمار والناس أحوالي
٢٢ فقلت يمين الله أبرح قاعدا  ولو قطعوا رأسي لديك وأوصالي
٢٣ فلما تنازعنا الحديث وأسمحت  هصرت بغصن ذي شماريخ ميال
٢٤ فصرنا إلى الحسنى ورق كلامنا  ورضت فذلت صعبة أي إذلال

٢ إنّا تركنا منكمُ قتلى وجرحى وسبايا كالسعالي

٣ يمشين بين أرحلنا مفترقا ت ما بجوعٍ وهزال

الرجز

٥٤

١ لم تصبنا خيلكم في ما مضى حتّى ٱستقلَّ ٱلحيُّ من أجلٍ ومال

٢ ذاك وكم كتيبةٍ سوداء قد تستقبل ٱلقومَ بوجهٍ كَالجِحال

٣ فأبحناها وكلٌّ بيننا عقرا نطعمها قِددًا ومخروف ٱلجمال

٤ أيامَ صبّحناكمُ ململمةً كأنّها قد طلعت من حزم آل

٥ من كلّ قبّاء يعدو ٱلوكرى إذا توالى ٱلخيلُ بٱلقوم ٱلثقال

البسيط

٥٥

١ عيناك دمعهما سِجال كأنّ شأنيهما أوشال

٢ أو جدولٌ في ظلال نخلٍ للماء من تحته مَجال

٣ من ذكر ليلى وأين ليلى وخيرُ ما رُمتَ ما يُنال

٤ قد أقطع ٱلأرض وهي قفرٌ وصاحبي بازلٌ شِملال

٥ ناعمةٌ ناتئٌ أظلُّها كأنّ حاركها أُثال

٦ كأنّها مفردٌ شبوبٌ تلفّه ٱلريح وٱلطِّلال

٧ كأنّها عنز بطن وادٍ تعدو وقد أفرد ٱلغزال

٨ عدوًا ترى بينه أبولها مخفزةً أكرعٌ عِجال

٩ وغائطٍ قد هبطت وحدي للقلب من خوفه ٱختلال

١٠ صاب عليه ربيعُ صيفٍ كأنّ ذُبّانه ٱلرِّجال

٤٤ وَلَمْ أَشْهَدِ ٱلْخَيْلَ ٱلْمُغِيرَةَ بِٱلضُّحَى عَلَى هَيْكَلٍ نَهْدِ ٱلْجُزَارَةِ جَوَّالِ
٤٥ سَلِيمِ ٱلشَّظَا عَبْلِ ٱلشَّوَى شَنِجِ ٱلنَّسَا لَهُ حَجَبَاتٌ مُشْرِفَاتٌ عَلَى ٱلْفَالِ
٤٦ وَصُمٍّ صِلَابٍ مَا يَقِينَ مِنَ ٱلْوَجَى كَأَنَّ مَكَانَ ٱلرِّدْفِ مِنْهُ عَلَى رَالِ
٤٧ وَقَدْ أَغْتَدِي وَٱلطَّيْرُ فِي وُكُنَاتِهَا لِغَيْثٍ مِنَ ٱلْوَسْمِيِّ رَائِدُهُ خَالِ
٤٨ تَحَامَاهُ أَطْرَافُ ٱلرِّمَاحِ تَحَامِيًا وَجَادَ عَلَيْهِ كُلُّ أَسْحَمَ هَطَّالِ
٤٩ بِعِجْلِزَةٍ قَدْ أَتْرَزَ ٱلْجَرْيُ لَحْمَهَا كُمَيْتٍ كَأَنَّهَا هِرَاوَةُ مِنْوَالِ
٥٠ ذَعَرْتُ بِهَا سِرْبًا نَقِيًّا جُلُودُهُ وَأَكْرُعُهُ وَشْيُ ٱلْبُرُودِ مِنَ ٱلْخَالِ
٥١ كَأَنَّ ٱلصِّوَارَ إِذْ تَجَهَّدَ عَدْوَهُ عَلَى جَمَزَى خَيْلٌ تَجُولُ بِأَجْلَالِ
٥٢ فَكَرَّ لِرَوْقَيْهِ وَأَمْضَيْتُ مُقْدِمًا طُوَالَ ٱلْقَرَا وَٱلرَّوْقِ أَخْنَسَ ذَيَّالِ
٥٣ فَعَادَيْتُ مِنْهُ بَيْنَ ثَوْرٍ وَنَعْجَةٍ وَكَانَ عِدَائِي إِذْ رَكِبْتُ عَلَى بَالِ
٥٤ كَأَنِّي بِفَتْخَاءِ ٱلْجَنَاحَيْنِ لَقْوَةٍ عَلَى عَجَلٍ مِنْهَا أُطَأْطِئُ شِمْلَالِي
٥٥ تَخَطَّفُ خِزَّانَ ٱلْأُنَيْعِمِ بِٱلضُّحَى وَقَدْ حَجَرَتْ مِنْهَا ثَعَالِبُ أَوْرَالِ
٥٦ كَأَنَّ قُلُوبَ ٱلطَّيْرِ رَطْبًا وَيَابِسًا لَدَى وَكْرِهَا ٱلْعُنَّابُ وَٱلْحَشَفُ ٱلْبَالِي
٥٧ فَلَوْ أَنَّ مَا أَسْعَى لِأَدْنَى مَعِيشَةٍ كَفَانِي وَلَمْ أَطْلُبْ قَلِيلٌ مِنَ ٱلْمَالِ
٥٨ وَلَكِنَّمَا أَسْعَى لِمَجْدٍ مُؤَثَّلٍ وَقَدْ يُدْرِكُ ٱلْمَجْدَ ٱلْمُؤَثَّلَ أَمْثَالِي
٥٩ وَمَا ٱلْمَرْءُ مَا دَامَتْ حُشَاشَةُ نَفْسِهِ بِمُدْرِكِ أَطْرَافِ ٱلْخُطُوبِ وَلَا آلِ

## ٥٣

الرجز

١ أَبْلِغْ شِهَابًا بَلْ فَأَبْلِغْ عَاصِمًا هَلْ قَدْ أَتَاكَ ٱلْخَبَرُ مَالِ

٢ كلا يمين الإله يجمعنا شيء وأخوالنا بنو جشما

٣ حتى تزور الضباع ملحمة كأنها من ثمود أو إرما

## ٥٩

الكامل

١ لمن الديار غشيتها بسحام فعمايتين فهضب ذي أقدام

٢ فصفا الأطيط فصاحتين فغاضر تمشي النعاج بها مع الآرام

٣ دار لهند والرباب وفرتنى ولميس قبل حوادث الأيام

٤ عوجا على الطلل المحيل لعلنا نبكي الديار كما بكى ابن خذام

٥ دار لهر إذ هر لأهلك جيرة إذ تستبيك بواضح بسام

٦ أزمان فوها كلما نبهتها كالمسك بات وظل في الفدام

٧ أفلا ترى أظعانهن بعاقل كالنخل من شوكان حين صرام

٨ حور تعللن العبير روادفا كمها الشقائق أو ظباء سلام

٩ فظللت في دمن الديار كأنني نشوان باكره صبوح مدام

١٠ أنف كلون دم الغزال معتق من خمر عانة أو كروم شبام

١١ وكأن شاربها أصاب لسانه موم يخالط خبله بعظام

١٢ ومجدة أعملتها فتكمشت رتك النعامة في طريق حام

١٣ يمأى عليها القور وإن خففها عوجاء منسمها رثيم دام

١٤ جالت لتصرعني فقلت لها اقصري إني امرؤ صرعي عليك حرام

١٥ فجزيت خير جزاء ناقة واحد ورجعت سالمة القرا بسلام

١٦ فكأنما بدر وصيل كتيفة وكأنما من عاقل أرمام

١١ تُقَدِّمُني نَهْدَةٌ سَبُوحٌ   صَلَّبَها العَضُّ والحِبالُ

١٢ كأنّها لِقْوَةٌ طَلوبٌ   كأنّ خُرْطومَها مِنْشالُ

١٣ تُطْعِمُ فَرْخاً لها صَغيراً   أزْرى بهِ الجوعُ والإحْثالُ

١٤ قُلوبَ خِزّانٍ لدى أوْزالٍ   نُوتُها كما يُمَزِّقُ العِيالُ

١٥ وغارةٍ ذاتِ قَيْرَوانٍ   كأنّ أسْرابَها رِعالُ

١٦ كأنّهم حَرْشَفٌ مَبْثوثٌ   بالجَوِّ إذ تَبْرُقُ النِّعالُ

١٧ صَبَّحْتُها الضُّحى ذا صَباحٍ   فكانَ لِشِقائِهِمْ الرِّجالُ

## ٥٦

الطويل

١ أتاني وأصحابي على رأسِ صَيْلَعٍ   حديثٌ أطارَ النَّوْمَ عنّي فأنْعَما

٢ فقلتُ لِعِجْليٍّ بعيدٍ مآبُهُ   أبِنْ لي وبَيِّنْ لي الحديثَ المُجَمْجَما

٣ فقالَ أبَيْتَ اللَّعْنَ عَمْرٌو وكاهِلٌ   أباحا حِمى حُجْرٍ فأصْبَحَ مُسْلَما

## ٥٧

الطويل

١ ألا قَبَّحَ اللهُ البَراجِمَ كُلَّها   وعَفَّرَ يَرْبوعاً وجَدَّعَ دارِما

٢ وآثَرَ بالمِلْحاةِ آلَ مُجاشِعٍ   رِقابَ إماءٍ يَقْتَنينَ المَفارِما

٣ فما قاتَلوا عن رَبِّهِمْ ورَبيبِهِمْ   ولا آذَنوا جاراً فيَظْعَنَ سالِما

٤ ولا فَعَلوا فِعْلَ العُوَيْرِ بِجارِهِ   لدى بابِ هِنْدٍ إذ تُجَرَّدُ قائِما

## ٥٨

المنسرح

١ أبْنَيْ عَلِيٍّ اسْتَتِبْ لَوْمَكُما   ولَمْ تَلوما حُجْراً ولا عُصُما

٣ فلو في يوم معركة أصيبوا    ولكن في ديار بني مرينا

٤ فلم تغسل جماجمهم بغسل    ولكن بالدماء مرملينا

٥ تظل الطير عاكفة عليهم    وتنتزع الحواجب والعيونا

## ٦٣

الطويل

١ لمن طلل أبصرته فشجاني    كخط الزبور في عسيب يماني

٢ ديار لهند والرباب وفرتنى    ليالينا بالنعف من بدلان

٣ ليالي يدعوني الصبا فأجيبه    وأعين من أهوى إلي رواني

٤ فإن أمس مكروبا فيا رب بهمة    كشفت إذا ما اسود وجه الجبان

٥ وإن أمس مكروبا فيا رب قينة    منعمة أعملتها بكران

٦ لها مزهر يعلو الخميس بصوته    أجش إذا ما حركته اليدان

٧ وإن أمس مكروبا فيا رب غارة    شهدت على أقب رخو اللبان

٨ على ربذ يزداد عفوا إذا جرى    مسح حثيث الركض والذألان

٩ ويخدي على صم صلاب ملاطس    شديدات عقد لينات متان

١٠ وغيث من الوسمي حو تلاعه    تبطنته بشيظم صلتان

١١ مكر مفر مقبل مدبر معا    كتيس ظباء الحلب الغدوان

١٢ إذا ما جنبناه تأود متنه    كعرق الرخامى اللدن في الهطلان

١٣ تمتع من الدنيا فإنك فان    من النشوات والنساء الحسان

١٤ من البيض كالآرام والأدم كالدمى    حواصنها والمبرقات الرواني

١٥ أمن ذكر نبهانية حل أهلها    بجزع الملا عيناك تبتدران

١٧ أَبْلِغْ سُبَيْعًا إِنْ عَرَضْتَ رِسَالَةً إِنِّي كَهَمِّكَ إِنْ عَشَوْتَ أَمَامِي
١٨ أَقْصِرْ إِلَيْكَ مِنَ الْوَعِيدِ فَإِنَّنِي مِمَّا أُلَاقِي لَا أَشُدُّ حِزَامِي
١٩ وَأُنَازِلُ الْبَطَلَ الْكَرِيهَ نِزَالُهُ وَإِذَا أُنَاضِلُ لَا تَطِيشُ سِهَامِي
٢٠ وَأَنَا الْمُنَبِّهُ بَعْدَ مَا قَدْ نَوَّمُوا وَأَنَا الْمُعَالِنُ صَفْحَةَ النُّوَّامِ
٢١ خَالِي ابْنُ كَبْشَةَ قَدْ عَرَفْتَ مَكَانَهُ وَأَبُو يَزِيدَ وَرَهْطُهُ أَعْمَامِي
٢٢ وَأَنَا الَّذِي عَلِمَتْ مَعَدٌّ فَضْلَهُ وَأَبِي أَبُو حُجْرٍ بْنِ أُمِّ قَطَامِ
٢٣ وَإِذَا أُذِيتُ بِبَلْدَةٍ وَدَّعْتُهَا وَلَا أُقِيمُ بِغَيْرِ دَارِ مُقَامِ

## ٦٠

الوافر

١ كَأَنِّي إِذْ نَزَلْتُ عَلَى الْمُعَلَّى نَزَلْتُ عَلَى الْبَوَاذِخِ مِنْ شَمَامِ
٢ فَمَا مَلِكُ الْعِرَاقِ عَلَى الْمُعَلَّى بِمُقْتَدِرٍ وَلَا الْمَلِكُ الشَّآمِي
٣ أَصَدَّ نَشَاصَ ذِي الْقَرْنَيْنِ حَتَّى تَوَلَّى عَارِضُ الْمَلِكِ الْهُمَامِ
٤ أَقَرَّ حَشَى امْرِئِ الْقَيْسِ بْنِ حُجْرٍ بَنُو تَيْمٍ مَصَابِيحُ الظَّلَامِ

## ٦١

الرجز

١ تَطَاوَلَ اللَّيْلُ عَلَيْنَا دَمُّونْ
٢ دَمُّونُ إِنَّا مَعْشَرٌ يَمَانُونْ
٣ وَإِنَّنَا لِأَهْلِنَا مُحِبُّونْ

## ٦٢

الوافر

١ أَلَا يَا عَيْنُ بَكِّي لِي شَنِينَا وَبَكِّي لِي الْمُلُوكَ الذَّاهِبِينَا
٢ مُلُوكًا مِنْ بَنِي حُجْرِ بْنِ عَمْرٍو يُسَاقُونَ الْعَشِيَّةَ يُقْتَلُونَا

١ وَخَرْقٍ بَعِيدٍ قَدْ قَطَعْتُ نِيَاطَهُ عَلَى ذَاتِ لَوْثٍ سَهْوَةِ ٱلْمَشْيِ مِذْعَانِ
٢ وَغَيْثٍ كَأَلْوَانِ ٱلْفَنَا قَدْ هَبَطْتُهُ تَعَاوَرَ فِيهِ كُلُّ أَوْطَفَ حَنَّانِ
١١ عَلَى هَيْكَلٍ يُعْطِيكَ قَبْلَ سُؤَالِهِ أَفَانِينَ جَرْيٍ غَيْرَ كَزٍّ وَلَا وَانِ
١٢ كَتَيْسِ ٱلظِّبَاءِ ٱلْأَعْفَرِ ٱنْضَرَجَتْ لَهُ عُقَابٌ تَدَلَّتْ مِنْ شَمَارِيخِ ثَهْلَانِ
١٠ وَخَرْقٍ كَجَوْفِ ٱلْعَيْرِ قَفْرٍ مُضِلَّةٍ قَطَعْتُ بِسَامٍ سَاهِمِ ٱلْوَجْهِ حَسَّانِ
١١ يُدَافِعُ أَرْكَانَ ٱلْمَطَايَا بِرُكْنِهِ كَمَا مَالَ غُصْنٌ نَاعِمٌ بَيْنَ أَغْصَانِ
١٤ وَمَجْرٍ كَغُلَّانِ ٱلْأُنَيْعِمِ بَالِغٍ دِيَارَ ٱلْعَدُوِّ ذِي زُهَاءٍ وَأَرْكَانِ
١٦ مَطَوْتُ بِهِمْ حَتَّى تَكِلَّ غُزَاتُهُمْ وَحَتَّى ٱلْجِيَادُ مَا يُقَدْنَ بِأَرْسَانِ
١٠ وَحَتَّى تَرَى ٱلْجَوْنَ ٱلَّذِي كَانَ بَادِنًا عَلَيْهِ عَوَافٍ مِنْ نُسُورٍ وَعِقْبَانِ

## ٦٦ الطويل

١ أَلَا إِنَّ قَوْمًا كُنْتُمُ أَمْسِ دُونَهُمْ هُمُ مَنَعُوا جَارَاتِكُمْ آلَ غُدْرَانِ
٢ عُوَيْرٌ وَمَنْ مِثْلُ ٱلْعُوَيْرِ وَرَهْطِهِ وَأَسْعَدُ فِي لَيْلِ ٱلْبَلَابِلِ صَفْوَانُ
٣ ثِيَابُ بَنِي عَوْفٍ طَهَارَى نَقِيَّةٌ وَأَوْجُهُهُمْ عِنْدَ ٱلْمَشَاهِدِ غُرَّانُ
٤ هُمُ بَلَّغُوا ٱلْحَيَّ ٱلْمُضَلَّلَ أَهْلَهُ وَسَارُوا بِهِمْ بَيْنَ ٱلْعِرَاقِ وَنَجْرَانِ
فَقَدْ أَصْبَحُوا وَٱللّٰهِ أَصْفَاهُمُ بِهِ أَبَرَّ بِأَيْمَانٍ وَأَوْفَى بِجِيرَانِ

## ٦٧ الوافر

١ أَبَعْدَ ٱلْحَارِثِ ٱلْمَلِكِ ٱبْنِ عَمْرٍو لَهُ مُلْكُ ٱلْعِرَاقِ إِلَى عُمَانِ
٢ مُجَاوَرَةً بَنِي شَمَجَى بْنِ جَرْمٍ هَوَانًا مَا أُتِيحَ مِنَ ٱلْهَوَانِ
٣ وَيَمْنَحُهَا بَنُو شَمَجَى بْنِ جَرْمٍ مَعِيزَهُمُ حَنَانَكَ ذَا ٱلْحَنَانِ

١٦ فَدَمْعُهُمَا سَحٌّ وَسَكْبٌ وَدِيمَةٌ ... وَرَشٌّ وَتَوْكَافٌ وَتَنْهَمِلَانِ

١٧ كَأَنَّهُمَا مَزَادَتَا مُتَعَجِّلٍ ... فَرِيَّانِ لَمَّا تُدْهَنَا بِدِهَانِ

## ٦٤

الطويل

١ مَا هَاجَ هَذَا الشَّوْقَ غَيْرُ مَنَازِلٍ ... دَوَارِسَ بَيْنَ يَذْبُلٍ فَرَقَانِ

٢ أَمِنْ ذِكْرِ نَبْهَانِيَّةٍ حَلَّ أَهْلُهَا ... بِجِزْعِ الْمَلَا عَيْنَاكَ تَبْتَدِرَانِ

٣ كَأَنَّهُمَا مَزَادَتَا مُتَعَجِّلٍ ... فَرِيَّانِ لَمَّا تُدْهَنَا بِدِهَانِ

٤ وَسِرْبٍ عَلَى مَقْطُورَةٍ بَكَرَتْ بِهِ ... غَدَتْ فِي سَوَادِ اللَّيْلِ قَبْلَ الشَّوَانِ

٥ يُحَرِّقُهَا شَفَقٌ يُرَى بِلَبَانِهِ ... وَجَبِينِهِ تَضْحٌ مِنَ النَّقَيَانِ

٦ تَمَتَّعْ مِنَ الدُّنْيَا فَإِنَّكَ فَانٍ ... مِنَ النَّشَوَاتِ وَالنِّسَاءِ الْحِسَانِ

٧ مِنَ الْبِيضِ كَالْآرَامِ وَالْأُدْمِ كَالدُّمَى ... حَوَاصِنِهَا وَالْمُبْرِقَاتِ الرَّوَانِي

## ٦٥

الطويل

١ قِفَا نَبْكِ مِنْ ذِكْرَى حَبِيبٍ وَعِرْفَانِ ... وَرَسْمٍ عَفَتْ آيَاتُهُ مُنْذُ أَزْمَانِ

٢ أَتَتْ حِجَجٌ بَعْدِي عَلَيْهِ فَأَصْبَحَتْ ... كَخَطِّ زَبُورٍ فِي مَصَاحِفِ رُهْبَانِ

٣ ذَكَرْتُ بِهَا الْحَيَّ الْجَمِيعَ فَهَيَّجَتْ ... عَقَابِيلَ سُقْمٍ مِنْ ضَمِيرٍ وَأَشْجَانِ

٤ فَسَحَّتْ دُمُوعِي فِي الرِّدَاءِ كَأَنَّهَا ... كُلًى مِنْ شُعَيْبٍ ذَاتُ سَحٍّ وَتَهْتَانِ

٥ إِذَا الْمَرْءُ لَمْ يَخْزُنْ عَلَيْهِ لِسَانَهُ ... فَلَيْسَ عَلَى شَيْءٍ سِوَاهُ بِخَزَّانِ

٦ فَإِمَّا تَرَيْنِي فِي رِحَالَةِ جَابِرٍ ... عَلَى حَرَجٍ كَالْقَرِّ تَخْفِقُ أَكْفَانِي

٧ فَيَا رُبَّ مَكْرُوبٍ كَرَرْتُ وَرَاءَهُ ... وَعَانٍ فَكَكْتُ الْغُلَّ عَنْهُ فَفَدَّانِي

٨ وَفِتْيَانِ صِدْقٍ قَدْ بَعَثْتُ بِسُحْرَةٍ ... فَقَامُوا جَمِيعًا بَيْنَ عَاثٍ وَنَشْوَانِ

# تعليقة

انى قد وقفت فى كتاب الصحاح للجوهرى وفى كتاب امالى القالى وفى شرح مغنى اللبيب للسيوطى وفى كتاب الاغانى لابى الفرج الاصبهانى وفى شرح المفضليات للمرزوقى وفى جمهرة اشعار العرب لابى زيد محمد بن ابى الخطاب وفى نضرة الاغريض لابى على مظفر بن الفضل الحسينى وفى شروح قصائد ودواوين مختلفة وفى كتب التواريخ وغيرها على ابيات منسوبة الى النابغة او غيره من الشعراء الستة لم تدخل فى ما رواه الاصمعى وابو عمرو بن العلاء والمفضل وابو سعيد السكرى من شعرهم فخطر لى ان اجمع كل ما وجدته من شوارد الشعراء المذكورين كانت صحيحة او مصنوعة فى هذه الصفحات فجمعت لكل واحد منهم شعره المنحول اليه واثبته واعتنيت بترتيبه على القوافى كما تكلفت فى دواوينهم لانه اقرب للمرتاد واسهل على الطالب فارجو ان ادرك ما اعتمدت عليه وانفع بما اجتهدت به واعتذر الى نقاد الشعر واصحاب اللغة والنحو مما لم اصب من المرام والله الموفق ونعم الوكيل.

٦٨ الوافر

١ ألا إلّا تكن إبلٌ فمعزى كأنّ قرون جلّتها العصيّ
٢ تربّعُ بالستار ستارِ قدسٍ إلى عقلٍ فجاذَ لها الأتيّ
٣ إذا ما قام حالبها أرنّت كأنّ الحيّ بينهمُ نعيّ
٤ تروح كأنّها ممّا أصابت معلّقةٌ بأحقيها الدّليّ
٥ فتملأ بيتنا أقطاً وسمناً وحسبك من غنًى شبعٌ وريّ

كمل جميع قصائد امرئ القيس الكندى

وبتمامه تمّ كتاب العقد الثمين

ويتلوه تعليقة تشتمل

على ابيات منحولة

الى الشعراء الستّة

ان شاء الله

تعالى

الطويل

٧

١ أرسمًا جديدًا من سعاد تجنّب عفت روضة الأجداد منها فيثقب .

٢ عفا آيه ريح الجنوب مع الصبا وأسحم دانٍ مزنه متصوّب

الطويل

٨

١ كأنّ قتودي والنسوع جرى بها مصكّ يباري الجون جأبٌ معقرب

٢ رعى الروض حتى نشّت الغدر والتوت برجلاتها قيعان شرج وأيهب

البسيط

٩

١ حذّاء مدبرة سكّاء مقبلة للماء في النحر منها نوطة عجب

٢ تدعو القطا وبه تدعى إذا نسبت يا صدقها حين تدعوها فتنتسب

الرجز

١٠

١ أنائمٌ أم سامعٌ ذو القبّهْ

٢ ألواهبُ النوق الهجان الصُّلبهْ

٣ ضربته بالمشرفيّ الأنبهْ

٤ ذات نجاء في يديها جلبهْ

٥ في لاحب كأنّه الأنبهْ

الوافر

١١

١ وما حاولتما بقياد خيل يصون الورد فيها والكميت

٢ إلى نبهان حتى صبّحتهم ودونهم الربائع والخبيت

## الشعر المنحول الى النابغة الجعدي

١

الوافر

١ كأنّ مدامةً من بيت رأسٍ يكون مزاجها عسلٌ وماءُ

٢

الوافر

١ فذاقها أن تناجيها بخيلٌ يحاسب نفسه بكم اشتراها

٣

الرمل

١ سألتني عن أناسٍ هلكوا أكل الدهر عليهم وشرب

٤

المتقارب

١ بعاري النواهق صلت الجبيـن يستنّ كالتيس ذي الحلب

٥

الطويل

١ لعمري لنعم المرء من آل ضجعمٍ تزور ببصرى أو ببرقة هارب

٢ فتى لم تلده بنت عمٍّ قريبةٍ فيضوى وقد يضوى رديد الأقارب

٦

البسيط

١ من يطلب الدهر تدركه مخالبه والدهر بالوتر ناجٍ غير مطلوب

٢ ما من أناسٍ ذوي مجدٍ ومكرمةٍ الا يشدّ عليهم شدة الذيب

٣ حتى يبيد على عمدٍ سراتهم بالنافذات من النبل المصائيب

٤ إني وجدت سهام الموت معرضةً بكل حتفٍ من الآجال مكتوب

## ١٧

الكامل

١ بالدر والياقوت زين نحرها ومفصل من لؤلؤ وزبرجد
٢ فلمست أعلاقا وأعلقتها معا وأخذتها قسرا وقلت لها اقعدي
٣ وإذا يعض تشده أعضاؤه عض الكبير من الرجال الأدرد
٤ ويكاد ينزع جلد من يصلى به بلوافح مثل السعير الموقد

## ١٨

الكامل

١ يا عام لا أعرفك تنكر سنة بعد الذين تتابعوا بالمرصد
٢ لو عاينتك كماتنا بطوالة بالحزورية أو بلابة ضرغد
٣ لثويت في قد هنالك موثقا في القوم أو لثويت غير موسد
٤ متلبك يلاعب أمه وقطيطة رخو المفاصل أيره كالمرود

## ١٩

البسيط

١ إذا تعاقبني ربي معاقبة قرت بها عين من يأتيك بالحسد
٢ هذا لأبرأ من قول قذفت به طارت نوافذه حرا على كبدي

## ٢٠

الوافر

١ فأصبحت بعد ما نصلت بدار شطون لا تعاد ولا تعود

## ٢١

الرجز

١ ميل نفسا لا تشتكي من القصر
٢ طويلة الأقراب من غير خفر
٣ ذاهبة قد صفرت من الكبر

## ١٢

الوافر

١ كأنّ الظعن حين طفون ظهرا    سفين البحر يممن القراحا

٢ قفا فتبيّنا أعُرَيتِناتٍ    توخّى الحيّ أم أمّوا لُباحا

٣ كأنّ على الحدوج نعاج رمل    زهاها الذعر أو سمعت صياحا

## ١٣

الكامل

١ واستبق ودّك للصديق ولا تكن    قتبا يعضّ بغارب ملحاحا

٢ واليأس ممّا فات يعقب راحة    ولرُبّ مطعمة تعود ذباحا

٣ بعد ابن جفنة وابن هاتك عرشه    والحارثين بأن يزيد فلاحا

٤ ولقد رأى أنّ الذي هو غالهم    قد غال حمير قيلها الصبّاحا

٥ والتبّعين وذا نواس غدوة    وعلا أذينة سالب الأرواحا

## ١٤

الطويل

١ يقولون حصن ثمّ تأبى نفوسهم    وكيف بحصن والجبال جموح

٢ ولم تلفظ الموتى القبور ولم تزل    نجوم السماء والأديم صحيح

## ١٥

الطويل

١ متى تأته تعشو إلى ضوء ناره    تجد خير نار عندها خير موقد

## ١٦

الطويل

١ أبقيت للعبسيّ فضلا ونعمة    ومحمدة من باقيات المحامد

٢ حباء شقيق فوق أعظم قبره    وما كان يحبى قبله قبر وافد

٣ أتى أهله منه حباء ونعمة    وربّ امرئ يسعى لآخر قاعد

٢ لا أعرفنك عارضا لرماحنا ... في جف تغلب واردي الأمرار

٣ ما لهف أمي بعد أسرة جعفل ... إلا ألافيهم ورهط عرار

## ٣٦

البسيط

١ عوجوا فحيّوا لنعم دمنة الدار ... ماذا تحيّون من نؤي وأحجار

٢ أقوى وأقفر من نعم وغيّره ... هوج الرياح بهابي الترب موّار

٣ دار لنعم بأعلى الجزع قد درست ... لم يبق إلا رماد بين أحجار

٤ وقفت فيها سراة اليوم أسألها ... عن آل نعم أمونا عبر أسفار

٥ فاستعجمت دار نعم لا تكلمنا ... والدار لو كلمتنا ذات أخبار

٦ فما وجدت بها شيئا ألوذ به ... إلا الثمام وإلا موقد النار

٧ وقد أراني ونعما لاهيين بها ... والدهر والعيش لم يهمم بإمرار

٨ أيام تخبرني نعم وأخبرها ... ما أكتم الناس من بلاد وأسرار

٩ لولا حبائل من نعم علقت بها ... لأقصر القلب عنها أي إقصار

١٠ فإن أفاق لقد طالت عمايته ... والمرء يخلق طورا بعد أطوار

١١ نبئت نعما على الهجران عاتبة ... سقيا ورعيا لذاك العاتب الزاري

١٢ رأيت نعما وأصحابي على عجل ... والعيس للبين قد شدت بأكوار

١٣ فريع قلبي وكانت نظرة عرضت ... حينا وتوفيق أقدار لأقدار

١٤ بيضاء كالشمس وافت يوم أسعدها ... لم تؤذ أهلا ولم تفحش على جار

١٥ تلوث بعد افتضال البرد مئزرها ... لوثا على مثل دعص الرملة الهاري

١٦ والطيب يزداد طيبا أن يكون بها ... في جيد واضحة الخدين معطار

٤ كأنّما قد رعيتْ بها العُكَرْ

مهروقةُ الشّرقيّ حولاء القُطُرْ

٦ تفترّ عن عُوجٍ جِدادٍ كالإبَرْ

## ٢٢

البسيط

١ يوماً حليمةَ كانا من قديمهمُ وعينُ باغٍ فكان الأمرُ ما ائتمرا

٢ يا قومِ إنّ ابنَ هندٍ غيرُ تارككم فلا تكونوا لأدنى وقعةٍ جزرا

## ٢٣

البسيط

١ أخلاقُ مجدكَ جلّتْ ما لها خطرٌ في البأسِ والجودِ بين العلمِ والخبرِ

٢ متوّجٌ بالمعالي فوقَ مفرقهِ وفي الوغى ضيغمٌ في صورةِ القمرِ

## ٢٤

الطويل

١ ضلالةُ أو ماءِ الدُّجانةِ أو هوى مثنّةِ كلبٍ أو مياهِ المواضمِ

٢ ترى الرّاعبينَ العاكفينَ بنابهِ على كلِّ شيزى أترعتْ بالعراصمِ

٣ لهُ بفناءِ البيتِ حوذاءُ فخمةٌ تلقّمُ أوصالَ الجزورِ العراجمِ

٤ بقيّةُ قدرٍ من قدورٍ تورّثتْ لآلِ الجلاحِ كابراً بعدَ كابمِ

٥ تظلُّ الإماءُ يبتدرنَ قديحها كما ابتدرتْ سعدٌ مياهَ قراقمِ

٦ وهم ضربوا أنفَ الفزاريِّ بعدَ ما أتاهمْ بمعقودٍ من الأمرِ قاصمِ

٧ أتطمعُ في وادي القرى وجنابهِ وقد منعوا منهُ جميعَ المعاشمِ

## ٢٥

الكامل

١ من مبلغٌ عمرَو بنَ هندٍ آيةً ومنَ النصيحةِ كثرةُ الإنذارِ

٣٦ أَهْوَى لَهُ قَانِصٌ يَسْعَى بِأَكْلُبِهِ عَارِي ٱلْأَشَاجِعِ مِنْ قُنَّاصِ أَنْمَارِ
٣٧ مُحَالِفُ ٱلصَّيْدِ هَبَّاشٌ لَهُ لِحَمٌ مَا إِنْ عَلَيْهِ ثِيَابٌ غَيْرُ أَطْمَارِ
٣٨ يَسْعَى بِغُضْفٍ بَرَاهَا فَهْيَ طَاوِيَةٌ طُولُ ٱرْتِحَالٍ بِهَا مِنْهُ وَتَسْيَارِ
٣٩ حَتَّى إِذَا ٱلثَّوْرُ بَعْدَ ٱلنَّفْرِ أَمْكَنَهُ أَشْلَى وَأَرْسَلَ غُضْفًا كُلُّهَا ضَارِ
٤٠ فَكَرَّ مَحْمِيَةً مِنْ أَنْ يَفِرَّ كَمَا كَرَّ ٱلْمُحَامِي حِفَاظًا خَشْيَةَ ٱلْعَارِ
٤١ فَشَكَّ بِٱلرَّوْقِ مِنْهَا صَدْرَ أَوَّلِهَا شَكَّ ٱلْمَشَاعِبِ أَعْشَارًا بِأَعْشَارِ
٤٢ ثُمَّ ٱنْثَنَى بَعْدُ لِلثَّانِي فَأَقْصَدَهُ بِذَاتِ ثَغْرٍ بَعِيدِ ٱلْقَعْرِ نَعَّارِ
٤٣ وَأَثْبَتَ ٱلثَّالِثَ ٱلْبَاقِي بِنَافِذَةٍ مِنْ بَاسِلٍ عَالِمٍ بِٱلطَّعْنِ كَرَّارِ
٤٤ وَظَلَّ فِي سَبْعَةٍ مِنْهَا لَحِقْنَ بِهِ يَكُرُّ بِٱلرَّوْقِ فِيهَا كَرَّ إِسْوَارِ
٤٥ حَتَّى إِذَا مَا قَضَى مِنْهَا لُبَانَتَهُ وَعَادَ فِيهَا بِإِقْبَالٍ وَإِدْبَارِ
٤٦ ٱنْقَضَّ كَٱلْكَوْكَبِ ٱلدُّرِّيِّ مُنْصَلِتًا يَهْوِي وَيَخْلِطُ تَقْرِيبًا بِإِحْضَارِ
٤٧ فَذَاكَ شِبْهُ قَلُوصِي إِذْ أَضَرَّ بِهَا طُولُ ٱلسُّرَى وَعَجِيجٌ بَعْدَ إِبْكَارِ

## ٢٧

البسيط

١ فَإِنْ يَكُنْ قَدْ قَضَى مِنْ خُلَّةٍ وَطَرًا فَإِنَّنِي مِنْكِ مَا أَقْضِي أَوْطَرِي
٢ يُذْرِي عَلَيْهِنَّ دَفًّا رِيشُهُ قَدِمٌ وَجُؤْجُؤًا عَظْمُهُ مِنْ لَحْمِهِ غَمِرُ

## ٢٨

الطويل

١ تَقَدَّمَ لَمَّا فَاتَتْهُ ٱلْأُخَلُ مُقَدَّمًا وَكَانَتْ لَهُ إِذْ خَاسَ بِٱلْعَهْدِ فَاجِرَةْ

## ٢٩

الكامل •

١ أَلْمَرْءُ يَأْمُلُ أَنْ يَعِيشَ وَطُولُ عَيْشٍ قَدْ يَضُرُّهْ

١٧ تسقي الضجيع اذا استسقى بذي أشر    عذب المذاقة بعد النوم مخمار

١٨ كأنّ مشمولة صرفا بريقتها    من بعد رقدتها أو شهد مشتار

١٩ أقول والنجم قد مالت أواخره    الى المغيب تبيّن نظرة حار

٢٠ ألمحة من سنا برق رأى بصري    أم وجه نعم بدا لي أم سنا نار

٢١ بل وجه نعم بدا والليل معتكر    فلاح من بين أثواب وأستار

٢٢ إنّ الحمول التي راحت مهجّرة    يتبعن أمر سفيه الرأي مغيار

٢٣ نواعم مثل بيضات بمحنية    يحفّهنّ ظليم في نقا هار

٢٤ اذا تغنّى الحمام الورق ذكّرني    ولو تغرّبت عنها أمّ عمّار

٢٥ ومهمه نازح تعوي الذئاب به    ناءي المياه عن الورّاد مقفار

٢٦ جاوزته بعلنداة مذكّرة    وعث الطريق على الأحزان مضمار

٢٧ تجتاب أرضا الى أرض بذي زجل    ماض على الهول هاد غير محيار

٢٨ اذا الركاب ونت عنها ركائبها    تشذّرت ببعيد الفتر خطّار

٢٩ كأنّما الرحل منها فوق ذي جدد    ذبّ الرياد الى الأشباح نظّار

٣٠ مطرّد أفردت عنه حلائله    من وحش وجرة أو من وحش ذي قار

٣١ مجرّس وحد جأب أطاع له    نبات غيث من الوسميّ مدرار

٣٢ سراته ما خلا لبانه لهق    وفي القوائم مثل الوشم بالقار

٣٣ باتت له ليلة شهباء تضربه    منها بحاصب شفّان وأمطار

٣٤ وبات ضيفا لأرطاة وألجأه    مع الظلام اليها وابل سار

٣٥ حتّى اذا ما انجلت ظلماء ليلته    وأسفر الصبح عنه أيّ إسفار

## ٣٧

الطويل

١ اذا غَضِبَتْ لَمْ يَشْعُرِ ٱلْحَيُّ أَنَّهَا غَضُوبٌ وَإِنْ نَالَتْ رِضًى لَمْ تُزَهْزِقِ

## ٣٨

البسيط

١ يَا مَانِعَ ٱلضَّيْمِ إِنْ يَغْشَى سَرَاتَهُمُ وَٱلْحَامِلَ ٱلْإِصْرِ عَنْهُمْ بَعْدَ مَا غَرِقُوا

## ٣٩

البسيط

قال النابغة كَانَتْ تُهَالُ مِنَ ٱلْأَصْوَاتِ رَاحِلَتِي

١ قال الربيع بن ابى الحقيق وَٱلنَّفْرُ مِنْهَا اذا مَا أَوْجَسَتْ خُلُقُ

قال النابغة لَوْلَا أُنَهْنِهُهَا بِٱلسَّوْطِ لَٱجْتَذَبَتْ

٢ قال الربيع مِنِّي ٱلزِّمَامَ وَإِنِّي رَاكِبٌ لَبِقُ

قال النابغة قَدْ مَلَّتِ ٱلْحَبْسَ فِي ٱلْآطَامِ وَٱشْتَعَفَتْ

٣ قال الربيع الى مَنَاهِلِهَا لَوْ أَنَّهَا طُلُقُ

## ٤٠

الوافر

١ تَخِفُّ ٱلْأَرْضُ إِنْ تَفْقِدْكَ يَوْمًا وَتَبْقَى مَا بَقِيتَ بِهَا ثَقِيلَا

٢ لِأَنَّكَ مَوْضِعُ ٱلْقِسْطَاسِ مِنْهَا فَتَمْنَعُ جَانِبَيْهَا أَنْ تَمِيلَا

## ٤١

الخفيف

١ خَبِّرُونِي بَنِي ٱلشَّقِيقَةِ مَا يَمْنَعُ فَقْعًا بِقَرْقَرٍ أَنْ يَزُولَا

٢ قَبَّحَ ٱللّٰهُ ثُمَّ ثَنَّى بِلَعْنٍ وَارِثَ ٱلصَّائِغِ ٱلْجَبَانَ ٱلْجَهُولَا

٣ مَنْ يَضُرُّ ٱلْأَدْنَى وَيَعْجِزُ عَنْ ضَرِّ ٱلْأَقَاصِي وَمَنْ يَخُونُ ٱلْخَلِيلَا

٤ يَجْمَعُ ٱلْجَيْشَ ذَا ٱلْأُلُوفِ وَيَغْزُو ثُمَّ لَا يَرْزَأُ ٱلْعَدُوَّ فَتِيلَا

٢ تَفْنَى بَشَاشَتُهُ وَيَبْقَى بَعْدَ حُلْوِ ٱلْعَيْشِ مُرُّهْ

٣ وَتَخُونُهُ ٱلْأَيَّامُ حَتَّى لَا يَرَى شَيْئًا يَسُرُّهْ

٤ كَمْ شَامِتٍ بِى إِنْ هَلَكْتُ وَقَائِلٍ لِلّٰهِ دَرُّهْ

٣٠ الطويل

١ ظَلِلْنَا بِبُرْقَاءِ ٱلْجُهَيْمِ تَلُفُّنَا قَبُولٌ تَكَادُ مِنْ جَلَالَتِهَا تَمْحِى

٣١ الطويل

١ فَلَوْ شَاءَ رَبِّى كَانَ أَمْرُ أَبِيكُمُ طَوِيلًا كَأَمْرِ ٱلْحٰرِثِ بْنِ سَدُوسِ

٣٢ الطويل

١ إِذَا أَنَا لَمْ أَنْفَعْ خَلِيلِى بِوُدِّهِ فَإِنَّ عَدُوِّى لَا يَضُرُّهُمُ بُغْضِى

٣٣ الطويل

١ إِذَا ٱلْقَوْمُ لَا تَلْقَى لِلْبَيْتِ عَوْرَةً وَلَا ٱلْجَارَ مَحْرُومًا وَلَا ٱلْأَمْرَ ضَائِعَا

٣٤ البسيط

١ صَبْرًا بَغِيضَ بْنَ رَيْثٍ إِنَّهَا رَحِمٌ حُبْتُمْ بِهَا فَأَنَاخَتْكُمْ بِجَعْجَاعِ

٣٥ الطويل

١ وَمِيرَاثُهُ فِى سَوْرَةِ ٱلْمَجْدِ مُمْتِعُ

٣٦ الكامل

١ تَعْصِى ٱلْإِلٰهَ وَأَنْتَ تُظْهِرُ حُبَّهُ هٰذَا لَعَمْرُكَ فِى ٱلْمَقَالِ بَدِيعُ

• ٢ لَوْ كُنْتَ تَصْدُقُ حُبَّهُ لَأَطَعْتَهُ إِنَّ ٱلْمُحِبَّ لِمَنْ يُحِبُّ مُطِيعُ

## ٤٨

الرجز

١ نفسُ عصامٍ سوّدت عصاما

٢ وعلّمته الكرَّ والإقداما

٣ وصيّرته ملكًا هماما

٤ حتى علا وجاوز الأقواما

## ٤٩

الكامل

١ تلقوا عليك برايةٍ معروفةٍ يومَ الأبيّس إن لقيت لبيضا

٢ قومٌ تداركَ بالعُيَيْنةِ ركضُهم أولادُ زِرْنةَ إن تركتَ تميما

## ٥٠

البسيط

١ قد خانعوا حلمًا عن حُرّةٍ خرِدٍ حتى تبطّنها الخدّاعُ ذو الحلمِ

## ٥١

السريع

١ ألمم برسمِ الطللِ الأقدمِ بجانبِ السكرانِ فالأيهمِ

٢ دارٌ لفتاةٍ كنتُ ألهو بها في سالفِ الدهرِ عن الأحكمِ

## ٥٢

البسيط

١ تعدو الذئابُ على من لا كلابَ له وتتّقي مربضَ المستنفرِ الحامي

## ٥٣

الوافر

١ ونبّئتُ بكاءهم لغدٍ تلقاها حذارَ غدٍ لكلِّ غدٍ طعامُ

٢ تمخّضتِ المنونُ له بيومٍ أنى ولكلِّ حاملةٍ تمامُ

### ٤٢

الطويل

١ عَهِدتُ بها حَيًّا كِرامًا فبُدِّلت  خَناطيلَ آجالِ النَّعامِ الجَوافِلِ

### ٤٣

البسيط

١ ما ذا رُزِئنا به من حَيّةٍ ذَكَرٍ  نَضْناضةٍ بالرَّزايا صِلِّ أصْلالِ

٢ لا يُهْنِئُ النّاسَ ما يَرعَوْنَ من كَلَإٍ  وما يَسوقونَ من أهلٍ ومن مالِ

٣ بعدَ ابنِ عاتِكةَ الثّاوي على أبَوَى  أضحى ببلدتِه لا عَمٍّ ولا خالِ

٤ سَهْلِ الخَليقةِ مَشّاءٍ بأقْدُحِهِ  إلى ذَواتِ الذُّرى حَمّالِ أثقالِ

٥ حَسْبُ الخليلَيْنِ نَأْيُ الأرضِ بينَهما  هذا عليها وهذا تحتَها بالِ

### ٤٤

الطويل

١ وعُرِّيتَ من مالٍ وخَيرٍ جَمَعْتَه  كما عُرِّيَتْ مِمّا تُمِرُّ المَغازِلُ

### ٤٥

السريع

١ الطّاعِنُ الطَّعنةَ يومَ الوَغى  يَنهَلُ منها الأسَلُ النّاهِلُ

### ٤٦

السريع

١ هذا غُلامٌ حَسَنٌ وَجْهُهُ  مُستقبِلُ الخيرِ سَريعُ التَّمامْ

٢ للحارثِ الأكبرِ والحارثِ الـ  أصغرِ والأعرجِ خيرِ الأنامْ

٣ ثُمَّ لِهِندٍ ولِهِندٍ وقد  أسرعَ في الخيراتِ منه إمامْ

٤ خمسةُ آبائِهِمُ ما هُمُ  هُمْ خيرُ من يَشرَبُ صَوْبَ الغَمامْ

### ٤٧

البسيط

١ خَيلٌ صِيامٌ وخَيلٌ غيرُ صائمةٍ  تحتَ العَجاجِ وأخرى تَعلُكُ اللُّجُما

٥٨

## وقال ايضا يمدح عمرو بن الحرث في الثناء المسجع

ألا انعم صباحا أيها الملك المبارك، السماء غطاؤك، والأرض وطاؤك، ووالدي فداؤك، والعرب وقاؤك، والعجم حماؤك، والحكماء جلساؤك، والمداراة سمّاؤك، والمقاول إخوانك، والعقل شعارك، والعلم منارك، والحلم نجارك، والسكينة مهادك، والوقار غشاؤك، والبر وسادك، والصدق رداؤك، واليمن حذاؤك، والسخاء ظهارتك، والحمية بطانتك، والعلى غايتك، وأكرم الأحياء أحياؤك، وأشرف الأجداد أجدادك، وخير الآباء آباؤك، وأفضل الأعمام أعمامك، وأسرى الأخوال أخوالك، وأعف النساء حلائلك، وأفخر الفتيان أبناؤك، وأطهر الأمهات أمهاتك، وأعلى البنيان بنيانك، وأعذب المياه أمواهك، وأفسح الدارات داراتك، وأنزه الحدائق حدائقك، وأرفع اللباس لباسك، وأنفع الأجناد أجنادك، قد حالف الإضريج عاتقك، ولاءم المسك مسكك، وجاور العنبر ترائبك، وصاحب النعيم جسدك، العسجد آنيتك، واللجين صحافك، والعصب مناديلك، والحواري طعامك، والشهد إدامك، واللذات غذاؤك، والخرطوم شرابك، والأبكار مستراحك، والشرف منصفك، والخير بفنائك، والشر بساحة أعدائك، والنصر منوط بلوائك، والخذلان مع ألوية حسادك، زين قولك فعلك، قد تخلج عدوك غضبك، وهزم مقانبهم مشهدك، وسار في الناس عدلك، وشمخ بالنصر ذكرك، وسكن قوارع الأعداء حذرك، الذهب عطاؤك

٥٤ الوافر

١ وأعيـارٍ صَوادِرَ عن حَـشَـاشٍ لِبَيْنِ الكَفْـرِ والنَّبْـرِ الدَّوَانِي
٢ ألا زَعَمَتْ بنـو عَبْسٍ بـأنّي ألا كَذَبُوا كَبِيرُ السِّنِّ فانِ

٥٥ الطويل

١ لِسُعْدَى بِشَرْعٍ فالبِحارِ مَساكِنٌ بِقَفْـرٍ فَغَيَّرَتْهـا شَمَـالٌ وَدَاجِـنُ

٥٦ الوافر

١ نَأَتْ بِسُعْدَى عَنْكَ نَوًى شَطُونُ فَبَـانَتْ والفُـؤادُ بِهَـا رَهِينُ
٢ وحَلَّتْ في بني القَيْنِ بنِ جَسْرٍ فَقَدْ نَبَغَتْ لَنا مِنْهُمْ شُؤُونُ
٣ فَـأرَّقَنِي بِعَقْـلَـةَ الـسَّـوانِي مُتَّفِقَ النَّجْمِ إذْ غَدَأتْ عُيُونُ
٤ كَأنَّ الرَّحْلَ شُدَّ بِهِ خَذُوفٌ مِنَ الجَوْنَـاتِ هَـادِيَةٌ عَتُونُ
٥ مِـنَ المُتَعَرِّضَـاتِ بِعَيْنِ نَخْلٍ كَأنَّ بَيَـاضَ لَبَّتِـهِ سَدِينُ
٦ كَقَوْسِ المَاسِخِيِّ أرَنَّ فِيهَـا مِـنَ الشِّرْعِيِّ مَـرْبُوعٌ مَتِينُ
٧ إلى ابْنِ مُحَرِّقٍ أعْمَلْتُ نَفْسِي ورَاحِلَتِي وَقَـدْ هَدَتِ العُيُونُ
٨ أتَيْتُكَ عَارِيًـا خَلَقًـا ثِيَـابِي عَلَى خَوْفٍ تُظَنُّ بِيَ الظُّنُونُ
٩ فَـألْفَيْتُ الأمَانَةَ لَمْ تَخُنْهَـا كَذَلِكَ كَانَ نُوحٌ لا يَخُونُ

٥٧ الطويل

١ فَتًى تَمَّ فِيهِ مَـا يَسُرُّ صَدِيقَهُ عَلَى أنَّ فِيهِ مَا يَسُوءُ الأعَادِيَا
٢ فَتًى كَمَلَتْ أخْلاقُـهُ غَيْرَ أنَّهُ جَوَادٌ فَمَا يُبْقِي مِنَ المَالِ بَاقِيَا

الطويل

٥

١ وكأنّ تعين المليك بالأرض خدّها بفتيان صيفي والنواقيس تضرب
٢ سلاف كأنّ الزعفران وعندما تصفّق في ناجودها حين تقطب
٣ لها أرجٌ في البيت عالٍ كأنّما ألمّ بنا من نحو دارين أركب

الكامل

٦

١ هذا لعمركم الصغار بعينه لا أمّ لي إن كان ذاك ولا أبُ

الكامل

٧

١ والخيل تعلم حين تضـ ـبح في حياض الموت ضبحا

البسيط

٨

١ أجود بالنفس إن ضنّ البخيل بها والجود بالنفس أقصى غاية الجود

الطويل

٩

١ وللموت خيرٌ للفتى من حياته إذا لم يثب للأمر إلّا بقائد
٢ فعالج جسيمات الأمور ولا تكن هبيت الفؤاد همّة للوسائد
٣ إذا الريح جاءت بالجهام تشلّه هذاليله مثل القلاص الطرائد
٤ وأعقب نوء المدبرين بغبرة وقطر قليل الماء بالليل بارد
٥ كفى حاجة الأضياف حتى يريحها على الحيّ منّا كلّ أروع ماجد
٦ تراه بتفريج الأمور ولفّها لما نال من معروفها غير زاهد
٧ وليس أخونا عند شرّ نخافه ولا عند خير إن رجاه بواحد
٨ إذا قيل من للمعضلات أجابه عظام اللهى منّا طوال السواعد

والثياب رزمة، والأدراع لحصنك، والعبي أنزالك، وألف دينار مرجوحة إيمانك، أيفاخرني المنذر اللخمي؟ فوالله لقفاك خير من وجهه، ولشمالك أجود من يمينه، ولأخمصك خير من رأسه، ولخطؤك خير من صوابه، ولصمتك خير من كلامه، ولأمك خير من أبيه، ولخدمك خير من قومه، فهب لي أسارى قومي، واستقبهن بذلك شكري، فإنك من أشراف قحطان، وأنا من سروات مضر.»

تمت

## الشعر المنحول الى عنترة العبسي

١ — الرجز

١ خط بني نبهان منها الأخيب

٢ كأنما آثارها بالحيحب

٣ آثار ظلمان بقاع محترب

٢ — الكامل

١ وكأن مهري ظل منغمسا به  بين الشقيق وبين مغرة جانبا

٣ — الكامل

١ ما زلت أرميهم بغرة مهري  ولبان لا وجل ولا هياب

٤ — الوافر

١ فيخفف تارة ويفيض أخرى  ويفجع ذا الضغائن بالأريب

**١٦** — الكامل

١ يا دار عبلة من مشارق مأسل    درس الشؤون وعهدها لم ينجل
٢ فاستبدلت عفر الظباء كأنّما    أبعارها في الصيف حبّ الفلفل
٣ تمشي النعام به خلاء حوله    مشي النصارى حول بيت الهيكل
٤ إحذر محلّ السوء لا تحلل به    وإذا نبا بك منزل فتحوّل
٥ تلقى خصاصة بيتنا أرماحنا    شالت نعامة أيّنا لم يفعل

**١٧** — الكامل

١ وأنا المنيّة في المواطن كلّها    والطعن منّي سابق الآجال
٢ إنّي لتعرف في الحروب مواقفي    في آل عبس مشهدي وفعالي
٣ منهم أبي حقّا فهم لي والد    والأمّ من حام فهم أخوالي

**١٨** — الطويل

١ وإنّ ابن سلمى عنده فاعلموا دمي    وهيهات لا يرجى ابن سلمى ولا دمي
٢ إذا ما تمشّى بين أجبال طيّئ    مكان الثريّا ليس بالمتهضّم
٣ رماني ولم يدهش بأزرق لهذم    عشيّة حلّوا بين نعف ومخرم

**١٩** — الكامل

١ وتظلّ عبلة في الخدور تجرّها    وأظلّ في حلق الحديد المبهم
٢ يا عبل لو أبصرتني لرأيتني    في الحرب أقدم كالهزبر الضيغم
٣ وصغارها مثل الدبى وكبارها    مثل الضفادع في غدير مفعم
٤ ولقد نظرت غداة فارق أهلها    نظر المحبّ بطرف عين المغرم

## ١٠

الكامل

١ أَبَنِي زَبِيبَةَ مَا لِمُهْرِكُمُ   مُتَهَوِّقًا وَبُطُونُكُمْ عُجْرُ

٢ أَلَكُمْ بِإِيغَالِ الوَلِيدِ عَلَى   إِثْرِ الشِّيَاهِ بِشَدِّهِ خُبْرُ

## ١١

الطويل

١ وَمَنَّعَنَا مِنْ كُلِّ ثَغْرٍ نَخَافُهُ   أَقَبُّ كَسِرْحَانِ الأَبَاءَةِ ضَامِرُ

٢ وَكُلُّ سَبُوحٍ فِي الغُبَارِ كَأَنَّهَا   إِذَا اغْتَسَلَتْ بِالمَاءِ فَتْخَاءُ كَاسِرُ

## ١٢

الرجز

١ أَنَا الهَجِينُ عَنْتَرَهْ

٢ كُلُّ امْرِئٍ يَحْمِي حِرَهْ

٣ أَسْوَدَهُ وَأَحْمَرَهْ

٤ وَالوَارِدَاتِ مِشْفَرَهْ

## ١٣

الطويل

١ أُصَدِّقُ مِنْهُ الزُّورَ خَوْفَ ازْدِرَائِهِ   وَأَرْضَى اسْتِمَاعَ الهُجْرِ خَشْيَةَ هَجْرِهِ

## ١٤

الوافر

١ وَحَارِثَةُ بْنُ لَأْمٍ قَدْ فَجَعْنَا   بِهِ أَحْيَاءَ عَمْرٍو فِي التَّلَاقِي

٢ تَرَكْنَاهُ بِشِعْبٍ بَيْنَ قَتْلَى   تَجِيفُهُمُ بِهِ فَوْقَ الثَّرَاقِي

## ١٥

الطويل

١ لَعَلَّ تَرَى بَرْقَ الحِمَى وَعِضَاهَكَا   وَتَجْنِي أَرَاكَاتِ الغَضَا بِجَنَابِكَا

٢ وَمَا كُنْتُ لَوْ لَا حُبُّ عَبْلَةَ خَائِلًا   بِذَلِكَ أَنْ تُسْقَى غَضًا وَأَرَاكَا

٤ فَإِنَّ ٱلرِّبَاطَ ٱلنُّكْدَ مِنْ آلِ دَاحِسٍ أَبَيْنَ فَمَا يُفْلِحْنَ يَوْمَ رِهَانِ
٥ جَلَبْنَ بِإِذْنِ ٱللّٰهِ مَقْتَلَ مَالِكٍ وَطَرَّحْنَ قَيْسًا مِنْ وَرَاءِ عُمَانِ
٦ تُعَلِّمْنَ عَلَى لَبَّاتِ ٱلْأَضَادِ وُجُوهُكُمْ يُسِرُّونَ ٱلْأُلَى مِنْ ذِلَّةٍ وَهَوَانِ
٧ سَيَمْنَعُ عَنْكَ ٱلسَّبْقُ إِنْ كُنْتَ سَابِقًا وَتُقْتَلُ إِنْ زَلَّتْ بِكَ ٱلْقَدَمَانِ
٨ أَحَقُّ بِهِ أَمْسَى جُنَيْدِبُ نَذْرَهُ فَلَاقَى قَتِيلًا كَانَ فِي غَطَفَانِ
٩ إِذَا سَجَعَتْ بِٱلرَّقْمَتَيْنِ حَمَامَةٌ أَوِ ٱلرَّسِّ تَبْكِي فَارِسَ ٱلْكَتَفَانِ

تمت

## الشعر المنحول الى طرفة البكرى

### ١
الطويل

١ كَأَنَّ قُلُوبَ ٱلطَّيْرِ فِي قَعْرِ عُشِّهَا نَوَى ٱلْقَسْبِ مُلْقًى عِنْدَ بَعْضِ ٱلْمَآدِبِ

### ٢
الكامل

١ وَلَقَدْ شَهِدْتُ ٱلْخَيْلَ وَهْيَ مُغِيرَةٌ وَلَقَدْ طَعَنْتُ مَجَامِعَ ٱلرَّبَلَاتِ
٢ رَبَلَاتِ خُودٍ تَحْتَ قَدٍّ بَارِعٍ حُلْوِ ٱلشَّمَائِلِ خَيْرَةِ ٱلْهَلَكَاتِ
٣ رَبَلَاتِ خَيْلٍ مَا تَزَالُ مُغِيرَةً يَقْطُرْنَ مِنْ عَلَقٍ عَلَى ٱلثَّبَنَاتِ

### ٣
السريع

١ وَجَامِلٍ خَوَّعَ مِنْ نِيبِهِ زَجْرُ ٱلْمُعَلَّى أُصُلًا وَٱلسَّفِيحِ
٢ مَوْضُوعُهَا زَوْلٌ وَمَرْفُوعُهَا كَمَرِّ صَوْبٍ لَجِبٍ وَسْطَ رِيحِ

٥ وأحبّ لو أسقيك غير مثلّب ... والله من سقم أصابك مؤلم
٦ نظرت إليك بمقلة مكحولة ... نظر الملول بطرفه المتقسّم
٧ وبحاجب كالنون زيّن وجهها ... وبناهد حسن وكشح أهضم
٨ ولقد مررت بدار عبلة بعدما ... لعب الربيع بربعها المتوسّم
٩ بكرت مغانيها به فتوشّحت ... منه على غصن قضيب مكرم
١٠ ولقد أبيت على الطوى وأظلّه ... حتى أنال به كريم المطعم
١١ لمّا سمعت نداء مرّة قد علا ... وابني ربيعة في الغبار الأقتم
١٢ ومحلّم يسعون تحت لوائهم ... والموت تحت لواء آل محلّم
١٣ أيقنت أن سيكون عند لقائهم ... ضرب يطير عن الفراخ الجثّم
١٤ يدعون عنتر والسيوف كأنها ... لمع البوارق في سحاب مظلم
١٥ يدعون عنتر والدروع كأنها ... حدق الضفادع في غدير ديجم
١٦ تسعى حلائلنا إلى جثمانه ... يجنين الأراك تحيّة والشبرم
١٧ فأرى مغانم لو أشاء حويتها ... فيصدّني عنها الحيا وتكرّمي

## ٢٠

الطويل

١ وأنت التي كلّفتني دلج السّرى ... وجون القطا بالجلهتين جثوم

## ٢١

الطويل

١ وكان إذا ما كان يوم كريهة ... فقد علموا أنّي وهو فتيان
٢ فسوف ترى إن كنت بعدك باقيا ... وأمكنني دهري وطول زماني
٣ فأقسم حقّا لو بقيت لنظرة ... لقرّت بها عيناك حين تراني

٢ رأيت القوافي يتلجن موالجا تضيق عنها أن تولجها الإبر

## ٩

السريع

١ لو كان في أملاكنا ملك يعصر فينا كالذي تعصر

٢ تطلبة في رجلها روح صفيرة وفي اليدين عسر

٣ كأنها من وحش إنبعة خنساء تحنو خلفها جؤذر

## ١٠

الرمل

١ تهلك المدراة في أكنافه وإذا ما أرسلته يعتفر

٢ ولقد تعلم بكر أننا واضحو الأوجه في الأزمة غر

## ١١

الرجز

١ يا لك من قبرة بمعمر

٢ خلا لك الجو فبيضي واصفري

٣ ونقري ما شئت أن تنقري

٤ قد رحل الصياد عنك فابشري

٥ قد رفع الفخ فماذا تحذري

٦ لا بد يوما أن تصادي فاصبري

## ١٢

المنسرح

١ كقلب ضب وقد ترببه يملسه بالحليب في الغلس

٢ كل عليه تسوقها يقرقرها إلا يلمع في العجماء ينتهس

٣ اضرب عنك الهموم طارقها ضربك بالسيف قونس الفرس

٤

الرجز

١ يخشى من خاذلنا بأقتها جنين من صوب الندى والتنوخ

٥

الطويل

١ بروضة نعمي فأكناف حائل ظللت بها أبكي وأبكي إلى الغد
٢ جمالية وجناء تردى كأنها سفنجة تبري لأزعر أربد
٣ إذا رجعت في صوتها خلت صوتها تجاوب أظآر على ربع رد
٤ إذا شاء يوما قاده بزمامه ومن يك في حبل المنية ينقد
٥ إذا أنت لم تنفع بودك قربة ولم تنك بالبؤسى عدوك فابعد
٦ أرى الموت لا يرعى على ذي قرابة وإن كان في الدنيا عزيزا بمقعد
٧ ولا خير في خير ترى الشر دونه ولا قائل يأتيك بعد التلدد
٨ لعمرك ما الأيام إلا معارة فما اسطعت من معروفها فتزود
٩ عن المرء لا تسأل وسل عن قرينه فكل قرين بالمقارن يقتدي
١٠ وأصفر مضبوح نظرت حواره على النار واستودعته كف مجمد

٦

البسيط

١ الخير خير وإن طال الزمان به والشر أخبث ما أوعيت من زاد

٧

الكامل

١ أبني لبينى لستم بيد إلا يدا ليست لها عضد

٨

الطويل

١ أعمرو بن هند ما ترى رأي صرمة لها سبب ترعى به الماء والشجر

### ١٨ — الطويل

١ فما زال شربي الراح حتّى أشرّني صديقي وحتّى ساءني بعض ذلكا

### ١٩ — الرمل

١ فمتى يخلو بشطراء الذُّرى ننفش الأسوق بالعضب الأفلّ

### ٢٠ — الطويل

١ وكائن ترى من يلمعيّ مُحظرب وليس له عند العزائم جُولُ

### ٢١ — الكامل

١ إنّ الخليط أجدّ منتقله ولذاك زُمّت غدوةً إبلُه

٢ عهدي بهم في العقب قد سندوا تهدي صعاب مطيّهم ذُلُلُه

### ٢٢ — الرمل

١ يوم لا تستر أنثى وجهها حسب الأنفال خالٌ وابن عمّ

### ٢٣ — الكامل

١ وأجدّتُ إن قدموا البلاد لهم وكذاك نفعل مُبتدى النِّعَمِ

### ٢٤ — الكامل

١ ذكر الرباب وذكرها سُقْمُ فصبا وليس لمن صبا حِلْمُ

٢ وإذا ألمّ خيالها طُرِفت عيني فماء شؤونها سَجْمُ

٣ وأرى لها دارًا بأغدرة السِّيدان لم يدرس لها رسمُ

٤ إلّا رمادًا هامدًا دفعت عنه الرياح خوالدٌ سُحْمُ

٥ وتقول عاذلتي وليس لها بغدٍ ولا ما بعده عِلْمُ

١٣ الطويل

١ أبا منذرٍ أفنيتَ فاستبقِ بعضنا حنانيكَ بعضُ الشرِّ أهونُ من بعضِ
٢ فأقسمتُ عند النُّصْبِ إنّي لهالكٌ بملتفّةٍ ليست بغبطٍ ولا خفضِ
٣ خذوا حذركم أهلَ المشقّرِ والصّفا عبيدَ اسبذٍ والقرضُ يُجزى من القرضِ
٤ ستصبحكم الغلباءُ تغلبُ غارةً هنالك لا يُنجيكم عرضٌ من العرضِ
٥ وتلبسُ قومًا بالمشقّرِ والصّفا شآبيبَ موتٍ تستهلُّ ولا تُغضي
٦ تميلُ على العبديّ في جوّ دارهِ وعوفَ بنَ سعدٍ تخترمْهُ عن المحضِ
٧ فما أوردانيَ الموتَ عمدًا وجرّدا على الغدرِ خيلًا ما تملُّ من الرّكضِ

١٤ البسيط

١ لا تعجلا بالبكاءِ اليومَ مطّرفا ولا أميريكما بالدارِ إذ وقفا
٢ إنّي كفاني من أمرٍ هممتُ به جارٌ كجارِ الحذاقيِّ الذي اتّصفا

١٥ الهزج

١ ألا بأبي الظّبيُ الّذي يبرقُ شنفاهُ
٢ ولولا الملكُ القاعدُ قد ألثمني فاهُ

١٦ البسيط

١ ولا أغيرُ على الأشعارِ أسرقها عنها غنيتُ وشرُّ النّاسِ من سرقا

١٧ المتقارب

١ نعاني حنانةُ طوبالةٌ تسفُّ يبيسًا من العشرقِ

## ٤

الكامل

١ لِمَنِ الدِّيارُ غَشِيتُها بِالفَدْفَدِ  كَالوَحْيِ فِي حَجَرِ المَسِيلِ المُخْلِدِ
٢ وَلِيَ سِنانٍ سَيْرَقًا وَتُسِيخُهَا  حَتَّى تُلاقِيَهُ بِطَلْقِ الأَسْعَدِ
٣ نِعْمَ الفَتَى المُرِّيُّ أَنْتَ إِذَا هُمُ  حَضَرُوا لَدَى الحُجُرَاتِ نَارَ المَوْقِدِ
٤ وَمُفاضَةٍ كَالنِّهْيِ تَنْسِجُهُ الصَّبَا  بَيْضَاءَ كَفَّتْ فَضْلَهَا بِمُهَنَّدِ

## ٥

البسيط

١ إِنَّ الخَلِيطَ أَجَدَّ البَيْنَ فَانْجَرَدُوا  وَأَخْلَفُوكَ عِدَ الأَمْرِ الَّذِي وَعَدُوا
٢ لَوْ كَانَ يَقْعُدُ فَوْقَ الشَّمْسِ مِنْ كَرَمٍ  قَوْمٌ لِأَوَّلِهِمْ يَوْمًا إِذَا قَعَدُوا
٣ قَوْمٌ أَبُوهُمْ سِنَانٌ حِينَ تَنْسُبُهُمْ  طَابُوا وَطَابَ مِنَ الأَوْلَادِ مَا وَلَدُوا
٤ جِنٌّ إِذَا فَزِعُوا إِنْسٌ إِذَا أَمِنُوا  مُمَرَّدُونَ بَهَالِيلٌ إِذَا جَهَدُوا
٥ لَوْ يُعْدَلُونَ بِوَزْنٍ أَوْ مُكَايَلَةٍ  مَالُوا بِرَضْوَى وَلَمْ يُعْدَلْ بِهِمْ أَحَدُ
٦ مُحَسَّدُونَ عَلَى مَا كَانَ مِنْ نِعَمٍ  لَا يَنْزِعُ اللَّهُ مِنْهُمْ مَا بِهِ حُسِدُوا

## ٦

الطويل

١ وَإِنَّكَ إِنْ أَعْطَيْتَنِي ثَمَنَ الغِنَى  حَمِدْتُ الَّذِي أُعْطِيكَ مِنْ ثَمَنِ الشُّكْرِ
٢ وَإِنْ يَفْنَ مَا تُعْطِيهِ فِي اليَوْمِ أَوْ غَدٍ  فَإِنَّ الَّذِي أُعْطِيكَ يَبْقَى عَلَى الدَّهْرِ

## ٧

الكامل

١ وَلَأَنْتَ أَوْصَلُ مَنْ سَمِعْتُ بِهِ  لِشَوَابِكِ الأَرْحَامِ وَالصِّهْرِ
٢ الحَافِظُ الحُبَّ الثَّقِيلَ عَنِ السَّخَائِفِ بِغَيْرِ حَمْدٍ وَلَا شُكْرِ

٦ إنّ الثراءَ هو الخلودُ وإنّ المرءَ يكربُ يومَهُ العَدَمُ
٧ ولئنْ بنيتَ إلى المشقّرِ في هضبٍ تقصّرُ دونَهُ العُصُمُ
٨ لتنقّبنْ عنّي المنيّةَ إنّ اللّهَ ليسَ لحكمِهِ حِكَمُ

الكامل

٢٥

١ أصرمتَ حبلَ الحيّ إذ صرموا يا صاحِ بلْ صرمَ الوصالَ هُمُ

تمت

## الشعر المنحول الى زهير بن ابى سلمى

الوافر

١

١ ولا تُكثِرْ على ذي الضغنِ عتبًا ولا ذكرَ التجرّمِ للذنوبِ
٢ ولا تسألهُ عمّا سوفَ يُبدي ولا عن عيبِهِ لكَ بالمغيبِ
٣ متى تكُ في صديقٍ أو عدوٍّ تُخبّرْكَ الوجوهُ عن القلوبِ

المنسرح

٢

١ بمقلةٍ لا تغبُّ صادقةٍ يطعنُ عنها القذاةَ حاجبُها

٣

١ ينعونَ خيرَ الناسِ عندَ شديدةٍ عظُمتْ مصيبتُهمْ هناكَ وجلّتِ
٢ وممدّحٍ ذاقَ الهوانَ ملعّنٍ راخينَ عقدةَ كبلِهِ فاستحلّتِ

٥ قال زهير — تَظَلُّ بِوَعْثِهِ الكُثْبانِ كَأَنَّهُ
خِباءٌ على صَقْبَيْ بَوانٍ مُرَوَّقُ

٦ قال كعب — تَراخَى بِهِ حُبُّ الضَّحاءِ وَقَدْ رَأَى
سَماوَةَ قَشْراءِ الوَظِيفَيْنِ عَوْهَقِ

٧ قال زهير — يَجِنُّ إِلَى مِثْلِ الحَبابِيرِ جُثَّمٍ
لَدَى مُنْتَجٍ مِنْ قَيْضِها المُتَفَلِّقِ

٨ قال كعب — تَحَطَّمَ عَنْها قَيْضُها عَنْ خَراطِمٍ
وَعَنْ حَدَقٍ كَالنَّبْخِ لَمْ يَتَفَتَّقِ

## ١١

البسيط

١ جَنْبَيْ عَمايَةَ فَالرُّكْحاءِ فَالعُمُقِ

## ١٢

الطويل

١ قَطَعْتُ إِذا ما الآلُ آضَ كَأَنَّهُ سُيُوفٌ تَنَحَّى ساعَةً ثُمَّ تَلْتَقِي

## ١٣

الوافر

١ قال زهير — تَزِيدُ الأَرْضُ إِمّا مِتَّ خِفًّا
وَتَحْيَى إِنْ حَيِيتَ بِها ثَقِيلا

٢ — نَزَلْتَ بِمُسْتَقَرِّ العِرْضِ مِنْها
فأجازه ابنه كعب — وَتَمْنَعُ جانِبَيْها أَنْ تَمِيلا

## ١٤

الوافر

١ تَعَلَّمْ إِذْ نَأَيْتَ فَلا تَفُتْنِي لَدَى صِغَرٍ أَبَيْتَ وَلَمْ تُدانِ

البسيط

## ٨

١ نام الخليّ وما نوم العين نقربه    مما ادّكرت وهمّ النفس مذكور
٢ ذكرت سلمى وما ذكري براجعها    ودونها سبسب تهوي به المور
٣ وما ذكرتكه إلّا ضحكت لي تربة    إن المحب ببعض الأمر معذور
٤ ليس المحب بمن إن شطّ غيّره    هجر المحب وفي الهجران تغيير

الوافر

## ٩

١ ألا أبلغ لديك بني سُبيع    وأيّام التنائب قد تدور
٢ فإن تك صرمة أخذت جهارا    بغرب النخل أرزه الشكير
٣ فإنّ لكم مساعف غاشيات    كحومة أجر بسرّبته ابير
٤ كأن عليهم بجنوب عبس    غماما تستهل وتستطير

الطويل

## ١٠

١ قال زهير    وإني لتعدو بي على الهمّ جسرة
تخبّ بوصّال صروم وتعنق
٢ قال كعب بن زهير    كبنيانة القرئي موضع رحلها
وآثار نسعيها من الدفّ أبلق
٣ قال زهير    على لاحب مثل المجرّة خلّه
إذا ما علا نشزا من الأرض مهرق
٤ قال كعب    منير هداه ليله كنهاره
جميع إذا يعلو الحزونة أفرق

٢٠ الطويل

١ تبدّلت من خلوائها شعر علقم

٢١ البسيط

١ ومن ضريبته التقوى ويعصمه من سيّء العثرات الله بالرحم

٢٢ الكامل

١ ولقد غدوت إلى القنيص بسابح مثل الوذيلة جرشع لام

٢٣ الوافر

١ أرانا موضعين لأمر غيب ونسحر بالشراب وبالطعام
٢ كما سحرت به إرم وعاد فأضحوا مثل أحلام النيام

٢٤ الطويل

١ خذوا حظكم يا آل عكرم واذكروا أواصرنا والرحم بالغيب تذكر

٢٥ الطويل

١ رأت رجلا لاقى من العيش غبطة وأخطأه فيها الأمور العظائم
٢ وشبّ له فيها بنون وتوبعت سلامة أعوام له وغنائم
٣ فأصبح محبورا ينظّر حوله بغبطته لو أن ذلك دائم
٤ وعندي من الأيام ما ليس عنده فقلت له مهلا فإنك حالم
٥ لعلك يوما أن تراع بفاجع كما راعني يوم النتاءة سالم

٢٦ الوافر *

١ جرى دمعي فهيّج لي شجونا فقلبي يستجنّ له جنونا

٢ أصبت بني منك ونلت مني من اللذات والحلل الغوالي

## ١٥

الطويل

١ لسلمى بشرقي القنان منازل ورسم بصحراء اللبيين حائل

٢ من الأكرمين منصبا وضريبة إذا ما شتا تأوي إليه الأرامل

## ١٦

الوافر

١ فلو أني لقيتك واتجهنا لكان لكل منكرة كفاء

## ١٧

الطويل

١ ترى الجند والأعراب يغشون بابه كما وردت ماء الكلاب هوامله

٢ فلو لم يكن في كفه غير نفسه لجاد بها فليتق الله سائله

## ١٨

الطويل

١ أنا ابن الذي لم يخزني في حياته ولم أخزه حتى تغيب في الرجم

## ١٩

الطويل

١ تذكرني الأحلام ليلى ومن تطف عليه خيالات الأحبة يحلم

٢ ووركن في السوبان يعلون متنه عليهن دل الناعم المتنعم

٣ ومن يجعل المعروف في غير أهله يكن حمده ذما عليه ويندم

٤ وكائن ترى من صامت لك معجب زيادته أو نقصه في التكلم

٥ لسان الفتى نصف ونصف فؤاده فلم يبق إلا صورة اللحم والدم

٦ وإن سفاه الشيخ لا حلم بعده وإن الفتى بعد السفاهة يحلم

٧ سألنا فأعطيتم وعدنا فعدتم ومن أكثر التسآل يوما سيحرم

٢ وَنُشّتْ بِجَنْبَي وَنَحْسٍ مَلَاكًا تَنَزَّلَ مِنْ جَوِّ ٱلسَّمَاءِ يَصُوبُ

٣ وَأَنْتَ أَزَلْتَ ٱلْخُنْزُوَانَةَ عَنْهُمُ بِضَرْبٍ لَهُ فَوْقَ ٱلشُّؤُونِ وَجِيبُ

٤ وَأَنْتَ ٱلَّذِي آثَارُهُ فِي عَدُوِّهِ مِنَ ٱلْبُؤْسِ وَٱلنُّعْمَى لَهُنَّ نُدُوبُ

٢ الوافر

١ وَهَلْ أَغْدُو بِرَاكِضٍ حِينَ أَغْدُو بِمِلْقَعَةٍ وَمُنْهَبِطٍ أَنِيقِ

٢ يَحُلُّوا مِنْ نَعِيمٍ يَوْمَ حَلُّوا بِعِزِّهِمُ لَدَى ٱلْفَجِّ ٱلْعَمِيقِ

٣ البسيط

١ يَطْفُو فَمَا ذَا تَلَقَّتْهُ ٱلْعَقَابِيلُ

٤ الرمل

١ فَارِسٌ مَا غَادَرُوهُ مُلْحَمًا غَيْرَ زُمَّيْلٍ وَلَا نِكْسٍ وَكِلْ

٢ لَوْ يَشَا طَارَ بِهِ ذُو مَيْعَةٍ لَاحِقُ ٱلْآطَالِ نَهْدٌ ذُو خُصَلْ

٣ غَيْرَ أَنَّ ٱلْبَأْسَ مِنْهُ شِيمَةٌ وَصُرُوفُ ٱلدَّهْرِ تَجْرِي بِٱلْأَجَلْ

٥ البسيط

١ بِمِثْلِهَا تُقْطَعُ ٱلْمَوْمَاةُ عَنْ عُرُضٍ إِذَا تَبَغَّمَ فِي ظَلْمَائِهِ ٱلْبُومُ

٢ فَكَانَ طَرْفَيَّ بِٱلْأَنْحِي يَقْفُرُهُ كَأَنَّهُ حَالِرٌ لِلشَّخْصِ مَشْهُومُ

تمت

٢ أأبكي للفراق وكلّ حيّ سيبكي حين يفقده الحبيب
٣ فإن تصبح كليمة فارقتني بنأي فالرزيّة أن تبين
٤ فقد بانت بكرهي يوم بانت مفارقة وكنت بها ضنين

٢٧ البسيط

١ قفر المنازل من عام ومن زمن لآل أسماء بالقفين فالركن
٢ قد أترك القرن مصفرًّا أنامله يميد في الرمح ميد المائح الأسن
٣ من لا يذاب له شحم السديف إذا زار الشتاء وعزّت أثمن البدن

٢٨ الكامل

١ الودّ لا يخفى وإن أخفيته والبغض تبديه لك العينان

٢٩ الطويل

١ بدا لي أن الله حقّ فزادني إلى الحقّ تقوى الله ما كان باديا
٢ بدا لي أني عشت تسعين حجّة تباعًا وعشرًا عشتها وثمانيا

تمّت

الشعر المنحول الى علقمة التميمي

١ الطويل

١ وعنس برتها كأنّ عيونها قوارير في أدهانهنّ نضوب

## ٤

البسيط

١ قد أشهد الغارة الشعواء تحملني   جرداء معروقة اللحيين سرحوب

٢ كأن صاحبها إذ قام يلجمها   مغذ على بكرة زوراء منصوب

٣ إذا تبصرها الراؤون مقبلة   لاحت لهم غرة منها وتجبيب

٤ رقاقها ضرم وجريها خذم   ولحمها زيم والبطن مقبوب

٥ واليد سابحة والرجل طارحة   والعين قادحة والمتن ملحوب

٦ والماء منهمر والشد منحدر   والقصب مضطمر واللون غربيب

٧ كأنها حين فاض الماء واختلفت   صقعاء لاح لها في المرقب الذيب

## ٥

المتقارب

١ أأذكرت نفسك ما لن يعودا   فهاج التذكر قلبا عميدا

٢ تذكرت هندا وأترابها   وأيام كنت لها مستقيدا

٣ ويعجبني اللهو والمحصنات   فأصبحت أزمعت منها صدودا

٤ ونادمت قيصر في ملكه   فأوجهني وركبت البريدا

٥ إذا ما ازدحمنا على سكة   سبقت الفرانق سبقا شديدا

## ٦

المتقارب

١ أحار بن عمرو كأني خمر   ويعدو على المرء ما يأتمر

٢ بهمن أقام من الحي هر   أم الظاعنون بها في الشطر

٣ لها المتن حشرة مشفرة   كعلبط مرج إذا ما نفر

## الشعر المنحول إلى امرئ القيس الكندي

١ — الرمل

١ قالت الخنساء لما جئتها شاب بعدي رأس هذا واشتهب
٢ فمهذني ناشئًا ذا غمرة رجل الجمة ذا بطن أقب
٣ أتبع الولدان أرخي مئزري ابن عشر ذا قريط من ذهب
٤ وهي إذ ذاك عليها مئزر ولها بيت جوار من لعب

٢ — الطويل

١ وقد أغتدي والطير في وكناتها وماء الندى يجري على كل مذنب
٢ بمنجرد قيد الأوابد لاحه طراد الهوادي كل شأو مغرب
٣ وعين كمرآة الصناع تديرها لمحجرها من النصيف المنقب
٤ فللسوط ألهوب وللساق درة وللزجر منه وقع أخرج مهذب
٥ وأنتائه أعناق خوص مجالب وصهوته من أتحمي مشرعب

٣ — الطويل

١ أجارتنا إن الخطوب تنوب وإني مقيم ما أقام عسيب
٢ أجارتنا إنا غريبان ههنا وكل غريب للغريب نسيب
٣ فإن تصلينا فالقرابة بيننا وإن تصرمينا فالغريب غريب

## ١٥

الكامل

١ طرقتك هند بعد طول تجنب   وهنا ولم تك قبل ذلك تطرق

## ١٦

الطويل

١ تضمنها وهم ركوب كأنه   إذا ضم جنبيه المخارم رزدق

## ١٧

الطويل

١ قفا فاسألا الأطلال عن أم مالك   وهل تخبر الأطلال غير التهالك

## ١٨

الطويل

١ لمن طلل بين الجدية والجبل   محل قديم العهد طالت به الطيل
٢ عفا غير مرتاد ومر كسرحوب   ومنخفض طام تنكر واضمحل
٣ تنطع بالأطلال منه مجلجل   أحم إذا احمومت سحائبه انسحل
٤ فأنبت فيه من غشنض وغشنض   ورونق رند والصلندد والأسل
٥ وفيه القطا والبوم وابن حبوكل   وطير القطاطي والبلندد والحجل
٦ وعنقلة والخيتعوان وبروق   وفرنج فربق والسيقلة والرفل
٧ وغمر وغنهسم وتسبح أجرد   ومنعجك المرتعين في سيره مهل
فلما عرفت الدار بعد توهمي   تكفكف دمعي فوق خدي وانهمل
٩ فقلت لها يا دار سلمى وما الذي   تمتعت لا بدلت يا دار بالبدل
١٠ لقد طال ما أضحيت قفرا ومألفا   ومنتظرا للحي من حل أو رحل
١١ ومأوى لأبكار حسان أوانس   ورب فتى كالليث مشتهر بطل
١٢ لقد كنت أسبي الغيد أمرد يافعا   ويسبينني منهن بالدل والمقل

٧ — الطويل

١ ألا إنّ في الشّعبين شعبٍ بمسطحٍ وشعبٍ لنا في بطن بلطة زيمرا
٢ فصوّبتُه كأنّه صوبُ غبيةٍ على الأمعز الضاحي إذا سيط أحضرا
٣ ونشربُ حتى نحسبَ الخيلَ حولنا نقادًا وحتى نحسبَ الجونَ أشقرا

٨ — الكامل

١ بخطبه مستحقرة

٩ — الطويل

١ ولو أنّ نومًا يُشترى لاشتريتُه قليلًا كتغميض القطا حيث عرّسا

١٠ — المتقارب

١ إذا جنّه الخيلُ في مأزقٍ تضاجعُ فيه المنايا النفوسا

١١ — الكامل

١ وتبرّجتْ لتروعنا فوجدتُ نفسي لم تُرَعْ

١٢ — الطويل

١ جزعتُ ولم أجزعْ من البين مجزعًا وعزّيتُ قلبًا بالكواعب مولعا
٢ فبتنا تصدّ الوحشُ عنّا كأنّنا قتيلان لم يعلمْ لنا النّاسُ مصرعا

١٣ — الطويل

١ أرقتُ ولم يأرقْ لما بي نافعُ وهاج لي الشّوقَ الهمومُ الرّوادعُ

١٤ — الطويل

١ يعلّ كلّ ما خرّدته من ثيابها كساف قبليًا يحرق الشّعرَ الوحف

٣٢ وكفٌّ وكفكفٌ وكفّي بكفّها ... وكافٌ كفوفُ الودقِ من كفّها انهمل

٣٣ فلو لو ولو لو لو فثمّ لو لو ولو ولو ... دنا دارُ سلمى كنتُ أوّلَ من وصل

٣٤ وفي في وفي في في فثمّ في في وفي وفي ... وفي وجنتي سلمى أقبّلُ لم أمل

٣٥ وسل سل وسل سل سل فثمّ سل سل وسل وسل ... وسل دارَ سلمى والربوعَ فكم أسل

٣٦ وشنصلْ وشنصلْ ثمّ شنصلْ عشنصلٍ ... على حاجبي سلمى يزينُ مع المقل

٣٧ حجازيّةُ العينين مكّيّةُ الحشى ... عراقيّةُ الأطرافِ روميّةُ الكفل

٣٨ تهاميّةُ الأبدانِ عبسيّةُ اللمى ... خزاعيّةُ الأسنانِ درّيّةُ القبل

٣٩ فقلتُ لها أيُّ القبائلِ تنسبي ... لعلّي بين الناسِ في الشعرِ كي أسل

٤٠ فقالت أنا كنديّةٌ عربيّةٌ ... فقلتُ لها حاشا وكلّا وهل وبل

٤١ فقالت أنا روميّةٌ عجميّةٌ ... فقلتُ لها ورخيز بيا خوش من قزل

٤٢ ولاعبتها الشطرنجَ خيلي ترادفت ... ورخّي عليها دار بالشاه بالعجل

٤٣ فقالت وما هذا شطارةُ لاعبٍ ... ولكنّ قتلَ الشاهِ بالفيلِ هو الأجل

٤٤ فناصبتها منصوبَ بالفيلِ عاجلًا ... من اثنين في تسعٍ بسرعٍ فلم أمل

٤٥ وقد كان لعبي كلَّ دستٍ بقبلةٍ ... أقبّلُ ثغرًا كالهلالِ إذا أفل

٤٦ فقبّلتها تسعًا وتسعين قبلةً ... وواحدةً أيضًا وكنتُ على عجل

٤٧ وعانقتها حتّى تقطّعَ عقدُها ... وحتّى فصوصُ الطوقِ من جيدها انفصل

٤٨ كأنّ فصوصَ الطوقِ لمّا تناثرت ... ضياءُ مصابيحٍ تطايرن عن شعل

٤٩ وآخرُ قولي مثلُ ما قلتُ أوّلًا ... لمن طللٌ بين الجديّةِ والجبل

١٣ تبالي أسيرَ الغانيات بجُمَّةٍ معثكلة سوداء زيَّنها رَجَل
١٤ كأنَّ قطيعَ البانِ في عُكَناتها على منثنى والمنكبين عطى رطل
١٥ تعلّق قلبي طفلة عربية تنعَّمُ في الديباج والحلي والحلل
١٦ لها مقلة لو أنها نظرت بها إلى راهب قد صام لله وابتهل
١٧ لأصبح مفتونا مُعنًّى بحبها كأنْ لم يصمْ لله يوما ولم يصل
١٨ ألا رُبَّ يوم قد لهوت بذلّها إذا ما أبوها ليلة غاب أو غفل
١٩ فقالت لأتراب لها قد رميته فكيف به إن مات أو كيف يحتبل
٢٠ أيخفى لنا إن كان في الليل دفنه فقلن وهل يخفى الهلال إذا أفل
٢١ قتلتِ الفتى الكنديَّ والشاعرَ الذي أقرّت له الشعراء طرًّا فيا لعل
٢٢ لِمَهْ تقتلي المشهورَ والشاعرَ الذي يفلّق هامات الرجال بلا وجل
٢٣ كحلت له بسحر عينيك مقلة وأسبلت فرعا فاق مسكا إذا انسبل
٢٤ ألا يا ابن غيلان اقتلوا بابن خالكم وإلا فما أنتم قبيلٌ ولا خول
٢٥ قتيلٌ بوادي الحب من غير قاتل ولا ميت يعزى هناك ولا زمل
٢٦ فتلك التي هام الفؤاد بحبها مهفهفة بيضاء دريّة القبل
٢٧ ولي ولها في الناس قولٌ وسمعة ولي ولها في كلِّ ناحية مثل
٢٨ رداحٌ صموت الحجل تمشي تبخترا وصرّاخة الحجلين يصرخن في زجل
٢٩ غموضٌ عضوض الحجل لو أنها مشت به عند باب السبسبين لانفصل
٣٠ ألا لا ألا إلا لآلاء لابث ولا لا ألا إلا لآلاء من رحل
٣١ فكم كم وكم كم كم وكم كم وكم وكم قطعت الفيافي والمهامه لم أمل

١٩ أَلَا يَا آلَ بَنْدَةَ ٱقْتُلُوا بِآبْنِ عَمِّكُمْ    وَإِلَّا فَمَا أَنْتُمْ قَبِيلٌ وَلَا خَوَلْ
٢٠ فَإِنْ تَقْتُلُوا مِثْلِي فَقَدْ قَتَلَ ٱلْهَوَى    جَمِيلًا وَبِشْرًا وَآبْنَ غَيْلَانَ قَدْ قَتَلْ
٢١ أَلَا لَا أَلَا إِلَّا لَآلِي لَابِثٍ    كَمُلَا إِلَّا إِلَّا لَيَالِي مَنْ رَحَلْ
٢٢ فَلَوْ لَوْ وَلَوْ لَوْ ثُمَّ لَوْ لَوْ وَلَوْ وَلَوْ    دَنَا خِدْرُ لَيْلَى كُنْتُ أَوَّلَ مَنْ وَصَلْ
٢٣ فَهِيَ فِيَّ فِي فِيَّ ثُمَّ فِي فِي فِيَّ وَفِي    مُنًى لِيَ مِنْ ٱلدُّنْيَا مِنَ ٱلنَّقْلِ بِٱلْحَمَلْ
٢٤ فَكَمْ كَمْ وَكَمْ كَمْ كَمْ وَكَمْ كَمْ كَمْ وَكَمْ وَكَمْ    قَطَعْتُ ٱلْفَيَافِي وَٱلْمَهَامِهَ لَمْ أَمَلْ
٢٥ وَعَنْ عَنْ وَعَنْ عَنْ ثُمَّ عَنْ عَنْ وَعَنْ وَعَنْ    وَعَنْهَا أُسَائِلُ كُلَّ مَنْ سَارَ وَٱرْتَحَلْ
٢٦ وَكَافٍ وَكَفْكَافٍ وَكَفِّي بِكَفِّهَا    عَلَى كَفِّ كَفْكَافٍ تَرَى كَفَّهَا خَلَلْ
٢٧ فَلَمَّا تَلَاقَيْنَا وَجَدْتُ بَنَانَهَا    مُخَضَّبَةً تَحْكِي ٱلشَّوَاعِلَ بِٱلشُّعَلْ
٢٨ فَقَبَّلْتُهَا تِسْعًا وَتِسْعِينَ قُبْلَةً    وَوَاحِدَةً أُخْرَى وَكُنْتُ عَلَى عَجَلْ
٢٩ وَعَانَقْتُهَا حَتَّى تَقَضْقَضَ عِقْدُهَا    وَحَتَّى فُصُوصُ ٱلطَّوْقِ مِنْ جِيدِهَا ٱنْفَصَلْ
٣٠ وَكَانَتْ فُصُوصُ ٱلطَّوْقِ لَمَّا تَنَاثَرَتْ    مَصَابِيحَ رُهْبَانٍ تُشَعَّلُ فِي ٱلرُّمُلْ
٣١ فَيَا لَيْتَ ذَاكَ ٱلدَّهْرَ دَامَ لَنَا كَذَا    وَيَا لَيْتَ أَيَّامَ ٱلصَّبَابَةِ لَمْ تَزَلْ
٣٢ وَآخِرُ قَوْلِي مِثْلُ مَا قُلْتُ أَوَّلًا    بِمَنْ طَلَلٌ بَيْنَ ٱلْجُدَيَّةِ وَٱلْجَبَلْ

### ٣٠

المتقارب

١ كَأَنَّ ٱلْمُدَامَ وَصَوْبَ ٱلْغَمَامِ    وَرِيحَ ٱلْخُزَامَى وَذَوْبَ ٱلْعَسَلْ
٢ يُعَلُّ بِهِ بَرْدُ أَنْيَابِهَا    إِذَا ٱلنَّجْمُ وَسْطَ ٱلسَّمَاءِ ٱسْتَقَلّْ

### ٣١

المتقارب

١ أَسَادَ فَجَادَ وَسَادَ فَزَادَ    وَقَادَ فَذَادَ وَعَادَ فَأَفْضَلْ

## ٦٩

الطويل

١ لِمَنْ طَلَلٌ بَيْنَ ٱلْجُدَيَّةِ وَٱلْجَبَلْ  مَحَلٌّ عَظِيمُ ٱلشَّأْنِ طَالَتْ بِهِ ٱلطِّيَلْ
٢ عَفَا غَيْرَ مُخْتَلٍّ وَمَرَّ كَسَرْحَبٍ  وَمُخْتَلِفٍ ظِلَالَ ٱلشَّمْسِ فَٱضْمَحَلّْ
٣ وَزَالَتْ صُرُوفُ ٱلدَّهْرِ عَنْهُ فَأَصْبَحَتْ  عَلَى غَيْرِ سُكَّانٍ وَمَنْ سَكَنَ ٱرْتَحَلْ
٤ بِرِيحٍ وَبَرْقٍ لَاحَ بَيْنَ سَحَائِبٍ  وَرَعْدٍ إِذَا مَا هَبَّ هَاتِفُهُ هَطَلْ
٥ لِمُجْنًا مُجْتَنِحًا مُجَلْجِلًا  مُلِثًّا إِذَا ٱسْوَدَّتْ سَحَائِبُهُ زَجِلْ
٦ فَأَنْبَتَ فِيهِ مِنْ غَشْنَضٍ وَغَشْنَضٍ  وَرَقْرَقِ رَمْلٍ وَٱلسُّرَيْفِلَةِ وَٱلسَّرْفَلْ
٧ وَخَضْمٌ وَقُمْقَامٌ وَكُلَّاعُ ٱلْجَدِّ  وَعَنْظَلَةٌ فِيهَا ٱلْخُفَيْعَانُ قَدْ نَزَلْ
٨ وَفِيلٌ وَٱلذِّئَابُ وَٱبْنُ خُوَيْدِرٍ  وَمُنْتَحَى ٱلرَّكْبَيْنِ فِي سَيْرِهِ مَيْلْ
٩ فَلَمَّا رَأَيْتُ ٱلدَّارَ بَعْدَ خُلُوِّهَا  تَكَفْكَفَ دَمْعِي فَوْقَ خَدِّي وَٱنْهَمَلْ
١٠ فَقُلْتُ لَهَا يَا دَارَ لَيْلَى مَنِ ٱلَّذِي  تَبَدَّلْتِ لَا مُقْصٍ بِهَا دَارَ بِٱلْبَدَلْ
١١ تَأَلَّفَ قَلْبِي طَفْلَةٌ عَرَبِيَّةٌ  تَنَعَّمُ فِي ٱلدِّيبَاجِ وَٱلْحَلْيِ وَٱلْحُلَلْ
١٢ لَهَا مُقْلَةٌ لَوْ أَنَّهَا نَظَرَتْ بِهَا  إِلَى رَاهِبٍ قَدْ صَامَ لِلَّهِ وَٱبْتَهَلْ
١٣ لَأَصْبَحَ مَفْتُونًا مُعَنًّى بِحُبِّهَا  كَأَنْ لَمْ يَصُمْ لِلَّهِ يَوْمًا وَلَمْ يُصَلْ
١٤ تِهَامِيَّةُ ٱلْأَطْرَافِ مَكِّيَّةُ ٱلْحَشَا  حِجَازِيَّةُ ٱلْعَيْنَيْنِ نَجْدِيَّةُ ٱلْكَفَلْ
١٥ كَأَنَّ عَلَى أَسْنَانِهَا بَعْدَ هَجْعَةٍ  سَفَرْجَلَ أَوْ تُفَّاحَ فِي ٱلْقَنْدِ وَٱلْعَسَلْ
١٦ رَدَاحٌ صَمُوتُ ٱلْحِجْلِ تَمْشِي تَبَخْتُرًا  وَصَرَّاخَةُ ٱلْحِجْلَيْنِ يَصْرُخْنَ فِي زَجَلْ
١٧ قُلْتُ رَمَتْنِي وَٱلْتَفَتْ يَا تَغْلِبُ  فَقَالَتْ أَيَا طَابِخٌ قُلْتُ لَا تَقُلْ
١٨ فَقُلْتُ ٱلْفَتَى ٱلْمَنْجُوقُ وَٱلشَّامُ ٱلْأَحْمَرُ  تَدَانَتْ لَهُ ٱلْأَشْعَارُ طُرًّا فِيهِ لَعَلْ

١ وقربة أقوامٍ جعلتُ عصامها على كاهلٍ مني ذلولٍ مرحَّلِ
٢ وواد كجوف العير قفرٍ قطعته به الذئب يعوي كالخليع المعيَّلِ
٣ فقلت له لما عوى إنْ شأننا قليلُ الغنى إن كنت لمّا تموّلِ
٤ كلانا إذا ما نال شيئاً أفاته ومن يحترث حرثي وحرثك يهزلِ

٢٧
السريع

١ فبِتْنا لم نغدُ بلّنا ولا نصحبُ أهلَ الشأم والتجاملِ

٢٨
الطويل

١ ظللن بقطر الفارسيّ جوازيا شربن بسرجٍ واستزنّ بأرتالِ
٢ فيوما إلى أهلي وأخفري اليعمر ويوما أحطّ الخيل من روسِ أجبالِ

٢٩
الطويل

١ ومستلئمٍ كشّفت بالرمح ذيله
٢ أقمت بعضبٍ ذي سفاسق ميله
٣ فجعتُ به في ملتقى الحيّ خيله
٤ تركت عتاق الطير تحجل حوله كأنّ على سرباله نضحَ جريالِ

٣٠
الكامل

١ الحربُ أوّلُ ما تكون فتيّةً تبدو بزينتها لكلّ جهولِ
٢ حتى إذا حميت وشبّ ضرامها عادت عجوزاً غيرَ ذات حليلِ
٣ شمطاء جزّت رأسها وتنكّرت مكروهةً للشمّ والتقبيلِ

## ٢٢

الرمل

١ وتَعَفَّتْهُ جَنُوبٌ وصَبًا وقَبُولٌ ودَبُورٌ وشَمَلْ

## ٢٣

الرجز

١ حَتَّى أُبِيرَ مَالِكًا وكَاهِلَا

## ٢٤

البسيط

وقَدْ أَقُودُ بِسُرَّابٍ إِلَى خَرِصٍ إِلَى جَمَاجِيمِ رَحْبِ الجَوْفِ مُنْهَدَّا

## ٢٥

الوافر

١ أَلَمْ يُخْبِرْكَ أَنَّ الدَّهْرَ غُولٌ خَتُورُ العَهْدِ يَلْتَهِمُ الرِّجَالَا
٢ أَزَالَ مِنَ المَصَانِعِ ذَا رِيَاشٍ وقَدْ مَلَكَ السُّهُولَةَ والجِبَالَا
٣ هُمَامٌ طَحْطَحَ الآفَاقَ رَخْيًا وسَاقَ إِلَى مَشَارِقِهَا الرِّعَالَا
٤ وسُدَّ بِحَيْثُ تَرْقَى الشَّمْسُ سَدًّا لِيَأْجُوجٍ ومَأْجُوجَ الجِبَالَا
٥ بِعِزِّهِمُ عَزَزْتَ فَإِنْ يَذِلُّوا فَذُلُّهُمُ أَنَالَكَ مَا أَنَالَا

## ٢٦

الطويل

تَحُلُّ نَسِيمَ الرِّيحِ فِيهَا كَأَنَّمَا كَسَتْهَا العَشِيَّا نَحْبَ المُلَاءِ المُسَلْسَلِ
ودَعْ عَنْكَ شَيْئًا قَدْ مَضَى لِسَبِيلِهِ ولَكِنْ عَلَى مَا غَالَكَ اليَوْمَ أَقْبِلِ
تَرَى بَعَرَ الآرَامِ فِي عَرَصَاتِهَا وقِيعَانِهَا كَأَنَّهُ حَبُّ فُلْفُلِ
كَأَنِّي غَدَاةَ البَيْنِ لَمَّا تَحَمَّلُوا لَدَى سَمُرَاتِ الحَيِّ نَاقِفُ حَنْظَلِ
كَأَنِّيَ لَمْ أَسْمَرْ بِدَمُّونَ مَرَّةً ولَمْ أَشْهَدِ الغَارَاتِ يَوْمًا بِعَنْدَلِ
إِذَا هِيَ لَمْ تَسْتَكْ بِعُودِ أَرَاكَةٍ تُنُخِّلَ فَاسْتَاكَتْ بِغُصْنٍ إِسْحِلِ

٣٨ — المتقارب

١ نهوت به في زمان الصبى سقى ورعى الله ذاك الزمن

٣٩ — الوافر

١ قتلوا بالمهلهل وبالشيبان وأبنـاء الملوك المخفدينا

٤٠ — الطويل

١ حملت ردينيا كأنّ سنانه سنا لهب لم يتصل بدخان

٤١ — البسيط

١ أفضحت بالمنّ ما أوليت من نعم ليس الكريم إذا أسدى بمنّان

٤٢ — الطويل

١ ألا إنما أبكى العيون وشفّها قتيل ابن ذيب في حبال ابن فرعي

تمت

وبها تمت هذه التعليقة بتمامها

ويتلوها أيضا فهرست أوردنا فيه

السبب الذي لاجله قيل

قصايد الشعراء

المذكورين

الهزج

### ٣١

١ لِمَنْ زُحْلُوفَةٌ زُلُّ بِهَا ٱلْعَيْنَانِ تَنْهَلُّ

٢ يُنَادِي ٱلْآخِرَ ٱلْأُلُّ أَلَا حُلُّوا أَلَا حُلُّوا

الوافر

### ٣٢

١ وَخَيْمَتُنَا ٱلَّذِي زَالَتْ قُوَاهُ عَلَى رَيْحَانَ إِذْ حَانَ ٱلزَّوَالُ

٢ تَمَكَّنَ قَلْبُهُ مِنِّي ضِمْرًا عَلَى رَيْحَانَ أُغِيظَ لَا يُنَالُ

٣ وَجَارُ بَنِي صُوَاءَةَ فِي رُعْبَى تَجُرُّ عَلَى جَوَانِبِهَا ٱلشَّمَالُ

المتقارب

### ٣٣

١ وَثَغْرٍ أَغَرَّ شَتِيتِ ٱلنَّبَاتِ لَذِيذِ ٱلْمُقَبَّلِ وَٱلْمُبْتَسَمْ

٢ وَمَا ذُقْتُهُ غَيْرَ ظَنٍّ بِهِ وَبِٱلظَّنِّ يَقْضِي عَلَيْهِ ٱلْحَكَمْ

الخفيف

### ٣٤

١ أَبْلِغَا عَنِّيَ ٱلشُّوَيْعِرَ أَنِّي عَمْدَ عَيْنٍ قَلَّدْتُهُنَّ حَرِيمَا

الطويل

### ٣٥

١ لَمَّا رَأَتْ أَنَّ ٱلشَّرِيعَةَ هَمُّهَا وَأَنَّ ٱلْبَيَاضَ مِنْ فَرَائِصِهَا دَامِ

٢ تَيَمَّمَتِ ٱلْعَيْنَ ٱلَّتِي عِنْدَ ضَارِجٍ يَفِيءُ عَلَيْهَا ٱلظِّلُّ عَرْمَضُهَا طَامِ

الوافر

### ٣٦

١ وَمَاءٍ آسِنٍ نَزَلَتْ عَلَيْهِ كَأَنَّ مُنَاخَهَا مُلْقَى ٱلْحَمَامِ

الطويل

### ٣٧

١ وَبَيْتٍ بِفَوْحِ ٱلْمِسْكِ مِنْ حَجَرَاتِهِ تَخَلَّتْ عَلَى بَيْضَاءَ جَمٍّ عِظَامُهَا

النابغة ابيات البعض ان الذى بلغك باطل فهى ذلك يقول الى كتى تدعى الخ

ق ٣ وقال ايضا يعتذر الى النعمان ويمدحه

ق ٤ قال عامر بن الطفيل للنابغة فى قصة الوافر

الا من مبلغ عنى زيادا غداة القاع اذ ازف الضراب

وفى ابيات فلما بلغ هذا الشعر شعراء بنى ذبيان ارادوا هجاءه وانتمروه فقال النابغة ان عامرا له نجدة وشعر ولسنا بقادرين على الانتصار منه ولكن دعونى اجبه واصغره واقتل اباه وجده عليه فانه يرى انه افضل منهما واعيّره بالجهل والعمى فقال فان يك عامر الخ

ق ٥ قال يمدح النعمن ويعتذر اليه فانّ بنى قريع وشوا به للنعمن ورموه بالمتجردة وقالوا انظر وصفه لها

ق ٦ حين اغار النعمن بن وايل بن الجلاح الكلبى على بنى ذبيان اخذ منهم وسبى سبيا من غطفان واخذ عقرب بنت النابغة فسألها من انت فقالت انا بنت النابغة فقال لها والله ما احد اكرم علينا من ابيك وما انفع لنا عند الملك ثم جهزها وخلاها ثم قال والله ما ارى النابغة يرضى بهذا منا فاطلق له سبى غطفان واسراهم فقال النابغة يمدحه

ق ٧ وقال ايضا يصف المتجردة وكان فى بعض دخلاته على النعمن قد فاجأته فسقط نصيفها عنها فغطت وجهها بمعصميها وكان بدء غضب النعمن عليه ان النعمن كانت عنده المتجردة وكان النعمن قصيرا دميما ابرش وكان ماردا وكان النابغة ممن يجالسه ويسامره وكان حليما عفيفا وكانت له عنده منزلة يحسد عليها وكان رجل آخر من بنى يشكر يقال له المنخل جميلا وكان يتهم بالمتجردة وولدت للنعمن ولدين كان الناس يزعمون انهما ولدا المنخل فقال النعمن وعنده المتجردة والنابغة ليلا وهم جلوس صفها يا نابغة فى شعرك فوصفها وكنى عنها فى قوله امن ال مية رائح الخ

## فهرست

اوردت فى هذه الاوراق فهرستا مشتملا على ما وجدته فى النسخ الباريسية والغوطية واللندنية من ذكر السبب الذى لاجله قيلت قصائد الشعراء الستة وجعلت حرف ق رمزا لقصيدة

## شعر النابغة

ق ١ قال النابغة يمدح عمرو بن الحرث الاصغر الاعرج بن الحرث الاكبر ابن ابى شمر حين هرب الى الشام لما بلغه ان مرة بن ربيع بن قريع وشى به الى النعمان بن المنذر فى امر المتجردة

ق ٢ وقال ايضا وكان قد ركب الى الحرث بن ابى شمر ليكلمه فى اسرى بنى اسد وبنى فزارة فاعطاه اياهم واكرمه وقد كان حصن ابن حذيفة الفزارى اصيب فى غسان قبل ذلك بعام فقال الحرث للنابغة ما بقى بنى اسد الا حصن فقد بلغنى انه لا يزال يجمع علينا الجموع ليغير على ارضنا وكان النعمان بن الحرث شديدا علينا فدخل عليه النابغة فقال له النعمان ان حصنا عظيم الذنب الينا والى المملكة فقال

ق ١٥ قال ايضا ممّا كان بينه وبين يزيد بن سيّار المرّى بسبب الحلف بعتب بنى مرّة على ايثارهم وتحالفهم عليه وعلى قومه واجتماع قومه عليه مع تقلّب حوائجهم عند الملوك وكان النابغة محسودا لعقله وشرفه

ق ١٦ قال فى ام بنى عامر

ق ١٧ قال يمدح النعمن ويعتذر اليه ممّا سعى به مرّة بن ربيع بن قريع بن عوف بن كعب ويهجو مرّة بن ربيع وكان النعمن قبل ذلك يغضب على النابغة ولم يكن ليجهز اليه جيشا تعظّما عليه فيه النخلة ولكن النابغة تذكر ما كان يعنيه وكان اخشى العرب فلم يصبر لتقدم مع منظور وزبّان ابنى سيار بن عمرو الفزاريين وكانا قد وفدا على النعمن ضرب عليهما قبّة ليخصّهما مع قبّته فجعلا لا يوتيان بشىء الّا بدءا بالنابغة فقالت للنعمن ان معهما شيخا لا يوتيان بشىء الّا بدءا به ثمّ دسّ الى قينة له بثلاث ابيات من اوّل قوله يا دار ميّة الخ فى ق ٥ فقال غنّيه اذا اراد ان ينام وكذلك كان يفعل بملوك الاعاجم فلما سمعهن قال هذا شعر علوى هذا شعر النابغة ثمّ قبل عذره وعفا عنه واكرمه

ق ١٨ وقال يمدح النعمن بن الحرث الاصغر وقد خرج الى بعض متنزّهاته

ق ١٩ وقال يمدح النعمن بن المنذر

ق ٢٠ وقال فى وقعة غزو عمرو بن الحرث الاصغر الغسّانى لبنى مرّة بن عوف ابن سعد بن ذبيان

ق ٢١ وقال يرثى النعمن بن الحرث بن ابى شمر الغسانى

ق ٢٢ وقال يبكى على بنى عبس حين فارقوا بنى ذبيان والتحقوا الى بنى عامر

ق ٢٣ كان يزيد بن سنان بن ابى حارثة يحشد الاحلاف وهم حصيلة ابن مرّة وبنو ثعلبة بن غيظ بن مرّة على بنى يربوع بن غيظ بن مرّة

ق ٨ وقال ايضا يعتذر الى النعمن ويمدحه

ق ٩ قال يرد على بدر بن حزاز ويذكر خربها وزبان ابى سيار بن عمرو بن جابر وذلك انه بلغه انهما اعانا بدرا ورويا شعره فيه

ق ١٠ كان زرعة بن عمرو بن خويلد لقى النابغة بعكاظ فاشار عليه ان يشير على قومه بترك حلف بنى اسد فابى النابغة الغدر وبلغه ان زرعة يتوعده فقال يهجوه نبئت زرعة الخ

ق ١١ كان النعمن بن الحرث احمى ذا اقر وهو واد مملوء حصبا ومياه فاحتماه الناس وتربعته بنو ذبيان فنهاهم النابغة وحذرهم وخوفهم اغارة الملك فتربعوه وعيروه خوفه النعمن وكان منقطعا اليه فلما مات النعمن رثاه النابغة وانقطع الى اخيه عمرو فوجه اليهم خيلا فاصابوهم فقال لقد نهيت الخ

ق ١٢ بلغ بدر بن حزاز قول النابغة ينظرن شزرا الخ وهو فى ق ١١ وقوله يأملن رحلة الخ وهو ايضا فى ق ١١ فغضب من ذلك وقال يرد على النابغة ويذكر ان عمرو بن الحرث اخا النعمن اسر فى تلك الوقعة ناسا من بنى مرة فيهم بنو عم النابغة وكان النابغة قد قال او اضع البيت الخ وهو فى ق ١١ يعنى الحرة ولم يفعل ما قال بل نزل بردا وهى ارض سهلة فاغار عليه جيش لابن جفنة وقيل لرجل من قضاعة فاصاب ناسا من قومه فشمت به بنو فزارة فقال بدر ابلغ زيادا الخ

ق ١٣ اراد النعمن بن الحرث ان يغزو بنى حن بن حذام وهم من بنى عذرة وقد كانوا قبل ذلك قتلوا رجلا من طيئ يقال له ابو جابر واخذوا امراته وغلبوا على وادى القرى وهو كثير النخل فلما اراد النعمن غزوهم نهاه النابغة عن ذلك واخبره انهم فى حرة وبلاد شديدة فابى عليه فبعث النابغة الى قومه تخبرهم بغزو النعمن ويامرهم ان يمدوا بنى حن ففعلوا فهزموا غسان فقال النابغة فى ذلك

لقد قلت للنعمن الخ

لحرم يزيد بن عمرو النساء والدهن حتى يغير على الربيع بن زياد فجمع يزيد من قبائل شتى فاغار فاستاق غنما لهم وعصافير كانت للنعمن ابن المنذر ترعى بذى ابان فقال يزيد فى ذلك     الوافر

فكيف ترى معاقبتى وسعيى     باذواد القصيبة والقصيم

وهى ابيات فقال النابغة يذكر ذلك ويهجو يزيد     لعمرك ما خشيت الخ

ق ٤١     قال يزيد بن عمرو يجيبه

## شعر عنترة

ق ١     قال عنترة بن شداد للربيع بن زياد العبسى

ق ٣     قال فى قتل ورد بن حابس نضلة الاسدى

ق ٤     وقال ايضا وكانت حنظلة من بنى تميم غزت بنى عبس وعليهم عمرو بن عمرو بن عدس الدارمى فقتلته بنو عبس وتزعم بنو تميم انه تردّى من ثنيّة وهزمت بنو تميم وذلك اليوم يوم اقرن

ق ٥     وقال ايضا وكانت له امراة من بجيلة لا تزال تذكر خيله وتلومه فى فرس كان يؤثره على خيله

ق ٦     وقال ايضا فى رجل من بنى ابان بن عبد الله بن دارم وكان استعار عنترة رمحا فاعاره اياه فامسكه عنه ولم يصرفه اليه فقال فى ذلك

ق ٨     وقال ايضا فى قتل قرواش وقتل عبد الله بن الصمّة

ق ٩     وقال ايضا حين قتلت بنو العشراء من مازن قرواش بن هنى العبسى وكان قرواش قتل حذيفة بن بدر الفزارى فلما اسرته بنو مازن قتلته بحذيفة فقال عنترة فى ذلك

رهط النابغة فتحالفوا على بنى يربوع على النار فسمّوا الحاش لتحالفهم على النار ثم اخرجهم يزيد الى بنى عذرة بن سعد وكلهم يقول انّ النابغة واحل بيته من قضاعة ثم من عذرة ثم من حنّة فقال يزيد فى ذلك يعيّر النابغة ويعرض به    الكامل

انّى امرؤ من صلب قيس ماجد    لا مدّع حسبا ولا مستنكر

وهى ابيات فردّ عليه النابغة وقال    جمع محاشك الخ

ق ٢٥    وقال يمدح غسان حين ارتحل من عندهم راجعا

ق ٢٦    كانت بنو عامر قد بعثت الى حصن بن حذيفة وعيينة بن حصن ان اقطعوا حلف ما بينكم وبين بنى اسد والحقوهم ببنى كنانة ونحالفكم فنحن بنو ابيكم فلما همّ عيينة بذلك قالت لهم بنو ذبيان اخرجوا من فيكم من الحلفاء ونخرج من فينا فابوا فقال النابغة لزرعة بن عمرو العامرى    قالت بنو عامر الخ

ق ٢٧    وقال يمدح عمرو بن هند وكان غزا الشام بعد قتل المنذر ابيه

ق ٢٨    فقال النعمن من مرض اصابه حتّى اشفق عليه فيه وكان يحمل فى مرضه هذا على سرير ينقل ما بين العمر وقصوره التى بالحيرة وكان قد حجب النابغة لما بلغه عنه من امر المتجرّدة وكان النابغة اذا اراد الدخول على النعمن اخبره عصام بن شهبر الجرمى حاجب النعمن انّه عليل فقال النابغة لعصام    الم اقسم عليك الخ

ق ٢٩    حين قتلت بنو عبس نضلة الاسدى وقتلت بنو اسد منهم رجلين اراد عيينة عون بنى عبس وان يخرج بنى اسد من حلف بنى ذبيان فقال النابغة    غشيت منازلاً الخ

ق ٣٠    اغار ابو حريث الربيع بن زياد العبسى على يزيد بن عمرو بن الصعق الكلابى وكان يزيد فى جماعة كثيرة فلم يستطعه الربيع فاستاق سروح بنى جعفر والوحيد ابنى كلاب فقال فى ذلك الربيع بن زياد

وان اخشنّ قومك يا يزيد    فابقى جعفرا لكا والوحيدا

ابوه فضربه فاكبّت عليه تستنقذه فكفّ عنه فلمّا رأت ما به من الجراحة بكت فقال عنترة فى ذلك   امن سهية دمع الخ

ق ١٧  وقال ايضا لعمرو بن اسود اخى بنى سعد بن عوف بن ملك بن زيد مناة بن تميم

ق ١٩  كانت بنو عبس قد غزت بنى تميم وعليهم قيس بن زهير ابن جذيمة العبسى فهزمت بنو عبس وطلبوهم فوقف عنترة ولحقتهم كبكبة من الخيل فحامى عن الناس فلم يصب مدبرا وكان قيس ابن زهير سيّدهم فساءه ما صنع عنترة حينئذ حتّى قال حين رجع الناس والله ما حمى الناس الّا ابن السوداء وكان قيس رجلا اكولا فبلغ عنترة قوله فقال   طال الثواء الخ

ق ٢١  جلس عنترة يوما فى مجلس بعدما كان قد ابلى واعترف به ابوه واعتقه فسابّه رجل من بنى عبس وذكر سواده وامّه واخوته فسبّه عنترة وفخر عليه وقال فيما قال له انّى لاحضر البأس واوفى المغنم واعفّ عند المسألة واجود بما ملكت يدى وافصل الخطّة الصمّاء قال له الرجل انا اشعر منك كان ستعلم ذلك فقال عنترة يذكر قتل معاوية بن نزال وهى اوّل كلمة قالها   هل غادر الشعراء الخ

ق ٢٢  وقال ايضا فى حرب كانت بينهم وبين جديلة طيّئ وكان بين جديلة وبين بنى شيبان حلف فامدّت بنو شيبان بنى جديلة فقاتل عنترة يومئذ قتالا شديدا واصاب دماء وجراحة ولم يصب نعما فقال عنترة فى ذلك   وفوارس لى قد الخ

ق ٢٣  كانت بين عنترة وبين زياد ملاحاة فقال يذكر ايّامه التى كانت له فى حرب داحس والغبراء ويذكر يوما انهزمت فيه بنو عبس فثبت من بين الناس فمنع الناس حتى تراجعوا وكانت عبس ارادت النزول ببنى سليم فى حربهم فبلغ ذلك حذيفة بن بدر الفزارى فتبع بنى عبس فهزمهم واستنقذ ما كان فى ايديهم فلم يزل عنترة دون

ق ١٠ كانت بنو عبس غزت بنى عمرو بن الهجيم فقاتلوهم قتالا شديدا فرمى عنترة رجلا منهم يقال له جرية وكان شديد البأس رئيسا فظن انه قتله ولم يفعل فقال فى ذلك

ق ١١ كان عمارة بن زياد يحسد عنترة ويقول لقومه انكم اكثرتم ذكره والله لوددت ان لقيته خاليا حتى اعلمكم انه عبد وكان عمارة جوادا كثير الابل منيعا لماله مع جوده وكان عنترة لا يكاد يمسك ابلا يعطيها اخوته ويقسمها فيلغه قول عمارة فقال فى ذلك

ق ١٢ وقال ايضا فى قتل قرواش العبسى

ق ١٣ كانت تميم اغارت على بنى عبس والناس حلوف وعنترة فى ناحية من ابله على فرس له فاخبر فكرّ وحده واستنقذ الغنيمة من ايديهم واصاب رهطا ثلاثة او اربعة وكان عنترة فى بنى عامر حينئذ فجلس يوما مع شابّ منهم فاسمعوه شيئا كرهه وكان فى قبيلة من بنى الحريش يقال لهم بنو شكل فقال فى ذلك

ق ١٤ وقال ايضا وكان فى ابل له يرعاها ومعه عبد له وفرس فاغارت عليه بنو سليم فقاتلهم حتى كسر رمحه وسار الى الفرس فرمى رجلا منهم من بجلة وطردوا ابله فذهبوا بها وكان اصابها من بنى سليم وكان عنترة حاضرا

ق ١٥ كانت بنو عبس لما اخرجتهم حنيفة من اليمامة ارادوا ان يأتوا بنى تغلب فمرّوا بحيّ من كلب على ماء يقال له عراعر فطلبوا ان يسقوهم من الماء وان يعزلوه ابلهم وسيّدهم يومئذ رجل من كلب يقال له مسعود بن مصاد فابوا وارادوا عليهم فقاتلوهم فقتل مسعود وصالحوهم على ان يشربوا من الماء ويعطوهم شيئا فانكشفوا عنهم فقال عنترة الا هل اتاها الخ

ق ١٦ كانت امرأة ابيه قد حرّشت اباه عليه وزعمت انه يراودها عن نفسها وكان ذلك قبل ان يدعيه ابوه وبعد ما قاتل وجرّب فاخذه

## شعر طرفة

ص ١ قال طرفة فى حقّ لامه ظلمته

ص ٣ وقال لعمرو بن هند يلوم اصحابه فى خذلانهم اياه

ص ٦ وقال يهجو بنى المنذر بن عمرو

ص ٧ وقال يهجو عمرو بن هند واخاه قابوس بن هند وكان عمرو شريرا وكان يقال له مضرّط الحجارة وكان له يوم بؤسى ويوم نعمى فيوم يركب فى صيده يقتل اوّل من لقى ويوم يقف الناس ببابه فان اشتهى حديث رجل آذن له فكان هذا دهره فهجاه طرفة بقوله
ليت لنا مكان الخ

ص ١٠ وقال حين اطرد فصار فى غير قومه

ص ١١ وقال ايضا فى اطراده الى النجاشى

ص ١٣ وقال فى عبد عمرو بن بشر بن مرثد

ص ١٤ وقال فى يوم قضة وهو يوم التحاليق وقضة جبل اقتتلوا قريبا منه وكان الحرث بن عبّاد امرهم بحلق رؤوسهم وكان هذا اليوم لبكر على تغلب وامرهم بذلك ليكون علما يعرف به بعضهم بعضا

ص ١٥ قالت اخته ترثيه

ص ١٦ قال طرفة يهجو عبد عمرو بن بشر وكان وقع بينهما شرّ

ص ١٧ وقال يمدح قتادة بن سلمة الحنفى واصاب قومه سنة فاتوه فبذل لهم

ص ١٨ وقال يعتذر الى عمرو بن هند حين بلغه انه هجاه فاوعده

النساء واقفا حتى رجعت خيل بنى عبس وانصرف حذيفة وانتهى الى ماء يقال له الهباءة فنزل يغتسل هو واخ له يقال له حمل بن بدر فلما اجتمعت فرسان عبس طلبوا بنى بدر فاصابوا حذيفة واخاه فى الماء يغتسلان فقتلوهما فقال عنترة فى ذلك فانك رقاش الخ

ق ٣٤ وقال يرثى ملك بن زهير العبسى وتوفّى قتله بنو بدر

ق ٣٦ كانت بنو عبس خرجوا من بنى ذبيان فانطلقوا الى بنى سعد من زيد مناة بن تميم لحالفوهم فكانوا فيهم وكانت لهم خيل عتاق وابل كرايم فرغبت بنو سعد فيها فهمّوا ان يغدروا بهم فظنّ ذلك قيس بن زهير فظنّا وكان رجلا منكر الظنّ واتاه به خبر فانظرهم حتّى اذا كان الليل سرج فى الحجر نيرانا وعلّق عليها الاداوى وفيها الماء يسمع خريرها وامر الناس فاحتملوا فانسلّوا من تحت ليلتهم وباتت بنو سعد وهم يسمعون صوتا ويرون نارا فلمّا اصبحوا نظروا فاذا هم قد ساروا فاتّبعوهم على الخيل فادركوهم بالفروق وهو واد بين اليمامة والبحرين فقاتلوهم حتى انهزمت بنو سعد وكان قتالهم يوما مطرّدا الى الليل وقتل عنترة ذلك اليوم معاوية بن قرال جدّ الاحنف ثمّ رجعوا الى بنى ذبيان فاصطلحوا فقال عنترة يذكر يوم الفروق الا قاتل الله الخ

ق ٣٧ وقعت ملاحاة بينه وبين بنى عبس فى ابل اخذها من حليف لهم اقتتلوا عليها فارادوا ان يردّها فابى فخرج بابله وماله فنزل فى طيّئ فكان بين جديلة وثعل قتال شديد وكان عنترة فى بنى جديلة فقاتل معهم ذلك اليوم فنفرت جديلة ولم يكن لهم ظفر الّا فى ذلك اليوم فارسلت بنو ثعل الى غطفان انّ جوارنا كان اقرب والحقّ اعظم من ان يجيء رجل منكم يعين علينا فارتحلت غطفان الى عنترة فارتحموه وتركوا ابله فقال عنترة فى ذلك الا يا دار عبلة الخ

ق ٨ لمّا اتت الحرث بن ورقاء قصيدة زهير التى اوّلها بان الخليط ولم يأووا لمن تركوا وفى ق ٣ لم يلتفت اليها فقال زهير يهجوه

ق ٩ وقال يمدح هرم بن سنان

ق ١٠ كان الحرث بن ورقاء الصيداوى من بنى اسد اغار على بنى عبد الله بن غطفان فغنم واخذ ابل زهير وغلامه يسارا فقال زهير فى ذلك

ق ١١ وقال يمدح سنان بن ابى حارثة

ق ١٢ وقال حين طلّق امراته امّ اوفى

ق ١٣ وقال يمدح الحرث

ق ١٤ وقال يمدح سنان بن ابى حارثة

ق ١٥ وقال يمدح حصن بن حذيفة بن بدر

ق ١٦ وقال يمدح الحرث بن عوف وهرم بن سنان المريّين ويذكر سعيهما بالصلح بين بنى عبس وذبيان وتحمّلهما الحمالة

ق ١٧ وقال يمدح هرم بن سنان

ق ١٨ وقال ايضا يمدحه

ق ١٩ وقال لبنى تميم وبلغه انهم يريدون غزو غطفان

ق ٢٠ وقال ايضا يذكر النعمن بن المنذر حين طلبه كسرى ليقتله فمرّ على طيّئا وكانت ابنة اوس بن حارثة بن لام عنده فاتاهم فسالهم أن يدخلوه جبلهم فابوا ذلك عليه وكانت له يد فى بنى عبس بمروان بن زنباع وكان اسر فكلّم فيه عمرو بن هند همّه وشفع له فشفّعه وحمّله النعمان وكساه فكانت بنو عبس تشكر ذلك للنعمن فلما هرب من كسرى ولم تدخله طيّئ جبلها لقيته بنو رواحة بن عبس فقالوا له اقم عندنا فانّا نمنعك ممّا نمنع منه انفسنا فقال لهم لا طاقة لكم بجنود كسرى فودّعهم واثنى عليهم

## شعر زهير

ق ١ . كان رجل من بنى عبد الله بن غطفان رحل الى بنى عليم حتى من كلب فنزل بهم فاكرموه واحسنوا جواره وآسوه وكان مولعا بالقمار فنهوه عنه فابى الا المقامرة فقمر مرّة فردّوا عليه ثم قمر ثانية فردّوا عليه ثم قمر الثالثة فلم يردّوا عليه فرحل من عندهم فانطلق الى قومه فزعم انهم اغاروا عليه وكان زهير نازلا فى غطفان فقال يذكر صنيعهم به، ويقال ان ذلك الرجل لما خلع من ماله رجا ان يجوز الخصالة فرهن امرأته وابنه فكان انقمر عليه فقال زهير فى ذلك عفا من آل الخ، فلمّا بلغهم قوله بعثوا اليه بالابل وارسلوا الى زهير يخبرونه خبر صاحبه ويعتذرون اليه ولاموه على ما قال فارسل اليهم زهير والله لقد غدرت وفجرت وايم الله لا اهجين اهل بيت من العرب ابدا،

ق ٢ وقال يرثى سنان بن ابى حارثة وزعموا انه بلغ خمسين ومائة سنة فخرج ذات يوم يتمشّى ليقضى حاجته فلم ير له اثر ولا عين ولم يسمع له خبر ويقال اتّبعوه فوجدوه ميّتا وقيل ان سنان بن ابى حارثة استهلته الجن تطلب دم نجله، وقيل انما رثى بالابيات حصن بن حذيفة

ق ٣ وقال يمدح هرم بن سنان بن ابى حارثة المرّى،

ق ٤ وقال ايضا يمدح هرم بن سنان،

ق ٥ وقال ايضا لامّ ولده كعب،

ق ٦ وقال ايضا لبنى سليم وبلغه انهم يريدون الاغارة على غطفان،

ق ٧ لمّا بلغت بنى اسد ابيات زهير وهى ق ١ و ق ٨ قالوا للحرث ابن ورقاء اقتل يسارا وهو غلام زهير فابى عليهم وكساه ورده فقال زهير يمدح الحرث ويذمّهم

وتحاكما الى امّ جندب فقال امرؤ القيس ' خليليّ مرّا بي ' الخ ' وقال علقمة ' ذهبت من الهجران ' الخ ' حتى فرغ منها ففضّلته امّ جندب على امرئ القيس فقال لها بما فضّلته عليّ فقالت فرس ابن عبدة اجود من فرسك قال وبما ذا قالت سمعتك زجرت وضربت وحرّكت وهو قولك ' فللساق الهوب ' الخ ' وادرك فرس علقمة ثانيا من عنانه وهو قوله ' فادرك بهوى ثانيا ' الخ ' فغضب عليها وطلّقها فخلف عليها علقمة فسمّى علقمة الفحل '

ق ٦ وقال امرؤ القيس اذ بلغه قتل ابيه وهو يشرب '

ق ٧ وقال حين غزا بني اسد فاخطأهم واوقع ببني كنانة وهو لا يدري '

ق ١١ وقال وهو اوّل شعر قاله '

ق ١٥ وقال يمدح قيسا وشمرا ابني زهير من بني سلامان بن ثعل '

ق ١٦ وقال يمدح شريف بن مل من طيئ ولعلّه من مراد

ق ١٧ وقال يمدح سعد بن الضباب الايادي ويهجو قالى بن مسعود ابن عامر بن عمرو بن ابي ربيعة وكان اخوه شاخص الاسنان وكان امرؤ القيس استجاره فلم يجره وقال انا في دين الملك فاتى سعد بن الضباب فاجاره ' وقال قوم ان امّ سعد كانت عند حجر بن عمرو فطلّقها وهي حبلى فتزوّجها الضباب فولدت له سعدا على فراشه '

ق ١٨ وقال يصف الغيث '

ق ٣٠ وقال يصف توجّهه الى قيصر مستنجدا له على بني اسد '

ق ٣٤ وقال يمدح سعد بن الضباب '

ق ٣٦ وقال يهجو قيصر وكان دخل معه الحمّام '

ق ٤٠ وقال يمدح العوير بن شجنة بن جابر بن عطارد بن عوف بن كعب بن سعد بن زيد مناة حين اجار هند بنت حجر بن الحرث بن عمرو وماله حتى بلغ بها نجران ولم يمش بني سعد من مال حجر ولا

## شعر علقمة

ق ٢ قال علقمة يمدح الحرث بن جبلة بن ابى شمر الغسانى وكان اسر اخاه شاسا فرحل اليه يطلبه فيه

ق ٣ وقال فى فكه اخاه شاسا

ق ٩ وقال فى يوم الكلاب الثانى

ق ١٠ وقال فى غزوهم تميما

ق ١١ وقال فى خلف بن نهشل بن يربوع

ق ١٢ وقال ايضا فى يوم الكلاب الثانى

## شعر امرى القيس

ق ٤ حين هرب امرؤ القيس من المنذر بن ماء السماء صار الى جبلى طىء اجا وسلمى فاجاروه فتزوّج بها امّ جندب وكان امرؤ القيس مفرّكا فبينا هو ذات ليلة تنّام معها اذ قالت له قم يا خير الفتيان فقد اصبحت فلم يقم فكرّرت عليه فقام فوجد الفجر لم يطلع بعد فقال لها ما حملك على ما صنعت فسكتت عنه ساعة فالحّ عليها فقالت حملنى انك ثقيل الصدر خفيف العجز سريع الاراقة بطىء الافاقة فعرف من نفسه تصديق قولها فسكت عنها فلما اصبح اتاه علقمة بن عبدة التميمى وهو قاعد فى الخيمة وخلفه امّ جندب فتذاكرا الشعر فقال امرؤ القيس انا اشعر منك وقال علقمة بل انا اشعر منك فقال قل واقول

تمّ الفهرست

اعله حين ارادوا اخذه لما بلغهم قتل بنى اسد لجمر يذنك فى حديث
لجمر طويل يتعلق به حديث يوم الكلاب

| ٢٨ | ف | وقتل لما حضرته المنية بانقرة |
| ٣٢ | ف | وقال بانقرة يذكر علته |
| ٣٣ | ف | وقال حين نزل على خالد بن سدوس بن اصمع النبهانى |
| ٣٨ | ف | وقال يرثى الحرث بن حبيب السلمى وكان معه خرج الى الشام |
| ٣٩ | ف | كان ابو امرى القيس امر رجلا يقال له ربيعة ان يأبح امرأ |

القيس وذكره قوله الشعر احمل ربيعة حتى اتى به جبلا فتركه فيه واخذ
عيبى جوذر لها. بينما الى ابيه فاسف لذلك وحزن عليه فلما راى ذلك
قال ما قتلته قد نحييبى به فرجع انيه فوجده قد قال لا تصلى الخ

| ٢٢ | ف | وقال حين بلغه ان بنى اسد قتلوا ايه |
| ٤٠ | ف | وقال حين نزل فى بنى عدوان |
| ٢٩ | ف | كان قد استجد مرفد الجمر ابن ذى جدن الحميرى فعزم على |

ان يمده بجيش ثمر هلك وبذ رجل يقال له قرمل فسوف امرأ القيس
فقال ولا نحن ندحو الخ فقضى حاجته فى خبر لهما نطويل

| ٢٠ | ف | كان قد نزل على خالد بن سدوس بن اصمع النبهانى فاغارت |

عليه بنو جديلة من طييى فذهبوا بابله وكان فيمن اغار عليه رجل
يقال له باعث بن حربس فلما اتى امرأ القيس الجمر نكر ذلك لجارو
خالد فقال له اعطى رواحلك الجف القوم فارد ابلك فاعطاه رواحله
فركبها خالد ليدركهم ولحقهم فقال يا بنى جديلة اقرتم على
جارى قالوا ما هو لك بجار قد قال بلى والله ما هذه الابل التى معكم الا
كالرواحل التى تحتى قالوا اكذاك لال نعم فرجعوا اليه فانزلوا عنها
ولحقوا بها ايتا فلما رجع الى امرى القيس نحول عند فنزل على جارة
ابن مر بنى حنبل اخى بنى ثعل فاجاره واكرمه فقال يمدحه ويمدح بنى ثعل

تمّ الكتاب المسمّى بالعقد الثمين مع تعليقته وفهرسته بحمد الله وعونه وتوفيقه وكان الفراغ من طبعه في اواخر شهر دسمبر ختام سنة ١٨٦٦ المسيحية بالمطبعة الملكية في مدينة غريفزولد المحروسة وقد اعتنى بتهذيبه وترتيبه وتكميله وتصحيحه الفقير الى ربّه وليم بن الورد البروسيّ وحسبنا الله ونعم الوكيل

ان تجد عيبا فسدّ الخللا ... جلّ من لا عيب فيه وعلا